<u>일러두기</u>

1. 번역에 쓰인 원전은 2013년 중국 장강문예출판사에서 출간한 '이월하 문집' 제1판을 사용했다.

2. 맞춤법과 띄어쓰기는 한글맞춤법과 외래어표기법에 따랐다.

3. 한자는 우리말로 표기하고, 꼭 필요한 경우에만 괄호 속에 원음을 병기해 이해하기 쉽도록 했다.

　　예 : 다이곤多爾滾(도르곤)

4. 인명과 지명은 우리말로 표기했다. 단, 이미 굳어진 표현은 원지음을 존중했다.

　　예 : 나찰국羅刹國(러시아). 이후에는 '러시아'로 표기

5. 본문 중의 괄호 안에 뜻을 풀이한 것은 모두 옮긴이의 설명이다.

【제왕삼부곡 제2작】

시진핑 주석이 반부패개혁의 모델로 삼은 황제

옹정황제

7

얼웨허 역사소설

홍순도 옮김

더봄

옹정황제 7권

개정판 1판 1쇄 인쇄   2015년 10월 7일
개정판 1판 1쇄 발행   2015년 10월 12일

지은이   얼웨허(二月河)
옮긴이   홍순도
펴낸이   김덕문

펴낸곳   더봄
등록번호   제2015-000072호
주소   서울특별시 중구 을지로 12길 28, 207호(저동2가, 저동빌딩)
대표전화   02-2264-0148   **팩스** 02-2264-0149
전자우편   thebom21@naver.com
블로그   blog.naver.com/thebom21

ISBN 979-11-86589-33-5 04820
ISBN 979-11-86589-26-7 04820(전12권)

책값은 뒤표지에 있습니다.

이현친왕怡賢親王 윤상胤祥

1686~1730. 강희제의 13남으로, 황자 시절 후일 옹정제가 되는 윤진과 함께 호부의
일을 담당하여 국채 환수에 기여했다. 강희제 말기에 석연찮은 이유로 구금되었지만
강희제 붕어 후 북경의 금군禁軍을 관장하였던 인맥을 활용하여 옹정제 등극에
결정적인 역할을 하였다. 그후 이친왕으로 봉해지고 호부총리직을 맡아 이치 정돈에
힘썼다. 그의 사후 옹정제는 이름을 '允祥'에서 '胤祥'으로 다시 회복시켜 주고
'이친왕'怡親王에서 '현'賢자를 더해 '이현친왕'의 시호를 내렸다. 그의 후손은 영원히
작위가 세습되는 이른바 '철모자왕'으로 대대로 명예와 권력을 누렸으며,
이는 청나라 패망 후인 1945년까지 200년 넘게 이어졌다.

악이태鄂爾泰

1677~1745. 만주양람기滿洲鑲藍旗 출신으로, 성은 서림각라西林覺羅씨다.
자는 의암毅庵, 시호는 문단文端이다. 강희康熙 38년(1699) 거인擧人이 된 후
좌령佐領을 계승하고 시위侍衛에 임명되었다. 내무부 원외랑內務府員外郎을 거쳐
옹정 원년(1723)에 특별히 강소 포정사江蘇布政使에 발탁되었고, 2년 뒤
광서 순무廣西巡撫로 외관에 나아가서 운남 총독雲南總督으로 승진했으며,
옹정 6년(1728)에는 운남과 귀주, 광서 3개 성省의 총독으로 있으면서 개토귀류
정책을 실행에 옮기고, 무력을 사용해 개혁정책에 저항하는 토사土司들을
진압했다. 일을 처리할 때는 크고 작음을 가리지 않고 세세한 부분까지
살펴 행하여 옹정제가 "악이태만큼 모든 것을 믿을 수 있는 신하는 없다"고
했을 정도로 신임이 두터웠다. 옹정제가 임종할 때 대학사로 고명顧命에 참여해
건륭제 초에 군기대신軍機大臣이 되었으며, 양근襄勤이라는 시호를 하사받았다.

악륜대鄂倫岱

만주양황기 출신의, 무인武人이다. 성은 동가佟佳씨로, 강희제의 할머니인
효강장황후의 동생이자 재상을 지낸 동국강佟國綱의 큰아들이다. 강희 27년(1688)에
광동주방廣東駐防 부도통副都統으로 무관의 길로 들어선 뒤 갈이단 정벌과 서장(티베트)
원정에도 참가했다. 도통, 일등시위, 영시위내대신을 지내기도 했으나 정치적으로는
'팔황자당'에 속해 옹정제와는 반대의 길을 걸었다. 옹정4년(1726년)에 사망했다.

2부 조궁천랑雕弓天狼

27장

황궁의 이전투구

연갱요와 악종기가 공동 명의로 올린 상주문은 서녕대첩 한 달 후에 북경 조정에 도착했다. 상주문에 따르면 연갱요는 지의에 따라 서녕에 주둔했다. 반면 분위장군인 악종기는 군사 5000명을 거느리고 나포장단증의 잔여 세력을 뒤쫓아 서쪽으로 달려갔다. 이어 불과 보름 만에 추위와 군량미 및 건초 부족으로 뿔뿔이 흩어져 최후의 발악을 하던 나포장단증의 '사대천왕'四大天王을 생포했다. 나포장단증의 어머니와 여동생도 생포하는 쾌거를 올렸다.

급기야 옹정 2년 2월 22일, 나포장단증은 궁여지책 끝에 여장女裝까지 하고는 자신의 정예부대 13기騎만 대동한 채 교묘하게 포위망을 뚫고 객이객 몽고喀爾喀蒙古로 도망갔다. 이로써 출범한 지 얼마 되지 않은 옹정의 조정을 떠들썩하게 흔들어 놓았던 서부의 전역戰役은 마침내 막을 내렸다.

"짐은 드디어 하늘에 계신 성조의 영혼을 조금이나마 위로해드릴 수 있게 됐군!"

옹정은 전보戰報를 받자마자 즉각 윤사, 윤상, 장정옥, 마제와 융과다를 상서방으로 불러들였다. 그리고는 뒷짐을 진 채 천천히 발걸음을 옮기면서 다시 한탄을 토해냈다.

"노인께서 계셨더라면 얼마나 기뻐하셨을까!"

때는 음력 3월 3일, 옥황상제의 탄생일이었다. 막 흠안전에서 향을 사르고 난 옹정은 조복 차림을 하고 있었다. 미간에는 주름이 깊이 패어 있었으나 입가에는 숨길 수 없는 미소가 번지고 있었다. 그는 흥분한 데다 방 안이 너무 더운 탓인지 관모를 벗어던졌다. 그리고는 이발한 지 얼마 안 되는 앞머리를 만지면서 소리 내며 거닐다가 천천히 입을 열었다.

"첩보는 자네들도 다 읽어봤겠지. 이제는 홍역을 앓고 난 청해성의 민심을 수습하는 데 전력을 다해야겠네. 좋은 생각이 있으면 구애받지 말고 생각나는 대로 터놓고 얘기해보게. 장정옥이 잘 정리할 것이네."

"폐하께선 성조의 한을 풀어주셨다고 볼 수 있사옵니다."

윤사가 가장 먼저 입을 열었다. 황제를 그 누구보다도 가까운 곳에서 보좌하는 수석보정친왕首席輔政親王다웠다. 옹정의 시선이 그에게가 닿았다. 그러자 윤사가 몸을 약간 숙인 채 침착하게 말을 이었다.

"그 옛날 전이단傳爾丹이 패전해서 우리 군이 전멸했다는 비보가 날아들었을 때도 선제께서는 이곳으로 저희들을 불렀사옵니다. 용안이 참담한 선제께서는 그때 이 궁전을 비롯해 담벼락, 구름 등의 산하 모두를 꿰뚫듯 서쪽 방향을 노려보셨사옵니다. 신은 선제의 그때 그 모습을 영원히 잊을 수가 없사옵니다."

윤사가 말을 마치기 무섭게 눈물을 훔쳤다. 옹정도 머리를 끄덕이면서 한숨을 내쉬었다.

"그랬었지. 윤상과 외삼촌만 빼고 우리 다 그 자리에 있었지."

윤사는 이어지는 옹정의 회고적 성격이 농후한 말에 열심히 귀를 기울였다. 이어 그의 말이 끝나기를 기다렸다 천천히 덧붙였다.

"때문에 신의 생각에는 무엇보다 한림원에 명령을 내려 멋진 문장을 짓도록 하는 것이 좋겠사옵니다. 우선 선제의 영혼을 위로하는 제사를 지내야 할 것 같으니까요."

좌중의 사람들은 윤사의 말에 모두들 머리를 끄덕였다. 윤사가 용기를 얻었는지 더욱 늠름하게 몸을 뒤로 젖히면서 말했다.

"이번 전역戰役은 번갯불에 콩 볶듯 순식간에 잘 치렀사옵니다. 연갱요 휘하의 이십만 장사壯士들은 종묘사직에 일대 공훈을 세웠사옵니다. 신의 어리석은 생각으로는 상서방 대신이나 친왕과 패륵 중 한 명을 파견해 폐하의 은지恩旨를 발표하고 지쳐 있을 군사들을 위로하는 것이 좋겠사옵니다. 연갱요에게는 어떤 상을 내리실지 폐하의 성재聖裁를 바라옵니다."

옹정이 턱을 괴고 오랫동안 생각에 잠겨 있다가 마제에게 물었다.

"선제의 조정 원로 중에서 예부를 관장한 경험이 가장 오랜 자네가 말해보게. 연갱요에게 어떤 식의 논공행상을 하는 것이 좋을지."

"보통 작위를 내리는 것으로 공훈을 격려해 왔사옵니다. 연갱요는 이번 전역에서 그 옛날 시랑이 대만 해전에서 정씨 일가의 토벌에 성공했던 것에 버금가는 공훈을 세웠사옵니다. 그래서 일등백작에 봉해져야 한다고 생각하옵니다."

마제가 가벼운 기침과 함께 정중하게 말했다. 융과다가 그의 말이 끝나기 무섭게 수염을 만지작거리면서 의견을 개진했다.

"작위는 공훈을 치하하는데 수여되옵니다. 또 직책이 능력 여하에 따라 맡겨지는 것은 천고불변의 진리이옵니다. 신이 보기에 연갱요는 공훈을 세웠을 뿐만 아니라 군정軍政이나 민정民政을 이끌어나가는 힘도 있사옵니다. 실로 혀를 내두를 만한 재목이옵니다. 솔직히 상서방에 있는 조신교趙申喬나 신은 이제 슬슬 젊고 유능한 친구들에게 자리를 내줄 때가 됐다고 생각하옵니다. 그러면 아무래도 장정옥 혼자서는 무리일 테니 이참에 연갱요를 상서방으로 들어오게 하는 것이 좋겠사옵니다. 조정의 중추가 되는 부서에서 기량을 맘껏 펴도록 하는 것이 어떨까 하옵니다."

융과다는 이미 몇 번이나 상서방을 떠나고 싶다는 의사를 내비친 바 있었으나 옹정은 불허했다. 그런데 또다시 그 얘기를 꺼낸 것이다. 옹정이 그의 속마음을 너무나도 잘 안다는 듯 웃으면서 말했다.

"늙으면 늙은 나름대로 다 쓸모가 있는 거네. 자네의 늙음을 한탄만 하지 말게. 연갱요는 아직 군무 때문에 경황이 없을 거야. 아무래도 그의 직책에 대해 논하는 것은 좀 이르다 싶어. 방금 마제가 일등 백작으로 봉하는 게 어떻겠느냐고 했는데, 시랑과 비교해 볼 때는 조금 낮은 것 같네. 방금 여덟째가 말했듯 연갱요는 성조의 한을 풀어주었어. 하늘에 있는 성조의 혼령을 위로해준 것이지. 같은 공신일지라도 누구도 따를 수 없는 공신이네. 그렇기 때문에 이성異姓이기는 하나 왕위를 주는 것도 과분하지 않은 것 같네!"

"이성왕異姓王을?"

좌중의 사람들이 깜짝 놀란 듯 외치더니 경악에 찬 시선을 옹정에게 보냈다. 특히 마제는 자리에서 일어서면서 뭐라고 말을 하려고 했으나 옹정이 손사래를 치며 입을 막았다.

"일단 앉아서 짐의 말을 끝까지 들어보게. 한나라의 유방이 '유

씨가 아니면 왕이 될 수 없다'는 말을 했지. 그 말이 증명하듯 자고
로 이성왕들은 거의 비참한 종말을 고했어. 연갱요 자신에게 있어서
도 결코 좋은 일이 아닐 수도 있네. 또한 짐이 선례를 열어 놓으면
후세의 자손들이 곤란해지겠지. 그러면 일등공작의 작위를 주는 것
은…… 어떤가?"

왕공대신들은 옹정의 말에 난감한 표정으로 서로를 번갈아봤다.
그들은 아무 말도 하지 못했다. 강희 황제 때는 도해를 비롯해 주배
공, 조양동, 비양고, 시랑 등 혁혁한 전공을 세운 일대의 명장들이 유
난히 많았다. 강희의 강토는 그들이 넓혀줬다고 해도 과언이 아니었
다. 공훈으로 따지자면 전부 연갱요보다 훨씬 큰 명장들이기도 했다.
그러나 그들은 그저 후작侯爵 정도로 봉해졌을 뿐이었다. 그런데 연갱
요를 일등공작으로 봉하다니!

좌중의 사람들은 당연히 옹정의 말에 선뜻 수긍할 수 없다는 표정
을 지었다. 다들 과분하다고 생각하는 것이 분명했다. 그러나 옹정은
좌중 사람들의 의견을 수렴하려는 뜻이 없어보였다. 때문에 그들은
속으로는 불만이 많았으나 따르는 수밖에 없었다.

한참 후에 마제가 마른기침을 하면서 입을 열었다.

"그러면 악종기는 어떻게 하옵니까? 이등공작으로 봉하는 것이 어
떨까 하옵니다."

좌중의 사람들은 그저 마제의 뜻에 따라서 맞장구를 치는 수밖
에 없는 듯했다. 그러자 옹정이 고개를 돌려 장정옥을 향해 말했다.

"형신, 자네 생각은 어떤가?"

"신은 이의가 없사옵니다. 신은 사실 그보다는 군사들을 위로하는
문제를 생각하고 있었사옵니다. 일인당 이십 냥씩만 잡더라도 약 오
백만 냥이 필요하옵니다. 어디 그뿐이옵니까? 북경과 직예, 산동, 하

남, 사천 등지의 종군從軍 가족들에게 한 집에 다섯 냥씩은 줘야 하옵니다. 또 군량미를 운송하고 건초를 나르느라 고생한 민부民夫들도 모른 척할 수 없사옵니다. 그들을 다 챙기려면 적어도 팔백만 냥 정도는 있어야 할 것이옵니다."

장정옥이 여유 있게 장포 자락을 끌어내리면서 말했다. 이어 잠시 숨을 돌리고는 미간을 찌푸린 채 말을 계속했다.

"청해성만 하더라도 수 년 동안 방치해 토지가 완전히 쑥대밭이 됐사옵니다. 게다가 이번에 엄청난 홍역까지 치렀사옵니다. 그곳에 민생을 살리고 관리를 배치하려면 적어도 삼백만 냥은 필요할 것이옵니다. 그러나 춘황春荒(보릿고개)이 바로 눈앞이옵니다. 또 북경에 있는 식량은 고작 백만 석에도 못 미치옵니다. 그중에서 하남, 감숙 등의 재해지역에 복구비를 보내야 하옵니다. 때문에 신의 머리로는 도저히 계산이 나오지 않사옵니다. 그나마 다행인 북경, 창평, 순의(창평, 순의 모두 북경 근교의 현임)의 은고銀庫까지 탁탁 털 수가 있다는 사실이옵니다. 그러면 거의 비슷한 규모로 짜낼 수는 있사옵니다. 그러나 만에 하나 불쑥 다른 곳에 돈 쓸 일이 생기는 날에는 큰일이옵니다."

옹정은 가슴 가득한 흥분에 설레었으나 장정옥이 끼얹은 찬물에 가슴이 싸늘하게 식어갔다. 무거운 현실에 짓눌렸는지 숨이 막히는 것 같았다. 곧이어 그가 윤상에게 물었다.

"호부에 잔고가 얼마나 남아 있나?"

"삼천칠백만 냥 정도 있사옵니다. 군사들을 위로하기에는 충분하옵니다."

윤상이 얼굴에는 수심이 가득했으나 애써 웃어 보이면서 대답했다. 그의 말이 끝나자마자 윤사가 나름대로 계산을 한 듯 웃으면서 입을 열었다.

"형신, 자네는 찬물 끼얹는 데는 뭐가 있다니까. 전방에서 그렇게 어마어마한 공훈을 세우고 개선하는데 돈 몇 푼도 안 쓰고 되겠어? 폐하! 일반 서민들도 애경사에는 쌈짓돈을 풀게 돼 있사옵니다. 그런데 거대하기 이를 데 없는 우리 대청이 그깟 몇 푼 아끼려고 이렇게 큰 경사를 형식적으로 치러서야 되겠사옵니까? 신이 보기에는 일천삼백만 냥 정도 사용한다고 해도 결코 과분하지는 않사옵니다."

윤사는 되도록 분위기를 크게 띄우려는 생각을 하는 듯했다. 하지만 좌중에 자리한 사람들이 누구인가. 하나같이 오랫동안 국정의 어려움을 경험할 만큼 경험한 사람들이었다. 아쉬워도 적당히 하는 수밖에 없었다.

하기야 강희 황제 때부터의 상황을 회고해보면 그럴 수밖에도 없었다. 그는 재위 61년 동안 온갖 방법을 다 동원해 국고로 은 5000만 냥을 저축하는 데 성공했다. 하지만 조정의 관리들이 빌려가거나 횡령하면서 국고는 급속도로 줄어들었다. 결국 그가 세상을 떠날 때는 각 지역의 은고銀庫를 합쳐봤자 겨우 700만 냥을 조금 넘는 수준에 불과했다. 하지만 그후 옹정이 나서서 조야에서 빚을 진 관리들을 닦달하면서 대대적으로 국채 환수 돌풍을 일으킨 덕에 겨우 국고를 다시 3000만 냥으로 늘려놓을 수 있었다.

그런데 윤사는 그중에서 1300만 냥이나 쓰자고 하지 않는가. 대신들은 가슴이 떨리지 않을 수 없었다. 그때 융과다가 자신이 너무 오래 침묵을 지켰다고 생각하고 뭐라도 말해야 할 것 같아 입을 열었다.

"병사들에게 일인당 이십 냥씩을 주는 것은 너무 과한 것 같사옵니다. 반으로 줄여도 충분할 것 같사옵니다."

마제와 윤상, 윤사 역시 융과다의 뒤를 이어 나름대로의 생각을 피력했다. 장내는 삽시간에 여러 사람의 의견이 분분해졌다.

"예부는 신이 알아서 하겠사옵니다. 아낄 수 있는 데까지 아끼고 짜내 보도록 하겠사옵니다."

마제가 한참 골똘히 생각하더니 말했다. 그러자 윤사도 한마디 거들었다.

"북경에 있는 왕공들과 패륵, 패자들도 조금씩 성의를 표하게 할 수 있을 것입니다"

윤사의 말에 윤상이 갑자기 반박을 하고 나섰다.

"그들은 그렇지 않아도 빚 갚으라고 한다고 온갖 울상을 짓고 있사옵니다. 그런데 기부금까지 내라고 하면 무슨 난리가 날지 모르옵니다."

옹정이 윤상의 말에 고개를 젖히고 한참을 생각하더니 갑자기 피식 웃었다.

"방금까지 좋기만 했는데 어려운 일이 첩첩산중이구먼. 이렇게 하지. 내무부에서 이백만 냥을 내놓도록 할게. 짐이 허리띠를 졸라매는 한이 있더라도 목숨 걸고 싸우고 돌아온 사람들을 서운하게 해서는 안 되지. 병사들에게는 일인당 이십 냥씩 주도록 하게. 적지 않은 액수 같아도 이것저것 제하고 나면 대여섯 냥씩밖에 안 남을 거야. 더이상 줄일 수는 없네."

"지당하신 말씀이시옵니다. 조정의 체면도 있으니 말이옵니다."

윤사가 말했다. 옹정이 다시 잠시 생각하더니 입을 열었다.

"이 일은 이제 그만 얘기하자고. 이제 군사들을 위로하기 위해 누구를 서녕으로 보낼 것인지에 대해 말해보게."

사람들은 옹정의 지시에 갑자기 뚝 입을 다물었다. 적당한 사람을 추천하기가 어려웠던 것이다. 그때 윤사가 상체를 숙이면서 아뢰었다.

"신의 생각에는 아무래도 왕을 파견하는 것이 좋을 듯합니다. 열셋째 아우와 열넷째 아우도 괜찮고 신이 갈 수도 있사옵니다. 군무와는 담을 쌓고 살았던 터라 군영軍營이 어떤 모습을 하고 있는지, 전쟁터는 어떤 곳인지 궁금해서 가보고 싶었사옵니다."

윤사의 말에 옹정이 이마에 핏줄이 불끈 솟아올랐다. 그러나 이내 웃으면서 말했다.

"자네들은 그렇지 않아도 해야 할 일들이 많은 바쁜 사람들이야. 아무도 보낼 수 없네. 윤제는 더군다나 안 돼. 병상에 계시는 모후를 무시한 채 짐에게 대들다가 모후의 명을 재촉했어. 그 죄를 물어야 한다고! 짐은 이미 장정옥에게 그의 왕작王爵을 박탈하도록 지시했네. 그래서 이 자리에도 못 온 것이고. 조금 있다 퇴청을 하면 여덟째가 한번 가보도록 하게. 분해도 화를 삭이라고 해. 준화에 가서 책이나 많이 읽으라고 전해주게. 그렇게 수양을 쌓으면서 영구靈柩를 지키라는 얘기지. 지의에 따르지 않는 날에는 짐이 곧바로 구금해버릴 것이라고도 전하게."

옹정의 말은 마치 차가운 얼음 같았다. 윤사의 얼굴은 삽시간에 시뻘겋게 부어올랐다. 그는 입술을 실룩거리면서 뭐라고 말하려다가 겨우 참고서 침과 함께 꿀꺽 삼켜버렸다. 그리고는 한참 후에야 한숨을 내쉬면서 말했다.

"신……, 지의를 받들겠사옵니다."

"대군大軍들을 산해관 안으로 이동시켜 방비에 나서도록 했던 것도 이제 생각해보니 필요 없을 것 같네."

옹정이 시원스럽게 다시 한 번 자신의 생각을 밝혔다. 그리고는 미리 생각해두기라도 한 것처럼 사자후를 토했다.

"책망 아랍포탄이 나포장단증을 거둬들였다는 것은 뭔가 흑심을 품었기 때문이라고 생각해. 때문에 서부 전역은 아직까지 완전히 끝났다고 볼 수 없네. 군사들을 위로하는 것에 관해서는 짐의 황자를 보내려고 하는데……. 음, 홍력이 적임자인 것 같네. 그밖에 도리침과 유묵림을 딸려 보내 지의를 전하도록 하면 문제없을 거야. 연갱요에게 삼천 군사를 인솔해 전쟁포로를 전부 데리고 오월까지 북경에 도착하라고 했네. 필요한 곳에는 돈을 아끼지 말고 쓰되 불필요한 지출은 한 푼이라도 아껴야겠어. 이 일은 윤상이 맡아서 처리하도록 하고 장정옥은 전반적인 정무政務를 보도록 하게. 여덟째, 그런데 자네는 기무旗務를 정돈하라고 시켰더니 도대체 매일같이 뭘 하고 다니는지 모르겠어! 자네가 관리한다는 기인旗人들을 좀 보게. 돈과 식량은 꼬박꼬박 때를 놓치지 않고 타가던데, 끼리끼리 어울려 차 마시고 새장이나 들고 다녀. 그리고는 누구 집 강아지가 새끼 세 마리를 낳았네, 네 마리를 낳았네 하는 걸로 목에 핏대나 세우고 말이야. 꼴들 참 가관이더군! 말잔치를 벌이라면 앉아서 못하는 일이 없는 사람들이 제대로 된 일을 시키면 왜 그렇게 죽을 쒀. 군자의 은혜는 오대五代가 가면 끊어진다고 했어. 기인이 뭐 대단한 건 줄 알아? 그럼에도 자기들 신분을 우려먹으려고 드는데, 마냥 그렇게 무골충無骨蟲처럼 흐물흐물해 있다가는 언제 밟혀 죽을지 모르는 일이지. 우리 대청의 앞날에도 좋은 영향을 미칠 리가 없고. 그러니 자네는 다른 일에는 신경 쓰지 말고 그자들이나 제대로 챙겨. 그것도 결코 작은 공로는 아니네."

옹정은 군무로부터 시작해 기무에 이르기까지 한바탕 대단한 정론政論을 쏟아놓았다. 좌중의 사람들은 속으로 저마다 흠칫하지 않을 수 없었다. 윤당과 윤아를 파면시켜 밖으로 내보내고 윤제의 왕위를 박탈하는가 싶더니 이제는 노골적으로 윤사에 대한 불만을 털어놓는 것이 아닌가!

장정옥은 핏기 없는 윤사의 얼굴을 바라보면서 속으로 탄식했다.

'여덟째, 이제는 당신 차례로군!'

윤사는 어느새 엉거주춤한 자세로 일어나 옹정의 훈시를 고분고분 듣고 있었다. 옹정의 말에 전혀 반박할 생각이 없어보였다. 그러나 속으로는 분노와 회한, 비애와 고통이 뒤섞여 죽을 맛인 기분을 죽어라 달래고 있었다.

그는 팔자걸음을 천천히 옮기면서 방 안을 오락가락하는 옹정의 뒷모습을 노려봤다. 단숨에 달려가 뒤통수를 갈겨버리지 못하는 것이 한스러웠다. 얼굴 근육도 마비되다시피 했다. 그러나 용케도 웃음을 지어보이면서 조심스레 아뢰었다.

"정말 지당하신 훈계이옵니다. 사실 성조께서 세 번 친정을 떠나실 때 따라나선 이래 만주족 군대의 기인旗人들은 전쟁터에 나가본 적이 없었사옵니다. 그로 인해 이제는 한족 군대의 녹영병들보다도 전투력에서 뒤떨어지게 되고 말았사옵니다. 그렇지 않아도 신은 이들의 거취 때문에 고민을 많이 했사옵니다. 종학宗學을 차려 공부를 시킬까 하는 생각도 했사옵니다. 공부가 끝나면 일정한 자리에 앉혀주려 했던 것이죠. 그러나 그렇게 많은 빈자리가 생기지 않을 것 같았사옵니다. 실제로고 그렇고요. 그렇다고 기인들을 시골에 보내 농사를 짓게 할 수는 없지 않겠사옵니까?"

"그게 왜 안 돼?"

옹정이 시퍼렇게 군은 얼굴을 한 채 매정하게 되물었다. 이어 더욱 화가 난 목소리로 조목조목 따지고 들었다.

"한족들은 농사를 지을 수 있는데, 기인들은 왜 못 짓는다는 거야? 그래, 이제 보니 농사를 짓는 수도 있었군. 짐을 잘 일깨워줬네. 회유懷柔, 밀운密雲, 순의順義, 대흥大興 등 북경 근교 지역에 황무지가 천지에 널려 있어. 가서 종인부와 내무부에 명령을 내려. 구체적으로 개간에 착수하라고 말이야. 할 일 없이 빈둥대는 기인들은 일인당 다섯 무畝씩 황무지를 개간하게 임무를 주라고. 뭘 한들 찻집에 하루 종일 처박혀 허튼소리나 내뱉는 것보다 못하겠어? 바로 그거야!"

옹정은 끝까지 분노를 털어내지 못했다. 그러나 곧 자신이 홧김에 한 말이 다소 지나쳤다는 생각이 드는지 숨을 길게 내쉬고는 윤사에게 다가가 어깨를 두드려줬다. 그러면서 훨씬 부드러워진 어조로 덧붙였다.

"짐이 화를 내서 미안하네. 너무 조급해서 그랬나 보네! 팔기병 자제들은 그 옛날 중원을 종횡무진 누빌 때 혼자서 백 명을 상대로 싸워도 이길 정도 아니었는가? 그야말로 용감무쌍했다는 말일세. 그런데 그 훌륭한 피를 이어받은 후예들이 지금 그 꼴을 하고 있어. 얼마나 한심하고 통탄할 일인가! 돈 몇 푼 아끼려고 그러는 것이 절대 아니야. 짐은 결코 멍청하지 않은 우리 후예들이 그런 식으로 망가져가는 것이 보기 싫어. 형편없이 타락해서는 진취적 기상을 점점 잃어가는 것을 구경만 할 수는 없다고 생각해. 바로 그 때문이야. 자네는 그들을 비롯한 모든 사람들에게 덕망이 높은 사람이야. 이 일은 자네아닌 다른 사람은 시켜도 못할 걸세. 짐은 자네를 믿네!"

원래 윤상과 윤사는 수십 년에 걸친 숙적 사이였다. 그러나 '팔황자당' 중에서 대놓고 윤상을 모독하고 괴롭힌 것은 윤사가 아니었다. 오히려 아홉째와 맏이, 그리고 열째가 주로 윤상을 괴롭혔다. 반면 '팔황자당'의 수장인 윤사는 대놓고 윤상을 괴롭힌 적이 거의 없었다. 심지어 가끔씩은 윤당과 윤아에게 지나치게 하지 말라면서 주의를 주기도 했다.

때문에 윤상은 옹정이 팔황자당을 와해시키는 모습을 쾌재를 부르면서 지켜봤으나 지금 이 순간만큼은 기분이 별로 좋지 않았다. 고개를 가슴께까지 늘어뜨리고 쩔쩔매는 윤사가 측은한 마음이 들었던 것이다. 그래도 같은 아버지를 둔 혈육이 아닌가!

윤상은 그런 생각이 들자 가벼운 기침을 하면서 입을 열었다.

"폐하, 기무旗務를 정돈하는 일에 대한 고충을 여덟째 형님이 여러 번 호소하는 것을 들은 적이 있사옵니다. 이미 종학을 차려 공부를 시키고 일자리를 마련해 적잖은 수를 황장皇莊으로 보냈사옵니다. 그러나 사실 그 어려움은 이치를 정돈하는 것에 못지않사옵니다. 폐하께서는 너무 조급해 하시지 마셨으면 하옵니다. 약한 불에 천천히 오래오래 끓이다 보면 돼지머리도 맛있게 익는다면서요? 폐하의 지의에 따라 저희들이 대책을 마련해 올려 보내는 것이 어떻겠사옵니까?"

옹정이 윤상의 말에 마음이 많이 누그러졌는지 회중시계를 꺼내보면서 대답했다.

"그럼 그렇게 해보게. 열일곱째 누님께서 건강이 좋지 않다고 해서 짐이 가봐야겠어. 오후에는 양심전으로 방 선생을 불렀으니 윤상 자네도 들어오게. 또 모레는 짐이 북경을 떠나 하남성으로 황하 시찰을 떠날 예정이야. 그러니 오늘 내일 중으로 결재를 받아야 할 문서들이 있으면 서둘러 올려 보내도록 하게. 짐이 떠나기 전에 결재할 테니까. 오늘은 그만 물러들 가게."

"예, 폐하!"

좌중의 대신들이 일제히 머리를 조아렸다. 옹정이 밖으로 나가자 그들은 그제야 비로소 옷을 툭툭 털고 일어나 각자 갈 길로 흩어졌다.

윤사는 주체할 수 없을 정도의 분노를 안고 동화문을 나왔다. 이어 옛 제화문에까지 이르렀다. 그때 윤사는 문득 "열넷째를 설득하라"는 옹정의 지의를 떠올렸다. 그는 곧 가마 안에서 발을 힘껏 구르면서 큰소리로 말했다.

"옥황묘玉皇廟 북쪽의 열넷째마마 댁으로 가!"

가마꾼들이 우렁차게 대답한 다음 천천히 북쪽으로 방향을 틀었다. 윤사는 상수리나무로 만든 가마의 틀이 만들어내는, 단조롭지만 절도 있게 삐거덕거리는 소리를 들으면서 차츰 마음의 안정을 찾아가고 있었다. 이미 북경성 밖으로 나와 있는 상태였으므로 윤제의 집으로 가기 위해 굳이 다시 성 안으로 들어갈 필요는 없었다. 그저 호성하護城河 관도官道를 따라 북으로 가서 동각문東角門 서쪽으로 향하면 되었다.

때는 중춘仲春 3월이었다. 가마의 창 너머로 회색빛의 높고 큰 북경성의 성곽이 음침하고 칙칙했다. 그 가운데로는 검붉은 색과 초록의 이끼 및 넝쿨이 수백 년 동안 세상과 더불어 고초를 같이 해온 옛 성곽에 신비스러운 분위기를 더해주었다. 톱날 모양을 이룬 성곽 위의 짧은 장벽 위에는 누렇게 찌든 황초黃草들이 보였다. 그 사이로 봄풀이 파릇파릇 돋아나고 있는 모습이 몹시 보기 좋았다. 또 저 멀리 길게 뻗은 구불구불한 성벽은 마치 세인들에게 뭔가를 하소연하고 있는 듯했다.

윤사는 다시 동쪽으로 눈길을 돌렸다. 그곳에는 또 다른 세상이 펼쳐져 있었다. 우선 아지랑이가 가물가물 연기처럼 피어오르는 끝없이 펼쳐진 들판에 파란 보리밭이 주단처럼 펼쳐져 있었다. 둑 위의 길에는 봄을 즐기러 나온 남녀노소들이 유유자적한 시간을 보내고 있었다. 그중에서도 바구니를 끼고 작은 삽을 들고 다니면서 봄나물을 캐는 시골 아낙네들의 모습이 풋풋한 흙내음과 더불어 특히 보기 좋았다. 봄바람에 연을 날리는 코흘리개들의 웃음소리 역시 보는 이의 부러움을 자아내기에 충분했다.

윤사는 사람 사는 냄새가 물씬 나는 바깥 풍경을 내다보면서 긴한숨을 토해냈다. 뭔가 말을 하고 싶은 표정이었다. 그러나 결국은 입을 다물고는 손을 이마에 대고 깊은 생각에 잠겼다.

시간이 얼마나 흘렀을까, 가마가 멈춰서더니 천천히 내려앉았다. 하주아가 조심스럽게 다가와 아뢰었다.

"여덟째마마……."

"왜?"

"도착했습니다."

"그래."

윤사가 떨떠름하게 대답하면서 상체를 내밀고는 우뚝 솟은 채 장관을 이루고 있는 십사패륵부를 바라봤다. 금칠을 한 붉은 대문은 굳게 닫혀 있었다. 10여 명의 왕부 시위들이 못 박힌 듯 그 자리에 꼼짝 않고 서 있었다. 그랬으니 문 앞은 개미새끼 한 마리 지나가지 못할 만큼 엄숙하기 이를 데 없었다. 담벼락 가까이 있는 몇 그루의 수양버들이 가지를 땅바닥까지 늘어뜨리고 있는 모습만이 보는 이의 시선을 끌 뿐이었다.

윤사는 황제가 하사한 '대장군왕부'라는 편액이 뜯겨나간 정문을 올려다보고는 바늘에 찔린 것처럼 흠칫 몸을 떨었다. 마침 그때 사무관 옷차림을 한 사람이 다가와 문안을 올렸다.

"지의를 받고 열넷째마마를 만나러 왔네."

윤사의 말에 사무관이 잠깐 어정쩡한 표정을 짓다 황급히 대답했다.

"아, 네! 지의를 받고 오셨습니까? 잠깐만 기다리십시오. 소인이 열넷째마마께 중문을 열어 영접하시라고……."

"아니 그럴 것 없네. 지의를 받고 오기는 했으나 조서를 선독宣讀하러 온 것은 아니기 때문에 그렇게 요란하게 굴 것 없네."

윤사가 손사래를 치면서 말렸다. 그리고는 의문儀門으로 성큼 들어섰다. 그가 앞서 걸어가면서 사무관에게 물었다.

"자네, 이름이 뭔가?"

"예, 여덟째마마. 소인은 채회새라고 합니다."

"전에 열넷째가 기반가棋盤街에 있을 때 집으로 여러 번 갔었네. 그때는 자네를 못 본 것 같은데, 언제부터 여기에 있었나?"

채회새가 길을 안내하다 말고 옆으로 비켜서면서 대답했다.

"소인은 전에 내무부에 있었습니다. 작년 가을에야 전온두와 함께 이곳으로 열넷째마마를 시중들러 오게 됐습니다. 대왕, 이쪽으로 오십시오. 열넷째마마께서는 서재에 계십니다. 사실 여덟째마마께서는 소인의 은인이십니다. 귀인은 세상일을 잘 잊어버린다는 말이 있듯이 대왕께서는 저를 기억하지 못하실 뿐입니다."

윤사가 채회새의 말에 잠깐 발걸음을 멈추고 주의 깊게 채회새를 훑어보았다. 그러나 역시 기억이 안 나는 듯 고개를 가로저었다. 그러자 채회새가 웃으며 말했다.

"여덟째마마는 '팔현왕'으로 유명하신 분답게 좋은 일을 하도 많이 하셔서 당연히 기억을 못하실 겁니다. 강희 오십육 년에 소인의 일가는 북경으로 친척을 찾아왔다가 오갈 데가 없어 조양문 부둣가에서 빌어먹어야 하는 형편이었습니다. 그 당시 저의 가족들은 거의 다 얼어 죽을 뻔했습니다. 그때 그곳을 지나시던 여덟째마마께서 저희 일가에게 먹을 것을 주시면서 소인에게 몇 마디 물으셨습니다. 그리고는 부하를 시켜 소인을 내무부로 들어가 일하도록 해주셨죠. 기억이 안 나십니까?"

채회새의 얼굴에는 어느새 웃음이 걷히고 눈에는 눈물이 고였다. 윤사는 그럼에도 기억이 나지 않았다. 비슷한 일이 워낙 많았던 탓이었다. 그가 곧 머리를 끄덕이면서 탄식하듯 말했다.

"별것 아닌 것에도 이렇게 은혜를 잊지 않고 기억해주는 사람이 있는데, 훨씬 큰 은혜를 입었음에도 나 몰라라 하고 외면하는 인간들도 얼마나 많은가."

윤사와 채회새는 한참을 더 걸었다. 곧 울창한 대나무숲속에 자리한 세 칸짜리 산방山房이 보였다.

"여기가 열넷째마마의 서재입니다."

"자네는 여기에서 기다리게. 내가 혼자 들어가 볼 테니."

윤사가 미소를 머금은 채 지시하고는 곧바로 서재로 향했다. 처마밑 계단 위에 이르니 안에서 거문고소리가 들려왔다. 윤사는 의아한 마음에 고개를 갸웃거렸다. 그때 어떤 여자의 목소리가 들려왔다.

"이 〈평사낙안〉 노래는 너무 어려워요. 악보도 천서天書같아서 하나도 모르겠고요. 열넷째마마, 한 번만 봐주세요."

윤사의 얼굴에 웃음이 번졌다. 뒤이어 윤제의 목소리도 들려왔다.

"공을 들이면 자연스럽게 이뤄지는 거야. 천부적인 재능을 타고난 데다 나같이 훌륭한 스승까지 만났는데, 악기 하나도 제대로 다루지 못하면 사람들의 웃음거리가 될 것 아닌가! 이리 와 봐, 한 번만 더 해봐. 기억하라고. 먼저 새끼손가락으로 여기 이 현絃을 튕기고 왼쪽 엄지로 이 현을 눌러. 그래, 옳지! 무명지無名指로는 일곱 번째 현을 튕기고……, 조급해 하지 말고 천천히 해. 어때, 아까보다는 훨씬 낫잖아!"

"열넷째 아우, 자네는 노는 것도 풍류가 넘치는군!"

윤사가 더 이상 엿듣고 있어서는 안 되겠다고 생각한 듯 안으로 들어서면서 말했다. 방 안에는 잠자리날개처럼 하늘거리는 옷으로 단장한 젊은 여자가 거문고와 씨름을 하고 있었다. 또 그 뒤에는 장포를 입고 허리띠도 매지 않은 윤제가 반쯤 무릎을 꿇어앉은 채 여자의 손을 붙잡고 있었다. 둘 다 이마에 땀이 송골송골 맺혀 있었다.

윤제는 윤사가 들어서자 곧바로 일어났다. 여자 역시 얼굴이 홍당무가 되어 죄지은 사람마냥 풀이 죽은 채 한편에 시립하고 섰다. 윤제가 웃으면서 말했다.

"여덟째 형님! 깜짝 놀랐잖아요. 폐하께서 점간처粘竿處의 사람을 풀어 저를 잡으러 온 줄 알았어요."

윤사가 피식 웃으면서 다가가서는 두 사람이 씨름하던 악보를 들여다봤다. 일반인이 보기에는 천서라고밖에 할 수 없는 〈징〉徵이라는 악보였다. 윤사가 송구스러워 어쩔 줄 모르는 여자를 보면서 말했다.

"이건 확실히 어려운 거야. 일단은 손가락으로 짚는 지법指法부터 연습해야 해. 그 다음에야 악보를 가르쳐 달라고 해야 한다고. 또, 이건 제대로 배우려면 마음이 심란해서는 절대 안 되는데, 이렇게 끌어안고 있으니 마음이 평온할 수가 있겠어? 아무리 그러고 싶어도 못하겠지."

"형님도 참! 모르기는 해도 여덟째 형님도 이렇게 누군가를 가르쳐 보셨을 걸요? 제대로 안 됐으니 괜히 질투가 나서 그러는 거죠? 하기야 붉은 두건에 푸른 소맷자락, 은은한 향기의 미인을 가까이 하고 있으면 마음이 심란한 것은 당연한 일이죠. 인제, 그만하고 여덟째마마에게 차 한 잔 올려!"

윤사는 그제야 눈앞의 여자가 바로 전문경을 도와 산서 순무 낙민을 쓰러뜨린 여자, 교인제라는 사실을 알 수 있었다. 더욱 호기심이 동한 눈빛으로 눈여겨보았다. 그의 눈에 비친 교인제는 나름 외모가 괜찮았다. 월백색月白色 기포旗袍(치파오. 옆이 트인 중국 여성들의 전통 치마. 원래 만주 팔기인들의 복식)를 입고 머리에 비녀를 얌전하게 꽂고 있었다. 발은 전족이 아니었다.

윤사가 웃으면서 말했다.

"형부에서 잠깐 봤을 때는 이렇게 청순가련형인 줄 몰랐어. 열넷째가 좋아할 법도 하네! 한족이 우리 기장旗裝을 입어도 멋있네? 그런데 우리 집 애들은 이걸 입혀 놓으니까 이상하게 모양새가 안 나던데?"

윤제가 윤사의 말을 듣자마자 교인제를 향해 웃어보이고는 그에게 말했다.

"교인제 저 아이는 한족이 아니에요. 만주족이에요!"

윤사는 윤제의 말을 듣는 순간 교인제의 눈썹과 미간이 누군가를 닮았다는 생각을 했다. 그러나 도대체 그 사람이 누구였는지 기억이 나지 않았다. 그가 한참을 생각하다 결국 교인제에게 물었다.

"만주족이라고? 교씨라고 했지? 어느 기 소속인가?"

교인제가 수줍은 얼굴로 윤사를 힐끗 쳐다보고는 고개를 숙인 채 대답했다.

"소녀의 어머니는 한족이고요……, 아버지 얼굴은 본 적이 없어요. 제가 두 살 때 산서성으로 피난을 갔었죠. 그때 교씨 성을 가진 아저씨가 저희 모녀를 구해주셨어요. 그 뒤로 성을 교씨로 바꿨어요……."

윤사는 어떤 풍류를 주체 못한 팔기병 자제가 죄악의 씨앗을 뿌렸구나…… 하고 생각하지 않을 수 없었다. 그러나 번번이 있는 일이라 이상할 것도 없다는 듯 차를 홀짝이고는 화제를 돌렸다

"아무튼 자네는 복 있는 여자네. 열넷째마마가 준화로 가면 허전

해서 어떻게 지낼까 은근히 걱정했었지. 그런데 자네가 같이 가면 되겠네!"

"여덟째 형님! 누가 그래요? 내가 준화로 간다고요? 나는 아직 지의를 받아들이지 않았어요. 형은 넷째 형님의 영을 받고 저를 설득하러 온 거군요?"

윤제가 차가운 어조로 순식간에 윤사의 말허리를 잘랐다. 그리고는 단향목 부채를 쫙 펼쳐들더니 반쯤 의자에 누운 채 천천히 부쳤다. 이어 오만하고 도발적인 시선으로 말없이 윤사를 노려봤다.

윤사는 윤제의 반응에 흠칫 놀라는 표정을 하더니 재빨리 주위를 둘러봤다. 몇몇 가인家人들이 서성이는 것 외에 다른 특이한 사항은 없었다. 그는 다소 안심한 듯 갑자기 교인제에게 말했다.

"나가서 저 사람들에게 멀리 물러가 있으라고 하게!"

교인제가 황급히 몸을 낮춰 알겠노라고 대답하고는 바로 밖으로 나갔다. 윤사는 그제야 푸르스름한 빛이 감도는 눈빛을 번뜩이면서 윤제에게 다가갔다. 입가에 차갑고 소름끼치는 미소가 걸려 있었다.

윤제가 돌변한 윤사의 태도에 겁이 나는지 흠칫 놀라더니 부채를 떨어뜨렸다. 이어 윤사를 바라보면서 더듬거렸다.

"여덟째 형님, 왜 이러시는 거예요?"

"네가 지의를 받아들이지 않겠다고 했어?"

"듣기 좋아 '수릉'守陵(능을 지키는 것)이지 연금을 당하는 거나 마찬가지잖아요!"

"설사 그렇다고 하더라도 어쩔 수 없이 받아들여야지. 지의를 끝까지 안 받아들이기라도 할 거야?"

"예, 못 받아들이겠어요."

"건청문의 시위들이 연행하러 오면 어떻게 하려고?"

"제발 그랬으면 좋겠어요. 온 천하의 사람들에게 황제라는 사람이 어떤 식으로 자기 친동생을 대하는지 적나라하게 보여주게 말이죠."

"너의 아홉째 형님, 열째 형님 그리고 나까지 그 사람 친형제 아닌 사람이 어디 있어? 또 둘째 형님은 그 사람 친형님이 아니어서 지금껏 저러고 있어?"

"형님들과는 입장이 달라요. 나는 그 사람과 같은 어머니 뱃속에서 태어났다고요!"

윤제의 숨소리가 점점 거칠어졌다. 몹시 흥분한 듯했다. 얼마 후 그가 자세를 고쳐 똑바로 앉으면서 말을 이었다.

"저는 가지 않을 거예요. 차라리 죽여줬으면 좋겠어요!"

윤사가 한참 동안 윤제를 뚫어지게 쳐다봤다. 이어 푸우! 하고 웃음을 터트리면서 말했다.

"열넷째, 자네는 아직 어려! 고단수는 못 된다는 말이야. 지금 자네가 이런 식으로 생떼를 쓰면 천하의 사람들은 우리를 '가엾다'고만 생각할 거야. 후세들은 또 우리를 우습게 볼 것이고. 막무가내로 나갈 때는 나가더라도 지금은 절대 안 돼!"

윤사의 힐책에 윤제는 한없이 우울한 기분에 사로잡혔다. 곧 그의 침울한 눈빛이 윤사의 얼굴에서 미끄러져 내렸다. 한참 후 윤제가 한숨을 토하면서 조용히 중얼거렸다.

"우리 입지가 갈수록 좁아지는 것은 하늘의 뜻 같아요. 사람의 힘으로는 도저히 어떻게 할 수 없는 하늘의 뜻 말이에요. 연갱요가 승전보를 보내오면서 옹정의 정국은 갈수록 안정되고 있어요. 공작의 직함에다 높은 자리까지 보장된 마당에 연갱요 그 자식이 우리를 따라 흙탕물에 뛰어들려고 하겠어요? 융과다도 보시다시피 막강한 권력을 장악하고 있는 것 같으나 결정적인 순간에는 허수아비나 마찬가지잖아요. 우리가 이렇게 이산가족이 되어버리니까 설설 기면서 다가들던 자식들이 이제는 어디로 도망쳤는지 코빼기도 보이지 않잖아요. 우리는 이제 누구를 믿고 일어서죠?"

윤제의 말은 윤사의 마음을 대변하고도 남았다. 윤사가 그런 윤제의 말을 한참 음미하더니 이를 악물었다. 그리고는 두 글자를 불쑥 내뱉었다.

"홍시!"

"셋째 황자 말이에요?"

"그래."

윤사가 낮은 어조로 말했다. 갑자기 윤사의 눈 밑 근육이 부풀어 올랐다. 잿빛 눈에는 살의가 일렁거렸다. 그가 다시 윤제에게 다그치듯 말했다.

"잊지 말아. 그리고 열넷째 너, 윤당, 윤아 모두 이제부터는 '팔황자 당'이 아니야. 우리는 이미 '삼황자당'이 됐어! 이기고 지고, 엎치락뒤치락 하는 것이 놀음의 법칙 아니겠어? 다음 경기 역시 형제간의 권력다툼이야. 홍시와 홍력 두 황자, '공패륵'恭貝勒 대 '보친왕'寶親王 사이의 새로운 당쟁黨爭이 볼만할 걸? 우리는 반드시 홍시호弘時號에 올라 타 새로운 기회를 노려야 해. 이 기회를 충분히 활용하지 못하면 바보천치나 마찬가지야!"

윤제는 윤사의 말에 꽤 충격을 받은 눈치였다. 미동도 하지 않은 채 윤사를 쳐다보기만 했다. 그러다 한참 후에야 힘겹게 자리에서 일어나서는 멍하니 햇빛 찬란한 창밖을 내다보면서 입을 열었다.

"무슨 뜻인지 알겠어요. 아무리 더럽고 치사해도 이 악물고 참아야 한다는 거죠? 홍시를 위해서라도 말이에요. 홍시라는 방패를 이용해 때가 되면 홍력, 홍시 다 함께 매장해 버리자 이거 아닙니까?"

"아미타불! 우리는 정말 통하는 게 있구먼!"

윤사가 합장을 한 채 느릿느릿 말했다. 그의 얼굴에는 벌써부터 전의가 불타고 있었다.

28장
어화원에서 흉금을 털어놓는 형제

　윤사, 윤제 형제는 서재에서 한 시간 동안이나 밀의^{密議}를 나눴다. 얼마 후 자명종이 땡! 하고 울렸다. 둘은 반사적으로 고개를 돌렸다. 이미 미시^{未時}가 다 된 시각이었다. 윤사가 마침내 자리에서 일어났다.

　"이제 또 옹정한테 가서 지의 전달 상황에 대해 보고를 올려야지. 불평하지 말고 내일 들어가서 잘하겠노라고 말해. 모레 하남성으로 순시를 떠난다는데, 잘 다녀오시라고 인사하는 것도 잊지 말고."

　윤제가 윤사의 말에 기지개를 켜면서 일어섰다. 이어 큰소리로 불렀다.

　"교인제, 옷 좀 챙겨와. 나도 염친왕 형님하고 같이 나갈 거야!"

　윤사가 윤제의 말에 정색을 하면서 황급히 말렸다.

　"뭘 그렇게 서둘러? 내가 먼저 보고를 올리고 또 무슨 지의가 있을지 알아볼 테니까. 자네는 내일 가도 늦지 않아. 우리 둘이 같이 다니는 것을 보면 또 의심할 거라고."

"같이 다니지 않으면 제가 '팔황자당'이 아닌 걸로 되나요? 형님이 오늘 오지 않았어도 저는 나가려고 했었어요. 열일곱째 누님께서 병 들어 누웠다는데 들여다봐야죠. 수레는 수레대로, 말은 말대로 각자 알아서 갈 텐데, 누가 뭐라 그러겠어요?"

윤제가 교인제가 옷을 입혀주는 대로 몸을 맡기고는 히죽 웃으면서 말했다. 이어 밖으로 나가면서 계단 위에서 고함을 질렀다.

"전온두, 채씨한테 수레를 대기시키라고 해. 교인제도 나하고 같이 궁으로 들어갈 거니까!"

두 형제는 각각 커다란 수레에 앉아 길을 떠났다. 윤사는 왔던 길로 가지 않고 신무문에서 빙 둘러 서화문에 도착했다. 거기에서 패찰을 건네 뵙기를 청했다. 반면 윤제는 융종문을 가로질러 천가天街를 통해 영항永巷 동쪽 길을 따라 북으로 가서 재계궁齋戒宮 편전偏殿에 도착했다. 그곳에 열일곱째 황고가 있었던 것이다.

원수는 외나무다리에서 만난다고 했던가. 윤제는 공교롭게도 그때 윤상이 태감들을 데리고 일정문을 통해 대내로 들어가는 모습을 발견했다. 순간 황급히 엎드려 신발을 고쳐 신는 시늉을 하면서 윤상의 눈을 피했다. 윤상은 그런 윤제를 발견하지 못하고 금세 사라졌다. 윤제는 그제야 '신발'을 고쳐 신고 일어났다.

열일곱째 황고는 얼굴이 벌겋게 달아오른 채 베개에 반쯤 기대고 있었다. 숨소리가 무척이나 거칠었다. 호흡도 길었다가 짧았다가 하는 등 고르지 않았다. 그 때문에 가슴이 가쁘게 오르내렸다. 게다가 눈꺼풀은 맥없이 축 처져 있었다. 가래 끓는 소리 역시 심상치 않았다. 그러나 이미 가래를 뱉어낼 기력조차 잃은 그녀는 숨이 차오를 때마다 고통을 못 이겨 진저리를 쳤다. 금방 숨이 넘어갈 것처럼 보였다.

그래서일까, 그녀는 눈꺼풀이 뒤로 마구 넘어가다가도 중간 중간에 잠깐씩 정신을 차리고는 했다.

윤제는 교인제를 데리고 안으로 들어섰다. 한 무리의 궁녀들이 입 닦을 수건을 비롯해 가래침 뱉을 통을 받쳐 들고 숨죽인 채 줄지어 서 있는 모습이 보였다. 방 안에는 풀무질하는 소리 같은 열일곱째 황고의 신음 섞인 숨소리와 사렴絲簾으로 가린 옆방에서 몇몇 태의들 이 처방에 고심하며 소곤대는 소리만이 들려올 뿐이었다.

윤제가 마땅히 어떻게 할 바를 모르고 쭈뼛쭈뼛하며 서 있을 때 였다. 궁녀 한 명이 열일곱째 황고의 귓가에 대고 나지막한 목소리 로 말했다.

"황고마마, 열넷째마마께서 문안을 올리러 오셨습니다. 눈을 감고 그대로 누워 계시기만 하면 되겠습니다."

"윤제냐?"

열일곱째 황고가 두어 번 끙끙거리더니 힘겹게 천천히 몸을 돌려 누웠다. 그리고는 갑자기 눈을 번쩍 뜨면서 간신히 손짓을 했다.

"이리 와. 어서……."

윤제는 평소의 명랑하고 쾌활하던 한참 손위의 누나가 병이 고황膏 肓에 든 채 운신도 제대로 못하자 그만 콧마루가 찡해지면서 눈물을 왈칵 쏟고 말았다. 그 모습이 너무나도 비참해 보였던 것이다. 그는 황급히 다가가 한쪽 무릎을 꿇은 채 울먹였다.

"불초한 동생 윤제가…… 누님에게 문안을 올립니다. 며칠 못 보는 사이에 이게 뭐예요, 이게 뭐냐고요……!"

열일곱째 황고가 눈물을 비 오듯 흘리는 윤제를 바라보더니 몸을 격렬하게 떨었다. 기침도 크게 했다. 그 덕분에 목구멍을 꽉 막고 있 던 가래를 뱉어낼 수 있었다.

그러자 그녀는 가슴이 확 트이는 느낌에 그제야 살 것 같은 모양이었다. 조금 전의 가냘픈 모습도 언제 그랬느냐는 듯 종적을 감춰버렸다. 열일곱째 황고는 애써 그 옛날의 불같은 모습을 재현하려는 듯 아무렇지도 않다는 표정을 지은 채 말했다.

"불조佛祖께서 아직 나를 부르시지도 않았는데, 너는 왜 벌써부터 울고불고 난리냐? 어서 가라고 재촉하는 거야, 뭐야? 눈물 닦아, 어서! 이리 와 봐, 너에게 할 말이 있어."

윤제가 열일곱째 황고의 말을 듣자마자 무릎걸음으로 그녀에게 한 발자국 다가갔다.

"이럴 때는 또 멀쩡해 보이시네요. 하실 말씀이 있으면 주저하지 말고 하세요. 또 필요하신 물건이 있으면 지시만 하세요."

"내 병세에 대해서는 내가 잘 알아. 살날이 얼마 남지 않았어. 더구나 우리 애신각라 가문의 공주들은 태조 때부터 오십세를 넘긴 이가 둘 밖에 없었어. 그중 내가 제일 길게 산 것 같아. 이미 육십삼 년씩이나 살았으니 더 이상 미련이 없어. 만족한다고. 그래도 아직은 숨이 붙어 있으니 너에게 몇 마디 당부하려고 해. 들어줄 수 있겠니?"

열일곱째 황고가 긴 속눈썹을 깜빡이면서 담담하게 탄식했다.

"예, 말씀하세요. 열심히 들을게요."

"나는 여자야."

열일곱째 황고가 마른기침을 하면서 툭 뱉었다. 목소리에 기운이 없었다. 메말라 있기도 했다. 그녀가 다시 입을 열었다.

"너희 남자들이 하는 바깥일에 대해서는 간섭해서도 안 되고 간섭할 수도 없어. 그러나 이 한마디만은 해주고 싶어. '형제간에 마음이 일치하면 그 예리함은 쇠도 자를 수 있다'兄弟同心 其利斷金는 말이야. 무슨 뜻인지 잘 알지? 지나간 일은 사내답게 가슴속에 묻어버려. 두

고두고 꺼내서 씹고 내뱉고 지저분하게 그러지 마. 그러면 후세들이 이 시대의 역사를 어떤 시각으로 보겠어? 또 너희들 혈육들이 물고 뜯고 치고 받고 싸우는 것을 보고 한족들이 얼마나 비웃겠어? 폐하를 힘들게 하지 마. 그 사람도 나름대로 왜 고충이 없겠어. 말이 났으니 말인데, 너의 넷째 형님, 나쁜 사람 아니야……."

윤제가 두어 마디 말만으로 정곡을 찌르는 열일곱째 황고의 단도직입적인 말에 뭐라 대답할 말이 없었다.

"누님, 그런 일은 없어요. 안심하세요. 저는 폐하와 같은 뱃속에서 태어난 가장 가까운 혈육 아닙니까? 그럴 리가 있겠어요? 또 군신의 관계도 분명한데 감히 뭐라고 하겠어요?"

"쥐방울만 한 것이 건방지게 누나를 속여먹으려고."

열일곱째 황고가 자상하게 웃으면서 윤제의 까맣고 반들반들한 머리채를 매만졌다. 이어 진심 어린 어조로 덧붙였다.

"여자들은 머리카락은 기나 생각은 짧다고 해. 그렇다고 남자들은 머리채가 짧은가? 자네는 내가 어릴 때부터 키우다시피 했어. 그래서 속마음도 손금 보듯 잘 알고 있어. 나는 그 많은 형제들 중 유독 자네와 윤상을 제일 신경 쓰고 마음 아파하면서 애틋하게 키웠어. 누나 뒤를 아장아장 따라오면서 어화원에서 석류 따먹고 배 훔쳐 먹던 기억이 어제 같은데……. 어느덧 갈 때가 머지않았구나. 제발 부탁이야. 형제간에 의 상하지 말거라. 솔직히 지금까지 너의 넷째 형님 어깨라도 붙잡고 바른말 몇 마디 해줄 수 있는 사람은 천하에 나밖에 없었어. 그런데 이제 나마저 떠나버리면 너희들의 불장난을 말릴 사람이 없어. 그러니 마음이 안 놓여 내가 어떻게 눈을 감겠니?"

열일곱째 황고의 눈에서 상심에 젖은 굵은 눈물이 볼을 타고 흘러내렸다. 가냘프게 숨을 몰아쉬는 그녀를 안타깝게 바라보던 윤제의 눈에서도 눈물이 흘렀다. 그가 부드러운 목소리로 말했다.

"걱정하지 마세요, 누님! 누님은 금방 나을 거예요! 저…… 누님 말씀…… 명심할게요."

윤제가 흐느끼면서 말을 이어나가려 할 때였다. 밖에서 부산한 발소리가 가까워졌다. 윤제는 문 쪽으로 고개를 돌리다가 흠칫 놀라고 말았다. 피해가려 하면 할수록 더 자주 만나게 되는 옹정이 보였던 것이다.

옹정이 나타나자 수십 명의 궁녀와 태감들이 옷자락 스치는 소리를 내면서 일제히 무릎을 꿇었다. 윤제 역시 눈물이 그렁그렁한 눈을 들고 옹정을 힐끔 쳐다보면서 열일곱째 황고의 침대 옆에서 무릎을 꿇었다.

"죄신 윤제가 폐하를 고견하옵니다."

"형제간에 죄신이니 뭐니 할 게 어디 있는가. 일어나게!"

옹정이 말을 마치자마자 열일곱째 황고에게 다가섰다. 이어 그녀가 자신을 뚫어지게 바라보자 침대 옆에 자리하고 앉은 채 조용히 입을 열었다.

"누님, 어떻게 좀 괜찮아요?"

열일곱째 황고가 머리를 끄덕였다.

"맏이와 둘째 빼고는 다 봤어요, 이제. 마음이 많이 안정되는 것 같아요. 후유! 이 누나는 이제 살아있을 날이 며칠 남지 않았어요. 그동안 이 늙은 과부 누나가 지고무상한 군주 앞에서 너무 무법천지였죠? 때로는 생떼를 쓰는 누나가 많이 원망스러웠죠?"

옹정이 눈물을 가득 머금은 얼굴을 한 채 말했다.

"자고로 황제는 천륜의 낙을 누릴 수가 없다고 했어요. 세인들의 눈에 비치는 황제는 아쉬울 것이 없어 보이겠지만, 그게 아니에요. 하

고 싶은 말도 속 시원히 못하고 눈에 보이지 않는 사슬에 칭칭 묶여
있다고 해도 과언이 아니죠. 누님 아들 문제만 해도 그래요. 결국에
는 무사히 돌아와 줬고, 앞으로 높은 관직에서 일하게 될 거예요. 그
렇지만 그런 생각은 나 혼자만 알고 확신할 뿐 그 당시에는 누님 가
슴에 못질하는 격이 될지라도 확답을 드릴 수가 없었죠. 사방에 기대
쉴 곳이라고는 없고 육친을 인정할 수 없는 그 철저한 고독과 외로움
은 황제만의 것이에요. 그래도 나는 누님이 있어 조금이나마 천륜을
느낄 수 있었어요. 누님이 편찮으시다는 소식을 들었을 때는 태후마
마 병간호 할 때 못지않게 가슴이 아팠어요. 다만 요즘 따라 모든 일
들이 한데 겹쳐 눈앞이 캄캄할 정도로 바쁘다 보니 매일 뵈러 올 수
가 없었어요. 그것이 한스러울 뿐이에요. 태의와 하인들은 제대로 시
중을 잘 들고 있겠죠?"

열일곱째 황고가 심하게 몸을 들썩이면서 격렬하게 기침을 했다. 그
럴 때마다 가래가 목구멍에서 떨어지고 숨쉬기가 한결 편해지는 듯
했다. 그녀가 한참 가쁜 숨을 몰아쉬더니 웬일로 좌중을 물리쳤다.

"다들 물러가!"

그녀는 궁녀들이 물러간 것을 확인한 다음에야 다시 말을 잇기 시
작했다.

"제가 이래봬도 신분과 지위가 아직 살아있어요. 그런데 하인들 제
까짓 것들이 감히 저에게 태만하겠어요? 그 점은 폐하께서 안심해도
돼요. 폐하는 보기에는 차가우나 속마음은 그렇지 않아요. 공과 사
를 제대로 구분하는 분명한 사람이라는 사실도 저는 잘 알아요. 전
에 소마라고도 그랬고 공사정도 그랬어요. 폐하에 대해 얘기할 때면
한결같이 딱 부러지고 분명할 뿐만 아니라 깔끔하다고요. 그 점에서
는 다른 어느 황자도 따라갈 수 없다고 입을 모으고는 했죠. 말년의

선제께서 기력이 쇠잔하셨음에도 그나마 지탱할 수 있었던 것은 역시 폐하와 열셋째의 역할이 컸어요. 입은 비뚤어져도 말은 바로 하랬다고, 이 누나가 양심껏 얘기하겠어요. 선제께서 폐하에게 천하를 맡기신 것은 더할 나위 없이 현명한 선택이셨어요."

열일곱째 황고가 속마음을 털어 놓으면서 한편에 비스듬히 앉은 채 눈을 내리깔고 있는 윤제에게 눈길을 보냈다. 이어 덧붙였다.

"그런데 이 누나가 폐하께 진심으로 해주고픈 말이 있어요. 폐하는 너무 맑아서 문제예요. 그것을 알고 있나요?"

"누님!"

옹정이 이제 그만 말하라는 듯 열일곱째 황고를 다그치려고 했다. 그러나 그녀는 전혀 아랑곳하지 않고 기침을 하면서도 말을 이었다.

"제 말 좀 들어봐요. 폐하께서 용선用膳에 지출하는 돈은 선제의 십분의 일도 안 된다고 하더군요. 비빈을 총애한다거나 그렇다고 술을 마시는 것도 아니고 매일 일밖에는 모르잖아요. 근정勤政하는 모습을 보면 선제의 젊은 시절에도 폐하만큼은 못하지 않았을까 하는 생각이 들어요. 폐하는 정말 나무랄 데 없는 좋은 품성을 지녔어요. 그러나 물이 너무 맑으면 고기가 살지 못하듯 사람이 너무 빈틈이 없고 완벽해 보이면 옆 사람들이 숨이 막혀서 못 살아요. 완벽한 자신의 잣대로 다른 사람을 재단하려고 드니 상대에 대한 기대치가 지나치게 높아지지 않겠어요? 성현이 아닌 이상 단점이 없는 사람이 어디 있겠어요? 그 점이 황제로서 아쉬운 점인 것 같아요. 군주라면 일언一言이 구정九鼎일 만큼 중요해요. 아랫사람들에게 권위를 잃어서는 안 되죠. 또 아랫사람들에게 있어서 황제라는 존재는 두렵고 존경스러워야 하지만 정감 있고 인자한 아버지 같은 그런 존재이기도 해야 돼요. 폐하, 폐하가 선제에게 미치지 못하는 점은 바로 그런 것들이에요."

옹정의 가슴속에서 뜨거운 물결이 소용돌이쳤다. 달고 쓰고 떫떠름한 그 무엇이 소용돌이의 한가운데 있는 것 같았다. 그는 병색이 완연한 열일곱째 황고를 바라보면서 그동안 켜켜이 쌓이고 쌓여 왔던 인간적인 고뇌를 전부다 쏟아내고 싶었다. 그러나 제왕의 존엄과 자존심이 그런 생각을 제지했다.

그는 탄식을 토하면서 속으로 조용히 생각했다.

'누님, '나무는 조용히 있으려 하는데, 바람이 멎지 않으니'樹欲靜而風不止 어떻게 하겠어요! 신하된 위치에 만족하지 않는 사람들이 있는데, 내가 어찌 군위君位에 두 발 뻗고 앉아 경계를 늦출 수 있겠어요?'

옹정이 생각을 마치고는 부드러운 표정으로 입을 열었다.

"누님, 무슨 뜻인지 잘 알겠습니다. 포용할 수 있는 아량과 여유를 가져 훌륭한 군주로 거듭나라는 격려의 뜻으로 받아들이겠습니다. 부디 몸조리 잘하시고 건강이 좋아지면 우리 다시 한 번 마음을 털어놓을 시간을 가집시다!"

"건강이 좋아질 리는 없을 거예요. 제가 그나마 위로를 받는 것은 하늘이 굽어 살피시어 사랑스런 제 조카를 그놈의 몹쓸 합경생이라는 작자에게 시집가는 것을 막았다는 거예요. 이제…… 맏이와 둘째만 잘 됐으면……."

열일곱째 황고가 눈을 지그시 감은 채 중얼거리듯 말했다. 그리고는 입을 다물면서 말끝을 흐렸다.

그녀가 말한 '맏이'는 다름 아닌 강희의 큰아들 윤제였다. 강희 47년에 요법妖法으로 태자인 '둘째'를 해치려다 발각돼 연금당한 이래 아직까지 햇빛을 보지 못하고 있었다. 둘째 윤잉은 강희 51년 폐위당한 이후 줄곧 멀지 않은 함안궁咸安宮에서 계속 연금 상태에 있었다. 열일곱째 황고가 아무리 염원을 한다고 해도 국법의 규정 때문에 옹정으로서는 속 시원한 답변을 해줄 수 없는 입장이었다.

옹정이 잠시 뭔가를 생각하더니 미소를 머금은 채 말했다.

"만이 그 인피人皮를 뒤집어쓴 짐승을 뭣 때문에 보고 싶어 하세요? 둘째 형님은……, 어제 함안궁에서 내무부를 통해 전해온 소식에 따르면 건강이 좋지 않은가 보더라고요. 이렇게 하죠. 누님의 소원을 조금이라도 풀어주기 위해 짐과 열넷째가 누님을 대신해 둘째 형님을 면회하고 올게요. 또 누님의 병세가 호전되면 이번원理藩院에 일러 둘째 형님의 일도 다시 상의해 보도록 할 게요. 그러나 큰 기대는 하지 마세요. 물론 짐이 더 이상 그 형님을 괴롭히지는 않을 거라는 것은 믿어도 됩니다."

열일곱째 황고는 옹정의 말에 별다른 반응을 보이지 않았다. 옹정은 윤제를 향해 눈짓을 보냈다. 윤제가 뜻을 알아차렸는지 궁전을 나서면서 고개를 돌려 교인제를 향해 말했다.

"여기서 잠깐 기다려. 나는 폐하를 모시고 잠깐 거닐다 올 테니."

옹정은 윤제의 말을 듣고 앞서가다 말고 멈춰 고개를 돌렸다. 순간 교인제와 눈길이 부딪쳤다. 교인제는 서둘러 몸을 낮춰 예의를 갖췄다.

그러나 옹정은 마치 한밤중에 귀신이라도 만난 것처럼 크게 놀라면서 뒷걸음질을 쳤다. 비틀거리다 겨우 몸을 가누었다. 옹정은 연신 눈을 비비면서 교인제를 뚫어지게 쳐다봤다. 그러다 마치 얼빠진 사람처럼 그 자리에 굳어버리고 말았다. 그런 옹정의 모습을 처음 보는 윤제는 경악을 금치 못했다.

한편 교인제는 자신에게 시선을 고정시킨 채 굳어버린 옹정의 눈길이 부담스러웠는지 얼굴을 붉힌 채 고개를 푹 숙였다.

"폐하, 왜 그러시옵니까? 안색이 창백하시옵니다."

윤제가 걱정스레 여쭈었다.

"오? 아니……."

옹정은 윤제의 말을 듣고서야 비로소 자신의 흐트러진 자세를 깨달은 듯했다. 곧 교인제에게서 억지로 시선을 돌리면서 발걸음을 내디뎠다. 얼마 후 옹정이 마음의 평정을 찾았는지 걸어가면서 말했다.

"요즘 들어 가끔씩 어지러움 증세가 발작하는 것 같아. 좀 있으면 괜찮아질 거야. 자네 방에서 시중을 드는 시녀인가?"

윤제가 옹정의 뒤로 조금 떨어져 함안궁으로 걸어가면서 대답했다.

"그렇사옵니다."

"인시人市에서 사왔는가?"

"아니옵니다. 산서성 순무 낙민의 사건 때 인증人證으로 보내졌다가 마땅히 갈 곳도 없어 하는 것 같아 제가 거두기로 했사옵니다."

"산서山西…… 산서 사람인가?"

"산서성 대주代州 사람이옵니다."

윤제는 옹정이 교인제에게 지나치게 관심을 보이자 갑자기 경계심이 가득한 어조로 변했다. 이어 옹정이 그녀를 원한다는 말을 하기라도 할까봐 빠르게 덧붙였다.

"성조께서 타계하셨을 때 폐하의 부름을 받고 귀경하던 길에 낭자관娘子關에서 인연을 맺었사옵니다. 그녀도 저를 떨어지기 싫어하고 해서……."

윤제가 머뭇거리더니 곧 자신이 산신묘에서 교인제를 구해줬던 경위를 소상하게 설명했다. 이어 덧붙였다.

"폐하께서도 아시다시피 저는 은혜를 베풀 때 보답 같은 것은 바라지 않는 사람이옵니다. 저를 따르고 싶어 하는 진심이 갸륵해서 받아들였을 뿐이옵니다. 혹시…… 폐하께서?"

옹정이 윤제의 말을 묵묵히 듣고 있더니 뒤따르는 한 무리의 태감과 시위들을 돌아봤다. 그리고는 거칠게 한숨을 토해냈다.

"아니야, 괜히 엉뚱한 생각하지 마. 생김새가 죽은…… 정 귀인하고 많이 닮은 것 같아 놀랐을 따름이네."

옹정이 말을 마치고는 뒷짐을 졌다. 이어 고개를 숙인 채 침묵을 지켰다. 웬일인지 표정에 비감한 기운이 서려 있었다. 마음도 무거워 보였다. 무슨 영문인지도 모르겠고, 그렇다고 캐물을 수도 없는 윤제가 조심스럽게 말했다.

"세상에 비슷한 사람이 얼마나 많사옵니까! 저도 윤계선과 양명시와는 친한 사이임에도 가끔씩 두 사람의 이름을 바꿔 부르고는 하옵니다. 폐하, 여기가 바로 함안궁이옵니다. 둘째 형님은…… 이 안에 계십니다."

"그렇군!"

옹정이 윤제의 말에 발걸음을 멈췄다. 함안궁은 자금성 동북쪽에 위치한 황량한 편궁偏宮이었다. 높다란 궁벽의 노란색 유리기와 틈 사이로 야들야들한 아기 대나무풀이 고개를 빼꼼히 내밀고 있었다. 편궁이어서 그런지 붉은 궁벽은 칠이 덕지덕지 떨어져 있었다. 또 담벼락을 따라서 사람의 허리를 넘어가는 잡초가 무성하게 자라고 있었다. 쓸쓸하고 황량한 모습이 마치 방치한 지 수 년은 되는 절 같았다.

편궁에서는 백발이 성성한 몇몇 태감들만 수화문 앞에서 경비를 서고 있었다. 그들은 옹정과 윤제를 발견하고는 황급히 무릎을 꿇었다. 이어 머리를 조아리면서 마치 숫오리의 쉰 목소리 같은 어조로 인사를 올렸다.

"소인들이 폐하께 문안을 올리옵니다!"

옹정은 태감들의 말에는 아무런 대꾸도 하지 않고 푸른 바탕에 금

띠를 두르고 만한滿漢 두 글자로 적혀 있는 '함안궁'咸安宮 편액을 쳐다
봤다. 편액 역시 오랫동안 손을 보지 않아 칠이 떨어지고 글씨도 희미
했다. 옹정이 미간을 찌푸리면서 즉각 지시를 내렸다.

"문을 열라."

"예, 폐하!"

태감들이 일제히 대답했다. 곧 굳게 닫혔던 궁문이 신음소리를 길
게 내면서 천천히 뒤로 젖혀졌다. 강희 51년 이후 무려 12년 만에 활
짝 열리는 순간이었다. 그동안에는 땔감과 얼음이 들어가는 겨울과
여름, 쌀이나 밀가루, 채소 등이 반입될 때만, 그것도 최소한의 공간
만 열렸을 뿐이었다.

그처럼 문이 활짝 열리자 안에서 윤잉을 시중들던 백발이 성성한
태감들과 함께 쫓겨 온 비빈들은 무슨 일이 일어난 줄 알고 허둥지
둥대기 시작했다.

그때 윤잉은 서재에서 붓글씨를 쓰고 있었다. 그러다 유리창 너머
로 옹정과 윤제를 발견했다. 순간 그는 자신도 모르게 붓을 떨어뜨렸
다. 얼굴도 창백하게 질렸다. 그는 덜덜 떨면서 좀처럼 말을 듣지 않
는 다리에 애써 힘을 주고는 서재를 나섰다. 그리고는 문 앞에서 털
썩 무릎을 꿇었다.

그가 떨리는 목소리로 아뢰었다.

"죄…… 죄신 윤잉이……, 머리 조아려 폐하께 금안金安을 올리옵
니다!"

길게 엎드린 채 머리를 조아린 윤잉은 일어나기를 포기한 듯 오래
도록 움직일 줄을 몰랐다. 옹정이 황급히 다가가 두 손으로 그를 부
축해 일으켜 세우면서 말했다.

"둘째 형님!"

옹정은 곧 윤잉의 손을 잡고 서재로 들어갔다. 옹정의 손 안에서 가여운 병아리처럼 떨고 있는 윤잉의 손은 무척이나 차가웠다. 마치 얼음물에 담갔다가 꺼낸 듯했다. 옹정이 그 한기를 온몸으로 느끼면서 말했다.

"앉으세요. 앉아서 편하게 얘기하게."

윤제 역시 오랜만에 보는 윤잉을 눈을 휘둥그레 뜨고 놀란 눈으로 훑어봤다. 윤잉은 대단히 더운 날씨임에도 얇은 솜을 댄 비단 장포를 입고 있었다. 또 낡은 신발 위로는 두꺼운 흰 천으로 만든 버선을 신은 발이 보였다. 게다가 푸르스름한 기운이 도는 잿빛 얼굴은 마치 죽은 사람 같았다.

사실 윤제는 윤잉이 두 번씩이나 폐위당하는 데 있어서 한몫 톡톡히 거들어온 장본인이었다. 좋지 않은 감정도 없지 않았다. 그러나 그 옛날 무소불위의 40년 황태자가 이제는 빗방울만 맞아도 비틀거릴 것처럼 힘없이 스러져 가는 모습을 한 채 잔뜩 겁에 질려서 자신들을 바라보자 복잡한 감정에 빠지지 않을 수 없었다. 그는 겉으로 보기에는 추호도 흐트러짐 없이 침착해 보이는 옹정을 힐끗 쳐다보면서 속으로 생각했다.

'어부지리를 챙긴 사람은 따로 있는데……'

"윤제. 자네가 짐을 대신해 가례家禮 형식을 빌려 둘째 형님께 문안을 올리게."

옹정이 갑자기 윤제에게 명령을 내렸다. 윤제는 곧바로 대답하고는 가례家禮를 올리려고 했다. 그러자 다급해진 윤잉이 두 손을 마구 저으면서 심하게 더듬거렸다.

"아니, 아니 이건 절대…… 아니 되옵니다! 폐하, 이러시면 죄신이 몸 둘 바를 모르겠사옵니다."

"지나간 일은 과거로 묻어버려요. 둘째 형님을 이런 곳에 가둬 놓고 짐도 편치는 않았어요. 왕법은 왕법이고 인정은 인정이니까요. 둘째 형님은 누가 뭐래도 짐의 혈육이잖아요."

옹정이 수심이 가득한 표정으로 창밖을 내다보면서 느릿느릿 입을 열었다. 나무걸상에 앉은 윤잉이 그의 말에 반사적으로 상체를 깊이 숙였다.

"폐하, 신이 저지른 죄악을 따지면 십팔층 지옥에 떨어지고도 남을 것이옵니다. 다 타버리고 밑동만 남은 고목처럼 아직까지 간신히 목숨이나마 붙어 있음은 실로 폐하의 성은 덕분이옵니다. 신은 더 이상 바랄 것 없이 만족스럽사옵니다. 부디 부처님께서 굽어 살피시어 폐하의 용체龍體를 보존하게 해주신다면 그것은 곧 온 천하 백성의 복이고 죄신의 복이옵니다."

윤잉의 말에 옹정이 마음이 조금 편해졌는지 황급히 마음을 다잡고는 태연한 표정을 유지한 채 말을 받았다.

"벌써부터 보러 오려고 했어요. 다만 나라의 법규와 관련되어 있는 사안인지라 마음만 있었지 행동에 옮기기가 그렇게 쉽지 않았어요. 그동안 짐은 사람을 시켜 이것저것 들여보내면서도 절대로 짐이 보냈다는 것을 발설해서는 안 된다고 했어요. 형님이 군신의 예를 올리느라 힘들고 부담스러워할 것 같아서요. 형님을 향한 짐의 이런 마음을 부디 이해해 줬으면 해요."

옹정은 말을 마치고 윤잉을 쳐다봤다. 윤잉 역시 자신도 모르게 옹정에게 눈길이 향했다. 두 사람의 눈길은 허공에서 자연스럽게 부딪쳤다. 그러나 윤잉은 이내 시선을 피하고 말았다. 도저히 계속 마주볼 자신이 없었던 모양이었다.

하기야 그로서는 그럴 수밖에 없었다. 눈앞의 옹정으로부터 십 몇 년 동안 하루도 거르지 않고 군신의 예를 받아온 적도 있었으니까 말이다. 그러나 그것은 이제 한 줄기의 가냘픈 연기처럼 사라진 기억이었다.

윤잉은 지나온 모든 것이 꿈만 같았다. 급기야 형언하기 어려운 감정을 겨우 억누르면서 입을 열었다.

"성은이 실로 망극하옵니다. 신은 그동안 불학佛學에 공력을 기울여 마음에 약간의 깨달음이 있었사옵니다. 폐하께서 대나한大羅漢의 화신으로 중생을 제도하러 인간 세상에 내려오신 것도 이제야 알게 됐사옵니다. 죄신은 폐하의 성은에 달리 보답할 길이 없어 고민하던 중 폐하께 올릴 요량으로 《능엄경》과 《법화경》, 《금강경》 세 불경을 공들여 베꼈사옵니다."

윤잉이 말을 마치자마자 멈칫멈칫하면서 일어나더니 근처의 궤짝 근처로 걸음을 옮겼다. 이어 두꺼운 책 몇 권을 들고 왔다.

윤잉의 걸음걸이는 책을 금방이라도 떨어뜨릴 것처럼 아슬아슬했다. 또한 마치 인형처럼 기계적으로 움직이는 것 같았다. 윤제가 그 모습을 보더니 황급히 다가가 책을 받아들어 책상 위에 올렸다.

옹정은 책을 한 장씩 넘겨봤다. 깨알같이 정교한 해서체로 가득 채워져 있었다. 전혀 흐트러짐 없이 한 글자 한 글자 심혈을 기울인 흔적이 그대로 느껴지는 글들이었다. 특히 어떤 경세명구警世名句의 옆에는 손가락을 바늘로 찔러 나오는 피로 동그라미를 그려 놓았는지 혈흔까지 보였다. 정성과 열의가 어느 정도인지 굳이 설명할 필요가 없었다.

윤잉은 옹정의 얼굴에 만족스런 미소가 번지는 것을 보면서 궤짝을 가리켰다.

"저 안에 있는 것들은 전부 죄신이 필사한 불경 서적들이옵니다.

하오나 모두 합쳐도 이것들보다는 못하다고 생각하옵니다. 앞으로 죄신은 더욱 심혈을 기울여 몇 부 더 베껴 폐하께 올리겠사옵니다.”

“둘째 형님, 올해 오십하고도 둘이죠? 이곳에 갇혀 지낸 지도 벌써 십 년이나 됐네요. 짐이 조건이 조금 더 좋은 곳으로 옮겨 드릴게요. 둘째 형님이 통주通州에 사뒀던 그 화원을 돌려드릴게요. 여기는 너무 음습해 건강에도 좋지 않을 것 같아요. 생각 같아서는 더 편하게 해주고 싶지만 선제의 성의聖意를 어길 수는 없으니 이렇게라도 짐의 마음을 표하는 수밖에는 없겠어요. 또 친왕의 명예도 회복시켜 드릴게요. 다만 사람들과 왕래는 하지 않는 것이 좋겠어요. 짐의 마음을 헤아려 주세요.”

옹정은 윤잉의 진지한 자세에 감동했는지 콧등이 시큰해진 목소리였다.

“아니, 아니옵니다. 죄신이 어찌 감히 그토록 크나큰 성은을 염치없이 받을 수가 있겠사옵니까? 지…… 지금이 죄신은 너무 편하고 좋사옵니다. 부족한 것도 없을 뿐만 아니라 필요한 것도 없사옵니다. 너무 너무 행복하옵니다.”

윤잉이 마치 사갈蛇蝎이라도 만난 것처럼 황급히 두 손을 내저었다. 그러자 옹정이 자리에서 일어나면서 말했다.

“둘째 형님, 당분간 조용히 책이나 읽으면서 마음 편히 있으세요. 짐이 따로 지의를 내릴 때까지 말이에요. 필요한 물건이 있으면 내무부를 통해 짐에게 전하도록 하세요. 윤제, 그만 가지…….”

옹정은 말을 마치고는 바로 서재를 나섰다. 그러나 발걸음은 무척 무거워 보였다. 마치 천 근 만 근은 되는 듯했다. 그래도 윤잉과 태감들은 그에 아랑곳 하지 않고 일제히 무릎을 꿇은 채 소리 높여 외쳤다.

"부디 살펴 가시옵소서, 폐하!"

윤잉과 태감들의 말이 채 끝나기도 전이었다. 갑자기 함안궁 담 너머 저편에서 마치 귀신이 울부짖는 듯한 소리가 들려왔다.

"폐하? 하하하! 하하하하! 폐하! 어디에 계시옵니까? 나와 보세요. 저한테도 폐하의 모습을 보여 달라고요."

그 소리는 진짜 미치광이가 울부짖는 것 같았다.

윤잉의 서재를 나선 윤제는 그 소리를 듣자마자 순간적으로 장황자가 갇혀 있는 상사원上駟院이 지척에 있다는 사실을 깨달았다. 원래 그곳은 강희의 제위 시절 말을 사육하던 곳이었다. 바로 그곳에서 장황자는 무려 15년째 갇혀 있는 중이었다. 윤제는 그런 장황자를 떠올리면서 이런저런 생각을 하다 갑자기 뇌리를 스치는 그 무엇에 가슴이 섬뜩해지고 말았다.

'이제 곧 준화로 수령守靈을 떠날 나를 저 형님이 이런 곳으로 끌고 다니는 저의는 무엇일까? 윤잉 형님처럼 사람도 귀신도 아닌 이들의 모습을 보여주는 것은 왜일까?'

윤제는 그런 생각을 하자 등에 소름이 쫙 끼쳤다. 힐끗 옹정을 훔쳐봤다. 그러나 옹정의 표정은 담담하기만 했다. 조금 전보다 더 여유도 있어 보였다.

얼마 후 옹정이 천천히 걸어 상사원 입구에 이르더니 태감을 가까이 불러 물었다.

"윤제允褆(장황자)는 언제부터 저렇게 아프기 시작했는가?"

태감이 기다렸다는 듯 황급히 아뢰었다.

"일 년 반쯤 됐사옵니다."

"버릇없이 어느 면전이라고 감히 큰소리로 내답을 해? 가! 가서 태의를 불러다 환자를 진맥하게 해. 필요한 약도 지어 먹이고. 아픈 사람 괴롭히지 않도록 해."

옹정이 신경질적으로 고함을 질렀다. 그리고는 바로 발걸음을 옮겼다. 옹정과 열넷째는 곧 어화원 동북쪽에 있는 각문角門을 통해 그곳으로 들어갔다. 마침 유철성과 덕릉태 등 몇몇 시위들이 일단의 소년들과 함께 포고布庫(일종의 씨름)를 연마하고 있었다.

옹정이 뒤따르던 태감들을 물러가게 하고는 손짓으로 유철성과 덕릉태를 불렀다.

"덕릉태, 자네는 상서방 대신들과 염친왕 윤사를 양심전으로 불러와 대기하도록 하게. 간 김에 장오가에게 모레 자네와 둘이 짐을 따라 북경을 떠날 것이라는 얘기도 전하고. 오늘 오후부터 내일까지는 궁에 들어오지 말고 집에서 떠날 채비나 하면서 푹 쉬도록 하게. 유철성, 자네는 여기 있다가 짐이 열넷째하고 얘기가 끝나는 대로 짐을 따라 나서게."

"예, 폐하."

이제 온갖 화초들이 무성한 어화원에는 옹정과 윤제 두 형제만 남게 됐다. 윤제는 그 사실이 부담스러운지 주변을 자꾸만 기웃거렸다. 그의 눈에 들어온 어화원은 규모가 작지 않은 데다 온통 화사하게 만발해 있는 꽃들이 찬란한 햇빛을 받으면서 보석처럼 눈부신 모습을 하고 있었다. 싱싱하다 못해 만지면 금방이라도 초록 물감이 뚝뚝 떨어질 것 같은 장미 숲이 핏물 같은 꽃봉오리를 떠받치고 있었다. 주변에는 그 꽃들의 유혹적인 몸짓에 너도나도 날아든 나비와 꿀벌들의 움직임만 부산했을 뿐 인기척은 전혀 없었다.

"폐하, 오늘 이 자리 이후로 당분간 폐하를 못 볼 것 같사옵니다. 폐하께서도 모레 남하하신다고 말씀하지 않았사옵니까? 그러니 신이 폐하를 전송해드리고 나서 움직이는 것이 어떻겠사옵니까?"

윤제가 화사한 풍광에 잠시 넋이 나가 있는 듯한 옹정을 향해 입을 열었다. 그러나 옹정은 말이 없었다. 그저 고개를 끄덕인 채 들었다는 반응만 보여줄 뿐이었다. 윤제가 다시 물었다.

"폐하, 달리 하실 말씀은 없으시옵니까?"

옹정의 얼굴은 여전히 무표정했다. 옹정이 그렇게 무덤덤하게 어화원의 경치에 시선을 두고 있는가 싶더니 한참 후에야 비로소 입을 열었다.

"오 년 전 황태후마마의 생신날이 기억나는가?"

윤제가 머리를 저었다.

"기억이 없사옵니다. 그 뒤로는 거의 경황이 없었사옵니다."

"아무리 경황이 없어도 어떤 일은 잊히지도 않고 잊어서도 안 되는 거네."

옹정이 강렬한 태양빛에 눈을 가늘게 떠보였다. 그리고는 마치 가을날 호수의 수면처럼 잔잔한 어조로 말을 이었다.

"오늘 둘째 형님을 만나보고 맏이의 소식을 듣고 나니 짐은 감회가 정말 새롭네. 그날도 이렇게 우리 둘이었어. 다만 그때는 성 밖의 황량한 무덤을 배경으로 얘기를 나눴었지."

윤제는 황량한 무덤이라는 말에 비로소 모든 것이 생각났다. 그때는 바로 강희 56년 덕비 오아씨의 생일날이었다. 당시 둘은 생모인 오아씨 앞에서 무릎을 꿇은 채 술을 받아 마셨다. 이어 절대 형제가 원수가 돼서는 안 된다는 생모의 간곡한 부탁을 뒤로 한 채 말을 달려 성 밖으로 바람을 쐬러 나갔다. 그리고는 말 잔등에 앉은 채 여기저기 볼썽사납게 널려 있는 황량한 무덤 앞에서 대화를 주고받았다. 그러나 대화는 건설적이지 않았다. 서로 입장 차이만 재확인하는 자리가 됐을 뿐이었다.

그후 5년이라는 세월이 흘렀다. 한 사람은 칼자루를 쥔 군주가 됐고, 다른 한 사람은 쓰라린 고배를 마시고 신하를 자처하지 않으면 안 됐다. 그 앞에 무릎도 꿇었다. 그런 두 사람이 이제 어화원에서 또다시 마주하고 있는 것이다.

시간이 얼마나 흘렀을까. 드디어 옹정이 하얀 이빨로 아랫입술을 잘근잘근 씹으면서 말했다.

"짐은 자네의 왕작王爵을 박탈할 뿐만 아니라 준화로 수릉守陵까지 보내려고 했네."

그리고는 윤제를 노려보면서 덧붙였다.

"자네 생각을 솔직하게 털어놔 보게. 여기는 우리 둘밖에 없으니까."

윤제는 고개를 떨어뜨린 채 옹정의 뒤를 따라 천천히 거닐면서 생각했다. 통찰력의 예리하기가 칼끝 같고 마음의 섬세하기가 머리카락 같은 황제 앞에서 뒷감당도 못할 거짓말을 하느니 이실직고 하는 것이 낫다는 생각이 들었다. 결국 허심탄회하게 속내를 털어 놓았다.

"솔직히 신은 가야 하는 길을 가는 거라고 생각하옵니다. 서부에서 돌아온 이래로 신은 마음의 준비를 하고 있었사옵니다. 폐하께서 보내주시니 그저 감사할 따름이옵니다."

"그래?"

옹정이 갑자기 고개를 홱 돌려 윤제를 바라봤다. 눈에서 놀랍고도 의혹에 가득 찬 빛이 뿜어져 나오고 있었다. 그러나 화를 내는 것 같지는 않았다. 곧 옹정이 웃는 듯 마는 듯한 표정을 한 채 다시 물었다.

"자네가 어떻게 그런 생각을 다 하고 있었다는 말인가?"

윤제는 옹정의 시선을 더 이상 피하지 않았다. 그는 두려워하는 기색 없이 옹정을 똑바로 쳐다봤다. 그러더니 고개를 쳐들고 하늘을 쳐다보면서 대답했다.

"폐하께서는 등극하시자마자 어필친서인 《붕당론》을 직접 쓰셨사옵니다. 신은 폐하의 가슴속에 영원한 '팔황자당'으로 남아 있을 것이옵니다!"

윤제는 감회에 젖어 뒷말이 잠시 나오지 않았다. 옹정이 그런 윤제를 향해 다그쳤다.

"계속 말해봐. 오늘은 무슨 말을 해도 죄를 묻지 않겠어."

윤제가 담담하게 웃음을 흘리면서 말을 이어나갔다.

"폐하께서는 중원에서 사슴을 쫓아다닌 지 수 년 만에 목적을 이루셨고 제위에 올랐사옵니다. 그러나 숙적 팔황자당의 세력이 씨가 마르지 않는 한 폐하께서는 안심할 수 없었사옵니다. 당연히 폐하께서는 신의 병권을 박탈하셨사옵니다. 또 아홉째 형님을 연갱요 밑으로, 열째 형님을 장가구로 보냈사옵니다. 그럼으로써 자연스럽게 팔황자당을 와해시키셨사옵니다. 마지막 조처로 이제는 신이 준화로 떠나게 된 것도 잘 알고 있사옵니다. 또 떠나기 전인 지금 폐하께서는 십 수 년을 감금당한 채 죽지도 못하고 살아가는 두 황자의 근황을 보여주는 것도 잊지 않으셨사옵니다. 그 의미를 신이 어찌 모르겠사옵니까? 쓰디쓴 보약을 먹여서 든든하게 해서 내보내는 폐하의 자비로우심에 신이 어찌 감사하지 않겠사옵니까?"

"시원스럽군!"

옹정이 머리를 끄덕이더니 웃었다. 어린애 같은 순진함이 묻어나는 웃음이었다. 그러나 다소 처진 입가는 준엄하고 오만해 보였다.

곧 그가 기다렸다는 듯 윤제의 말에 대한 자신의 입장을 토로하기 시작했다.

"한바탕 입 아프게 설명하려고 했었는데, 용케도 이미 다 알고 있군. 더 이상 말할 필요도 없겠어! 그러나 《붕당론》에 대해서는 잘못 알고 있네. 그것은 여덟째를 겨냥한 글이 아니야. 한족들 사이에 만연돼 있는 자기편 만들기 작태를 경고하기 위함이었네. 자네는 스스로 '팔황자당'임을 자처하나 짐은 그렇게 보지 않네. 지금은 누가 어디에 속하느냐가 중요한 것도 아니야. 소위 '팔황자당'의 핵심으로 알려진 윤사일지라도 본분을 지켜 해야 할 일과 해서는 안 되는 일을 구분 지을 줄만 안다면 짐은 혈육의 정을 생각해서 용서해줄 것이네. 그러나 후세에 좀 괜찮은 황제로 남아보겠다는 짐의 욕심에 제동을 거는 자에 대해서는 형제나 군신, 부자간의 정도 철저히 무시할 수 있어. 천의를 받아 군주가 된 사람으로서 황천후토皇天后土 앞에 책임을 다해야 하니까! 또한 조상들의 얼굴에 먹칠하는 일이 있어서는 안 되니까! 그러나 자네의 왕작을 박탈해 능을 지키게 하는 것은 '팔황자당'에 대한 괘씸죄 때문만은 아니라는 것을 명심하게. 자네들이 다 같이 북경에 있다고 해서 짐이 둥지째 들어내지 못할 것 같은가? 그래서 얘기인데, 준화에 가더라도 엉뚱한 생각은 일찌감치 접게. 열심히 책이나 읽어. 준화로 갔으니까 '준화'遵化(순종하는 뜻)라는 두 글자의 의미를 똑바로 알도록 하라고. 그대로만 하면 정말 문제없어. 짐의 자비로움을 안다니까 그래도 가능성은 충분히 있는 사람이군."

옹정의 사자후 중에는 윤제가 듣기에 거짓으로 들리는 부분도 없지 않았다. 그러나 대부분은 진실이었다. 윤제가 한참 생각하더니 마지막으로 확실한 의사를 밝혔다.

"내일 당장 떠나겠사옵니다. 폐하의 말씀을 가슴 깊이 아로새기고 기대에 어긋나지 않게 열심히 책을 읽고 공부를 하겠사옵니다."

"그럼, 그래야지! 사람이 천지天地의 뜻에 어긋나는 일을 하지 않으면 천지 역시 절대로 그 사람을 버리지 않네人不負天地 天地必不負人. 알아서 잘하게!"

옹정이 음울한 눈빛으로 어화원 입구를 노려보면서 말했다. 평소의 그답게 눈이 이글이글 불타고 있었다.

29장
옹정의 신념과 충직한 신하들

옹정은 윤제가 물러간 뒤에도 어화원에 남아 한참을 혼자서 멍하니 서 있었다. 다리에서 힘이 쑥 빠져나가는 것 같았던 것이다. 그러나 그는 곧 정신을 수습했다. 이어 유철성에게 뒤따라오게 한 다음 수레를 타고 곧바로 양심전으로 향했다.

그가 수화문 앞에 도착해 수레에서 내렸을 때였다. 범시첩을 비롯해 손가감, 유묵림이 마중 나와 엎드려 있는 것이 보였다. 그밖에 용무늬가 그려진 장포에 선학 보복을 껴입고 산호 정자 뒤에 쌍안 공작화령을 단 관리가 한 사람 더 보였다. 그러나 옹정은 모르는 사람이었다.

옹정은 그들이 인사를 마칠 때까지 아무 말을 하지 않다가 손사래를 치면서 양심전으로 들어갔다. 윤사, 장정옥, 융과다, 마제 네 사람이 서둘러 마중을 나왔다.

"방금 열넷째를 데리고 가서 열일곱째 누님을 찾아보고 오는 길이네."

옹정이 양심전 동난각에 앉으면서 말했다. 그런 다음 열이 나는지 빙수氷水를 가져오게 해서 주변에 일일이 나눠줬다. 자신도 두어 모금 마시고는 다시 입을 열었다.

"오는 길에 함안궁에 들러 둘째 황자 윤잉을 들여다보고 왔네. 맏이도 병이 들었더군. 윤사, 그런 일은 내무부를 맡고 있는 자네가 진작 짐에게 상주했어야 했네."

윤사는 옹정이 엉덩이를 붙이자마자 자신을 걸고넘어지자 화가 굴뚝같이 치밀었다. 하지만 자신이 마지막에 '수시대변'守時待變(늦지 않게 때를 기다리는 것)하기로 결정한 사실을 떠올리면서 애써 성질을 죽였다. 그리고는 상체를 숙여 예를 표하고는 조심스럽게 아뢰었다.

"신의 불찰이옵니다. 내무부 기록에 적혀 있기에 폐하께서도 어람을 하신 줄 알고 있었사옵니다. 다시는 이런 일이 없도록 명심하겠사옵니다."

"큰일은 아니나 짐의 명성에 관련된 사안이어서 그러네."

옹정이 의미가 모호한 미소를 지어보였다. 이어 덧붙였다.

"맏이는 응당한 죗값을 치르는 것이니, 그렇게나마 목숨이 붙어 있다는 것에 감사해야 할 거야. 그러나 둘째는 다르지. 태자 자리에 앉았던 사람인 데다 짐과는 과거 군신의 인연을 맺었던 주인이었어. 소홀히 대할 수는 없네. 둘째 일을 어떻게 처리하면 좋을지 자네들 생각을 말해보게."

이건 또 무슨 소리인가? 둘째 일을 어떻게 처리하다니? 좌중의 사람들은 옹정의 갑작스런 질문에 도대체 어떤 식으로 대답을 해야 할지 난감했다.

그러나 그들 중에는 옹정의 말을 듣고 둘째에 대한 감정이 남다른 사람도 없지는 않았다. 바로 마제였다. 그는 강희가 태자를 폐위시켰을 때 여덟째 윤사를 적극 추천했던 사람이었다. 그러니 이제는 미안해서라도 윤잉에 대한 동정심이 클 수밖에 없었다. 자신이 태도를 표명하지 않을 수는 없다고 생각한 그가 가장 먼저 입을 열었다.

"성려聖廬에 깊이 공감하옵니다. 어진 자의 일념은 하늘을 감화시킨다고 했사옵니다. 둘째마마께서는 그 당시 사악한 무리들에 의해 잠시 판단이 흐려져 천노天怒를 범했사옵니다. 선제께 실망을 끼쳐드리고 벌써 십여 년 동안 감금당해 있사오니 실로 딱한 일이 아닐 수 없사옵니다. 폐하께서 보시기에는 어떻사옵니까? 만약 개과천선을 한 것 같으면 부디 우로지은雨露之恩을 베푸시옵소서. 나머지 생을 폐하의 덕으로 살아갈 수 있도록 해주시는 것이죠. 이전 조대祖代의 사례를 따라 황족이 아닌 서민으로 강등시켜 초야로 보내주셔도 좋으나 폐하께서 성은을 내리시어 작위 하나를 하사하신다면 더할 나위 없이 좋을 것 같사옵니다."

마제의 말은 어디 하나 흠 잡을 데가 없었다. 옹정의 입장에서도 윤잉과의 옛 정을 고려할 때 적절한 처사라고 할 수 있었다.

'한 번 시련을 겪더니 많이 성숙해졌군.'

옆에 있던 장정옥은 마제의 흠잡을 데 없는 말에 속으로 감탄을 금할 수 없었다. 급기야 그의 말에 동조하고 나섰다.

"마상馬相(재상인 마제에 대한 존칭)의 말에 공감하옵니다. 과연 어떤 식으로 은혜를 베푸실지 폐하의 성재聖裁를 부탁드리옵니다. 그렇게 하실 경우 저희들은 과거의 사례에 따라 미력을 다해 보좌하겠사옵니다."

"짐은 아무래도 형제의 정분은 저버릴 수가 없을 것 같네. 친왕으로 봉해 통주通州에 손바닥만 한 번지藩地라도 내주는 것은 어떨까? 그곳에서 여생을 보내도록 해주는 것이지."

옹정이 크게 한숨을 토해냈다. 그리고는 안타깝다는 눈길을 윤사에게 돌렸다. 옹정의 속마음을 도저히 점칠 수 없는 윤사는 자포자기하는 심정으로 깊게 생각해볼 여유도 없이 대답했다.

"아무래도 천리天理를 거역할 수는 없지 않겠사옵니까? 신의 생각에는 이친왕理親王이라 칭하는 것이 어떨까 하옵니다."

융과다 역시 윤사의 말에 힘을 실어줬다.

"이친왕! 좋은 이름이라 생각하옵니다. 둘째마마로 하여금 시시각각 폐하의 깊고 넓은 성은을 되새기도록 하는 효과도 있을 듯하옵니다."

장정옥은 내내 미간에 내 천川자를 만들며 깊은 사색에 잠겨 있다가 좌중의 사람들이 저마다 자기 생각을 털어 놓은 후에야 비로소 앞으로 나섰다.

"염친왕께서 생각해내신 이름이 나쁘다는 것은 아니옵니다. 그러나 둘째마마는 누가 뭐라고 해도 과오를 범했던 사람이옵니다. 그렇지 않았다면 선제께서 폐위시킬 리가 없지 않았겠사옵니까. 과오를 범했다가 추후에 용서받는 행위를 '밀'密이라고 하옵니다. 이 조항을 반드시 그 이름에 명시해야 할 것 같사옵니다. 그래야만 천하 신민들이 자연스럽게 받아들이고 오해를 덜 수 있을 것이옵니다. 그런 의미에서 '이밀친왕'理密親王이라고 칭함이 좋을 듯하옵니다."

"듣고 보니 그러네! 형신, 자네가 방금 말한 그대로 조서를 작성해 명발 조서로 천하에 알리도록 하게."

옹정이 손뼉까지 치면서 장정옥을 지하했다. 이어 장성옥에게 다시 물었다.

"방금 들어올 때 보니 범시첩 옆에 쌍안 화령을 달고 있던 관리 하나가 엎드려 있더군. 그 사람이 누구인가? 짐은 전혀 모르는 얼굴이던데?"

장정옥이 황급히 아뢰었다.

"공육순孔毓徇이라고 옵니다. 광동성 총독이옵니다……."

옹정은 장정옥의 말이 끝나기도 전에 뭔가 생각난 듯 이마를 쳤다.

"아, 그 친구로군! 모친상을 당해 상중에 있다고 하지 않았나? 짐이 탈정奪情을 해서 북경으로 불렀었지. 어쩐지 용무늬 장포를 입었다 했더니, 이제 보니 성인聖人(공자를 일컬음)의 후손이로군. 다들 들라 하게!"

이덕전이 옹정의 말에 굽실거리면서 대답하고는 바로 물러갔다. 옹정이 다시 말을 이었다

"짐은 이제 곧 하남성으로 순시를 떠나네. 산동성까지 돌아보고 올지도 모르겠어. 그리 빨리 돌아오지는 못할 것이네. 일단은 하공河工(황하의 치수 공사)을 쭉 둘러봐야겠어. 그 일대의 이정吏情, 민정民情도 살펴야 하니까. 그러나 오월 단양절 이후, 연갱요가 귀경할 시점에 맞춰 돌아올 거야. 연갱요에게 성대한 환영식을 열어줘야 하니까."

공육순 일행은 옹정이 말을 거의 끝내가고 있을 때 차례로 들어섰다. 옹정은 그들 넷이 대례를 마치기를 기다렸다가 머리를 끄덕여 보이고는 말을 이었다.

"보친왕 홍력이 짐을 대신해 서부로 군사들을 위로하러 떠나면 북경에서는 당연히 홍시가 주인노릇을 해야겠지. 홍시에게는 짐이 따로 부탁을 하겠으나 여덟째와 열셋째 자네들도 맡은 바 일을 하면서 홍시가 잘못 하는 일이 있으면 황숙皇叔의 신분으로 당당하게 훈계하도록 하게. 짐은 이번에 형신만 데리고 가네. 대신 마제는 상서방에

남아 육부의 잡무雜務를 처리할 것이네. 자네들끼리 상의하여 처리할 수 있는 일은 알아서 하되 큰일은 긴급서찰로 짐에게 알려 지시에 따르도록 하면 되겠네."

좌중의 사람들이 황급히 몸을 굽혀 일제히 알겠노라고 대답했다. 이어 윤사가 입을 열었다.

"기무旗務를 정돈하는 일이 생각보다도 훨씬 더 힘이 드옵니다. 연대장군이 개선할 때 거행할 환영식 준비도 착수해야 하고 여러모로 힘에 부치옵니다. 아홉째는 연갱요를 따라 돌아올 것이나 열째는 장가구에서 꽤나 한가한 것 같사옵니다. 그러니 북경으로 불러 기무를 정돈할 때 도움을 좀 받으면 안 되겠사옵니까?"

"천천히 생각해보지."

옹정이 대수롭지 않게 대답했다. 그리고는 공육순에게 물었다.

"자네는 광동성에서 왔다고 했나?"

범시첩, 유묵림, 손가감 등과 함께 멍하니 서 있던 공육순은 옹정이 갑자기 자신의 이름을 부르자 흠칫 놀랐다. 그러나 황급히 머리를 조아리며 대답했다.

"예, 폐하. 광동에서 왔사옵니다. 저의 어머니께서 돌아가셔서 상중임에도 폐하의 부르심을 받고 왔사옵니다. 저는 어려서 아버지를 여의었사옵니다. 그래서 어머니께서는 밤새 베틀 앞에 앉아 길쌈을 해서 아들을 공부시켰사옵니다. 그로 인해 오늘의 신이 있사옵니다. 폐하께서는 효를 천하를 다스리는 근본으로 여기시는 분으로 알고 있사옵니다. 그런데, 어찌 해서 탈정奪情(부모의 상을 당했을 때 도리를 다하지 못함)을 강요하시는 것이옵니까? 신은 탈정의 지의에 불만이 있었으나 감히 받들지 않을 수도 없었사옵니다. 폐하, 간청드리옵니다. 고생만 하시다 돌아가신 어머니에 대한 자식된 마지막 도리를 다할 수 있도록 부디 신의 마음을 살펴주시옵소서. 장례가 끝나는 대로 돌아와 신하로서의 도리를 다할 것을 굳게 맹세하옵니다. 폐하……, 어머니께서 마지막 가시는 길에 서운하지 않게 지켜드릴 수 있게 해주시옵소서."

공육순은 옹정에게 간절하게 호소했다. 눈에서 눈물이 주르르 흘러내렸다.

"충과 효는 원래 일체이네. 둘 다 그 마음을 중요하게 여기지."

옹정이 다소 비감에 젖은 채 대답했다. 이어 떨리는 목소리로 말을 이었다.

"짐의 어머니도 얼마 전……. 됐네, 이런 말은 해서 뭘 하겠나. 자네가 효도하는 마음만 있다면 어디에서 상을 치르든지 마찬가지 아니겠는가? 짐은 자네의 효심을 높이 사지. 마제!"

"예, 폐하!"

"예부에 지시해서 곡부曲阜(공자의 고향)로 가서 공육순 모친을 위한 장례식을 거행하라고 지시하게. 또 일품一品 고명부인誥命婦人으로 추봉追封하도록 하게. 시호諡號는 '성절誠節'로 정하고, 생전의 정신을 기리는 기념비를 세워 표창하도록 하게! 공육순, 이렇게 하면 되겠는가?"

공육순은 옹정이 미처 생각하지도 않았던 과분한 영광을 베풀자 감동을 한 모양이었다. 바로 엎드려 연신 머리를 조아려댔다. 급기야 눈물을 흩뿌리면서 울먹였다.

"신은 더 이상 성명聖命을 거역할 명분이 없사옵니다. 오직 폐하에 대한 충성으로 어머니를 향한 효를 다하도록 하겠사옵니다."

좌중의 사람들은 공육순의 효심과 옹정의 통 큰 베풂에 너 나 할 것 없이 크게 감동을 받았다. 옹정은 그런 분위기를 음미하는 듯 찻잔을 들어 한 모금 마시고는 바로 내려놓으면서 말했다.

"광동성은 지리상 북경과 너무 멀리 떨어져 있어. 소위 말하는 '천고황제원'天高皇帝遠(하늘은 높고 황제는 멀리 있다는 말로, 지역의 권력자가 독재를 하기 좋은 의미임)의 전형답게 이치吏治가 아주 엉망이지. 다른 것은 몰라도 이치가 혼란스러운 것에 관한 한 천하제일일 걸? 신회新會에서 일가족 아홉 명이 살해된 사건을 일 년이 넘도록 끌어오고 있으니 말이네. 짐이 그 사건에 주목해서 지금까지 주비朱批를 세 번씩이나 내렸는데도 아직까지 원흉을 못 잡고 있다니, 그게 말이나 돼? 자네 생각에는 무엇 때문인 것 같은가?"

옹정이 언급한 '신회사건'은 세상에 모르는 사람이 없을 정도로 파장이 컸던 사건이었다. 내용은 과연 옹정이 주목할 정도로 기가 막혔다. 1년 전, 광동성 신회의 악덕 건달인 능보凌普가 자신이 눈독들인 땅을 빼앗기 위해 한밤중에 땅주인 호씨 일가 9명을 불태워 죽였다. 그럼에도 불구하고 능보는 증거 불충분으로 풀려났다. 조정을 조롱하기라도 하듯 이리저리 법망을 피해갔다. 심지어 얼마나 많은 돈을 들여 사법기관의 관리들을 매수했는지 그 일에 팔을 걷어붙였던 안찰사를 둘씩이나 파면 당하게 만들었다. 옹정의 조정이 출범한 이후 처음으로 조야를 발칵 뒤집어놓은 사건이었다.

결국 화가 단단히 난 상서방에서는 1년이 지나도록 원흉을 단두대에 올려놓지 못한 광동성 총독인 소목제蘇木提의 직무를 박탈했다. 그리고는 그 자리에 상중인 공육순을 앉혔다. 때문에 공육순은 장례식도 치르지 못한 채 북경으로 불려올 수밖에 없었던 것이다.

옹정의 질문에 사람들의 시선은 일제히 공육순에게 향했다.

"소신은 항간의 소문은 많이 들어왔사옵니다. 그러나 이 사건은 '풍문'으로 상주할 수 있는 사안이 아니었사옵니다. 신은 폐하께 한 사람을 빌리고 싶사옵니다. 이 사람을 빌려서 삼 개월 동안에 이 사건을 매듭짓지 못하는 날에는 신의 수급首級(목을 뜻함)을 바치겠사옵니다."

"누구를 원하는가?"

"저 사람이옵니다."

공육순이 서슴없이 손가락으로 손가감을 가리켰다. 사람들의 시선이 일제히 손가감에게 향했다. 졸지에 좌중에서 단연 주목받는 인물이 돼버린 손가감은 사실 공육순에 대해서는 전혀 모르고 있었다. 그저 옹정전雍正錢을 주조하면서 '동사연육'銅四鉛六의 비율을 지키려 하지 않아 광서성 현지의 포정사인 곡삼曲森을 탄핵하기 위해 북경에 왔을 뿐이었다.

그는 그럼에도 공육순이 그 많은 사람들 중에서 유독 자신을 딱 꼬집어 지명하자 그 믿음에 감동을 받았다. 길쭉한 호박 같은 얼굴이 벌겋게 상기되었다. 그는 내친김에 옹정에게 자신이 뵙기를 요청한 이유를 아뢰고는 다시 입을 열었다.

"공 대인께서 이렇게 큰 믿음을 주는데, 폐하께서 허락만 해주신다면 소신은 해볼 의향이 있사옵니다."

"짐 역시 자네를 믿어마지 않네. 짐이 자네에게 흠차欽差 양광兩廣(광동성과 광서성) 순풍사巡風使라는 직함을 내릴 테니 잘해보게. 이 사건을 다 해결하고 나면 서둘러 북경에 돌아올 필요 없네. 복건성, 운남성, 사천성 지역을 둘러보고 와서 그곳 상황을 짐에게 아뢰도록 하게."

옹정은 즉각 허락을 하고 기분이 좋은 모양이었다. 눈에 희열이 번뜩이고 있었다.

"예, 폐하!"

옹정은 손가감의 대답을 듣자마자 바로 자리에서 일어났다. 이어 범시첩을 향해 말했다.

"유묵림은 짐이 불렀는데, 자네는 무슨 일로 뵙기를 청했는가?"

범시첩이 즉각 무겁게 머리를 세 번 조아리더니 아뢰었다.

"신은 단독으로 폐하를 뵙고 밀주密奏할 일이 있사옵니다."

옹정이 좌중을 쓸어보더니 미소를 지었다.

"지금 여기에 자리한 사람들은 모두 짐의 신복 측근들이네. 괜찮네, 말해보게."

범시첩도 옹정이 그랬던 것처럼 주위를 획 둘러본 다음 천천히 입을 열었다.

"폐하께서 오늘은 많이 피곤해 보이십니다. 신은 그만 물러가겠사옵니다. 다음 날 다시 패찰을 건네 뵙기를 청하도록 하겠사옵니다."

좌중의 사람들은 담담함 속에 단호한 기운이 느껴지는 범시첩의 한마디에 저마다 기분이 언짢아졌다. 그러자 옹정의 얼굴이 다소 굳은 얼굴로 엎드려 있는 범시첩의 고집스러운 등허리를 잠시 내려다보더니 갑자기 픽 하고 웃음을 터트렸다.

"정 그렇다면 정옥 자네들은 물러가도록 하게. 유묵림은 짐이 할 얘기가 있어 불렀으니 남고. 범시첩, 유묵림은 있어도 방해가 되지 않겠지?"

범시첩이 머리를 조아린 채 말했다.

"유묵림은 괜찮사옵니다, 폐하."

좌중의 나머지 사람들은 달리 방법이 없었다. 그저 볼이 통통 부은 채 별스럽게 구는 범시첩을 흘겨보면서 자리에서 물러가야 했다.

"바둑이나 한판 두자고. 짐은 유묵림과 바둑을 두고 있을 테니 할 말이 있으면 해보게."

옹정은 홀가분한 표정이었다. 형년과 고무용은 옹정의 말이 떨어지기 무섭게 바둑판을 펼쳐 놓았다. 유묵림이 우선 흑돌을 집어 들고 조심스럽게 옹정을 마주하고 앉았다.

그는 흑돌을 쥐고도 누구에게도 패할 줄을 모르는 소문난 '흑국수' 黑國手였다. 황자들 중에서 기왕棋王이라 불리는 윤상도 그에게는 상대가 되지 못할 정도였다. 반면 옹정은 바둑을 즐기는 것에 비하면 수준은 전혀 아니라는 혹평을 듣는 경우에 해당했다.

옹정은 유묵림이 또다시 화기和棋(일부러 무승부를 만드는 바둑)를 둘 것 같았는지 미리 단호하게 말했다.

"그냥 재미로 두는 것이니 짐을 의식해서 번번이 화기를 두느라 고심할 것은 없네. 평소에 다른 이들하고 하던 대로 해서 짐을 이기라고. 그러면 짐이 상을 내릴 테니까."

옹정이 바둑알 하나를 집어 들면서 범시첩에게 말했다.

"밀주할 일이 있다고 하지 않았나? 어서 말해보게."

"신은 연갱요를 고발하려 하옵니다."

보친왕 홍력을 따라 연갱요가 있는 서녕으로 병사들을 위문하기 위해 떠나기로 돼 있던 유묵림이 순간 흠칫했다. 그러나 바둑판에서 눈길을 뗄 줄 모르는 옹정의 표정은 무덤덤했다. 그가 입을 연 것은 바둑알을 집어 들어 자리를 찾아 내려놓은 다음이었다.

"연갱요는 종묘사직에 공로가 큰 사람이네. 자네가 제대로 협조를 하지 않고 명을 받들지 않는다면서 연갱요 역시 자네를 탄핵하는 상주문을 올렸네. 그 내용은 이미 관보에도 실렸지. 다만 짐이 아직 자네를 처벌하는 지의를 내리지 않고 있는 것뿐이야. 그런데 어째서 자네가 도리어 연갱요를 고발한다는 말인가?"

옹정의 말에는 질책한다는 느낌이 들 정도로 노여움이 묻어 있었다. 그러나 범시첩은 침착하기 이를 데 없었다. 놀라우리만치 겁도 없었다. 그가 다시 입을 열었다.

"연갱요가 공신이라는 사실은 신도 잘 알고 있사옵니다. 신은 그 사람의 '과거'過去를 고발하려 하옵니다. 물론 사적으로 볼 때 신은 연갱요의 덕을 입은 사람이옵니다. 그의 추천을 받아 감숙성 순무가 됐으니 말이옵니다. 그러나 공과 사는 분명해야 하옵니다. 신은 연갱요의 공로가 아무리 지대하다고 해도 폐하가 아닌 이상 그에게 충성을 바칠 수는 없사옵니다. 신은 이 세상에서 다만 폐하만을 섬기고 충성하옵니다. 만약 폐하께서도 제가 연갱요의 덕을 입어 순무 자리에 올랐으니 매사에 그의 뜻대로 따라야한다고 생각하신다면 신은 이 붉은 정자를 달지 않겠사옵니다."

"뭐라고? 정녕 하고 싶은 말이 그것뿐인가. 그렇다면 짐은 자네가 군신 사이를 이간질시킨다고 볼 수밖에 없네!"

옹정이 식지食指와 중지中指 사이에 백돌을 끼운 채 판에 내려놓으려다 말고 다소 격하게 반응했다. 순간 유묵림도 칼날같이 예리한 옹정의 말에 바짝 긴장했다. 등골에서 식은땀이 흘러내렸다. 그러나 정작 당사자인 범시첩은 요지부동이었다. 그가 다시 머리를 조아렸다.

"하오나, 폐하! 연갱요는 황자도 아니고 종실의 사람도 아니옵니다. 그런데 수기帥旗(사령관의 깃발)를 밝은 황색으로 하면 되겠사옵니까? 그것은 도대체 어찌된 일이옵니까?"

옹정이 바둑판 한 모퉁이를 가리키면서 미소 띤 얼굴로 말했다.

"묵림, 여기가 사각지대인 것 같군. 조심하게. 깃발의 노란색은 짐이 하사한 것이거늘 어찌 그리 호들갑을 떤다는 말인가?"

범시첩도 지지 않은 채 즉각 반발했다.

"그렇다면 그가 허리에 두르고 다니는 노란 띠도 폐하께서 하사하신 것이옵니까? 그는 밥을 먹을 때면 '용선用膳한다'고 말하옵니다. 아

랫사람에게 상을 줄 때는 공공연히 '하사下賜한다'는 단어를 사용하
옵니다. 폐하의 신하로서 가당키나 한 행위이옵니까?"

옹정이 들었던 백돌을 내려놓으면서 고함을 질렀다.

"자네는 밀주문 직주권이 있거늘 어찌해서 그런 일이 있는데도 미
리미리 짐에게 아뢰지 않고 이제 와서 그런 소리를 하는가?"

범시첩이 옹정의 호통에 고개를 번쩍 든 채 항변하듯 대답했다.

"아뢰옵니다, 폐하! 신은 여러 번 이에 대해 상주문을 올렸사옵니
다. 다만 상주문이 들어 있는 노란 함은 연갱요의 손을 거치고서야
전달이 가능했기 때문에 저의 상주문은 번번이 그 행방이 묘연해지
곤 했사옵니다. 믿지 못하시겠다면 순무아문의 공문결재처에 남아
있는 기록을 조사해보시옵소서."

옹정은 돌 하나를 대충 바둑판 아무 데나 내려놓고는 생각에 잠겼
다. 안색이 하얗게 질려 있었다. 그 일에 대해서는 윤상에게서 어렴풋
이 들었던 기억이 났던 것이다. 사람을 시켜 순무아문으로 가서 밀주
문을 보냈다는 기록이 남아 있는지 조사해보라고 했을 당시 그런 기
록은 없다는 말을 분명히 보고받았었다. 옹정이 짜증스럽게 범시첩
을 노려보면서 내뱉듯 말했다.

"짐이 이미 다 조사해봤어! 자네 말은 열에 아홉은 감안하고 들
어야겠네. 짐이 자네의 그 소갈머리에 뭐가 들어있는지 모를까봐 그
래? 연갱요가 짐의 성총을 한 몸에 받고 있으니 질투하는 마음을
주체할 수 없었겠지. 또 연갱요가 지나치게 잘 나가다 보니 자칫 짐
의 경계심을 부추긴 끝에 벼랑 끝으로 추락할지도 모를 훗날의 그
날을 미리 내다보고 연갱요와 거리를 두겠다는 속셈 아닌가? 왜냐?
자네는 아무래도 연갱요가 추천해 순무 자리에 올랐기 때문에 그날
이 오면 권신權臣에 빌붙어 아부했다는 죄명에서 벗어나기 힘들 테니

까. 안 그런가?"

"그런 것은 절대 아니옵니다."

범시첩이 당당하게 되받아쳤다. 이어 다시 자신의 주장을 덧붙였다.

"악종기의 부대가 송번을 지척에 두고 있었사온데 어째서 천리 밖에 있던 저를 불러 송번에 주둔하게 한다는 말이옵니까? 그건 작전도 실수도 아니옵니다. 연갱요가 군사에 대해 몰라서도 아니옵니다. 그것은 악종기가 공로를 세울 것을 우려해 미리 따돌리려고 그랬던 것일 따름이옵니다. 폐하, 이 모든 것은 명명백백한 사실이옵니다. 그런데 폐하께서는 어찌해서 연갱요의 잘못을 덮어주시려 하시는지 그 이유를 소신은 모르겠사옵니다."

옹정의 얼굴에는 시간이 흐를수록 짜증이 더해 갔다. 옹정은 급기야 유묵림이 자신과 화기를 두려 한다면서 발끈해서 바둑알을 통에 내던지고는 버럭 화를 냈다.

"다시 해! 끝까지 화기를 고집했다가는 죽여 버릴 테니! 범시첩, 자네 지금 누구 면전이라고 그렇게 무례하게 구는가? 자네, 이래 가지고 신도臣道를 지킨다고 할 수 있겠나? 그것은 연갱요가 대첩을 이끌어내서 온 천하가 크게 경축하면서 축배를 드는데 재수 없이 구석에서 눈물이나 쥐어짜고 있는 격이라고. 짐의 기분이 좋지 않아! 나 아닌 다른 사람이 잘 나간다고 모함한다면 그것은 자네가 소인배라는 사실을 증명하고도 남는 일이야."

"신은 군자는 못 될지 모르오나 정녕 소인배는 아니옵니다. 승전 한번 이끌어냈다고 군주를 기만해도 되는 것이옵니까? 연갱요의 부하가 신의 아문으로 와서 하는 말이 가관이옵니다. 오만방자함이 하늘을 찔러 신에게 중문中門을 열어 자신을 영접하라고 했사옵니다. 그야말로 기가 막힐 일이옵니다."

범시첩은 옹정의 말마다 꼬박꼬박 지지 않고 대꾸했다. 옹정이 드디어 손을 부르르 떨면서 언성을 높였다.

"자네가 연갱요의 명령을 무시하는 것은 곧 짐을 무시하는 것이네!"

"연갱요는 연갱요이고, 폐하는 폐하이옵니다!"

"그럼 자네는 순무자리에 있을 수 없네!"

"신에게 그 자리가 과분하다는 사실을 알고 있사옵니다. 여한도 없사옵니다."

마침내 옹정이 벌떡 자리를 박차고 일어섰다. 인상도 험악하게 구기면서 밖을 향해 고함을 질렀다.

"장오가!"

곧 두 사람의 입씨름을 밖에서 들으면서 은근히 손에 땀을 쥐고 있던 장오가가 안으로 들어왔다. 옹정의 안색은 말이 아니었다. 범시첩을 가리키는 손가락은 덜덜 떨리기까지 했다. 옹정이 흥분한 나머지 말까지 더듬거리면서 고함을 질렀다.

"저…… 저 자식을…… 넘겨!"

유묵림은 범시첩을 형부로 넘기라는 말인 줄 알고 깜짝 놀라 옹정을 만류하느라 황급히 무릎을 꿇었다. 그때 옹정이 순간적으로 말꼬리를 돌렸다.

"이친왕부에 넘겨 윤상에게 이 버르장머리 없는 놈을 혼내주라고 하게."

다행히 최악의 상황은 아닌 듯했다. 손에 땀을 쥐고 있던 좌중의 태감과 궁녀들도 생각보다 가벼운 처벌에 내심 안도하는 눈치를 보였다.

"남 잘되는 꼴을 못 보는 소인배 같으니라고!"

옹정이 화를 꾹꾹 누르면서 다시 자리에 앉았다. 그리고는 유묵림에게 말했다.

"짐은 저런 가식적인 자들은 딱 질색이네. 이번에도 자네가 짐을 이기지 못하는 날에는……, 군주에게는 농담이 없다는 것을 알지? 처음 얘기했던 대로 짐이 자네 목을 칠거네."

유묵림이 바둑판을 내려다봤다. 불과 돌 몇 개로 옹정을 이길 수 있는 국면이었다. 그러나 기쁨과 분노가 변화무쌍한 옹정의 성격을 워낙에 잘 아는 유묵림은 결단을 내리지 못했다. 옹정이 말은 그렇게 해도 정작 지고 나면 또 어떻게 돌변할지 몰라 두려웠던 것이다. 그는 내심 고민하다 끝내 다시 비기는 바둑을 두고 말았다.

"이 자식을 끌어내!"

옹정이 바둑판을 힘껏 내리치면서 대로했다. 바둑알이 주위 사방으로 튕겨나갔다. 그가 분노에 찬 말을 토해냈다.

"전부 가식꾼들이야. 모두 짐을 속이려 드는 나쁜 놈들이고! 정말, 정말로 실망스러워!"

곧 몇몇 태감들이 달려와 유묵림을 끌어내려고 했다. 그러나 유묵림이 반항을 하면서 한쪽 손을 들어 크게 고함지르듯 말했다.

"폐하, 사실 신은 폐하를 이겼사옵니다. 보십시오, 신의 손에 검은 돌 하나가 있사옵니다."

"폐하께서 왜 저러시지? 화가 많이 나셨는데?"

사람들이 어쩔 줄을 몰라 하고 있을 때였다. 밖에서 윤상의 목소리가 들려왔다. 기분 좋게 웃으며 들어서는 윤상을 보고 옹정은 태감들에게 다시 명령을 내렸다.

"됐네, 풀어주게."

옹정은 놀라서 눈이 휘둥그레진 윤상에게 조금 전까지 있었던 일의 자초지종을 들려줬다. 이어 한숨을 내쉬었다.

"짐이 옹친왕 시절에는 부귀영화도 지금보다 못지않고 속말 주고받을 수 있는 친구도 더러 있었는데……. 지금은 아니야. 하나같이 짐을 속이려 들어. 겉으로는 온갖 아부를 일삼지만 돌아서면 무슨 짓거리를 하고 다니는지 알 수가 있어야지. 명색이 구중궁궐이지 실은 바늘방석에 앉아 귀신놀이를 구경하는 느낌이네. 거짓말을 듣고 거짓연극을 보는 것도 모자라 바둑을 한 판 둬도 거짓으로 둬야 해. 사는 게 너무 서글퍼!"

윤상은 옹정의 말을 듣고 보니 인간이라면 누구나 피할 수 없는 적막감과 외로움을 이기지 못해 화가 난 것 같았다.

"황제의 자리는 원래 절대 고독의 영역 아니겠사옵니까? 선제께서도 생전에 방금 폐하께서 하셨던 말씀을 많이 하셨사옵니다. 다만 선제께서는 스스로를 위로하고 재미를 찾아 떠날 줄 아시는 분이었지요. 동순이다, 남순이다 하면서 구경도 많이 다니셨죠. 그렇게 그 지역의 민생 현안을 두루 살피시고 정무에 소홀히 하시지도 않으셨어요. 한마디로 두 마리 토끼를 다 잡으셨사옵니다. 또 진정으로 벗이 돼 줄 사람을 만들기도 했는데, 대표적으로 오차우 선생과 방포 선생을 들 수 있겠사옵니다. 선제께서는 두 분을 관직에는 앉히지 않고 그저 함께 인간적인 고뇌와 시름을 나눴사옵니다. 결국 그것들을 떨쳐내는 데 도움을 받았사옵니다. 폐하께서는 원래 타고 난 본성이 엄숙하셨사옵니다. 밤낮으로 일에만 전념하시옵니다. 어찌 고독하지 않을 수 있겠사옵니까? 폐하께서는 다른 사람을 원망하실 것이 아니라 복을 누릴 줄 모르는 폐하 자신을 돌아보셔야 하옵니다."

윤상의 권유와 위로에 옹정이 실소하듯 웃으면서 태감에게 명령을 내렸다.

"유묵림을 풀어주게. 그까짓 바둑 한 판 때문에 사람을 죽인다면 짐은 폭군의 전형인 주왕紂王보다도 못할 것이 아닌가. 유묵림, 다시는 짐의 비위를 맞추는 일이 있어서는 안 되겠네."

유묵림이 옹정의 당부에 연신 머리를 조아렸다.

"신은 그저 이런 식으로나마 폐하를 즐겁게 해드리고자 그랬을 뿐, 맹세코 다른 뜻은 없었사옵니다. 또 폐하께서 이런 일로 밥 먹고 사는 동물을 들개에게 내주시는 일은 없을 거라는 것도 알고 있었사옵니다."

옹정이 유묵림 특유의 익살에 그만 피식 웃어버리고 말았다. 그러자 윤상이 화제를 돌렸다.

"방금 길에서 열넷째를 만났사옵니다. 내일 떠난다면서 가족과 왕부의 호위들을 데리고 갈 수 있는지 여부를 물어왔사옵니다. 이런 일은 주청을 드려야 할 것이라고 말해주고 돌아서는데 또 영항永巷에서 범시첩과 마주쳤지 뭡니까……."

윤제의 가족에 대한 언급은 옹정을 흠칫하게 만들었다. 얼굴이 마치 송곳에라도 찔린 듯했다. 옹정은 사실 오늘따라 이상하게 마음이 심란했다. 이유는 자신이 너무나도 잘 알고 있었다. 바로 윤제가 데리고 있던 그 여자 때문이었다. 그가 순간적으로 윤상의 말허리를 자르면서 물었다.

"자네는 낙민을 심문했던 당사자이기 때문에 잘 알겠지. 전문경이 산서성에서 인증으로 데려왔다는 사람 이름이 뭐지?"

윤상은 잠시 머리를 갸웃거렸다.

'그 당시 데려온 인증이 한두 사람이 아닌데, 누구를 말하는 거지?'

그때 옹정이 다시 입을 열었다.

"그 여자 말이야."

"아, 네! 그 대주 사람 말씀이옵니까, 폐하……?"

"그 여자 이름이 뭐지?"

"교인제라고 하는 것 같았사옵니다……."

옹정이 몸을 윤상 쪽으로 가까이 하고 다그쳐 물어보는가 싶더니 벌렁 의자 등받이에 기댄 채 중얼거리듯 말했다.

"교씨라? 아…… 그러면 한족이라는 얘기네?"

옹정의 반응에 윤상이 어리둥절한 얼굴을 한 채 대답했다.

"한족이 맞사옵니다. 열넷째한테 있사옵니다. 그런데 폐하께서는 왜 느닷없이 그걸 물으시옵니까?"

"그냥 생각이 나서 물어봤던 거야. 윤제에게 가족은 데려가되 호위들을 데려갈 필요는 없겠다고 전해. 그리고 범시첩을 만났다고 했는데, 뭐라고 하지 않던가?"

윤상은 옹정이 묻자 두 손을 앞에 모은 채 공손히 시립해 있는 유묵림을 힐끗 쳐다보면서 주의를 주었다.

"유묵림, 이제부터 하는 말은 절대 밖에 나가서 발설해서는 안 되네."

윤상은 그런 다음 다시 옹정에게 시선을 돌린 채 말했다.

"범시첩은 연갱요에 대해 감정이 많은 것 같사옵니다."

옹정이 차가운 어조로 말했다.

"방금 여기에서도 한바탕 하고 갔어. 범시첩이 바보가 아닌 이상 하나밖에 없는 머리를 가지고 장난치지는 않겠지? 대장군이라면 당연히 위풍이 당당해야 하네. 연갱요 같은 경우에는 특히 북서부 다섯 개 성의 대군을 총괄하는 대장군이 아닌가. 더군다나 밖의 전쟁터에 나간 장군은 경우에 따라서는 군명君命을 따르지 않을 수도 있어. 그렇게 일을 하다 보면 자연스럽게 여론의 도마 위에 오르게 되고……. 세상에 완벽한 사람은 아무도 없어. 짐은 그의 대절대공大節大功 등 긍정적인 부분만을 취하려 하네. 그렇지 않으면 밖에 나가 있는 봉강대리들이 하나같이 기가 죽어 원리원칙에 무감각하고 소심한 무골충이 될 것 아닌가. 그러면 일을 추진해 나갈 수가 있겠나? 유묵림, 자네는 보친왕한테 가서 짐의 지의를 전하도록 하게. 내일 짐이 자네들을 친히 오문午門까지 환송하고 칠십 세 이하의 친왕, 패륵들과 이품 이상의 육부구경六部九卿들을 전부 나오게 해서 환송연을 베풀어줄 것이라고 말이네. 짐이 나중에 연갱요에게 수유手諭를 내릴 것이니 자네들이 전해주도록 하게!"

유묵림은 대답과 함께 물러가자 궁전 안에는 옹정과 윤상만이 남게 됐다. 얼마 후 평소와 달리 마음이 혼란스러워 보이는 옹정이 무거운 신발을 벗어 내던지고는 홀가분하게 천으로 만든 신발로 갈아 신고 방 안을 서성거렸다. 윤상은 한편에 서서 옹정의 일거수일투족을 유심히 지켜보더니 한참 후 입을 열었다.

"폐하, 생각이 많아 보이시옵니다."

"자네 말이 맞네. 겉으로 보기에는 정국이 무사하고 천하가 태평해 보여. 그러나 짐은 어쩐지 자꾸만 불안하네. 북경을 떠나려고 하니 마음이 허전한 것이 이상하네. 셋째 홍시가 과연 정국을 제대로 이끌어갈 수 있을까?"

옹정이 한껏 달아오른 이마를 매만지고는 감개에 젖은 듯 한숨을 내쉬면서 말했다. 윤상이 옹정의 말에 잠시 뭔가를 생각한 다음 대답했다.

"괜찮을 것이옵니다. 자금성의 방위는 융과다가 책임지고 있고, 또 정무는 여덟째 형님과 제가 도와주면 되지 않겠사옵니까. 방 선생도 창춘원에 있고 하니 어려운 일이 있으면 찾아가 가르침을 받도록 하겠사옵니다. 더구나 하남성은 여기에서 그리 멀지 않사옵니다. 이틀에 한 번 꼴로 팔백리 긴급서찰(육백리 긴급서찰은 두 마리의 말을 번갈아 타며 전하는 것이고, 팔백리 긴급서찰은 네 마리의 말을 번갈아 타며 전하는 차이가 있음)을 보내고 받을 수 있어서 편리하옵니다."

옹정이 윤상을 힐끗 일별했다. 이어 한참 후 탄식을 내뱉으며 말했다.

"열셋째, 짐이 한 가지만 부탁할게. 무슨 일이 있어도 풍대 대영은 자네가 직접 챙기도록 하게."

윤상이 옹정의 말뜻을 되새김질하면서 고개를 숙이며 대답했다.

"알겠사옵니다, 폐하! 풍대 대영의 대장 필력탑은 신이 수십 년 동안 데리고 있던 부하이옵니다. 그 밑의 장군들 역시 반 이상은 폐하께서 그 옛날에 친히 선발한 사람들이옵니다. 마음을 놓으시옵소서, 폐하!"

"그럼에도 불구하고 짐은 마음을 놓을 수가 없네. 이렇게 하게. 우선 마제를 창춘원으로 이거移居하도록 하게. 무슨 일이 있으면 방포와 마제를 불러 상의하도록 하고. 자네, 그거 알아? 윤과다가 언젠가 황사성皇史宬(황실의 문서보관소)에서 짐의 세 아들의 옥첩玉牒을 가져갔다는 사실을 말이야? 또 태후가 돌아가셨을 때 군기처에 가서 병부兵符를 가지고 가려고 한 것도 이상했어. 이제는 군무軍務도 다 해결됐으니 군기처에 명령을 내려 병부를 즉각 함에 넣어 봉해버리라고 하게. 여기서 나가면 그것부터 처리하도록 하게!"

옹정이 속사포처럼 윤상에게 지시를 내렸다. 궁벽을 꿰뚫을 듯 바라보는 그의 눈빛은 무척이나 어두웠다. 순간 윤상은 아닌 밤중에 쇠몽둥이에 뒤통수를 맞은 듯 머릿속이 멍해지면서 등골에 식은땀을 흘렸다.

'황실의 옥첩은 가장 기밀에 부치는 것이 아닌가. 황실 가족의 정확한 생년월일, 생신팔자가 적혀 있는 옥첩을 융과다가 가지고 가려 했다고? 요술로 사람을 해치려고 꾀하지 않은 이상 달리 아무 쓸모 없는 것이 옥첩 아닌가!'

윤상은 융과다의 이상한 행적에 대해 평소에도 들은 바가 있었던 만큼 의문을 가지지 않을 수 없었다. 이어 중얼거리듯 말했다.

"융과다가요? 설마, 그 사람은 폐하의 전위유조를 발표한 사람인데……. 그럴 리가……?"

"그렇게 심각하게 생각할 것은 없네. 짐은 그저 만일의 경우를 대비할 뿐이네."

옹정이 눈빛을 반짝이면서 말했다. 이어 덧붙였다.

"짐은 국채 환수 작업을 하면서 관리들의 목을 옥죄었어. 돈을 주조할 때 구리와 아연의 비율을 고쳐서 구리를 빼돌리지도 못하게 했고. 짐의 성총을 받는 대신들도 짐 못지않게 관리들을 옥죄고 있어. 예컨대 이위는 토지를 새롭게 측량하고 인두세人頭稅를 없애버리려 하고 있어. 그런가 하면 전문경은 하남성에서 관리와 토호들도 다 같이 세금을 내도록 하는 제도를 시행하려 하고 있지. 짐은 이처럼 즉위하고 얼마 되지도 않은 짧은 시간에 천하의 수많은 관리들의 심기를 불편하게 하고 있어. 부호와 지주들을 포함한 기득권층의 비위를 건드리는 정책을 시행하고 있네. 그러니 아무래도 발끈하고 반발들이 크겠지. 전반적으로 민감한 분위기야. 그러니 연갱요가 아무리 십악불사十惡不赦(도저히 용서할 수 없는 죄를 지음)한 나쁜 놈일지라도 아직은 족칠 시기가 아니라는 것이네. 방 선생은 정말 대단한 사람이야!"

옹정의 말이 끝나자 윤상이 웃음 띤 얼굴로 화답했다.

"신은 폐하께서 이토록 빈틈없이 꼼꼼하실 줄은 몰랐사옵니다. 사람들이……."

윤상이 뭔가를 말하려다 순간적으로 실수를 했다고 느꼈는지 말끝을 흐렸다. 옹정이 어느새 얼굴이 빨개진 윤상을 뚫어지게 쳐다보면서 말했다.

"거짓말을 하려거든 물러가게나!"

졸지에 덜미를 잡히고 만 윤상이 어쩔 수 없이 마른침을 꿀꺽 삼키면서 아뢰었다.

"항간에서는 폐하를 두고 타부제빈打富濟貧(부자들을 족쳐 빈자들을 구제함)한다고……. 무슨 황제가 강도짓을 하느냐고 비난하는 소리가 돌고 있사옵니다. 폐하뿐만이 아니옵니다. '윤상은 호랑이를 등에 업은 깡패'라고 욕설을 퍼붓는다고 하옵니다."

"듣기 싫은 소리는 아니군! 그만큼 짐을 무서워한다는 뜻일 테니까. 그러나 짐을 '호랑이' 정도로밖에 봐주지 않으니 조금 성에 차지는 않는구먼."

옹정이 경멸에 찬 미소를 지어보였다. 이어 느릿느릿 방 안을 거닐었다. 한참 침묵이 흘렀다. 갑자기 옹정이 고개를 번쩍 쳐들더니 길게 탄식을 토했다.

"짐이라고 해서 어찌 형제간에 우애 있게, 군신과 부자 사이에 화목하고 인간다운 삶을 영위하고 싶지 않겠나? 그러나 우리의 이치吏治는 더 이상 간과할 수 없을 정도로 썩어 있어. 그 한가운데에는 백성들에게 들러붙은 흡혈귀들을 조종하는 소위 힘 있는 관리들이 버티고 있는 실정이네. 아주 오래 전부터 맹자는 '민귀군경'民貴君經(백성이 존귀하고 사직은 그 다음이며 임금은 가볍다)이라고 해서 군주들에게 경종을 울려왔어. 물은 배를 띄울 수도 있지만 엎어버릴 수도 있듯 물 같은 위력을 가진 백성들의 인내를 시험하려 들지 말라는 거야.

이 나라의 성벽을 갉아 먹는 쥐새끼들이 설치는 한 민변民變의 위험은 항상 조정을 위협할 수밖에 없네. 백성들의 반란을 미연에 방지하는 것이 성난 홍수를 달래는 것보다 훨씬 중요하다네."

옹정이 잠시 말을 끊었다. 이어 극도의 모순에 허덕이는 듯 다시 한숨을 토해냈다.

"그 대단한 진시황도 육국을 통일하고 일대 영웅으로 지고무상의 지위에 있었으나 짧게 끝나버렸어. 독재 치하를 견디다 못한 반란군의 수령 진승陳勝, 오광吳廣이 머리띠를 두르고 팔을 치켜들면서 고함 한 번 지르니까 말이야!"

윤상은 옹정의 간절한 말에 연신 고개를 끄덕였다. 그의 말을 구구절절 머릿속에 새기는 모양이었다. 옹정이 다시 방 안을 뚜벅뚜벅 거니는가 싶더니 집요하게 파고드는 생각을 떨쳐버리려는 듯 고개를 힘차게 내저었다.

"이 얘기는 이쯤 하지. 정작 귀 아프게 들어야 할 당사자들은 듣지도 않는데! 대만에서 올해 황무지를 개간한 실적이 좋았어. 올해는 식량을 자급자족할 수 있게 돼서 복건성에 손을 내밀지 않아도 될 것 같다고 하잖아. 지부가 황립본黃立本이라는 사람인데, 일 잘하는 친구인 것 같네. 그리고 귀주성에 가 있는 양명시도 올해부터는 자급자족하고도 조금 여유까지 있는 모양이야. 내일 상서방에 직급을 두 등급 올려준다는 내용의 지의를 작성해 정기廷寄로 발송하라고 하게!"

"알겠사옵니다, 폐하!"

"짐이 없는 동안 집 잘 지켜야 하네!"

"예, 폐하!"

"즉각 점간처粘竿處로 가서 괜찮은 애들 사십 명을 시위로 선발해 짐을 따라나서도록 하게!"

"예, 폐하!"

"지금 당장 떠날 채비를 하라고 하게. 자네만 알고 있다가 나중에 방 선생에게 귀띔하면 되겠네. 짐은 오늘 저녁에 북경을 떠날까 하네!"

옹정이 미소를 지은 채 말했다. 그러자 윤상이 화들짝 놀랐다.

"폐하, 모레라고 하시지 않으셨사옵니까? 아직 대가大駕(출타 시의 의장儀仗)도 준비하지 못했사옵니다."

"그게 뭐가 그렇게 중요한가? 수레에 높이 앉으면 비굴한 얼굴들밖에 더 보겠나?"

옹정이 콧소리를 크게 내면서 대답했다. 이어 천천히 다음 말을 덧붙였다.

"짐은 미복微服 차림으로 말을 타고 갈 것이네. 대가는 당연히 텅 빈 채로 움직이겠지. 먼저 오대산五臺山으로 갔다가 태산泰山에 들른 다음 하남성으로 갈 것이야. 돌아올 때는 수레에 앉아 돌아올 테니 걱정하지 말게. 알겠는가?"

"예……. 신, 명심하겠사옵니다!"

30장
순무와 막료

　전문경은 하남성 개봉^{開封}으로 간 지 3개월도 되지 않은 사이에 단숨에 세 단계나 승진을 했다. 전혀 예상하지 못했던 하남성 순무도 됐다. 그러자 동료들의 질시 어린 시선이 쏟아졌다. 게다가 전체적인 하남성 정무도 잘 풀리지 않았다. 무엇보다 신임 개봉 부윤이 부임하지 않은 탓에 자리가 비어 있어 당분간은 동지^{同知} 자리에 있던 마가화^{馬家化}가 임무를 대신할 수밖에 없었다. 또 전 하남 순무 역시 아직 순무아문을 전문경에게 비워주지 않고 있었다.

　그 정도는 아무것도 아니었다. 전문경의 입장에서는 얼마 전까지만 해도 자기보다 한참 계급이 높았던 사람들에게 인사를 받아야 한다는 것도 보통 어색한 일이 아니었다. 그들은 한때 턱짓으로 자신을 부르던 사람들이 아니던가.

　황하^{黃河}의 상황도 골치였다. 개봉 북쪽으로는 해마다 한 번씩 심술을 부려 그 지역을 쑥대밭으로 만들어놓곤 하는 황하가 흐르고 있었다. 더구나 수량이 폭발적으로 불어나는 이른바 도화신桃花汛 기간도 다가오고 있었다. 당연히 그는 황하의 상황을 가만히 손 놓고 볼 수가 없었다. 옹정의 주비 내용으로 미뤄볼 때 이번 남순길에 개봉 쪽의 하방河防(홍수 대비) 상황을 시찰할 가능성이 커 보였기 때문이었다.

순무가 됐든 지부가 됐든 모두의 당면한 급선무는 말할 것도 없이 황하가 기승을 부리는 것을 막을 수 있는 데까지 막는 것이었다. 실제로 사고가 났다 하면 가장 먼저 수난을 당하게 되는 곳이 개봉이기 때문에 처벌받는 것이 문제가 아니었다. 살아남을 수 있을지조차 장담할 수 없는 것이 현실이었다.

사례도 적지 않았다. 때는 강희 26년이었다. 당시 몹시 대로한 황하는 부실한 제방을 밀어내고 개봉을 온통 물바다로 만들어버렸다. 이로 인해 목숨을 잃은 사람만 무려 7000~8000명에 이르렀다. 그들이 모두다 한꺼번에 물에 빠져죽은 것도 아니었다. 굶어죽는 사람이 이어지더니 전염병이 돌았다. 겨울이 오자 얼어 죽는 사람이 나오기 시작했다.

조정에서는 폭발적으로 나빠진 민심을 가라앉히기 위한 희생양이 필요했다. 결국 하남성 순무에게 관리 부재와 대책 미비의 책임을 엄정히 물어 군영으로 보내는 조치를 내렸다. 그곳에서 반성하면서 국가를 위해 헌신하라는 의미였다. 개봉 지부의 처지는 더 비참해서 죽음을 면하지 못했다.

전문경은 망극한 성은에 보답하기 위해 옹정이 야심적으로 밀어붙이는 이치 쇄신, 조세제도 개혁을 하루 바삐 실행에 옮기고 싶었다. 조속히 가시적인 성과를 올리고 싶어 마음이 조급했다. 그러나 그보다 더 중요한 것은 당장 꺼야 하는 발등의 불이었다. 조만간 공격해 올지도 모르는 황하의 공격을 어떻게 해서든 막는 것이었다. 전문경은 일단 팔다리를 걷어붙이고 황하와 한판 대결을 벌이기로 모질게 마음먹었다.

그는 절강浙江성 소흥紹興에 4명의 막료를 파견해줄 것을 요청했다. 그중 둘은 형벌, 나머지 둘은 전량錢糧을 관리하도록 했다. 그들에게 지급할 녹봉은 1인당 1년에 300냥씩이었다.

문제는 전문적으로 주장奏章을 작성해 올려 보내는 역할을 담당하는 오사도가 하는 일에 비하면 녹봉이 다른 막료들보다 10여 배 이상 많은 연 5000냥이라는 사실이었다. 네 명의 막료들은 말할 것도 없고 전문경도 그 생각만 하면 화가 치밀었다.

그러나 오사도는 이위가 낙민에게 추천했다가 다시 자신에게 추천해보낸 사람이었다. 그 정도로 이위와 오사도 두 사람의 사이는 막역했다. 더구나 이위는 옹정의 최측근이 아닌가. 또 이친왕 윤상과도 대단히 가까운 사이였다.

전문경은 이 돈 먹는 하마를 일찌감치 내쫓아버리려고 한 적도 없지 않았다. 그러나 후폭풍이 두려웠다. 결국 그렇게 할 수가 없었다. 게다가 오사도가 작성해 올린 주장은 번번이 윤허를 받았다. 가끔은 옹정의 치하와 격려의 주비가 첨부돼 내려오기도 했다. 그 정도로 오사도는 일에 있어서만큼은 정말 흠잡을 데가 없었다.

드디어 문제의 5월이 다가왔다. 황하 상류 지역에서 전해오는 소식에 의하면 작년에 내린 눈이 유난히 많았던 탓에 올해의 수량 증가가 예사롭지 않다고 했다. 전문경은 그 소식에 놀라 명령을 내려 개봉의 번고를 전부 털어 하공河工에 전폭적인 지원을 하도록 했다. 그러나 개봉의 재력으로는 역부족이었다. 궁여지책으로 그는 순무의 관방關防(직인)을 이용해 통정사通政使아문에 100만 냥을 지원해줄 것을 긴급 요청했다.

얼마 후 통정사아문에서는 대단히 깍듯하게 예를 갖춰 답장을 보내왔다.

전문경 대인께 아룁니다:

헌명憲命은 잘 받았습니다. 그러나 큰 도움을 못 드리게 돼 우선 죄스럽고 안타까운 마음을 전합니다. 3월 29일 호부로부터 염친왕, 이친왕, 상서방의 공동 명의로 된 칙명을 받았습니다. 하남성 번고에 비축돼 있는 은 319만 냥 가운데에서 100만 냥은 연갱요 부대의 비상용으로 남겨두라고 했습니다. 또 50만 냥은 산동성의 재해 복구비로 호부 대신 먼저 보내라고 했습니다. 그뿐만이 아닙니다. 130만 냥은 두 번에 나눠 이위 대인에게 줘서 북경, 직예의 식량 공급에 차질이 없도록 하라고 명령하였습니다. 이로 미뤄볼 때 번고에서 사용할 수 있는 돈은 고작 39만 냥에 불과한 실정입니다. 얼마 안 되나 조금이나마 보탬이 됐으면 하는 바람에서 보내드리도록 하겠습니다. 연갱요가 지의를 받들고 북경으로 돌아가는 도중에 하남 경내를 지날 때 대인께서 영접해 주셨으면 하고 협조를 부탁드립니다.

"어디다 붙일 것도 없는 고작 39만 냥을 주면서 연갱요까지 접대하라고? 기가 막히는군."

답장을 받아 든 전문경의 손은 자신도 모르게 부르르 떨렸다. 안색도 무척이나 흉흉해 보였다. 원래 번사藩司라고도 불리는 통정사는 순무와 상하관계라고 할 수 있었다. 그러나 계급은 순무보다 겨우 반 계급이 낮을 뿐이었다.

게다가 통정사 차명車銘은 총리왕대신인 염친왕 윤사의 문하였다.

새내기 전문경과는 비교가 안 될 정도로 경륜이나 권위가 대단했다. 특히나 그는 운 좋게 높이뛰기를 해서 올라온 전문경 따위는 안중에도 없었다.

반면 전문경은 그와 따져봐야 득이 될 것이 하나도 없다고 생각했다. 급기야 어쩔 수 없이 횡하니 서화청으로 들어가 버렸다. 그리고는 다시 곧 네 명의 막료를 불러들였다.

"올해 도화신으로 인해 이미 제방 한 곳이 터졌다고 하오. 난고蘭考 일대는 완전히 물바다가 되어버렸소."

전문경이 두 명의 전량 담당 막료를 향해 말했다. 이어 다시 투덜거렸다.

"먼젓번 순무도 이놈의 홍수 때문에 욕을 봤소. 앞으로는 기세가 더 사나울 거라고 하는데 걱정이 태산 같소. 나는 지금 공명에 연연하는 것이 아니오. 폐하께서 곧 시찰을 오실 텐데 그때 안전사고라도 터지면 큰일이오. 그렇게 되면 내가 만두소처럼 난도질당한다고 해도 그 죄를 용서받을 수 없을 거요. 무슨 좋은 방법이 없을지 생각나는 대로 말해보오."

원래 전문경은 깡마르고 피부도 검은 편이라 외모가 볼품없었다. 그런 사람이 매일 강바람을 쐬고 땡볕에서 살다시피 했으니 더욱 볼품이 없어졌다. 그뿐만이 아니었다. 잠이 부족해서 시커멓게 변한 눈꺼풀을 힘없이 축 늘어뜨린 것이 자리에 한번 드러누우면 더 이상 못 일어날 것 같았다.

두 명의 전량 담당 막료는 오봉각吳鳳閣과 장운정張雲程으로, 나이는 50세 가량이었다. 둘 모두 얼굴 가득한 주름은 꿈쩍도 하지 않은 채 곰방대를 뻑뻑 빨기만 할 뿐이었다. 그렇게 한동안 침묵이 흘렀다. 드디어 장운정이 입을 열었다.

"동옹東翁(전문경의 호), 어제 하도河道의 왕汪 관찰觀察이 그러더군요. 삼십구만 냥이라도 보내주면 상류 지역에 흙주머니를 쌓아 제방을 견고히 할 수 있을 거라고 말입니다. 다만 하류는 도저히 어떻게 할 수가 없는 모양입니다. 폐하께서 하남성에 들르신다면 당연히 개봉 쪽으로 오실 겁니다. 동옹이 있는 그대로 폐하께 상주를 하는 것이 좋겠습니다. 이곳의 어려움은 모르는 사람이 없으니 폐하께서 호부에 지시해 경비를 보태주실 수도 있지 않겠습니까? 해마다 그냥 넘어가는 일 없는 골칫덩어리를 맡았으니 폐하께서도 하류 지역의 한두 곳이 터졌다 해서 죄를 물으시지는 않을 겁니다."

검은 비단 겹옷을 입고 검정색 안경을 쓴 오봉각은 다리를 꼬고 앉은 채 여유 있게 짙은 담배연기를 내뿜었다. 그리고는 장운정의 말이 끝나기 무섭게 입을 열었다.

"이보게, 운정! 얼마나 많은 사람들이 동옹의 파격적인 승진을 질투하고 배 아파하고 있는지 몰라서 그래요? 상류든 하류든 어느 한 곳만 터져도 포정사, 안찰사 할 것 없이 벌떼처럼 달려들어 주장을 올리고 탄핵을 하느라 정신을 못 차릴 겁니다. 어떻게든 이번 도화신 기간을 무사히 넘겨야 해요. 적어도 백오십만 냥이 없으면 꿈도 꾸지 못하겠지만 말이오."

형벌 담당 막료인 필진원畢鎭原이 한편에 앉아 있다 오봉각에게 즉각 빈정대듯 말했다.

"말이 쉬워서 백오십만 냥이지, 누구 집 개 이름이 아닌 이상 어디가서 그 돈을 구하겠어요? 솔직히 서부 전사戰事는 이제 끝났어요. 비상용으로 백만 냥을 준비해 둬야 한다는 것은 순전히 전 중승中丞(전문경을 일컬음)을 골탕 먹이려는 수작으로밖에는 볼 수가 없어요. 연대장군이 하남 경내를 지날 때 군사들을 위로하기 위해 접대를 하더라도 그래요. 그렇게 많은 돈이 필요하지는 않을 겁니다. 삼천 군마를 위로하는 데 오만 냥이면 충분해요. 북경과 직예의 식량을 조달하는 데도 당연히 돈이 필요할 겁니다. 그러나 당장 굶어죽는 것도 아닌데, 수많은 목숨이 왔다 갔다 하는 이곳 사정보다 더 급하다는 말입니까? 황하의 위력을 모르는 것도 아닐 텐데! 제 생각에는 통정사에서 보내는 답장에 강한 표현을 덧붙여 발끈하고 나서는 것이 좋을 것 같아요. 자기들이 설사 입이 열 개라도 무슨 할 말이 있겠어요? 그럼에도 끄떡도 하지 않는다면 그것들은 사고가 발생할 때 책임을 결코 피해갈 수 없을 것입니다. 전 중승은 아무래도 이곳 사정에 밝지 못한 신임 순무예요. 앞사람들이 잘못해서 물난리가 난 것을 전 대인에게 책임을 지울 명분은 없지 않겠습니까?"

필진원의 말에 이번에는 또 다른 형벌 담당 막료인 요첩姚捷이 냉소를 흘리면서 입을 열었다.

"말처럼 쉬운 것이 어디 있겠어요. 그런 식으로 통정사에 반박문을 보내면 결국 염친왕과 이친왕에게 화살이 돌아가는 격이 된다고요! 그러면 두 황자뿐만 아니라 상서방 대신들에게까지 미운 털이 박히게 될 걸요? 득이 될 것이 뭐가 있겠어요?"

전문경은 잠자코 듣고 있기만 했다. 저마다 일리가 있고 또 어느쪽도 비난할 게 못 됐다. 그가 한참 생각을 하더니 요첩에게 물었다.

"그러면 그대 생각에는 어찌 하는 것이 좋을 것 같은가?"

요첩은 네 막료 가운데에서 가장 젊었다. 서른 살을 막 넘긴 나이에 옷맵시도 뛰어났다. 요첩이 전문경의 질문에 고개를 숙이고 잠시 생각하더니 장포 끝자락을 습관처럼 잡아당기고는 부채를 쫙 폈다. 이어 천천히 부치면서 이빨 사이로 튕기듯 말했다.

"빌립시다!"

정신이 번쩍 든 전문경이 다그쳐 물었다.

"그 많은 돈을 어디에서 빌린다는 건가?"

요첩이 전문경의 질문에 대답할 생각은 않고 기름기 반지르르한 머리채를 고갯짓으로 어깨 너머로 넘겼다. 이어 천천히 입을 열었다.

"중승 대인, 손 내밀 곳을 알고 내밀어야죠. 통정사에 더 이상 바란다는 것은 무리입니다. 폐하께서는 국채 환수를 대단히 중요하게 생각하셔서 그 고삐를 바싹 조이고 계십니다. 이 마당에 번고의 돈을 빌린다는 것은 바로 돌을 들어 제 발등을 찍는 격이라고 해도 좋습니다. 동옹 대인, 그러나 얼사臬司(법사法司라고도 하는 안찰사의 다른 이름)아문에는 돈이 있습니다. 어제 제가 얼사아문의 몇몇 막료들과 얘기를 나누다 중승 대인의 어려운 사정을 털어놓은 바 있습니다. 그랬더니 장구張球라는 사람이 별것도 아니라는 듯 웃어버리는 겁니다. 그리고는 몇 사람이 얼마씩 꺼내더니 순식간에 오십만 냥을 모으지 않겠습니까?"

요첩이 말을 끝내자마자 바로 장화 속에서 여러 장의 은표銀票를 꺼냈다. 이어 전문경에게 건네주었다.

"여기 있습니다! 밑의 막료들도 눈 깜짝할 사이에 오십만 냥을 만들어내는 만큼 얼사의 호解 대인은 더 능력이 있을 겁니다. 찾아가서 어려움을 호소하시면 역시 오륙십만 냥 정도는 쉽게 도움을 받을 수 있을 겁니다."

전문경이 적이 놀라면서 은표를 받아봤다. 3만 냥짜리도 있었고, 5만 냥짜리도 있었다. 모두 즉각 현금화할 수 있는 용두龍頭 수표였다. 그밖에 서찰도 한 장 들어 있었다. 내용은 간단했다.

황하가 범람하는 날에는 백성들이 도탄에 빠져 허우적거리게 됩니다. 저

장구의 목숨도 결코 황하의 홍수로부터 자유로울 수는 없을 것입니다. 때문에 수전노처럼 돈 몇 푼 내놓는 게 아까워 바들바들 떨다가 황하에 빠져 목숨을 잃을 이유는 없지 않겠습니까? 나라를 위해서라면 파산도 서슴지 않겠습니다. 또 중승 대인의 우려를 덜어주기 위해서라면 주머니를 탁탁 털어서라도 도움을 드리겠습니다. 얼마 되지 않는 금액이지만 하공河工(황하 치수 공사)에 보탬이 됐으면 합니다. 장구가 근상謹上합니다!

전문경은 감격과 흥분에 사로잡히지 않을 수 없었다. 은표를 쥔 손이 가볍게 떨리고 있었다. 급기야 그는 순무라는 체면도 잊은 채 요첩을 향해 허리까지 굽혀 인사를 했다.

"요공, 정말 고맙소! 하남성에 이처럼 진심으로 나라를 위하고 조정에 충실한 의롭고도 재물에 연연하지 않는 장구 같은 인물이 있다는 사실이 놀라울 따름이오! 실로 하남성의 복이 아닐 수 없소. 오사도 선생에게 상주문을 올리게 해서 그 의로운 인물을 폐하께서 널리 치하하도록 하겠소."

전문경이 아무래도 흥분을 이기지 못하겠다는 듯 자리에서 일어서면서 다시 입을 열었다.

"가서 호기항 대인을 찾아뵙고 와야지!"

전문경은 말을 마치자마자 바로 밖으로 나가 여덟 명이 드는 가마에 앉았다. 요첩은 전문경이 저만치 멀어져가자 화청으로 돌아와서는 어깨를 한 번 으쓱 한 다음 실눈을 뜬 채 웃으면서 말했다.

"그러게 하늘이 무너져도 솟아날 구멍이 있다는 말이 있는 겁니다!"

필원진이 요첩의 말을 듣고는 감반을 했다.

"어쩐지 며칠 동안 통 안 보인다 했어. 이제 보니 주인의 고충을 덜어주려고 뛰어다녔구먼!"

이번에는 장운정이 냉소하듯 입을 열었다.

"오 선생이 하는 일도 없이 일 년에 오천 냥씩 받는다는데, 그대는 적어도 삼천 냥은 받아야 하지 않겠소?"

줄곧 말없이 구석자리를 지키고 있던 오봉각이 드디어 안경을 밀어 올리면서 껄껄 웃더니 내뱉었다.

"이보게, 요첩 아우! 방금 오른쪽 장화 속에서 은표를 꺼내던데, 내친김에 왼쪽 장화 속에 숨겨 놓은 것도 꺼내 놓지. 다 같이 좀 나눠 가지자고!"

"예? 무슨 말씀을 하시는 거예요? 저는 알아들을 수가 없네요!"

요첩이 흠칫 놀랐다. 그러자 오봉각이 자리에서 일어나 천천히 거니는가 싶더니 냉소를 터트렸다.

"우리 넷은 각각 전량과 형벌 담당으로 나뉘어 있잖소. 서로 간에 공공연한 비밀이 있는 것을 불을 보듯 뻔히 아는데, 무슨 시치미를 떼고 그러오? 내 숙부 한 분이 형벌 담당 막료로 있던 적이 있었소. 그래 얼사의 생리에 대해서 잘 아시더라고. 도둑을 잡고 강도를 붙잡아 심문하거나 형량을 내리는 일을 하는 얼사에서 검은 돈을 챙기는 것은 하루 세 끼 밥을 입안에 떠 넣는 것처럼 당연한 일로 알려져 있던데? 그렇지 않고서야 어찌 한낱 녹봉만 받고 생계를 유지해나가는 아문의 관리들에게 하공을 지원할 정도의 돈이 있을 수 있다는 말이오? 흥! 죄다 까발리겠다고 윽박지르면 적어도 수십만 냥은 더 나올 걸? 내 말이 틀렸소?"

요첩이 오봉각의 말에 난감한 듯 킁! 하고 마른웃음을 머금었다. 아니나 다를까, 곧 왼쪽 장화 속에서 은표 한 장을 꺼냈다.

"사실 저도 이 돈을 혼자 삼킬 생각은 아니었습니다. 오만 냥짜리죠. 내가 일만 사천 냥을 가지고 나머지는 셋이 똑같이 나누면 되겠죠? 그쪽 얼사 사람들은 자기가 뼈 빠지게 번 돈이 아니니 물 쓰듯 평평 써버리고도 눈 한 번 깜짝하지 않는 사람들입니다. 가져가 술 사 먹으라고 주는데, 안 받으면 손해 아니겠어요? 형벌을 책임진 제가 얼사에서 타온 용돈을 나눠먹기로 했으니 전량 담당 막료 두 분도 하공에 먹을 것이 있으면 이불 뒤집어쓰고 방귀 뀌듯 혼자 삼키지 말고요. 알았죠?"

좌중의 사람들이 요첩의 말에 와! 하고 웃음을 터트렸다. 필진원 역시 웃음 띤 얼굴을 한 채 농담조로 말했다

"공짜라고 지나치게 좋아하면 안 되지 않겠소. 백성들의 피가 묻어 있는 돈이라오!"

그러나 좌중의 사람들 중에는 필진원의 말에 귀를 기울이는 사람은 없었다. 그저 장운정만 다른 입장에서 툴툴거릴 뿐이었다.

"전에 집안의 아버지께서 막료로 있을 때는 연간 일만 삼사천 냥의 수입은 됐었어요. 그런데 우리는 삼백 냥이 뭡니까, 삼백 냥이! 내가 원 창피해서 어디 가서 말을 못하겠어. 그놈의 절름발이는 하는 것이 뭐 있다고 오천 냥씩이나 갖다 바치는 거야? 그 정도 글이라면 내 손자도 쓴다, 써!"

오봉각이 장운정의 말에 갑자기 안색이 굳어지는가 싶더니 천천히 입을 열었다.

"중승 대인 듣는 데서는 그런 말 하지 마시오. 지금으로서는 삼백 냥 주면 삼백 냥 받는 수밖에는 없소. 전 대인이 중승에 제수되면 팔천 냥까지 약속했다더구먼! 하지만 지금 두 사람 사이의 분위기가 심상찮으니까 길게는 못 갈 거요. 우리는 아무 내색하지 않고 있는 것이 좋겠소. 지금 중승 대인은 폐하께 점수 따려는 생각만 하고 있소.

그래서 검은 돈 쪽으로는 주머니에 집어넣어 줘도 모를 정도로 무감각한 사람이오. 언제인가 물을 꼴깍 먹고 정신 못 차릴 때가 있을 테니 우리도 그때 가서 포식 좀 하고 한풀이를 해보자고!"

오봉각의 말이 끝나갈 무렵이었다. 쌍지팡이에 몸을 실은 오사도가 두 하인의 시중을 받으면서 이문二門을 들어서는 모습이 보였다. 급히 입을 다문 오봉각이 한 걸음 다가가 예의를 갖춰 인사를 올렸다.

"오 대인! 얼굴 표정을 보니 오늘따라 기분이 유별나게 좋은 모양입니다? 어디 가서 술 한잔 했나 봐요?"

오사도가 지팡이에 몸을 맡긴 채 공수를 했다. 이어 다시 답례하듯 대답했다.

"나도 몰랐는데, 오늘이 욕불절浴佛節이라고 하더군요. 나는 유생이라 그런 건 믿지 않지만 안사람들이 상국사相國寺로 같이 가보자고 얼마나 조르는지 한 바퀴 획 돌고 오는 길이라오. 오다가 우연히 지인을 만나 술도 한잔 했소. 그런데 동옹 대인께서는 보이지 않네? 오늘 모여서 회의를 한다고 하더니?"

오사도의 말이 끝나기 무섭게 좌중을 둘러봤다. 눈빛이 형형하고 표정도 대단히 밝아 보였다.

막료들은 녹봉을 자신들보다 스무 배는 더 받는 '수석 막료'를 전혀 인정하지 않는 터였다. 당연히 오사도의 말을 듣고는 갈수록 기분이 언짢아졌다.

'누구는 고작 삼백 냥에 목숨을 걸고 콧바람 쐴 여유도 없이 머리에 땀나도록 치수 문제를 고민하고 있어. 그런데 정작 오천 냥을 받는다는 사람은 미인과 더불어 향초香草를 즐기면서 풍류에 정신이 없군!'

그들은 분명 속으로 그렇게 툴툴대는 듯했다. 물론 오늘은 주머니가 나름대로 두둑한지라 때를 기다려 보자는 심산으로 마음을 달래고 있기는 했다. 오사도와 웃는 얼굴로 의례적인 말이라도 주고받을 수 있었던 것도 다 그 때문이었다. 필진원이 전문경을 찾는 오사도의 말에 퉁명스럽게 말했다.

"전 대인은 얼사아문으로 호기항 대인을 뵈러 간 지 한참 됐소이다."

"그렇구먼. 그렇다면 기다렸다 뵙고 가야지."

오사도가 생각에 잠긴 표정을 짓더니 바로 머리를 끄덕였다. 이어 대나무 의자에 앉아 차를 마시면서 관보를 읽기 시작했다. 더 이상 말이 없었다. 다른 막료들은 자리가 불편해졌는지 서로 눈짓을 하면서 핑계를 대고 밖으로 나갔다.

오시午時가 지날 때였다. 갑자기 아문 입구에서 세 발의 큰 대포소리가 들렸다. 때를 같이 해 아홉 마리 맹수 무늬의 관포에 공작새 보복을 껴입은 전문경이 땀범벅이 된 채 화청으로 들어섰다. 머리에서는 푸른색 유리 정자가 빛나고 있었다. 시원한 대나무 의자에서 깜박깜박 졸고 있던 오사도는 바깥 동정에 흠칫하더니 바로 눈을 번쩍 떴다. 이어 전문경이 돌아왔다는 것을 알고는 황급히 허리를 펴고 앉은 채 물었다.

"그래, 하공 경비 문제는 해결을 봤습니까?"

전문경이 불편한 심기를 드러내면서 "음!" 소리만 짤막하게 내뱉고는 관포를 벗었다. 그리고는 오사도 옆에 놓여 있던 관보를 들고 의자에 벌렁 드러눕다시피 했다. 이어 숨을 길게 내쉬었다.

"가만 있자……. 일정대로라면 폐하께서는 욕불절인 오늘 오대산에 도착하셨겠군. 역시 폐하께서는 불심이 돈독하셔!"

"폐하의 불학에 대한 조예는 벌써 무상보리無上菩提의 경계에 이르렀죠. 그럼에도 폐하께서는 공맹孔孟의 유학도 숭상하시니 대단한 분입니다."

오사도가 자신을 향한 노골적인 전문경의 냉대에 상심한 듯 상비죽선을 부쳤다. 그러면서 느릿느릿 입을 열었다.

"현장에 가서 경험 있는 하공 인부들의 얘기를 들어봤더니, 올해 도화신은 기세가 무척이나 사나울 것 같다고 하더군요. 전 대인께서는 경비를 얼마나 잡고 있는지 모르겠습니다?"

전문경이 차가워 보이는 눈꺼풀을 착 내리깐 채 찻잔을 들었다. 그리고는 아무렇지도 않게 대하는 오사도의 말에 더욱 기분이 언짢은 표정을 지었다. 일부러 오사도를 찬밥 취급하는 듯했다. 얼마 후 그가 시간이 한참 흐른 뒤에야 내뱉듯 말했다

"몇 달 전부터 미리 서둘렀으니 망정이지 이제야 움직이기 시작했다면 사고 치고도 남았을 테죠! 그럭저럭 구십만 냥을 모았습니다. 위에서 조금만 더 보태주면 하남성이 올해 황하에 얻어터지는 일은 없을 겁니다."

영민하기 이를 데 없는 오사도가 전문경의 말 속에 가시가 돋쳐 있다는 사실을 모를 리가 없었다. 그럼에도 그는 아무런 내색도 하지 않은 채 한 가닥 미소를 지어보이면서 쿵쿵거리는 지팡이 소리를 내며 창가로 다가갔다. 이어 휘늘어진 버드나무 위에서 재잘거리는 두 마리의 휘파람새를 지그시 바라봤다. 그리고는 잠시 생각에 잠겨 있더니 난감한 정적을 깨면서 물었다.

"올해는 그렇다 치고 내년에는 어떻게 하죠?"

밉다면 업어 달랜다고, 전문경은 꼴도 보기 싫은 데 찾아와서는 주제넘게 왈가왈부하는 오사도의 모습에 주체할 수 없이 울화가 치밀었다. 그러나 애써 분을 삭이면서 차갑게 대답했다.

"자고로 황하는 말썽을 부리지 않는 해가 없었습니다. 그 옛날 한 평생을 황하와 씨름하면서 살다시피 한 근보靳輔와 진황陳潢이라는 분들이 있었습니다. 그야말로 타의 추종을 불허하는 치하治河의 달인들 아니었겠어요? 그럼에도 황하는 한 쪽을 막으면 다른 한 쪽이 터지고는 했습니다. 당장 부임 초인 올해만이라도 무사하면 감지덕지할 일인데, 어찌 내년까지 예측할 수가 있겠습니까?"

오사도가 창가에서 몸을 돌리더니 전문경을 마주하고 앉았다.

"외람된 말씀인 줄은 알지만 말씀을 드리지 않을 수 없습니다. 전에 있던 하남 순무도 성총은 동옹 못지않게 받아왔어요. 그럼에도 예외 없이 곤두박질칠 수밖에 없었습니다. 그랬던 것은 다 이 황하 때문이었어요. 대인은 산서성에서의 공적을 인정받아 이 자리에 오게 됐으나 솔직히 이 강을 제대로 다스리지 못하면 곤란합니다. 하남성에서 천 가지, 만 가지 선정善政을 이뤄낸다고 해도 무사히 자리를 보존하고 앉아 있기는 힘듭니다."

전문경이 산서성에서 낙민과 대적할 때 오사도가 결정적인 묘책을 짜낸 것은 부인할 수 없는 사실이었다. "번고藩庫를 봉하라"는 오사도의 계략이 먹혀들었기 때문에 고래 같은 그를 쓰러뜨릴 수 있었던 것이다.

전문경은 그런 생각이 들자 자존심이 송곳 바늘에 여지없이 찔리는 느낌에 그만 움찔하고 말았다. 동시에 얼굴이 벌겋게 달아올랐다. 오늘의 전문경이 있기까지는 자신의 도움이 컸다는 사실을 오사도가 은근히 강조하고 나선다는 생각이 들면서 기분이 더욱 나빠진 것이다.

그는 입을 꾹 다문 채 눈을 지그시 감았다. 관자놀이가 눈에 띄게 벌렁거리고 있었다. 그러기를 얼마나 했을까, 폭발의 위기를 넘긴 듯 전문경이 냉소를 흘리면서 말했다.

"나는 그대의 대단한 가르침을 받아 덕 한 번 톡톡히 봤습니다. 부인하지 못할 일입니다. 그렇다면 이 강을 어떤 식으로 요리하는 것이 좋겠습니까? 그대의 고견을 듣고 싶습니다."

"하도河道에는 도대道臺가 있습니다. 치수는 그들의 몫입니다. 동옹은 그저 비용을 마련해준 다음 어떤 식으로 하라고 지시만 내려주면 끝입니다."

오사도가 진지한 어조로 대답했다.

"말처럼 쉬운 게 어디 있겠습니까. 비용을 마련한다는 것이 그렇게 쉬운 줄 압니까? 번고에서는 고작 삼십구만 냥밖에 지원해줄 수 없다고 하는데, 그것마저 이것저것 떼고 나면 남는 게 없어요. 이렇게 큰 공사를 계획하고 있음에도 호부에서 전혀 지원을 해주지 않는다는 게 말이 안 되는 것 아닐까요?"

전문경이 즉각 반박하며 투덜댔다.

"다 사람하기 나름입니다. 일단 폐게 사실대로 상주해 보십시오. 그리고 삼십구만 냥밖에 지원해줄 돈이 없다고 했는데, 이렇게 합시다. 내가 차명車銘을 좀 알아요. 만약 폐게 사실대로 아뢰겠다고 하면 그 사람은 돈을 얼마든지 더 내놓을 거예요."

전문경은 오사도가 사사건건 자신을 가르치려 든다고 생각했다. 더 이상은 참을 수 없다는 듯 갑자기 자리에서 벌떡 일어나더니 오사도를 노려봤다. 눈빛이 흉흉했다. 그럼에도 오사도는 낯빛 하나 변하지 않은 채 유유자적 부채를 부치면서 차를 홀짝이고 있었다.

한동안 숨 막히는 침묵이 흘렀다. 전문경이 마른 침을 꿀꺽 삼키면서 소리쳤다.

"당신이 뒤늦게 가르쳐 주지 않아도 나도 벌써 할 만큼 다 했소!

폐하께 상주문도 올렸소. 당신이 술이나 마시고 세상을 녹두알처럼 보면서 여자 끼고 흥청망청하고 있을 때, 나는 치수 비용을 마련하느라 이리 뛰고 저리 뛰어다니며 다 준비해 놓았단 말이오! 그러니 더 이상 노심초사하지 않았으면 좋겠소."

"준비가 끝났다니 참으로 다행스런 일입니다. 그 어마어마한 액수를 마련하는 것이 쉽지는 않았을 텐데, 도대체 어디서 구했는지 여쭤 봐도 되겠습니까?"

오사도 역시 기분이 나쁜지 자리에서 일어섰다.

"빌렸소!"

"누구한테서요?"

"얼사아문에서!"

순간 오사도가 흠칫 놀라는 표정을 지었다. 그러더니 갑자기 실성한 듯 너털웃음을 터트렸다. 오만불손하고 안하무인이 따로 없었다. 급기야 전문경은 더 이상 참지를 못했다. 있는 대로 힘을 모아 탁자를 내리쳤다. 찻잔과 접시들이 땅에 떨어져 박살이 나는가 싶더니 탁자마저 흔들거렸다.

"도대체 뭘 믿고 이러는 거요? 이위가 추천했다고 해서 내가 감히 어쩌지 못할 줄 아는 거요? 분명히 말해두겠소. 이위는 양강 총독이고, 나는 하남 순무요. 나는 그 사람의 관할 반경 안에 있지 않다는 말이오. 내가 말한 그대로 이위에게 편지를 보내도록 하오. 내 밑에서 매달 스물다섯 냥씩이라도 받고 일하고 싶다면 다른 막료들처럼 예의를 다해 나를 섬겨야겠소. 한 달에 스물다섯 냥, 일년에 삼백 냥, 이것이 내가 해줄 수 있는 최선이오. 어쩔 수 없소. 내 재주가 이것뿐이니, 당초 약속했던 팔천 냥이니 오천 냥이니 하는 것은 한낱 망상에 불과한 것 같소! 나는 궁색한 관리이자 청백리요. 더러운 돈으로 부자가 되고픈 마음은 없는 사람이오."

화가 지나쳤는지 전문경의 목에 뱀처럼 돋아난 핏줄이 이마에까지 뻗어갔다. 오사도의 안색도 눈에 띄게 굳어졌다. 곧 그가 전문경을 아래위로 훑어보더니 냉소를 흘리면서 일갈했다.

"그동안 나 같은 병신을 먹여 살리는 게 죽을 맛이었겠군요! 좋습니다. 대인이 청백리라면 그러면 나는 검은 돈에 혈안이 된 몰염치한 사람이라도 된다는 말입니까? 그렇게 그릇이 작아 나를 용납할 수 없다면 내가 떠나죠. 알았어요, 나만 떠나면 만사가 다 대길할 테니. 다만 떠나기로 결정한 마당에 한마디만 선물할까 합니다. 의심스러운 이득은 챙기지 마십시오. 쉽게 얻은 것은 쉽게 잃는 법이에요!"

오사도가 말을 마치자마자 뒤도 돌아보지 않고 특유의 지팡이 소리와 함께 떠나버렸다. 전문경은 오사도가 끝까지 염장을 지른다고 생각했다. 그러자 손발이 차갑게 저려오기 시작했다. 얼마 후 그가 털썩 의자에 내려앉으면서 이미 모습이 아득하게 멀어진 오사도의 등 뒤에 대고 고함을 질렀다.

"배려해 줘서 고맙소!"

전문경은 잠시 생각을 정리하고 난 다음 바로 붓을 들었다. 이어 이위에게 보내는 편지를 썼다. 옹정의 최측근인 이위의 성질을 건드리는 것은 솔직히 두려웠던 것이다.

하방河防 계획은 비용이 마련되자 곧 활기를 띠기 시작했다. 우선 순무아문의 명을 받은 주현州縣의 관리들이 총출동했다. 또 민공民工들은 말할 것도 없고 일반 백성들까지도 자발적으로 힘을 보태고 나섰다. 전문경은 최고 책임자답게 불철주야 치수 공사장에서 지내다시피 하면서 민공들을 격려했다. 또 직접 바짓가랑이를 걷어붙이고 그들과 더불어 모래주머니를 나르기도 했다. 너무 무리를 했는지 나중에는 팔다리가 퉁퉁 부었다. 몰골도 말이 아니었다.

해마다 말썽을 일으키는 지역에 제방을 거의 다 쌓아갈 무렵이었다. 그는 슬그머니 날짜를 계산해봤다. 단양절까지는 아직 보름이 남아 있었다. 게다가 관보에 따르면 옹정은 아직 산동성에 머물러 있다고 했다. 또 북경행에 오른 연갱요의 삼천 군마는 아직 서안西安까지도 당도하지 않았다고 했다.

시간적인 여유가 좀 있었다. 그는 그제야 모처럼만에 안도의 숨을 내쉬면서 화청에 주안상을 마련해 네 명의 막료들을 위로했다. 술이 거나하게 취해갈 때였다. 아역 하나가 들어와 아뢰었다.

"순무 대인, 양강 총독께서 서신을 보내왔습니다."

아역은 말이 끝나자 바로 편지봉투를 내밀었다.

"그래?"

전문경이 받아보니 겉봉에는 눈에 익은 글씨가 적혀 있었다.

전문경 대인에게

글씨는 비뚤비뚤하니 곧 쓰러질 오두막집 같았다. 이위의 필체가 틀림없었다. 오사도를 그렇게 내쫓고 은근히 마음이 편치 않던 전문경은 막료들에게 천천히 즐기라고 말하고는 자리에서 일어나 서재로 돌아갔다. 편지를 뜯어보니 전부 백화문白話文 일색이었다.

문경 형, 편지 잘 받아봤소. 오 선생은 그 뒤로 강남에 오지 않았기 때문에 아직 얼굴을 못 봤소. 결론부터 말하자면, 오 선생을 누구보다 잘 아는 내가 생각하기에 두 사람이 그런 식으로 헤어졌다면 분명히 그대 쪽에 잘못이 있다고 생각하오. 물론 그대도 악의가 있었던 것은 아니라고 믿소. 또 나한테 송구스럽다고 했는데, 그건 얼토당토않은 소리요. 나하고 오 선생은 사적인 친분이 있기 때문에 나에게 면구스러울 것은 없다오. 그저 두 사람이 인연이 아니었나보다 하고 생각하오. 오 선생이야 나한테 찾아오든 어디 가든 밥 굶는 일이야 있겠소? 돈 8000냥 때문에 그 사람을 내쫓았다면 그대는 정말 쩨쩨한 사람이오. 물론 객관적으로 봤을 때 그렇다는 얘기지, 거듭 말하지만 그대를 비난하는 것은 아니오. 마음 속에 담아두지 말았으면 좋겠소.

―가내 만복을 빌면서 이위 올림

병 주고 약 주고, 약 주고 병 주고……. 전문경은 편지의 내용이 도통 무슨 뜻인지를 가늠할 수가 없었다. 불만 섞인 탄식이 그의 입에서 터져 나왔다. 동시에 그동안의 과로가 적지 않게 영향을 준 듯 그는 몰려드는 졸음을 감당하지 못했다. 급기야 한 손에 편지를 들고 의자에 반쯤 기댄 채 잠에 곯아떨어지고 말았다.

아역 한 명이 그 모습을 보고는 살며시 들어와서는 걸상을 가져다 발을 걸쳐줬다. 또 옷으로 상체를 덮어주고는 물러갔다. 전문경은 아무것도 모른 채 드르렁드르렁 코를 골기 시작했다.

시간이 얼마나 흘렀을까. 갑자기 묵직하고 둔중한 우렛소리와 함께 전문경이 튕기듯 일어났다. 그리고는 눈을 비비면서 입가에 흘러내린 침을 닦은 다음 이친왕 윤상이 선물한 시계를 꺼내봤다. 축시丑時 정각이었다.

그는 여전히 졸리는 두 눈으로 창밖을 내다봤다. 이따금 번뜩이는 번개가 하늘에서 나뭇가지 모양으로 퍼져가고 있었다. 뜰의 화초들은 곧 휘몰아칠 비바람을 온몸으로 느낀 듯 서로 엉키고 껴안으면서 불안에 떨고 있었다…….

꽈르릉 꽝!

머리 위에서 하늘이 박살나 폭삭 내려앉을 것만 같은 우렛소리가 터졌다. 서재의 문이 덜컹거리며 떨렸다. 전문경은 얼음물에 빠진 것처럼 흑 하고 숨을 들이마셨다. 그는 빠른 걸음으로 서재를 나섰다. 습기를 흠뻑 머금은 비릿한 바람이 엄습해 왔다. 순간 장포 자락이 높이 휘말렸다. 졸음이 순식간에 달아나는 것 같았다. 게다가 하늘은 뺨을 살짝 건드리기만 해도 퍼질러 앉아 펑펑 울어버리고 말 것 같은 모습을 하고 있었다.

더 이상 주저할 수가 없었다. 그가 큰소리로 명령했다.

"우비를 준비하고 말을 대기시켜. 전부 날 따라 나서도록!"

이들이 떠날 채비를 서두르는 동안 어느새 강풍을 동반한 폭우가 광기를 부리며 들이붓기 시작했다. 전문경이 다시 명령을 내렸다.

"십칠 세 이상의 남정들 모두, 그리고 개봉에 주둔해 있는 기병旗兵, 한군 녹영병들도 전부 비상 대기시켜! 개봉에 물 한 방울이라도 스며드는 날에는 우리 모두 무사하지 못할 테니! 그러나 그 전에 미리 왕명기패王命旗牌를 청해 개봉 문령門領(성의 수비를 책임진 4품 관료)부터 목을 쳐버릴 거라고 전해!"

"예!"

전문경은 사나운 빗줄기를 뚫고는 말 위에 올라탔다. 저 멀리서 포효하는 황하의 물소리가 들렸다. 그는 정신없이 말을 달려 하도아문에 도착했다. 그리고는 다짜고짜 하도 임무를 책임진 왕 관찰부터 찾았다.

"왕 관찰, 어디 있는가?"

"대인, 왕 관찰의 집은 지세가 낮아 침수가 우려됩니다. 지금 집기를 밖으로 옮기고 있다고 합니다. 비가 약해지는 대로 도착할 거라고 했습니다."

"나부터 살고 보자 이거지?"

전문경이 하도 소장所長의 말에 화가 났는지 탁자를 힘껏 내리쳤다. 분노로 이글거리는 눈빛이 가늘게 찢어져 있었다. 이어 뒷짐을 진 채 한참 분주히 서성이더니 다시 입을 열었다.

"자네, 이름이 뭐지?"

하도 소장이 전문경의 표정에 질린 듯 황급히 무릎을 꿇으면서 대답했다.

"예, 중승 대인. 소인은 무명武明이라 합니다."

전문경이 무명의 말에 한 글자씩 힘을 주면서 말했다.

"오늘부터 자네가 잠시 하도아문의 일을 맡아 하게!"

"예?"

무명이 크게 놀란 듯 연신 머리를 조아렸다. 이어 덧붙였다.

"소인은 말단 중의 말단인 팔품 관리입니다. 왕 관찰께서 이제 곧 오실 겁니다……."

"팔품이든 사품이든 사람이 하는 일이야! 왕 관찰에게는 신발 안 젖게 조심하고 집안일 천천히 끝내도 괜찮다고 전하게. 이제는 다른 볼일도 없으니 자기 집안일이나 열심히 해야지 어쩌겠나?"

말을 마친 전문경의 시야에 갑자기 멀리서 다가오는 유리 등불이 보였다. 그는 그것이 당연히 왕 관찰이 내건 등불인 줄 알았다. 거친 콧김을 내뿜으면서 단단히 벼르고 기다렸던 것도 그 때문이었다. 그 사이 등불은 점점 가까워졌다.

그런데 도착한 사람은 엉뚱하게 두 명의 태감과 시위 차림을 한 사람이었다. 전문경은 그들을 유심히 뜯어보다말고 그만 깜짝 놀라 그

자리에 굳어지고 말았다. 시위 차림을 하고 나타난 사람은 바로 옹정 황제였던 것이다!

31장
폭풍우를 뚫고 나타난 옹정

옹정은 천막 밖에서 우비와 장화를 벗었다. 옷차림새로만 보면 그는 완전히 평범한 시위에 지나지 않았다. 다만 허리춤에 달려 있는 노란 와룡대臥龍袋(전대)와 육각형 모자에 박혀 있는 동주가 그의 지고무상의 신분을 말해주고 있었다. 옹정이 입을 헤벌린 채 멍하니 서 있는 전문경과 무명을 힐끗 쳐다본 다음 천막 안으로 들어와 자리에 앉았다.

"왜? 자네, 아직도 짐을 몰라본다는 말인가?"

"폐하!"

전문경이 그제야 정신이 번쩍 든 듯 땅에 엎드려 연신 머리를 조아렸다.

"폐하! 너…… 너무 뜻밖이온지라……. 그렇지 않아도 이제나 저제나 폐하를 기다리면서 관보에서 눈을 떼본 적이 없었사옵니다.

어제까지만 해도 관보에는 폐하께서 아직 산동성에 계신다고 했는데……."

옹정은 빗속에서 오래 떨었던 듯 안색이 파리했다. 그럼에도 얼굴에는 한 줄기 미소가 실구름처럼 번지고 있었다. 그가 전문경의 말에는 대꾸도 하지 않은 채 밖을 향해 큰소리로 외쳤다.

"형신, 들어오게! 덕릉태, 장오가와는 다르잖아. 나이도 생각해야지. 무명, 뭐 좀 먹을 것 없나? 손님 대접이 어째 좀 그렇군!"

매일 현장에서 황하와 싸우던 무명은 옹정이 미복 차림으로 나타나자 너무나 당황해 숨도 못 쉴 지경이었다. 그는 옹정의 말을 듣는 순간 마침내 제정신이 드는 듯 황망히 무릎을 꿇은 채 머리를 조아렸다.

"폐하! 죽을죄를 지었사옵니다. 폐하도 못 알아 뵙고! 소인이 눈이 엉덩짝에 가 붙었나 보옵니다. 지금 당장 준비하도록 하겠사옵니다. 다만 성 안까지는 거리가 조금 있사오니 폐하께서 잠시만 기다려주시면……."

"아니, 아니! 그럴 것 없네. 짐이 자네에게 진수성찬을 차려오라고 했는가? 자네가 평소에 먹던 대로 뜨끈뜨끈한 국물에 밥이나 말아오면 되네."

옹정이 얼굴에 웃음을 머금은 채 손사래를 쳐 무명을 내보냈다. 이어 좌중의 사람들을 일별하며 말했다.

"정옥, 어서 앉게. 전문경 자네도 일어나도록 하고."

장정옥은 옹정의 말이 끝나자마자 그의 맞은편에 엉덩이를 살짝 걸친 채 조심스럽게 앉았다. 그러나 그는 그나마 상대적으로 차림새가 깔끔한 옹정과는 달리 상당히 곤란한 형편이었다. 두루마기 자락이 싯누런 흙탕물에 젖어 얼룩덜룩했고, 진흙으로 몇 겹 둘러싼 것 같은 신발에는 물이 흥건히 고여 있었다. 옹정이 그런 장정옥과 자신을 번갈아 바라보는 전문경의 놀란 표정을 보고는 천천히 덧붙였다.

"짐은 장오가에게 업혀서 순시를 다녔지. 반면 장정옥은 비를 맞으면서 뒤따라 다니느라 저모양이 됐어. 이게 바로 군신 사이라는 것이네."

전문경이 포효하면서 달려오는 강물소리와 비바람을 동반한 우렛소리를 듣고는 문득 자신의 위치를 실감한 모양이었다. 몹시 걱정스런 얼굴로 옹정에게 아뢰었다.

"폐하께서는 여기 계시면 아니 되옵니다. 폐하께서는 장 대인과 함께 즉각 성 안으로 돌아가시옵소서. 여기는 신이 지키고 있겠사옵……."

그런데, 전문경의 말이 채 끝나기도 전에 장정옥이 추위에 파랗게 질렸던 안색이 어느 정도 회복된 듯 그의 말을 잘랐다.

"그런 걱정은 하지 마오. 저 밑에 폐하의 어주御舟가 정박해 있소. 낙양洛陽에서 보내온 삼십 척의 군함이 호가護駕할 거요. 이곳 제방도 그다지 단단하지 못한데 개봉이라고 안전하다는 보장은 없지 않겠소."

순간 전문경의 얼굴 근육이 얼핏 봐서는 모를 정도로 미세하게 떨렸다. 얼마 후 그가 차가운 어투로 말했다.

"형신 대인, 어찌 이곳 제방이 단단하지 못하다고 그렇게 단언할 수 있습니까?"

다소 불만 섞인 전문경의 말이 끝나자 옹정이 바로 말끝을 낚아챘다.

"자네가 그랬지 않은가! 이곳까지 짐을 오게 만든 것은 자네가 바로 이 제방에 대해 자신이 없다는 분명한 증거 아니겠는가?"

전문경이 깜짝 놀라 아뢰었다.

"폐하, 그렇게 말씀하시면 신은 드릴 말씀이 없사옵니다. 신은 다만 만에 하나를 대비하려 했을 뿐이옵니다."

"만에 하나라는 말이 웬 말인가? 짐은 '만일'萬一이 아니라 '만전'萬全을 원하네. 자네는 아직 치수 경험이 없어서 이 황하의 위력을 모르는 것 같군. 이곳에 비가 내리면 하류 지역은 수위가 엄청나게 높아진다네. 짐은 개봉에 온 지 육 일째 되는데, 자네와는 불과 이二 리도 떨어지지 않은 옛 성황묘에 머무르고 있었지. 오늘 낙양에서 보내온 급보를 받았는데 다행히 상류지역에는 비가 내리지 않는다더군. 그래서 마음 놓고 떠난 거야. 그게 아니라면 어찌 만승지군萬乘之君의 몸으로 불측不測의 땅을 디딜 수가 있겠는가?"

옹정이 자리에서 일어나 천천히 거닐었다. 그의 목소리는 비바람 속에서도 조용하고 또렷하게 들려왔다. 옹정이 천막 앞에서 줄기차게 쏟아져 내리는 빗줄기를 오래도록 바라보더니 몸을 돌려 자리로 돌아오면서 말했다.

"짐은 자네에게 부담을 주려고 온 것이 아니네. 자네가 이곳에 부임해온 이래 밥 한 끼 맘 편히 먹어본 적이 없다는 것을 잘 아네. 또 잠 한 번 두 다리 뻗고 자본 적이 없다는 것도 알고. 자네는 정말 청렴하고 훌륭한 관리이네."

옹정의 격려에 가슴이 뭉클해진 전문경이 뭐라고 겸양의 말을 하려고 할 때였다. 옹정이 갑자기 손사래를 치며 그의 말을 제지했다. 그리고는 바람에 흔들리는 촛불을 바라보면서 말을 이었다.

"하지만 자네는 마음의 반은 민정民政을 보살피는 데 두고, 반은 짐의 비위를 맞추는 데 두고 있어. 어떻게 하든 부임 첫해에 하남성에서 황하를 잡았다는 치적을 올리려는 것에 급급해. 짐의 환심도 사고 다른 독무督撫(총독과 순무)들로 하여금 추호도 자네를 문제 삼지 못하도록 하려고 안달이었지. 조금 심하게 말하면 자네는 그런 일념으로 들떠 있다고 해도 과언이 아니야. 그렇지 않은가?"

"……예, 지당하신 말씀이옵니다."

옹정의 말은 정곡을 찌르는 한마디였으니 사실이 아니라고 할 수 없었다. 순간 전문경의 콧등에는 땀이 송골송골 맺혔다. 그럼에도 자존심이 상하는 것은 어쩔 수 없었다. 그가 잠시 생각하더니 곧 나지막이 입을 열었다.

"명훈明訓을 내려주시옵소서, 폐하! 신은 어떻게든 올해를 무사히 넘겨 추수秋收를 확보해 넉넉한 치수 자금을 마련하고자 했던 것이옵니다. 지금 당장은 자금이 너무 부족한 실정이옵니다……."

전문경은 말을 마치자마자 자신이 여기까지 오기 위해 돈을 마련하느라 뛰어다닌 사실을 대충 설명했다. 그러나 얼사아문에서 돈을 빌렸다는 말은 묻어버렸다. 어쩐지 그 돈을 너무 쉽게 얻은 데다 또한 그 내력이 의심스럽다는 사실을 깨닫게 된 탓이었다. 옹정이 치수 비용이 부족하다고 하소연하는 전문경의 말을 다 듣고 난 다음 장정옥을 지그시 바라보면서 웃는 얼굴로 말했다.

"형신, 짐이 이런 식으로 국채 환수 작업을 밀고 나가다가는 자칫 수전노라는 불명예를 떨쳐버리지 못할 것 같네."

장정옥이 옹정의 말에 황급히 대답했다.

"황하의 치수는 국계민생에 관련된 중대한 사안입니다. 그래서 호부에서는 해마다 정상적인 지원을 하게끔 돼 있사옵니다. 문경, 그대는 어려운 사정이 있었으면 폐하께 상주하든가 했어야지. 또 그게 곤란했다면 상서방을 통해 호부에 반영되도록 하든가 했어야지. 그건 한 개 성省의 재력이나 자네 한 사람의 힘으로 원만히 해결할 수 없는 문제요."

전문경이 즉각 대답했다.

"사실 부임하자마자 염친왕께 두 번씩이나 아뢰었사옵니다. 호부에 얘기 좀 해주십사 하고 말이옵니다. 하오나 염친왕께서는 시일이 너무 촉박하셔서인지 연락이 없으셨습니다. 때문에 마냥 기다리고 있을 수만도 없고 해서 나름대로 본 성省에서 뛰어다니면서 빌렸던 것이옵니다. 폐하께서 부디 신의 마음을 헤아려 주시옵기를 바라옵니다."

"근보와 진황이 취했던 방식대로 상류에서 하류로 내려가면서 황하를 뿌리부터 다스리도록 하게."

옹정이 화제가 염친왕 윤사에게 머무는 것을 그다지 원치 않는 듯 자리로 돌아가 앉으면서 말머리를 돌렸다. 이어 바로 본론으로 들어갔다.

"짐도 전에 이 황하에 빠져 꼬박 일주일을 흘러간 적이 있네. 지금 이런 허술한 제방을 가지고 올해라도 무사히 넘기면 정말 다행일 거야. 집채 같은 홍수가 덮치는 것을 본 적이 없겠지? 그 앞에서는 이곳 제방이 마치 껍질이 물렁한, 되다 만 달걀처럼 순식간에 힘없이 터져버리고 만다네. 그래서 하는 얘기인데 말이야, 치수를 제대로 하기 위해서는 뿌리부터 다스려야 하네. 눈 가리고 아웅 하는 격으로 겉치레만 해서는 절대 안 되네. 하루하루를 아슬아슬하게 넘기는 하루살이가 돼서도 절대 안 되고."

전문경은 옹정의 말에 자신도 모르게 숨을 죽인 채 한숨을 내쉬었다. 옹정의 말이 기가 막히게도 오사도와 똑같았던 것이다. 그가 뭔가 한참을 생각하더니 천천히 입을 열었다.

"폐하의 말씀을 받들어 전력을 다하겠사옵니다. 다만 그 옛날처럼 하도 총독부를 다시 복원해 새롭게 계획을 짜고 전략을 세워야겠사옵니다. 치수를 중대한 국책으로 삼아 추진해 나가는 것이 어떨까 하옵니다."

옹정이 전문경의 말에 갑자기 냉소를 흘렸다. 그리고는 설명을 이어갔다.

"자네는 지금 아주 당연한 얘기를 하고 있다는 것을 모르나? 하도 총독아문은 청강淸江에 아직 그대로 있다고! 다만 총독이 없을 뿐이지. 그러나 지금처럼 이치가 어둡고 어수선한 난장판에서는 솔직히 돈을 하도 총독아문에 맡길 수는 없네. 돈만 보면 자기 주머니에 꾸역꾸역 집어넣지 못해 사족을 못 쓰는 관리들 중에서도 제일 심한 자들이 바로 하도 총독부에서 일하는 자들이 아닌가! 아직까지는 조정에서 책임지고 관리할 수밖에 없는 실정이네."

전문경은 옹정의 말에 갑자기 답변이 궁해졌다. 하도의 관행에 대해 잘 모르는 터였으므로 더욱 그랬다. 그가 잠시 생각한 후에 입을 열었다.

"신은 부임 후에 하남성 동쪽 황하의 고도故道(옛날에 황하가 지나갔던 곳. 그 후 새로운 물길을 열어 황하는 다른 곳을 경유하게 했음)를 끼고 한 바퀴 돌아보고 왔사옵니다. 그곳은 그야말로 몇 십 리를 가도 인적 하나 찾아볼 수 없는 적막강산이었사옵니다. 비옥한 땅이 너무 오랫동안 방치돼 있는 것도 무척이나 안타까웠사옵니다. 더구나 치수를 하려면 민공들도 필요하지 않겠사옵니까. 때문에 조정에서 직예, 산동 일대의 남아도는 인력을 이곳으로 이주하도록 조치해 주시면 여러모로 도움이 되지 않을까 생각하옵니다. 신은 최근 조정에서 기무旗務를 정돈하려 한다는 소문을 들었사옵니다. 만약 그것이 사실이라면 그 사람들을 이곳 하남성에 보내 주시옵소서. 이곳에서 황무지를 개간하도록 하는 것이 일석이조가 아닐까 하옵니다."

전문경의 말이 끝나기 무섭게 옹정이 기다렸다는 듯 무겁게 입을 열었다.

"깊이 생각해보고 말하게. 애들 장난도 아니고. 전문경, 자네는 마술을 부려 떡 만들고 집을 짓는 재주라도 있는 것인가? 그 많은 사람들을 불러다 놓고 마땅히 머물게 할 곳이 없으면 어떻게 하겠나? 어디 그뿐인가? 그들을 먹여 살릴 식량도 없는데 뭘 어떻게 하려고 그러나? 심지어는 논밭을 경작할 소 한 마리, 씨앗 한 톨도 없잖아. 그리고 조정에 손 벌려서 피둥피둥 먹고 살찌는 것에만 익숙해져 있는 기인旗人들이 이런 곳에 와서 생고생을 하려고 하겠어? 그자들은 북경에서 가까운 경기京畿 지역이라 할지라도 가지 않겠다고 한사코 뒤로 엉덩이를 빼는 사람들이야. 그 지역의 경우에는 씨앗만 대충 뿌려놔도 저절로 알아서 자라는 비옥한 땅인데도 불구하고. 이보게, 전문경! 조정을 위한 자네의 열정은 좋아. 짐을 향한 보은의 마음도 좋다고. 그러나 지금은 모든 것이 미숙한 상태야. 때문에 당면한 과제부터 천천히 풀어나가야 해. 이곳의 이치를 쇄신하고 조세 정책을 제대로 펴서 전국적인 모범 지역이 되면 된다고. 숲이 무성한 큰 나무 밑에 사람들이 모여들지 않겠냐고! 때가 되면 저절로 알아서 찾아오게 돼 있어. 자기 발밑을 제대로 지킬 줄 아는 사람이 대장부야. 그렇지도 못하면서 밖에만 눈을 돌리고 있는 사람은 군자가 아니라고 했네. 짐이 진정으로 자네를 아끼는 마음에서 해주는 말이네."

옹정이 말을 마치더니 바로 목이 마른 듯 찻잔을 들었다. 그러나 잔은 어느새 비워져 있었다.

바로 그때였다. 한 손에 차 주전자를 들고 다른 팔에 음식이 들어 있는 바구니를 낀 무명이 땀범벅이 되어 들어섰다. 파를 썰어 넣은 기름떡과 김이 폴폴 나는 만두를 가져왔다. 그밖에도 목이버섯 계란

볶음을 비롯한 야채요리도 있었다. 그중에서 잉어찜이 유일한 동물 요리인 것 같았다.

순식간에 음식 냄새가 방 안에 가득 퍼졌다. 밖에서 경비를 서던 덕릉태와 장오가는 배가 많이 고픈 듯 군침을 꼴깍꼴깍 삼키고 있었다. 순간 옹정 역시 강한 식욕을 느꼈다. 그러나 애써 참으면서 못 박힌 듯 계속 그 자리에 서 있었다.

"그새 이렇게 만들어 오느라 무명이 꽤나 애썼겠군. 짐도 많이 시장했었는데……. 아, 그런데 그건 무슨 국물인가?"

옹정이 만두 하나를 집어 들면서 말했다. 그리고는 계속 무명이 들고 온 주전자에 신경을 썼다. 찻물이 아니라 끈적끈적해 보이면서도 구수하기 이를 데 없는, 한마디로 정체를 알 수 없는 그 무엇이 들어 있는 주전자였다.

무명이 곧 눈치 빠르게 주전자를 기울이더니 내용물을 대접에 가득 따라 공손히 옹정에게 바치면서 조심스레 입을 열었다.

"소인의 고향에서 자주 해먹는 유차油茶라고 하는 탕이옵니다. 폐하께 뭔가 색다른 것을 대접하고 싶어서 만들어봤사옵니다."

장정옥이 아무래도 의심이 드는지 황급히 나섰다.

"폐하, 신이 먼저 한 숟가락 먹어본 다음에 드시옵소서."

옹정이 낯선 곳에서 음식을 먹을 때는 항상 먼저 먹어봐야 안심을 하는 장정옥을 향해 얼굴을 돌렸다.

"괜찮네! 설마 이런 곳에서, 이 시점에서 누군가 짐을 해치려고 하겠어? 그리고 장오가가 사람을 시켜 주방을 감시하지 않았을 리가 있겠어?"

옹정이 말을 마치기 무섭게 만두를 한 입 떼어먹었다. 그리고는 문제의 탕을 떠먹었다. 이어 엄지를 내두르면서 칭찬을 했다.

"맛이 너무 좋군! 짐은 어찌 해서 지금까지 이렇게 맛이 좋은 탕을 먹어보지 못했을까? 도대체 어떻게 만든 건가?"

무명이 환하게 웃으며 대답했다.

"만드는 법은 간단하옵니다, 폐하! 우선 낙화생落花生(땅콩)과 참깨와 호두를 갈아 함께 기름에 볶사옵니다. 그런 다음 거기에 소금과 밀가루를 조금씩 넣어 더 볶사옵니다. 그러다 익으면 뜨거운 물을 넣어 휘저으면 되옵니다. 소인들은 하공 현장에 있으면서 저녁마다 이렇게 야식을 해먹고 기운을 내고는 했사옵니다……."

옹정은 무명의 말에 귀를 기울이면서도 어느새 한 사발을 다 마셔 버렸다. 이어 다른 음식을 가리키면서 말했다.

"짐은 이 유차만 있으면 충분하네. 생선과 떡은 밖에서 고생하고 있는 덕릉태와 장오가에게 상으로 내리게. 무명, 자네는 유차 만드는 법을 소상히 적어 어선방御膳房에 보내도록 하게. 밤을 새워 일할 때는 그 무슨 야식보다 가볍고 든든해서 좋을 것 같네. 형신, 전문경! 자네들도 한 사발씩 마시게."

그러나 전문경은 옹정의 말대로 유차나 마시고 여유를 부릴 수가 없었다. 웬일인지 기분이 오르락내리락하면서 통 갈피를 잡을 수 없는 탓이었다. 그럴 만도 했다. 그는 먼저 황제가 자신이 머무는 곳까지 찾아줬다는 사실에 흥분했다. 그러다 옹정으로부터 뜻밖의 칭찬을 받았고 또 순식간에 따끔한 일침도 맞았다. 자신의 의견을 아뢰었더니 옹정은 번번이 매정하게 반박해 자신을 난감하게 만들었다. 그러더니 그 다음에는 유차를 하사하는 것이 아닌가! 졸지에 그의 속마음은 마치 끈적끈적한 유차처럼 뭐라고 형언하기 어려운 상태가 되지 않을 수 없었다.

그가 옹정이 건네주는 유차를 공손히 받아들고 조금 마시는 시늉을 하면서 맛이 좋다고 감사의 표현을 하려고 할 때였다. 옹정이 갑작스럽게 그에게 질문을 던졌다.

"그래, 오 선생은 잘 있는가?"

전문경은 순간 흠칫 놀랐다. 뜨거운 유차가 쏟아져 손가락 사이로 흘러내릴 정도였다. 그러나 아픔을 느낄 새도 없었다. 대답을 기다리는 옹정에게 뭔가 말을 해야 했기 때문이다. 하지만 그는 옹정을 힐끔 쳐다보면서 마땅한 대답을 찾지는 못했다.

"내보낸 것인가? 뭣 때문에? 못된 시어머니처럼 사사건건 간섭을 하고 그러던가? 아니면 글재주가 영 시원찮아서? 자네가 그동안 짐에게 올려 보낸 주장奏章들은 전부다 그 사람 손을 거친 것이지? 짐이 보기에는 흠잡을 곳이 하나도 없던데!"

옹정이 전혀 놀라는 기색 없이 천천히 유차를 마시면서 다시 물었다. 전문경은 그동안 정신을 좀 차린 듯 조심스럽게 대답했다.

"그런 것은 아니옵니다, 폐하. 오 선생은 글 실력도 좋고 누구 청탁을 받고 신을 괴롭게 한 적도 없었사옵니다. 다만 불편한 몸 탓인지 운신이 변변치가 못해 많은 경우에 한계가 있었사옵니다. 뿐만이 아니옵니다. 녹봉이 연 팔천 냥에서 한 푼도 모자라면 안 된다는 의지를 굽히지 않았사옵니다. 그것은 다른 막료들과의 형평성에도 어긋났사옵니다. 게다가 소신은 솔직히 그렇게 해줄 능력도 없었사옵니다. 그래서 아쉬워도 보내는 수밖에 없었사옵니다. 오 선생 본인도 쾌히 받아 들였사옵니다……."

"오 선생과 같은 막료라면 팔만 냥을 주더라도 잡는 것이 옳지. 워낙 인재니까 이 산에서 안 거둬주면 저 산에서 부를 수도 있겠지……. 아무튼 짐과는 무관한 일이니 자네도 그 일 때문에 불안해할 것은 없네. 짐은 그저 오 선생에 대해 너무나 잘 알고 있기 때문에 하는 말일세. 어제 이불을 접견했었는데, 주변에 사람이 필요하다면서 오 선생의 소식에 대해 궁금해하더라고. 짐은 그 때문에 물었을 뿐이네."

옹정이 담담하게 말했다. 이어 또다시 유차를 마셨다.

전문경은 옹정이 이름 석 자를 입에 올리는 것도 가능하면 피한 채 오사도를 말끝마다 '오 선생'이라고 존대해 칭하는 것을 듣고는 속으로 깜짝 놀랐다. 그제야 그는 오사도가 대단한 '막료'임에 틀림없다는 사실을 깨달았다.

이위가 편지에서 했던 말들도 되새길수록 의미심장하게 다가오고 있었다. 그는 또 자신의 갖은 구박에도 불구하고 보여줬던 오만에 가까운 오사도의 태연함이 배째라는 식의 막무가내에서 비롯된 것이 아니라는 사실도 알게 되었다. 그것은 바로 자신의 속 좁은 생각과는 완전히 다른 깊고 넓은 수양과 아량의 발로였던 것이다.

급기야 전문경은 착잡한 기분에 사로잡혔다. 그때 장정옥이 느릿느릿 입을 열었다.

"오 선생은 결코 범상한 사람이 아니오. 그 사람은 세상에 둘도 없는 국사國士요. 다만 몸이 불편해 관직에 있기가 부담스러워 낙향했을 뿐이지. 고작 팔천 냥 때문에 쫓겨날 정도로 굴욕을 받아도 괜찮은 사람이 절대 아니오. 내가 재상 자리에 앉아 있으면서 보고 들은 바로는 웬만한 막료들이 몰래 챙겨먹는 수입이 그보다 훨씬 많으면 많았지 적지 않을 것이오. 물론 지금 그대 휘하에 있는 네 명의 막료도 예외는 아닐 거요."

"됐어. 식후 한담이 너무 길어지는 것 같군."

옹정이 장정옥의 말을 듣다 말고 웃으면서 시계를 꺼내보았다. 인시寅時였다. 밖의 빗소리도 많이 가늘어진 것 같았다. 옹정이 곧 두 팔을 길게 뻗으면서 전문경을 향해 말했다.

"짐은 오늘 저녁에 이곳을 떠나 움직일 거야. 가는 길에 하류 지역을 살펴보고 곧바로 북경으로 돌아갈 생각이네. 중요하면서도 가난한 이곳 하남성을 짐이 특별히 자네를 지명해 맡긴 것에는 나름 깊은 뜻이 있으니 잘해보게. 황하를 다스리려면 성급해서는 절대 안 돼. 그보다는 여유를 갖고 살살 요리해야 한다네. 사실 치수보다 더 급한 것은 이치를 바로 잡는 일이네. 짐도 이제 마흔 살을 몇 해 넘긴 나이야. 선제처럼 육십일 년이나 재위한다는 것은 바라지도 않아. 그러나 이 자리에 있는 동안은 이치를 쇄신해 새로운 국면을 열라는 선제의 유원遺願을 높이 받들어 후세에 부끄럽지 않은 군주로 남았으면 하는 바람이네. 이것저것 앞뒤 재지 말고 무섭게 밀어붙이도록 하게. 너그러움? 천만에! 마지막으로 딱 한 번만 봐주기? 그건 물러터진 사람들이나 하는 짓이네. 물론 아무리 못된 관리라 하더라도 인간에게는 관용과 엄격함을 적당하게 적용하는 것이 효과적이겠지. 그러나 지금 단계에서는 숨통을 바싹 조이는 수밖에는 없네. 짐은 탐관오리들을 닥치는 대로 껍질 발라 내친 주원장朱元璋(명明 태조)을 닮고 싶지는 않네. 그러나 자기 머리 위에 기어올라 갖은 재주를 다 부리는 대신 하나 주살誅殺하지 못하는 황제가 되고 싶지도 않네. 그러면 문관들은 딴생각을 하고, 무관들은 해이해져. 강산이 질서 없이 뒤죽박죽되는 비운을 초래하게 되지. 조광윤趙匡胤(송宋 태조)이 그랬어. 짐은 그 사람의 전철은 결코 밟을 수가 없네!"

옹정이 말을 마치고는 느릿느릿 걸음을 밖으로 옮겼다. 그러자 문어귀에서 대기 중이던 고무용 등 태감들이 서둘러 우비를 들이댔다. 그러나 옹정은 어느새 덕릉태에게 업혀 나갔다. 그러자 한 무리의 태감들이 우비를 받쳐 든 채 그 뒤를 따라갔다. 배에 오를 때까지 시중을 들려는 듯했다.

전문경은 서둘러 강가에까지 옹정을 따라갔다. 그제야 옹정의 수행원들 중에 적지 않은 고관들이 포함되어 있다는 사실을 알게 되었다. 안휘성 순무, 산동 순무, 이불, 그리고 범시첩 등이 바로 그들이었다.

전문경이 가마에 앉아 개봉으로 돌아왔을 때는 이미 날이 훤하게 밝은 시각이었다. 어제 저녁의 폭풍우는 갑작스럽게 닥친 만큼 물러나는 것도 순식간이었다. 그래서인지 강물의 수위에는 그다지 큰 변화가 없었다. 위험하다고 지정된 지역을 한 바퀴 빙 둘러봐도 생각처럼 심각하지는 않아 보였다. 다행히 너 나 할 것 없이 무사한 것 같았다. 그럼에도 백성들은 집집마다 무릎까지 오는 물속에서 가재도구와 집기들을 챙기고 닦고 말리느라 여념이 없었다.

전문경이 그 모습을 보면서 안도의 숨을 내쉬고는 막 순무아문으로 돌아오려고 할 때였다. 갑자기 가마 앞에서 어떤 여자의 째지는 듯한 울음소리가 들려왔다.

"아이고 나는 억울해서 못 살아……. 청천靑天 어르신, 살려주세요!"

여자의 처참하기 이를 데 없는 오열은 소름을 끼치게 할 만큼이나 절박했다. 곧이어 화가 난 아역들의 고함소리가 들려왔다.

"이년이 감히 누구 면전이라고 가마를 막아? 볼일 있으면 저 앞에 개봉부아문으로 가라고!"

아역의 호통에도 여자는 말을 듣지 않았다. 한바탕 밀고 당기는 승강이가 벌어졌다.

"잠깐만."

전문경이 그냥 지나칠 수 없었는지 사람들을 비집고 앞으로 다가갔다. 대충 30세 가량 돼 보이는 여자가 봉두난발을 하고 흙투성이가 된 채 가마 앞에 무릎을 꿇고 있었다. 그녀는 전문경이 다가가자 누런 진흙탕에 연신 머리를 조아리면서 눈물로 하소연을 하기 시작했다.

"순무 대인, 갈 길이 바쁘셔도 이년의 피맺힌 한을 들어주십시오. 이년의 남편은 삼 년 전에 억울한 개죽음을 당했습니다. 삼 년 동안 죽어라 매달렸으나……, 어느 누구도 이년의 하소연을 들어주려 하지 않았고, 범인은 종적을 감춰버렸습니다……."

여인은 하염없이 눈물을 쏟았다. 나중에는 목이 메는지 말을 잇지 못했다. 구경꾼들이 하나둘씩 모여 들었다. 전문경의 미간이 점점 좁혀지는가 싶더니 어느새 중간에 내 천川자가 깊숙하게 패이기 시작했다. 얼마 후 그가 여인을 향해 물었다.

"자네 이름이 뭔가? 고소장은 써 가지고 다니나?"

전문경의 말에 그녀는 소매 끝으로 눈물, 콧물을 닦아내면서 대답했다.

"이년은 조류晁劉씨라고 합니다. 고소장은 삼 년 전에 개봉부아문에 제출했습니다. 그런데 개봉부아문에서 얼사아문에 넘기자 얼사아문에서는 또다시 개봉부아문으로 떠넘겨 버렸습니다. 그 사이 범인은 잡혔다 풀렸다 하기를 반복했습니다. 그러더니 이제는 어디론가 사라지고 말았습니다. 복도 지지리도 없는 이년은 땅 판 돈 외에 여기저기에서 빌린 돈 오천 냥까지 다 쏟아 부었습니다. 그 결과 이렇게 빈털터리가 되고 말았습니다. 게다가 어제 저녁에는 장대비가 퍼붓는데, 어떤 자들이 들이닥쳐 이년의 어린 아들까지 빼앗아 갔지 뭡니까! 아이고 내 아들……, 어디 있느냐? 귀신은 다 어디 가서 뭘 하느라고 저런 나쁜 놈들도 안 잡아가고……. 아이고……!"

그녀는 진흙탕이 된 땅바닥에 처량하게 나뒹굴었다. 전문경은 그런 여인의 처절한 몸짓을 보자 마음이 무척이나 착잡했다. 곧 한 발 더 다가서서는 위로하듯 말했다.

"이 사건, 내가 알아보겠소. 글 좀 쓰는 사람한테 부탁해 고소장을 다시 써서 직접 순무아문의 형벌 담당 막료들에게 건네도록 하오. 그 래, 지금 어디 살고 있소?"

조류씨가 전문경의 말에 감동했는지 죽어라 머리를 조아렸다.

"대인께서 이 사건의 진상을 규명해 이년의 사무친 한을 풀어주신 다면 반드시 천추만대에 길이 복을 누리실 것입니다. 이년은 현재 남 시南市 골목에 있는 친척집에 신세를 지고 있습니다. 내일 중으로 고 소장을 올리도록 하겠습니다."

전문경은 다시 가마에 올라 순무아문으로 향했다. 그가 의문儀門에 서 내려 막 안으로 들어가려 할 때였다. 수행원들 중에 이굉승李宏昇이 라는 아역이 갑자기 전문경의 눈치를 살피면서 조심스레 여쭈었다.

"전 대인, 그 사건은 대인께서 직접 조사하실 겁니까, 아니면 다른 아문에 넘기실 겁니까?"

"그건…… 왜?"

"다른 아문에 넘기시는 게 낫지 않을까 하는 생각이 들어서요."

"아니야. 내가 직접 심문하고 판결을 내릴 거야!"

이굉승이 흠칫 놀랐다.

"그런 생각을 가지고 계신다면 지금 당장 조류씨를 데려다 감옥 아 닌 아문 안에 보호해줘야 할 것 같습니다. 소문이 새나가면 내일 중으 로 조류씨는 실종이 될지도 모릅니다."

전문경이 무슨 소리냐는 듯 이굉승을 뚫어지게 바라보다가 천천 히 물었다.

"그게 무슨 말인가?"

이굉승이 갑자기 고개를 푹 꺾었다. 그리고는 한참 후에야 입을 열 었다.

"사실 죽은 조류씨의 남편은 저의 외사촌 형님입니다. 그래서 저도 이 사건의 전말에 대해서는 조금 알고 있습니다. 별것 아닌 것 같은 사건에 이상하게 높은 사람들이 많이 관련돼 있는 것 같습니다. 대인께서 직접 나서신다고 하면 그 사람들이 물증을 없애기 위해 형수에게 마수를 뻗칠까 걱정이 됩니다."

이굉승이 말을 마치자마자 갑자기 굵은 눈물을 흘렸다.

"그래?"

전문경은 사건이 생각보다 심각하다는 것을 눈치 채고 적지 않게 놀랐다. 그러나 곧 이치를 바로 잡는 것이 무엇보다 중요하다고 한 옹정의 말을 떠올리고는 정신을 차렸다. 그가 냉소를 터트렸다.

"하남성이라고 《대청률》에서 자유로울 수 있는 다른 세상은 아니겠지! 내가 아주 눈을 똑바로 뜨고 이 사건의 처리과정을 지켜볼 거야. 가서 개봉 지부인 마가화를 공문결재처로 불러다 놓게. 그리고 자네형수한테 다녀와. 아무 곳에도 가지 말고 사람을 불러 고소장이나 써놓고 기다리라고 해. 나머지는 나에게 맡기라고 하고!"

전문경은 밤새도록 잠을 설친 사람답게 무거운 발걸음으로 뚜벅뚜벅 공문결재처로 들어섰다. 그러자 지패紙牌놀이를 하고 있던 네 명의 막료들이 부랴부랴 판을 수습하고는 공손히 일어섰다.

"술이 많이 취해 어제 동옹께서 제방으로 시찰을 나가시는 것도 몰랐습니다. 알았더라면 같이 따라나섰을 텐데 말입니다."

오봉각이 쑥스러운 얼굴을 한 채 나름 변명을 했다. 그러나 전문경은 아무런 대꾸도 하지 않았다. 그저 대나무 의자로 가서는 벌렁 드러눕다시피 했다. 아역이 차를 내왔으나 역시 본 척도 하지 않았다. 그는 눈을 지그시 감았다. 표정이 밝지 않았다.

네 명의 막료는 그런 그를 힐끗 본 다음 서로를 번갈아 쳐다봤다.

이어 눈짓으로 뜻을 교환하고는 고개를 저었다. 전문경이 한참 시간이 흐른 다음 갑자기 이마를 두드리면서 물었다.

"무슨 일 없었소?"

"방금 통정사 차명 대인께서 다녀갔습니다. 내일 다시 오는 것이 좋겠다고 했더니, 한사코 기다린다고 하기에 서화청으로 모셨습니다. 아직 기다리고 있는지는 잘 모르겠습니다."

"무슨 일 때문에 왔다는 말은 없었소?"

"없었습니다."

전문경은 벌떡 일어나 주섬주섬 옷을 갈아입었다. 곧 관복을 단정하게 차려입고는 책상 앞에 똑바로 자리를 한 채 앉았다. 그러자 네 명의 막료가 황급히 한발 물러나더니 그 뒤에 시립을 했다. 그때 밖에서 차명의 웃음 섞인 목소리가 들려왔다.

"문경, 그대는 어젯밤 고생이 많았나 보군요? 이제야 나온 것을 보니 말입니다. 민생 현안을 걱정한 끝에 번개 치고 우레 우는 그 밤에 친히 순찰을 나갔다고 하니 내가 창피해서 고개를 못 들겠습니다."

차명은 말을 마치자마자 아문 안으로 들어섰다. 그러다 흠칫 놀랐다. 관복 차림을 한 채 표정도 근엄하게 앉아 있는 전문경을 보는 순간 실수를 알아차린 모양이었다. 그러나 곧 정신을 차리고는 황급히 읍을 했다. 직급상으로 조금 아래이기도 했지만 깍듯하게 예의를 갖춰 인사를 했다. 얼굴에는 이미 웃음기가 깡그리 사라지고 보이지 않았다.

네 명의 막료들은 며칠 전까지만 해도 차명이라는 존재를 부담스럽게 생각하던 진문경이 오늘따라 유별나게 고자세로 나오는 것이 이상한 듯 연신 고개를 갸웃거렸다.

"어서 오십시오. 차를 가져오너라!"

전문경이 손짓으로 자리를 권하면서 말했다. 이어 아역이 건네주는 차를 받아든 차명은 오십 중반이 넘은 나이였다. 그럼에도 둥글고도 넓적한 흰 얼굴에는 주름이 별로 보이지 않았다. 하지만 머리카락은 반백이었다. 또 코 밑의 팔자수염은 멋들어지게 치켜 올라가 있었다.

그는 열여덟 살에 진사에 급제했을 뿐 아니라 지부에서부터 시작해 양도糧道를 거쳐 여러 성의 포정사 자리에 올랐다. 중간에 부모상을 두 번 당해 자리를 비운 것 외에는 30년 동안 관직에 몸담아 왔다. 남들이 부러워하는 자리에서 존재감을 과시해왔다고 해도 좋았다. "이 모든 것이 다 염친왕의 은혜 덕분이다"라는 본인의 말을 빌리자면 그는 윤사의 사람이었다.

그래서였을까, 두 사람은 직급이 한 단계 정도밖에 차이가 나지 않았음에도 그 지척의 거리를 좁히지 못할 만큼 서로를 가까운 사이로 느끼지 못했다. 물론 그 이유는 당사자 이외에는 모를 터였다.

아무려나 차명은 여간해서는 마음을 털어놓으려고 하지 않는 전문경을 힐끗 쳐다보면서 찻잔을 조심스레 내려놓았다. 그리고는 침묵을 지켰다. 다만 속으로 의문이 들었다.

'며칠 전까지만 해도 우리 아문으로 찾아와 조심스럽게 굴던 저 친구의 태도가 갑작스레 돌변한 이유가 뭘까?'

전문경이 먼저 지극히 사무적인 말투로 입을 열었다.

"이거 오래 기다리게 해서 미안합니다. 그래 급히 본 순무를 만나야만 하는 급한 용무라도 있는 겁니까?"

순간 차명은 웃기지도 않는 새내기의 도발이 시작됐다는 느낌을 받았다. 속으로 콧방귀를 뀐 것도 그래서였다. 그러나 그는 전혀 내색하지 않고 정중하게 대답했다.

"하공에 필요하다는 은 삼십구만 냥은 보내드렸습니다. 그런데 우리 성의 학정學政인 장호張浩가 어제 자문咨文을 보내왔습니다. 올해 향시鄕試를 무사히 치르기 위해서는 각 지역에서 준비를 철저히 해야 한다는 조정의 지시가 내려왔다고 말입니다. 그래서 오늘 내가 문묘文廟와 서원書院을 둘러봤습니다. 오랫동안 손보지 않은 데다 어제 저녁 큰비까지 내려 열 몇 곳이 무너져 내렸더군요. 대단히 위험해 보였습니다. 이대로 향시를 치르다 누구 하나 깔려죽는 사고라도 나는 날에는 그 책임이 막중할 수밖에 없습니다. 적어도 오만 냥은 있어야 수리를 하는데, 우리 번고에는 돈이 한 푼도 없습니다. 그래서 순무 대인께 대책을 부탁드리러 왔습니다. 이 비용을 어디에서 어떻게 마련하실는지요?"

차명이 말을 마치고는 안경을 벗어 옷섶에 닦았다. 이어 다시 끼고는 미소를 지은 채 전문경을 바라봤다. '속이 좀 타지?' 하고 말하는 듯했다. 그러자 전문경이 차명을 힐끗 일별하고는 입을 열었다.

"차 대인이 보내온 자문은 읽어봤습니다. 내 생각에는 산동성 재해 복구비에는 손을 댈 수 없습니다. 또 경사와 직예의 식량 조달도 차질을 빚어서는 안 되겠습니다. 그러나 연 대장군을 위해 비상용으로 남겨둔 백만 냥은 조금 다릅니다. 먼저 좀 빌려 써도 괜찮지 않을까 싶습니다. 당분간은 군대를 움직일 일도 없을 뿐만 아니라 서둘러 돈을 쓸 일도 별로 없을 것 같고요. 문묘와 서원은 나도 둘러봤습니다. 오만 냥 가지고는 빠듯합니다. 거기에서 칠만 냥을 꺼내 수리를 맡겨야겠습니다. 또 하공 경비도 좀 모자랄 것 같습니다. 삼사십만 냥 정도가 더 필요하지 않을까 싶습니다."

차명이 내내 놀라운 표정을 감추지 못한 채 전문경을 쳐다보더니 급기야 불안하게 몸을 떨었다. 이어 당황한 어조로 말했다.

"그건 조금……. 전 대인도 아시다시피 그 돈은 우리 하남성에서 마음대로 처리해도 괜찮은 돈이 아닙니다. 호부에서 잠시 맡겼을 뿐이에요. 삼십구만 냥을 준 사실도 호부에서는 아직 모르고 있는 실정이에요. 연 대장군이 우리 경내를 지날 때 접대를 하려면 최소한 십만 냥은 있어야 합니다. 그렇지 않고서는 꿈도 못 꿉니다. 겨우 환수해 채워 놓은 번고였는데 이미 백만 냥이 도로 나갔습니다. 조정에서 추궁하게 되면 나는 고스란히 책임을 뒤집어 쓸 수밖에는 없습니다."

말을 마친 차명이 허허 웃으면서 창백한 표정을 지었다. 전문경은 그래도 자신의 생각을 굽히지 않았다.

"설사 조정에서 책임을 묻는다고 해도 어찌 나 아닌 차 대인에게 먼저 책임을 추궁할 수 있겠습니까? 나는 본 성省의 군정, 민정, 재정 및 법사에 대한 모든 권한을 소유하고 있는 사람이 아닙니까? 그런 걱정은 기우가 아닌가 싶네요."

전문경이 말을 마치고는 책상 앞으로 다가갔다. 그리고는 붓을 들어 몇 글자를 휘날렸다. 이어 종이를 형벌 담당 막료인 장운정에게 건네주면서 말했다.

"인새를 찍어서 차 대인에게 드리시오. 이대로만 하면 될 거요."

그가 막 말을 마쳤을 때였다. 아역인 이굉승이 개봉 지부인 마가화를 데리고 들어섰다. 전문경이 그를 보더니 다른 막료인 요첩에게 말했다.

"그대가 필진원 막료와 함께 마가화 지부를 서화청으로 데리고 가서 얘기를 좀 나누고 계시오. 조금 있다 내가 부르겠소. 아마 조류씨 사건 때문일 거요."

전문경은 기본적으로 일의 크고 작음을 따지지 않고 그저 성실하고 근면하게 일하는 관리였다. 또 차갑게 보이고 고집스러웠으나 사사건건 독단적이거나 일방적으로 명령을 내리는 사람은 아니었다. 적어도 그때까지 네 막료의 눈에 비친 그는 그랬다. 특히 오봉각은 더욱 그렇게 생각해왔던 터라 차명과 정면대결을 하려는 전문경을 손에 땀을 쥐고 바라보았다.

그때 전문경이 멍하니 앉아 있는 차명을 향해 입을 열었다.

"그리고 연 대장군을 영접할 때도 그렇게 많은 돈은 필요하지 않습니다. 연 대장군은 유장儒將이에요. '추호무범'秋毫無犯(부대의 군기가 엄해 민간에 폐를 끼치지 않음)의 도리를 모를 리 없을 거라고요. 더구나 병부에서 정상적으로 지출될 돈도 있을 거예요. 그저 우리 경내를 지나간다는 것 때문에 무리를 해가면서까지 대접을 할 필요는 없지 않겠어요? 우리가 가진 것만큼만 성의를 표하면 되는 거죠."

"전 대인."

차명이 전문경의 말에 뭔가 생각을 굳힌 듯 단호한 표정으로 말했다. 이어 요첩이 인새를 찍어 가져온 번고 차용증을 힐끔 보고는 품에 집어넣었다. 그러더니 갑자기 정신 빠진 사람처럼 히히 웃으며 말했다.

"헌명憲命에 따르도록 하겠습니다. 하지만 마지막으로 전 대인께 진심으로 한마디 권해드리고 싶네요. 하남성은 찢어지게 가난한 곳이라는 것을 항상 염두에 두라고 말입니다. 이번에도 번고를 채우느라 관리들의 집을 서른 곳이나 압수 수색을 했어요. 그 와중에 현의 관리 넷은 대들보에 목매 자살까지 하는 소동을 벌였습니다. 그만큼 우리 번고의 돈은 소중한 돈이라는 뜻입니다. 아무튼 나는 전 대인의 부하니까 시키는 대로 하겠습니다."

차명은 아마도 순간적으로 자신이 막무가내인 전문경과 운 나쁘게 얽히지 않으려면 미리 명확하게 '태도 표시'를 해야 한다고 생각하는 것 같았다. 나중에라도 혹 따를지 모를 책임을 전문경에게 확실하게 돌리고 있었다. 척하면 삼천리인 오봉각이 차명의 속셈을 모를 리가 없었다. 그는 자신이 보호해 줘야 할 '돈나무'가 이대로 꺾여서는 안 된다는 계산을 한 듯 대화에 끼어들었다.

"중승 대인, 하공에 필요한 돈은 아직 떨어지지 않았습니다. 떨어질 때 가서 도움을 청해도 되지 않겠습니까? 번고의 돈을 빼내는 것은 일단 유보하도록 하시죠. 그리고 연 대장군을 영접하는 일도 다른 곳에서 하는 것만큼만 하는 것이 좋지 않을까요?"

오봉각이 말을 마치자마자 바로 송곳 같은 눈초리를 한 채 차명을 노려봤다. 순간 두 사람의 시선이 허공에서 부딪치며 불꽃이 튀었다. 전문경이 오봉각의 말뜻을 알아차린 듯 잠시 생각하더니 입을 열었다.

"그러면 그렇게 해보지. 차 대인, 다른 볼일이 남았습니까?"

차명이 전문경의 질문에 넉살좋게 웃으면서 대답했다.

"별다른 것은 아닙니다. 전 대인께서 왕 관찰이 이 비상시기에 사사롭게 근무지를 이탈했다고 직무를 박탈하셨는데 개인적으로 그것은 대단한 오해라는 말씀을 올리고 싶네요. 어제 저녁에는 비가 워낙 많이 내렸어요. 그래서 내가 우리 아문으로 불러 하방河防에 대해 대책을 논의했습니다. 그 시각에 자기 집만 챙기고 있을 사람이 절대 아니거든요. 그 사람은 하공 경험도 많고 여러 모로 괜찮은 사람입니다. 더구나 지금은 일손이 제일 필요한 시점입니다. 다른 사람으로 교체한다는 것은 좀……. 아무쪼록 중승 대인이 대국大局을 우선 생각하는 넓은 아량으로 용서해줬으면 합니다. 강아지를 훈련시키는 것도 아니고 무명의 처지가 조금 그렇기는 하겠죠. 다행히도 최근 주전사鑄錢司에 사정司正 한 사람이 필요하다는 얘기가 들리더군요. 좋은 자리라 너도 나도 원하는 자리예요. 무명을 그 자리에 앉히는 것이 사건을 원만히 처리하는 방법이 아니겠습니까? 완전히 일석이조죠."

차명은 입가에 흰 거품이 일 정도로 공을 들여 전문경을 설득했다. 그러나 전문경은 무심한 얼굴로 묵묵히 차명의 말을 다 듣더니 짤막하게 대꾸했다.

"글쎄요, 또 봅시다. 그만 일어서죠!"

전문경이 말을 마치고는 찻잔을 들어 한 모금을 마셨다. 사실 관리들끼리 일을 논의할 때 차를 마시는 것은 형식일 따름이었다. 결코 차를 마시기 위한 것이 아니었다. 명주가 재상으로 있던 시절부터의 관습이라고 할 수 있었다. 그러니 주인이나 손님이 먼저 찻잔을 들게 되면 얘기는 달라졌다. 그것은 상대방에게 '더 이상 할 말이 없다'는 의사표현이었다. 그러면 상대방은 일어나지 않을 수 없었다. 차명도 그랬다. 전문경이 찻잔을 들어 한 모금 마신 이상 더 이상 앉아 있을 수가 없었다.

"멀리 나가지 않겠습니다."

전문경이 빗물 떨어지는 처마 밑에서 차명에게 의례적인 인사를 올렸다. 이어 오봉각을 향해 말했다.

"오 선생, 이제 가서 마가화 지부를 불러 오시오. 또 아역들을 총출동시켜 오사도 선생이 어디 있는지 샅샅이 찾아보게 하오. 무슨 수를 써서라도 반드시 찾아내 모셔 와야 하오!"

32장
오사도, 남경으로 가다

전문경은 어떻게 해서든 오사도를 다시 모셔오려고 했으나 그때는
이미 모든 것이 끝난 뒤였다. 오사도는 이미 하남성에서 마음이 떠나
버렸다. 그는 전문경이 자신을 거의 내쫓다시피 하자 곧바로 거처로
돌아왔다. 그리고는 방 안에도 들어가지 않고 지팡이를 짚은 채 마당
에 서서는 집사에게 명령을 내렸다.

"가서 짐수레를 가져와 짐을 꾸려 싣도록 하게. 오늘 저녁 이곳을
떠나야겠네. 호남, 광동을 거쳐 다시 남경으로 돌아가자고!"

"알겠습니다."

집사는 갑자기 무슨 영문인지 몰라 어리둥절해 하면서도 말대꾸
하지 않고 알겠다고 대답했다. 그리고는 슬그머니 눈치를 보면서 물
었다.

"집안사람들은 얼마나 데리고 떠나시려고 하는지요. 사실은 짐수

레를 얼마나 큰 것을 빌려야 할지 모르겠습니다."

집사는 다시 한 번 오사도의 눈치를 훔쳐봤다. 주인은 평소와 다름없이 편안해 보였다. 오사도는 집사가 무엇을 궁금해하는지 잘 안다는 듯 웃으면서 말했다.

"나는 이제 가면 다시는 이곳에 돌아오지 않을지도 몰라. 집안사람들은 원하는 대로 하라고 하게. 따라 나서기 싫다면 절대 강요하지 않을 거야. 자네도 예외는 아니네. 일인당 은 삼백 냥씩을 꺼내 주게. 마지막으로 주인의 도리를 하고 싶으니 그렇게 해주게. 자네는 나를 남경까지 데려다주고 나면 또 별도로 상을 내리겠네. 영영 떠나는 거니까 가벼운 짐은 가능한 한 다 실어. 무거운 집기 같은 것은 내다 팔도록 하고!"

오사도의 목소리가 다소 컸기 때문이었을까? 동쪽 행랑채에서 하녀들과 둘러앉아 자수를 놓고 있던 김채봉과 난초가 창밖의 소리에 귀를 쫑긋 세우고 듣더니 집사가 물러가기를 기다렸다가 황급히 달려 나와 오사도를 부축해 안채로 들어가서는 다그치듯 물었다.

"무슨 일 있어요?"

"별것 아니야. 전문경이 나를 내보내줬어. 주안상이나 차려오게!"

오사도가 말을 마치기 무섭게 안락의자에 벌렁 드러누웠다. 그리고는 힘찬 고갯짓으로 머리채를 뒤로 넘기면서 다시 입을 열었다.

"정말 기분 좋은 일이야. 안 그래도 지내기가 영 찜찜했는데 말이야. 그동안 정말 참기 힘들었다고!"

오사도는 난초가 따라준 술잔을 들어 단숨에 입 안에 털어 넣었다. 순간 술기운이 바로 올라오는지 깊은 한숨을 토해내면서 김채봉과 난초를 번갈아 쳐다봤다.

"오래 전부터 자네들과 손잡고 고향에 돌아가 낙향한 은자隱者의 삶을 살고 싶었어. 그 기회가 이제야 찾아온 것 같지 않은가?"

김채봉과 난초는 누가 먼저랄 것도 없이 서로를 번갈아봤다. 곧이 어 난감한 표정을 지었다. 오사도의 두 부인 중 한 명인 김채봉은 그 의 사촌누나였다. 그것은 크게 문제될 것이 없었다. 하지만 난초는 항 렬로 따진다면 오사도에게 있어 '의붓고모'라고 해도 좋았다. 세속의 잣대로 재단할 경우 패륜이 따로 없었다.

그런데, 오사도로서는 뒤늦게 사랑을 이룬 연인 김채봉뿐만 아니라 고모부 김옥택의 마수에 걸려 죽을 뻔했던 자신의 목숨을 구해준 은 인 난초 역시 버릴 수가 없었다. 결국 운명처럼 껴안고는 적서嫡庶 구 별 없이 둘 다 아내로 맞아들였다.

난초가 오사도의 말을 듣고 울분을 감추지 못하는 표정을 지으면 서 이를 갈았다.

"나쁜 자식! 그렇게 뒤통수를 치고도 남을 위인이지. 그저 물에 빠 진 미친 개 건져줬다가 물린 셈 치세요."

"나는 오히려 잘됐다고 생각하는데요? 당신, 그렇지 않아도 이 바 닥을 지긋지긋해 하셨잖아요. 여기를 떠난다고 아무렴 어디 가서 밥 굶는 일이야 있겠어요?"

김채봉이 미소를 지으면서 말했다. 오사도가 그녀의 말을 듣더니 여유 있게 기지개를 켰다. 두 잔 더 받아 마신 술기운이 본격적으로 오르는 모양이었다. 이어 의자에 반쯤 기댄 채 누운 다음 눈을 감으 면서 말했다.

"자네들, 괜히 전문경을 미워하지 말라고. 나는 오히려 감지덕지하 고 있는 중이야. 어떤 일은 자네들뿐 아니라 전문경도 모르고 있어. 이 세상에서 나라는 사람을 아는 사람은 폐하와 이친왕, 그리고 이 위뿐이야. 나는 어느 누구에게도 내 안에 있는 비밀을 터트려 보일 수가 없어. 자네들도 알다시피 나는 공명과 벼슬에는 관심이 없는 사람이야. 수 년 동안 몸도 지칠 대로 지쳤고! 다행히 고향에는 먹고 살 만한 땅뙈기도 있어. 우리가 욕심 없이 여생을 보내는 데는 큰 문제가 없다고. 사실 그동안 떠나려 했으나 명분이 없었어. 그래서 고민도 많이 했지. 그런데 전문경이 폐하로부터 나를 풀어줬어. 오랫동안 감금돼 있다가 대사면을 받은 느낌이야. 정말 홀가분해!"

오사도는 말을 마치고 난 다음 혼자서 술을 따라 연거푸 몇 잔을 더 들이켰다. 그런 다음 취기로 몽롱해진 눈을 게슴츠레 뜨고는 사랑하는 두 부인을 지그시 바라봤다. 동시에 자상한 미소를 지은 채 두 여자를 살며시 보듬어줬다. 그는 곧 몰려오는 술기운을 주체할 수 없는 듯 두 여자에게 몸을 맡긴 채 바로 잠에 곯아떨어졌다.

그 와중에도 하인들은 부지런히 짐을 꾸렸다. 날씨가 완전히 어두워졌을 때에야 비로소 일을 마무리 지을 수 있었다. 이어 10대의 낙타 수레에 짐을 나눠 싣고 조용히 개봉을 벗어났다.

오사도 일행은 하남성 경내를 벗어나서부터는 서서히 발걸음을 늦추었다. 이어 호북성 무창武昌의 낙가산珞珈山에서 예불을 올린 후 이튿날은 나룻배를 사서 강을 따라 동쪽으로 내려갔다. 일행이 남경에 도착했을 때는 어느덧 단양절이 가까워오고 있었다.

단양절은 여름의 길목에서 만나는 가장 큰 명절이기는 하나 원래부터 그렇게 떠들썩하지는 않았다. 대표적인 음식으로 알려져 있는 종자粽子(대나무 잎에 싼 찰떡)를 만들어 먹고 덕담을 나누는 것이 고작일 정도였다.

오사도 일행이 도착한 남경南京은 무려 여섯 개 왕조의 수도였다. 따라서 명나라 때부터 내려온 관례대로 청나라 역시 그곳에 응천부應天府라는 기관을 두고 있었다. 그 근처 절강성과 복건성의 거인擧人들이 가까운 곳에서 편리하게 과거에 응시하도록 해주려는 조정의 배려가 물씬 묻어나는 조치였다.

오사도는 남경에 도착하자마자 바로 숱한 추억이 묻어 있는 호거관虎踞關을 비롯해 막수호莫愁湖, 석두성石頭城, 성황묘城隍廟 등의 명승고적을 찾았다. 그리고는 두 여자와 손을 잡고 다니면서 이제는 아무렇지도 않게 말할 수 있는 자신의 과거를 남의 얘기하듯 담담하게 들려줬다. 특히 그는 고모를 찾아 왔다가 길에서 채봉이와 부딪치고 억울하게 뺨까지 한 대 얻어맞은 사실까지 아무렇지 않게 입에 올렸다. 그리고는 김채봉, 난초와 함께 뭐가 그리 좋은지 배꼽을 잡고 웃었다.

얼마 후 둘은 무슨 생각을 했는지 그를 문제의 그 공원貢院으로 데리고 가기도 했다. 아마도 오늘날의 그가 있기까지 공원에서의 사건이 새옹지마의 역할을 했으니 꼭 봐야 한다고 생각하는 듯했다. 하지만 그는 한사코 공원으로 가는 것만은 거부했다. 그저 우두커니 그쪽을 향해 시선만 던지고 있을 뿐이었다.

그의 얼굴이 점점 어두워졌다. 김채봉과 난초는 그가 몸이 너무 피곤해 그러는 줄 알았다.

"우리가 당신의 좋지 않은 기억을 되살리게 했네요. 오늘은 너무 돌아다녀 피곤하기도 할 테니 우리 그만 돌아가요. 내일 또 계명사鷄鳴寺와 현무호玄武湖를 봐야 하잖아요. 그렇지 않으면 진회秦淮 쪽을 보러 갈까요?"

오사도가 침울하게 대답했다.

"걷기만 한 것도 아닌데 뭐가 피곤하겠어?"

난초가 은근히 걱정이 되는지 심문하듯 물었다.

"그런데 안색이 갑자기 너무 안 좋아요! 도대체 왜 그러는 거예요?"

오사도가 내내 호수의 수면에 시선을 두고 있다 말고 손가락으로 뭔가를 가리켰다.

"저기, 배 한 척 떠다니는 것 안 보이나?"

김채봉과 난초는 오사도가 가리키는 쪽을 바라봤다. 과연 관선官船인 듯한 배 한 척이 보였다. 배 위에는 노란 천으로 두른 차양 밑에 나이가 그렇게 젊어 보이지는 않는 사람이 석고상처럼 서 있었다. 또 그 옆에는 막료 차림을 한 몇몇 사람들이 그가 손가락으로 가리키는 쪽을 바라보고 있었다. 가까운 거리는 아니었으므로 그들의 얼굴은 잘 보이지 않았다. 그러나 관선 앞에 꽂혀 있는 노란 깃발에 쓰인 글씨는 읽을 수 있었다.

흠차欽差남위南闈학정學政양강관풍사兩江觀風使악鄂

문무백관文武百官군민인등軍民人等회피回避면견免見

"악이태鄂爾泰의 관선이로군. 저 사람도 남경에 왔네?"

오사도의 입가에 쓴웃음이 스쳐갔다. 김채봉은 남편의 반응이 심상치 않자 고개를 갸웃거리면서 말했다.

"왔으면 왔죠 뭐. 우리야 죄지은 것도 없잖아요? 그리고 만에 하나 시비를 걸어오면 싸워서 이기지는 못하더라도 도망이야 못 가겠어요?"

"저 사람은 폐하의 주변 인물들 중에서도 성총만 따지면 이위에 못지않아. 그러나 성질이 독하고 무섭지. 아마도 전문경보다 훨씬 더하지 않을까? 폐하께서 즉위하시는 날 저녁이었어. 바로 저 사람이 지의를 받고 경관들의 집 열세 곳을 압수수색하러 다녔지. 그런데 아주 제대로 했나 보더라고. 김가金家(김채봉의 아버지 집)도 그날 저녁 저 사람의 서슬 퍼런 수색을 당했지."

오사도가 여전히 무거워 보이는 얼굴에 한 줄기 웃음을 띠우면서 말했다. 순간 두 여자는 홑옷 차림으로 찬바람 속에 내몰린 듯 흠칫했다. 안색이 파랗게 질려갔다. 아마도 눈 내리는 공포의 그날 밤을 떠올렸을 터였다…….

당시 선박영善撲營의 수백 명이나 되는 철기병鐵騎兵들은 그야말로 무지막지하게 들이닥쳤다. 그리고는 이불 속에 있는 김옥택을 잠옷 차림으로 눈밭에 꿇어앉도록 했다. 그뿐만이 아니었다. 집안의 모든 가인들 역시 한꺼번에 한겨울의 차가운 창고 안에 가두었다. 그리고는 담요 한 장 주지 않았다. 그 결과 이불 속에서 빠져나온 속옷차림의 김옥택은 한겨울 밤의 맹추위를 견디지 못하고 그만 날이 밝아옴과 동시에 꼿꼿하게 얼어 죽고 말았다. 우리의 아버지와 남편을 그토록 비참하게 잃게 만든 장본인이 바로 저 늙다리라니! 난초와 채봉은 이가 갈리지 않을 수 없었다.

그러나 모든 사건의 막후에서 옹정을 위해 진정으로 수렴청정과 다를 바 없는 일을 해온 사람이 누구던가! 바로 지금의 남편 오사도가 아니던가. 두 여자는 그런 생각이 뇌리를 스치는 순간 실로 형언할 수 없는 감정의 소용돌이 속에 빠지지 않을 수 없었다. 오사도가 둘의 표정에서 뭔가를 읽었는지 천천히 입을 열었다.

"요즘 들어 내내 콕 집어 말할 수 없는 그 무엇이 가슴속에 똬리를 틀고 있었어. 마음이 정말 무거웠지. 그런데 그 이유를 저 악이태가 일깨워줬어. 내일 총독부아문으로 가서 이위를 만나봐야겠어."

오사도는 말을 마치자마자 깊은 한숨을 토해냈다. 그리고는 천천히 객잔으로 발걸음을 옮겼다.

김채봉과 난초는 객잔으로 돌아와서도 복잡한 마음이 풀리지 않는 모양이었다. 오만 가지 의문이 가슴속에 도사리고 있는 느낌이었다. 그들은 울적한 얼굴로 오사도의 목욕시중을 들었다.

오사도 역시 크게 다를 바 없었다. 가물거리는 등잔불을 마주 한 채 깊은 생각에서 헤어나지 못했다. 얼마 후 그가 드디어 입을 열었다.

"자네들이 무엇을 고민하는지 알아. 허튼 생각은 하지 말라고. 내가 만약 자네들을 좋아하지 않는다면 왜 이런 고생을 하겠어? 내가 속마음을 버선목 뒤집듯 뒤집어 보일 수 없는 것은 다 자네들을 위해서라고. 자네들을 배려해서라고 할 수 있지. 실제로 너무 많이 알아봐야 골치만 아프지 도움 되는 것은 하나도 없어. 그러나 한 가지만 알아둬. 이 세상이 아무리 넓어도 이 오사도가 숨을 수 있는 곳은 아무 데도 없다는 사실을 말이야. 옹정 황제께서 재위하고 있는 한 나는 은둔생활을 할 수가 없어. 후세를 위해서라도 나는 여러모로 고민하지 않을 수가 없어."

오사도는 김채봉과 난초의 속내를 마치 다 읽은 것처럼 말했다. 그리고는 거머리처럼 달라붙는 생각을 쫓아내려는 듯 고개를 흔들었다. 난초에 비해 책을 많이 읽은 김채봉이 그래도 생각의 깊이가 달랐다. 그녀가 먼저 입을 열었다.

"우리는 허튼 생각 같은 것은 해본 적이 없어요. 다만 혹시……, 우리들이 거치적거리는 존재는 아닌가 해서 말이에요……."

김채봉이 말을 하다 말고 갑자기 눈물을 흘렸다. 이름 모를 상심에 젖어있던 난초 역시 코가 시큰거리는지 함께 눈물을 보였다.

"이제는 마음을 비우고 낙향하기로 했잖아요. 그런데 갑자기 이위는 무슨 일로 찾아가려고 하는지 모르겠네요?"

"이위는 지금 어려움에 봉착해 있어. 내가 도와줘야 해. 나는 이위를 잘 알아. 그 친구는 글재주는 없으나 똑똑하기로는 따를 사람이 없지. 보친왕과도 친분이 두텁고. 설사 깃털보다 가벼운 은혜를 입어도 용솟음치는 샘물로 갚아야만 직성이 풀리는 인걸人傑이기도 하지. 보친왕 앞에서 나를 제대로 평가해 줄 사람이야. 내가 여생을 편안히 살아가려면 이위의 도움이 꼭 필요해. 그러니 지금은 내가 이위를 도와줘야 해."

오사도가 허리를 똑바로 펴고 앉으면서 말했다. 그리고는 바로 자리에 드러누웠다. 동시에 스르르 눈을 감으면서 덧붙였다.

"혼자 있고 싶군. 자네들도 가서 쉬어."

김채봉과 난초는 지금껏 이처럼 심각한 고민에 사로잡힌 오사도의 모습은 본 적이 없었다. 그러다 보니 이름 모를 공포와 불안이 몰려왔다. 그러나 다소곳이 물러가는 것 외에는 달리 뾰족한 방법도 없었다.

양강 총독아문은 북경으로 천도하기 직전 명나라의 정궁正宮이었던 고궁故宮의 서북쪽에 위치하고 있었다. 서쪽의 공원과는 2리 정도밖에 떨어져 있지 않았다. 또 순무아문은 총독아문에서 동으로 조금만 더 가면 있었다.

강녕직조사康寧織造司 역시 그곳에 있었다. 강희 황제는 재위 시절 여섯 차례나 남순을 했다. 그중 네 번은 숙소가 강녕직조인 조인曹寅의 집이었다. 그러다 보니 강녕직조사는 사실상 행궁行宮의 기능을 겸할 수밖에 없었다. 실제로도 행궁 못지않은 우람한 기백과 우뚝 솟은 장관을 자랑했다. 보는 이로 하여금 숙연한 기분이 들게 했다.

오사도는 그곳을 지나면서 일부러 가마의 창을 열어놓은 채 머리를 내밀고 둘러봤다. 놀랍게도 직조사아문의 주인 이름은 어느새 소蘇씨, 즉 소아림蘇阿林으로 바뀌어 있었다. 그렇다면 수혁덕隨赫德이 조인을 대체한 다음, 다시 소아림이 수혁덕의 자리를 차지했다고 할 수 있었다. 한마디로 그곳은 채 2년도 안 되는 사이에 주인이 세 번씩이나 바뀐 파란과 풍파를 간직한 직조사아문이었다.

원래 조인의 집안은 태조 누르하치 때부터 만주족 황실의 포의노包衣奴로 잔뼈가 굵어온 가문이었다. 100년 동안이나 꾸준히 빛나는 신화를 창조하고 이끌어온 명문대족이라고 할 수 있었다. 그런데 그런 가문이 하루아침에 몰락해버렸다. 자손들은 온데간데없이 흩어지고 말았다. 급기야는 기가 막힌 인생 유전을 겪은 몰락한 집안으로 역사 저편에 편린처럼 흩어지고 말았다.

"궁궐宮闕은 여전하나 사람은 어디로 갔는가?"

오사도는 조용히 중얼거렸다. 가슴속에서는 계속 비감한 마음이 고개를 쳐들고 있었다. 그러나 그런 감정 따위는 총독아문에 도착하는 순간 바로 버려야 했다.

그는 지팡이를 힘겹게 짚고 수레에서 내렸다. 곧 어마어마한 주홍색 대문에 걸린 커다란 두 개의 문고리가 부릅뜬 호랑이의 두 눈처럼 그를 노려보고 있는 모습이 시야에 들어왔다. 또 백옥으로 빚어 만든 두 개의 큰 사자상 옆에 수백 명은 족히 될 것 같은 아역들이 못 박힌 듯 서 있는 풍경 역시 그의 눈을 사로잡았다. 그들이 허리에 찬 장검들은 한여름의 땡볕에 서늘한 빛을 마구 내뿜고 있었다.

조벽照壁(대문을 병풍처럼 가리는 벽) 앞의 세 장丈 높이는 될 것 같은 쇠막대기 위에는 이위의 수기帥旗(진중陣中이나 영문營門의 뜰에 세우던 대장군의 군기)가 바람에 나부끼고 있었다. 주먹만 한 어필御筆의 글자들도 그 위에 선명하게 쓰여 있었다.

흠명欽命양강총독兩江總督이李

대문은 무겁게 닫혀 있었으나 의문 쪽은 열려 있었다. 가끔씩 사람들이 드나드는 모습도 보였다. 그러나 신분을 확인하는 절차가 철저한 듯 사람들의 움직임이 빠르지는 않았다.

그래서일까, 의문 쪽 담벼락을 따라 수백 대의 관교官轎가 끝없이 늘어서 있었다. 주인을 따라온 교부轎夫와 아역들은 더위를 피해 버드나무 그늘 아래에서 냉차를 마시면서 신나게 얘기꽃을 피우고 있었다. 주인을 기다리다 못해 더위를 피하는 중인 모양이었다. 그러나 관아 쪽에서는 인적 하나 없이 조용했다. 숨 막히는 위엄이 느껴졌다.

개봉에서부터 따라온 두 사람이 옆에서 오사도를 부축했다. 그러나 시골뜨기처럼 두리번거리면서 어떻게 통보를 해야 할지 모른 채 그저 어리둥절해 하고만 있었다. 그때 돌사자 있는 곳에 서 있던 아역 한 명이 고함을 질렀다.

"뭐 하는 사람이오? 걸음을 멈추시오!"

"하남성에서 왔네. 그대들의 이 총독을 만나려 하네."

오사도가 자신 앞으로 다가온 아역에게 명함을 건네면서 태연하게 말했다. 지나칠 만큼 표정이 근엄해 보이는 아역은 낚아채듯 명함을 가져가서는 빤히 들여다봤다.

연권형年眷兄 오사도鄔思道근견謹見이공위李公衛

아역은 고개를 갸웃거리면서 마치 이라도 잡겠다는 듯 명함을 이리저리 뒤집었다. 그리고는 험상궂은 얼굴로 말했다

"나 참, 머리털 나고 이런 조鳥씨를 보는 것은 또 처음이네! 세상에 별난 성도 다 많군. 우리 총독께서는 강소성의 현령縣令 이상 관리들을 불러 일을 논의하시느라 바쁘시니 볼일 있으면 내일 다시 오

시오."

오사도가 유난히 목에 힘을 주는 아역을 보고는 한심하다는 표정으로 슬며시 바라봤다. 순간적으로 안쓰럽다는 표정을 짓기도 했다. 그러다 실소를 흘리면서 말했다.

"이위가 일자무식이라더니, 아랫것들도 순 눈뜬장님들만 있군! 그 글자가 어째서 새 '조鳥'자인가? 물론 바쁘다니 어쩔 수 없기는 하겠지. 그러면 자네가 들어가 취아에게 내가 만나러 왔다고 전하게."

"취아? 취아라니, 그건 누구를 말하는 거요?"

"자네 총독 대인의 마누라 말이네!"

아역이 순간 기절초풍할 듯 놀라면서 한 걸음 뒤로 물러섰다. 곧이어 오사도를 아래위로 쓸어내렸다. 옷차림으로 보면 평범하기 이를 데 없으나 어딘가 쉽게 범접하기 어려운 기품이 서려있다는 것을 비로소 느끼는 듯했다. 그때 오사도가 웃는 얼굴로 말했다.

"그렇게 본다고 해서 나를 제대로 판단할 수 있겠나, 이 사람아. 어서 자네 마님한테 아뢰고 오게. 마님이 내가 보기 싫다면야 어쩔 수 없겠지만."

갈수록 모르겠다는 표정을 짓던 아역은 그제야 꾸벅 머리를 끄덕였다. 이어 고개를 갸웃거리면서 안으로 들어갔다. 담배 한 대를 피울 정도의 시간이 흘렀을까, 드디어 아역이 구르듯 뛰쳐나왔다. 그리고는 오사도의 발밑에 미끄러지듯 무릎을 꿇으며 납작 엎드려 머리를 조아렸다.

"사모께서 안으로 청하셨습니다. 이곳은 관아라 사모께서는 직접 나와서 환영하시기가 조심스럽다 했습니다. 그러나 이미 사람을 보내 총독 어르신께 아뢰었습니다. 어서 안으로 드십시오, 오 선생님!"

"왜? '조鳥 선생(중국어에서 '鳥'는 때로는 엄청난 욕이 됨)'이라고 계속 부르지 않고?"

오사도가 소탈하게 웃으면서 다섯 냥짜리 은전을 꺼내 아역에게 던져줬다. 그리고는 자신을 따라온 가인家人 두 명에게 명령을 내렸다.

"자네들은 돌아가서 두 마님에게 내가 오늘 저녁 들어가지 못할지도 모른다고 전하게."

오사도는 말을 마치자 의문을 통과해 의사청議事廳을 거쳐 북쪽으로 꺾어 들어갔다. 바로 이위의 식솔들이 사는 곳이었다.

이위의 부인인 취아는 가인들을 거느리고 벌써 나와 그를 기다리고 있었다. 오사도가 들어서는 것을 보고는 연신 몸을 낮춰 인사도 올렸다. 이어 손을 내민 채 안내를 했다.

"그이를 부르러 갔어요. 이리로 들어오시죠. 매향梅香아, 얼음에 담가뒀던 포도 좀 가지고 오너라!"

취아는 말을 마치고는 조심스레 오사도를 따라 상방上房으로 들어갔다. 아역은 그 모습을 보면서 그저 멍하니 서 있었다.

오사도는 손님 자리에 앉은 다음 시원한 포도를 한 알 입 안에 집어넣었다. 상쾌한 느낌이 전율처럼 온몸으로 퍼지며 기분이 좋아졌다. 얼마 후 정청正廳에 가득한 책에서 눈길을 떼지 않고 있던 그가 예의를 갖춰 인사를 올리려는 취아를 말리면서 웃었다.

"됐네. 전과는 달리 자네도 이제는 옹친왕부의 하녀가 아니지 않은가! 엄연한 고명부인이라고. 그러니 내가 어찌 감히 부담스럽게 그런 인사를 받겠나? 나는 말이야, 이제 더 이상 황제 폐하의 사우師友(스승 같은 친구)가 아니야. 초야를 누비는 야인이라고. 그런데 이위가 요즘 책을 많이 읽나 보군?"

오사도가 말을 마치고는 바로 손이 가는 대로 책 한 권을 뽑아들었다. 해를 넘긴 묵은 황력皇曆(황실에서 쓰던 책력冊曆)이었다. 그는 다른 책을 뽑았다. 이번에는《당인전기》唐人傳記였다. 다음에는《옥갑기》玉匣記가 나왔다. 모두가 통속적인 책들이었다. 순간 오사도가 너털웃음을 터트렸다.

"임자 잘 만났네. 하기야 이위가 아니면 누가 이런 책을 사겠는가!"

"하도 책을 안 읽는다고 구박을 하니까 그래요. 순 눈 가리고 아웅하는 거예요. 그 사람이 무슨 책을 읽겠어요!"

취아 역시 오사도의 야유에 적극적으로 거들고 나섰다. 그리고는 웃으면서 덧붙였다.

"얼마 전에 이불이라는 분이 우리 그이에 대해 책도 안 읽는 천하의 무식쟁이라고 글을 올렸대요. 그러자 그 다음날 부랴부랴 책 시장으로 가서는 몇 상자씩 마구 집어넣어 들여다 놓았어요. 그렇지 않아도 요즘에는 이럴 때 오 선생님이 있었으면 얼마나 좋을까 하고 푸념을 하기가 일쑤예요. 더구나 요즘에는 전문경이 그릇이 작아 오 선생님을 품지 못했다는 소문을 듣고는 부쩍 더 기다리는 것 같았어요. 잘 됐네요! 세상 어디를 간들 하남성 그 가난뱅이 동네보다 못하겠어요? 두 형님께서는 잘 계시고요? 같이 오시지 그랬어요? 여자들끼리 회포나 풀게 말이에요."

취아가 장황하게 말을 마치고는 하녀가 가져온 차를 오사도에게 권했다. 오사도는 흐뭇했다. 몇 년 동안 보지 못하는 사이에 취아가 주관도 뚜렷하고 제법 멋진 새댁이 돼 있는 것이 기분이 좋았던 것이다. 그가 한참 동안 취아의 말에 귀를 기울이고 나더니 천천히 입을 열었다.

"책을 이렇게 뒤죽박죽으로 진열해 놓을 거라면 아예 아무것도 없는 것이 훨씬 더 낫겠네. 이불이 글을 올려 자네 남편을 비난한 것은 책을 읽지 않기 때문이 아니야. 저질스러운 책을 읽는다는 사실을 비

난한 거라고 봐야 해. 이것 좀 보라고. 《춘궁도》春宮圖가 도대체 다 뭐
야? 이런 것도 다 문제가 되는 책들이야. 내가 추천할 만한 책을 써
줄 테니까 그대로 구입하든지 얻어 읽으라고 해."

　오사도가 말을 막 마칠 즈음이었다. 이위가 10여 명의 부하들에게
둘러싸인 채 의사청 쪽에서 걸어오고 있는 모습이 보였다. 문어귀에
다다라서는 손사래를 쳐 주위를 물리치고 혼자만 들어왔다. 그러자
취아가 쪼르르 달려나가서는 밉지 않게 눈을 흘겼다.

　"군국대사를 의논하는 것도 아니었잖아요. 그 사람들끼리 상의하
게 하고 얼른 들어왔으면 좀 좋아요? 오 선생님을 이렇게 오래 기다
리게 하고……."

　이위가 취아의 말에 빙긋 웃으면서 옷을 벗어 취아에게 건넸다. 그
리고는 오사도를 향해 무릎을 꿇고는 머리 조아려 문안을 올렸다. 이
어 몸을 일으켜 다시 한쪽 무릎을 꿇었다.

　"서운하셨다면 죄송합니다. 바로 나오려고 했는데, 공교롭게도 서
양 선교사 두 사람이 찾아왔더라고요. 그래서 동화청에서 한참 승강
이를 벌였어요. 통역관이라고 둘씩이나 달고 다니는데, 자기들이 말
을 해놓고도 무슨 말인지 모르는 것 같아요. 성유聖諭를 받들어 교회
당은 철거하지 않을 수 있으나 우리 경내에서 선교는 할 수 없다고
분명히 못을 박아뒀어요. 조금 있다 범시첩과 윤계선도 올 겁니다."

　취아는 이위가 말을 하는 사이 슬그머니 자리를 떴다. 손님 접대
를 확실하게 하려는 듯했다. 오사도가 얼마 후 이위를 물끄러미 바
라보고는 말했다.

　"앞으로 나를 만나면 평례平禮만 하는 것이 좋겠어. 무릎 꿇고 머리
를 조아리면 내가 일으켜 세울 수도 없잖아. 부담스럽기만 하지. 옹친
왕부에서의 규칙을 그대로 따를 필요는 없네. 사실 나는 자네만 조

용히 만나보고 가려고 했었어. 그런데 자네 휘하의 아역이 나를 '조사도'라고 성까지 고쳐주면서 친절을 베푸는 바람에 그만 이렇게 됐네. 범시첩이 강남으로 왔다는데, 어느 아문에 있는가?"

이위가 오사도의 말을 듣고는 바로 빤질빤질한 앞머리를 쓸어내렸다. 이어 거칠고 무거운 한숨을 토해냈다.

"오 선생님, 하남성에서 어떻게 하고 내려오셨는지 다 알고 있습니다. 전문경이 보낸 편지에 답장도 보냈어요. 울고 싶은 데 전문경이 뺨 때려준 격으로 좋아서 오셨죠? 오 선생님께서 졸졸 흐르는 개울물소리를 베고 잠이 들거나 매화꽃과 벗하면서 조용히 살고 싶어 하시는 마음을 제가 모를 리가 있겠습니까? 하지만 그러실 수는 없습니다. 오 선생님이나 저는 고삐에 단단히 매인 말과도 같은 처지입니다. 주인이 가는 곳이라면 하늘 끝까지라도 태우고 가야 합니다. 지쳐서 길에 쓰러져 죽는 한이 있더라도 주인이 허락하지 않는 한 쉴 수도 없는 몸입니다. 방금 저에게 평례만 해도 충분하다고 하셨는데, 사람들이 보는 앞에서는 그게 적당할 수 있습니다. 그러나 사적인 자리에서는 저는 철저히 할 수밖에 없습니다. 오 선생님은 저의 목숨을 구해주신 은인이기도 하기 때문입니다."

이위가 진지한 어조로 말했다. 사실 틀린 말이 아니었다. 그는 취아와 정분이 나서 옹친왕부의 가법家法을 어긴 적이 있었다. 그로 인해 그는 흑룡강으로 쫓겨날 위기에 놓였었는데, 바로 그때 오사도가 윤진에게 간절히 부탁해 이위를 용서해주도록 했다. 동시에 취아와 혼례를 올린 그를 지방관리로 내보냄으로써 새로운 전환점을 맞을 수 있도록 해주었다.

그러나 이위와 생사고락을 같이 해왔던 주용성, 즉 송아지는 나중에 처지가 달라졌다. 옹친왕부에 남아 서재 일을 맡아보던 그는 숨은 내막을 너무 많이 알고 있다는 것이 죄가 되어 옹정의 즉위와 동시에 그만 '급사'急死하고 말았던 것이다.

이위는 시간이 지날수록 주용성의 죽음에 대해 의문을 가지지 않을 수 없었다. 그리고 목숨을 구해준 오사도에 대해서는 이른바 '구명은인'求命恩人이라는 네 글자를 떠올리며 가슴속에 되새기고는 했다. 이위의 말에는 그처럼 나름대로의 분명한 생각이 있었다. 오사도가 그 사실을 모를 리가 없었다. 그러나 그는 그저 시무룩하게 웃음 띤 얼굴을 한 채 시치미를 뚝 뗐다.

"자네도 전에 폐하를 위기에서 벗어나도록 했다면서? 사람은 서로 은혜를 알고 갚으면서 살아가면 되는 거야."

"범시첩은 말입니다……."

이위가 오사도의 말이 채 끝나기도 전에 갑자기 말머리를 돌렸다. 이어 빠른 속도로 말을 이었다

"연갱요와 입씨름을 벌인 바람에 미운털이 콱 박혀버렸습니다. 할 수 없이 우리 통정사아문으로 쫓겨내려 왔습니다. 이제부터는 아마도 우리 관내의 전량錢糧을 관리하게 될 겁니다. 그런데 오늘 또 재수 없이 악이태 그 자식을 만났지 뭡니까. 그래도 주인 노릇 하느라고 공원 쪽으로 마중을 나갔더니, 이자가 글쎄 귀하신 몸이라 우리 같은 졸개들은 만나지 않는다네요. 나 참, 폐하께서도 그렇게까지는 하지 않으실 겁니다. 이제부터 아예 모른 척할 겁니다. 그렇지 않아도 돌멩이 던지는 놈들이 많은데, 한두 개 더 얻어맞는다고 무슨 큰일이야 나겠습니까?"

"악이태가 감히 자네를 외면할 수 있다는 것은 나름대로 믿을 만한 최신의 무기가 있다는 뜻이겠지."

오사도가 잔잔한 미소를 머금은 채 대답했다.

"그게 무슨……?"

"그 사람은 우리 강남에는 '나라의 빚이 없다'라는 말을 애초부터 믿지 않았다네. 가슴팍을 치면서 떳떳하다고 장담하던 복건성에서 한 건 들춰내 폐하께 성총을 입었거든. 그래서 아마 거기에 재미가 들려서 월척 낚기에 나서지 않았나 싶어. 그 사람이 택한 대어大魚는 바로 자네인 것 같아."

오사도가 몸을 의자 등받이에 맡긴 채 찻잔을 들어 후후! 불면서 느릿느릿 입을 열었다. 하지만 이위는 여전히 개의치 않는다는 듯 웃음을 흘렸다.

"헛다리 짚었네요. 우리 번고藩庫는 재고와 장부가 딱 들어맞는데요, 뭘! 조사를 수백 번 해봤자 무서울 것 없어요."

이위의 말에 오사도가 껄껄 웃었다.

"그래, 장부가 딱 맞아 떨어진다는 말은 나도 믿어마지않네. 다만 자네는 국고를 환수해 돈을 맞춘 것이 아니야. 조금 듣기 거북할지 모르겠으나 기생과 기생오라비들, 더 나아가 풍류객들의 기름을 짜내 번고의 차액을 채웠겠지! 악이태는 그 냄새를 맡은 것이 아닌가 싶어. 주현州縣마다 일일이 돌면서 장부를 직접 대조해보는 날에는 자네가 지금처럼 이렇게 당당할 수 있겠나?"

오사도의 말이 정곡을 찔렀는지 이위가 잠시 멍하니 서 있었다. 그러다 갑자기 오사도를 향해 특유의 장난기 섞인 웃음을 지어냈다.

"귀신이 따로 없네요. 오 선생님 같은 분이 재상이 되지 않은 것이 정말 천만 다행입니다. 돌에서도 기름을 짜내실 분이군요. 그런데 기왕 기름을 짜낼 거면 돈을 물 쓰듯 하는 그런 인간들을 등쳐먹어야 합니다. 몇 푼 되지 않는 녹봉에 목을 매고 사는 관리들의 목을 졸라봐야 어디서 돈이 나오겠습니까? 솔직히 말씀드리면 오늘 전 성省의 주관主管들을 한 자리에 불러 모은 것도 실은 다 그 때문입니다. 저마다 자기들은 나라 빚이 없다고 하는데 저는 애당초 믿지 않았거든요. 적어도 이삼십 개 현에서는 거짓보고를 올렸을 것이라고 짐작합니다. 그렇지만 이미 본의 아니게 조정에 거짓말을 한 이상 저로서는 어떻게든 집안 흉을 덮어 감출 수밖에 없습니다."

그때 취아가 들어섰다. 이어 그녀가 웃으면서 말했다.

"왜 얼굴을 보자마자 심각한 얘기부터 꺼내고 그러세요? 천천히 하시지. 그건 그렇고 윤 대인과 범 대인께서 오셨네요. 상은 여기에 차릴까요?"

취아의 말이 떨어지자마자 바로 뚜벅뚜벅 장화소리가 들렸다. 동시에 얼굴 가득 웃음이 넘쳐나는 윤계선과 전혀 반대로 신경을 곤두세운 얼굴의 범시첩이 차례로 들어섰다. 오사도는 지팡이를 짚고 일어서서 둘을 맞이하려고 했다. 그때 이위가 말했다.

"다 한집안 식구입니다. 그대로 계셔도 괜찮습니다. 제가 잠깐 소개하겠습니다. 여기는 윤계선 대인이라고, 윤 대학사의 둘째 도련님이세요. 지금 저하고는 죽이 맞아 잘 지내고 있는 사이인데요, 문무를 겸비한 인재입니다. 여기는 범시첩 대인입니다. 새로 온 통정사죠. 보시다시피 꼴이 좀 그렇습니다. 꼭 초상집의 배고픈 누렁이처럼 말이죠. 아, 그리고 이분은 내가 늘 말씀드리던 오사도 선생님이세요. 방포 대인께서도 이분의 학문은 극찬하셨잖아요. 지금 막 하남성에서 오셨어요. 며칠 우리 집에 머무실 겁니다."

"오 선생님의 대명은 익히 들어왔습니다."

윤계선이 기품 있고 교양이 넘치는 어조로 입을 열었다. 항상 깔끔하고 세련된 옷차림에 귀족집안의 자제다운 풍모가 엿보이는 그다운 말이었다. 확실히 외모에 관한 한 입이 열 개라도 할 말이 없는 범시첩과는 대조적이었다. 그는 자리에 의연하게 앉더니 다시 상비죽선을 부치면서 상석에 앉은 오사도를 향해 말했다.

"전문경의 휘하에서 나오셨다는 소문 들었습니다. 잘 하셨습니다. 그 소문을 듣고 안휘성 순무와 산동성 순무가 서로 오 선생님을 모셔가려고 쟁탈전에 돌입했다고 합니다. 남경은 어떻습니까? 여기 남을 생각은 없으신지요?"

이위는 사실 그동안 어떻게든 오 선생을 설득해 하남성으로 다시 돌려보내달라는 부탁을 하는 전문경의 편지를 수차례나 받은 바 있었다. 깍듯이 사죄하면서 다시 상전으로 모시겠노라는 그의 뜻을 옹정에게 소상히 밀주하기도 했다. 동시에 그는 오사도를 자신이 모시고 싶다는 의사도 첨부했다. 하지만 아직 옹정에게서 이렇다 할 지시가 없기 때문에 뭐라고 결정적인 말을 할 수는 없었다. 그가 솔직하게 자신의 입장을 토로했다.

"사실 나도 오 선생님을 곁에서 모시고 싶습니다. 그러나 그게 어디 내 마음대로 되는 일이겠어요? 오늘은 이런 얘기 하지 말고 술이나 마시자고요. 자, 다들 술잔 들어요!"

이위의 말에 오사도가 술잔을 들었다.

"나는 아무도 없는 곳에서 조용히 살고 싶어. 그런데 그것도 뜻대로 안 되나봐!"

오사도는 말을 마치고는 바로 술잔을 들어 입 안에 털어 넣었다. 아무 맛도 느낄 수 없었다. 대신 고향으로 돌아가기는 영영 글렀다는 생각이 촉발시킨 우울함이 술 냄새와 함께 욱 하고 치밀어 올랐다. 급기야 그가 가벼운 한숨을 내쉬면서 이위에게 물었다.

"자네 안사람한테서 듣자 하니 책을 읽지 않는다고 한방 얻어먹었다면서?"

이위가 머쓱한 표정을 한 채 뒷머리를 긁적이면서 대답했다.

"그뿐인가요? 이불은 또 제가 연극 구경을 했다고 고자질을 했어요. 그 바람에 폐하께 얼마나 혼이 났다고요. 왜 지의를 따르지 않고 연극 구경을 해서 짐의 체면에 먹칠을 하느냐고요. 폐하께서는 진짜 단단히 화가 나신 것 같았어요. 아무리 그래도 그렇지, 더운 밥 처먹고 그렇게 할 짓이 없나요. 별것을 다 고자질하고 말이에요. 그것도 문제지만 전문경은 또 어떻게 하는지 아세요? 외성外省으로 통하는 하남성 경내의 역도驛道를 전부 봉쇄했대요. 하남성의 식량은 한 톨이라도 밖으로 나가서는 안 된다고 하면서 말이에요. 또 외성의 식량이 하남성 경내를 통과할 때는 반드시 세금을 부과하라고 했다는군요. 전문경의 상주문을 넷째 황자 홍력께서 베껴 내려 보내주셔서 알았지 뭡니까. 좋아요! 이에는 이, 눈에는 눈! 해보자고, 나도 똑같이 할 테니까요. 누가 더 괴로울지 해봐야겠어요."

윤계선이 이위의 말에 그렇지만은 않다는 듯 느릿느릿 입을 열었다.

"이 총독, 그건 잘못 생각하는 겁니다. 자기들이 먹을 식량도 모자라는 하남성에서 밖으로 나올 쌀이 어디 있겠어요? 전문경은 경제에 대한 머리가 썩 좋지 않은 데다 연이은 재해에 당황한 나머지 지나치게 민감한 반응을 보이는 것이라고요. 이럴 때 우리가 똑같이 행동하면 괜히 꼴만 우스워질 뿐이에요. 득이 될 게 하나도 없다고요. 그러다가 이 총독만 폐하의 눈에 옹졸한 인간으로 비쳐지지 않겠어요?"

이위는 윤계선의 말에 일리가 있다고 생각했다.

"그것도 그렇군요. 조금 있다가 내 명령을 전달하도록 하세요. 우리는 하남성에서 들어온 식량에 대해 세금을 부과하지 않을 뿐더러 특별히 경내를 봉쇄하는 일도 없을 거라고 말입니다. 그건 그렇고……오 선생님, 연극 구경한 사실에 대해서는 폐하께 뭐라고 상주를 하죠? 다 윤계선 대인하고 우리 안사람 탓이에요. 아무리 보고 싶어도 참자고 했는데 고집을 피우더니……."

이위의 말이 끝나자마자 좌중 사람들의 시선이 일제히 오사도에게 몰렸다. 뭔가 신통한 대책을 간절하게 바라는 눈빛이었다. 그러자 오사도가 대수롭지 않다는 듯 미소를 지은 채 말했다.

"사실대로 아뢰시게. 윤공尹公(윤계선)이 연극단을 불러들여 같이 봤노라고 말이야."

순간 윤계선의 얼굴에 난감한 기색이 감돌았다. 오사도가 그 모습을 보고는 말을 이었다.

"폐하께서는 누누이 지의를 내리셔서 신임 관리들에게 책을 많이 읽으라고 강조하셨어. 특히 역사공부를 많이 하라고 하셨지. 그러나 폐하께서는 이위 총독이 지금까지 글과 인연이 없었던 것도 잘 알고 계셔. 사실이니까 아뢰기도 좋잖아. '역사에 대해 공부하고 싶은 마음은 굴뚝같았습니다. 그러나 글을 잘 몰라 책 읽을 엄두를 못 내고 있었습니다. 그러던 중 이를 헤아린 윤공이 역사를 공부할 수 있는 연극을 보여준다고 하는 바람에 그만 폐하의 성의聖意를 깜빡 잊었습니다' 하고……. '이를 교훈 삼아 앞으로는 폐하의 가르침을 다시 한 번 가슴속에 각인하겠습니다. 두 번 다시 이런 일이 없도록 철저히 하겠습니다' 이렇게 아뢰는 것이 어떻겠는가?"

취아를 제외한 세 사람의 얼굴에는 오사도의 말이 채 끝나기도 전에 만족스러운 미소가 환하게 번져나갔다. 이어 약속이나 한 듯 이구동성으로 엄지를 내둘렀다.

"오 선생님은 역시 대단한 지낭智囊(꾀주머니)입니다!"

33장
이치吏治 쇄신에 나서는 이위

세 사람이 그렇게 마음이 홀가분해져 있을 때였다. 하인들이 주안상을 들고 들어왔다. 윤계선은 자신도 모르게 밥상에 눈길을 돌렸다. 이위와 함께 일한 시간이 그다지 길지 않기도 했지만 밥상을 같이 하는 것도 처음인 탓에 어떻게 상을 차렸는지 궁금했던 것이다.

그러나 주안상은 정성껏 마련했다는 말이 무색할 만큼 허전했다. 모두 여섯 가지 음식 중 무려 네 가지가 채소 일색이었다. 그나마 고기냄새 나는 훈채葷菜는 잉어찜과 계란볶음이 다였다. 그럼에도 굉장한 요리라도 되는 듯 한가운데 떡하니 놓여 있었다.

윤계선은 평소 이위가 호기롭고 통 큰 무소불위의 총독으로 알려져 있었기에 밥상도 근사할 것이라고 믿어 의심치 않았다. 그러나 아니었다. 당연히 간소하기 이를 데 없는 그 식단에 놀라지 않을 수 없었다. 다른 사람들도 다들 그런 것 같았다.

이위는 사람들이 하나같이 멍한 표정으로 상 앞에 다가앉을 생각을 못하고 있자 미소를 지었다.

"음식상을 앞에 두고 왜 다들 심드렁해 보이죠? 오 선생님, 계선 대인, 어서 자리에 앉지 않고 뭘 하는 겁니까? 내가 집에서 늘 먹는 음식입니다. 이위 저 자식은 도대체 뭘 처먹고 살기에 저렇게 성질머리도 더럽나 하는 생각으로 어디 한번 맛이나 보시죠. 이봐요, 범 처남! 왜 쥐새끼가 갉아먹고는 오줌 싸놓은 고구마 꼴을 하고 있소이까?"

좌중의 사람들은 이위의 거친 욕설에 하나같이 깜짝 놀랐다. 심지어 병풍 뒤에서 바느질을 하고 있던 취아마저도 너무 놀란 나머지 하마터면 바늘로 손가락을 찌를 뻔했다.

범시첩이 누구던가. 성격이 고집스럽고 싫은 소리를 그냥 넘기는 법이 없는 괴짜로 정평이 나 있는 사람이 아니던가. 또 봉강대리를 연임한 이력이 있는 나름대로 품위와 지체가 있는 관리였다. 그런데 그런 그에게 이위가 농담이라고 하기에는 지나친 욕설을 할 수가 있다는 말인가?

그러나 취아의 걱정은 기우에 불과했다. 병풍 틈으로 살며시 들여다본 범시첩이 화가 난 기색이 하나도 없었던 것이다. 아니 오히려 두 눈을 가늘게 늘어뜨리면서 격의 없이 웃고 있기까지 했다. 얼마 후 그가 술잔을 들더니 단숨에 털어 넣은 다음 말했다.

"나는 몇 년 동안 열셋째마마를 못 뵈었어요. 그랬더니 그분의 욕도 시원하게 얻어먹지 못했어요. 나중에는 되게 갑갑하더군요. 잘 했어요. 속이 다 후련합니다. 그런데 이 대인의 마나님이 언제 내 여동생이 됐죠? 야, 이런 횡재가 있나! 우리 한집안 식구가 된 것을 축하하는 뜻에서 한잔 들이킵시다!"

좌중의 다소 가라앉은 분위기는 범시첩의 몇 마디 농담에 깨끗하게 날아가 버렸다. 밖에서 시중을 들던 하인들까지 입을 막고 몰래 웃었으니 굳이 설명할 필요가 없었다. 그때 오사도가 입을 열었다.

"참 묘한 인연이군요. 우리 집사람도 범範씨인데."

좌중의 사람들은 오사도의 진지한 농담에 다시 한 번 배꼽을 잡고 웃었다. 그때 이위가 다시 입을 열었다.

"우리 이 처남은 사흘 동안 욕을 먹지 않으면 밥도 못 넘긴다니까요! 전에 창춘원에서 열셋째마마한테 어떻게 욕을 먹었는지 다들 모르죠? 폐하의 면전에서 노새 울음소리를 내느라 너무 낭패스러운 나머지 방귀를 뀌는 것도 몰랐다지 뭡니까!"

이위의 말은 완전 농담만은 아니었다. 실제로도 수 년 전 윤상이 고집으로 유명한 범시첩의 기를 꺾어버릴 요량으로 그의 귀를 잡아 끌고 창춘원에서 노새 소리를 내게 한 적이 있었던 것이다. 사람들은 다시 배꼽을 잡았다. 그러자 윤계선이 웃음 띤 얼굴로 말을 받았다.

"노새 소리는 원래 무음無音이에요. 그래서 죽림칠현竹林七賢들도 자주 흉내를 내는 멋진 일이었어요! 범 대인은 그야말로 '한관漢官의 위엄은 전무하고, 진晉나라 사람의 풍채는 엿보인다'는 그런 격이네요."

"이제 보니 그렇기도 한 것 같군요."

오사도가 바로 맞장구를 쳤다. 그러나 이위는 웃으면서 분위기 파악을 하지 못하는 듯했다.

"나는 그런 말은 무슨 뜻인지 알아듣지도 못합니다. 다만 악이태, 그놈이 뭔가 작정을 하고 찾아온 것 같다는 것은 알 것 같아요. 번대藩臺인 범 처남이 그 대단한 노새 고집으로 악이태하고 한번 붙었으면 좋겠어요."

범시첩은 이위가 자신을 띄워주자 기분이 좋은 모양이었다. 바로 조소 어린 표정을 한 채 입가를 치켜 올렸다.

"흥, 악이태라고? 연갱요가 와 봐요, 내가 눈 하나 깜빡 하는가! 강남 하면 세상천지가 동경하는 부자 성省이 아닙니까. 그런데 화모火耗를 삼 전밖에 받지 않는다니, 우리 대청에 이위 대인 같은 청렴한 관리가 어디 있겠습니까? 방금 이 대인이 서양 선교사를 접견하고 있을 때 윤공하고 같이 통계를 내봤어요. 그랬더니 우리 성에는 아직까지 국고 빚이 있는 현縣이 이십삼 개밖에 없었어요. 볼 일이 있으면 그 천사天使한테 나를 찾아오라고 해요. 어차피 이 빠진 사발인데 금이 가면 어떻고 박살나면 어떻겠어요."

이위가 범시첩의 말을 되뇌면서 잠시 생각하고 있을 때였다. 윤계선이 불쑥 입을 열었다.

"악이태 대인이 눈에 힘을 주는 일이라면 손가락 사이로 물도 새나가지 못한다는 것을 모르는 사람은 없을 거요. 이번에는 호부에서 계산에 능한 고수들까지 삼십 명이나 데리고 왔다고 하더군요. 아무래도 마음이 가볍지는 않아요. 지금이라도 늦지 않으니 빚이 있는 현에서는 솔직하게 적어 줬으면 해요. 그때 가서 들통이 나 진땀만 뻘뻘 흘리면 곤란하지 않겠어요? 솔직히 고백하면 우리 총독아문에서 적극적으로 나서서 방패막이가 돼줄 수도 있는데."

"그게 좋겠네요. 여봐라! 공문결재처로 가서 서류를 똑같은 것으로 두 장을 만들어. 그런 다음 국고의 빚이 남아 있는 이십삼 개 현을 제외한 다른 현 이름을 쭉 적어 올려. 명심해, 이십삼 개 현은 제외야, 알겠어?"

이위가 윤계선의 말에 바로 머리를 끄덕이더니 하인을 향해 지시했다. 좌중의 사람들은 이위가 또 무슨 꿍꿍이를 꾸미는지 알 수가 없어 고개를 갸웃거렸다. 그리고는 이위에게 시선을 집중시켰다. 그러자 이위가 히히 웃으면서 덧붙였다.

"궁금해도 참으세요. 천기天機를 누설하면 큰일이 나니까! 그나저나 범 처남, 재수가 없으면 뒤로 자빠져도 코가 깨진다더니, 그 짝이 난 것 같구먼. 하지만 악이태와 정면으로 붙되 깨진 사발이라고 막 굴려서는 안 됩니다. 손님 맞는 주인답게 예의도 갖추고 품위도 지켜가면서 하세요. 이런 것을 보고 뭐라고 그러죠? 사자성어四字成語가 있는데……, 가물가물해서 생각이 안 나네요. 아무튼 말이에요, 악이태에게 다른 꼬투리를 잡혀서는 안 되겠다 이런 얘기입니다."

이위가 말을 마치더니 어린애 같은 익살스런 웃음을 지어보이면서 다시 입을 열었다.

"젓가락이 잘 가지 않는 것을 보니 별로 입에 맞지 않나 보군요. 궁상맞은 거지 출신이 통 크게 한번 놀아보려고 해도 그게 잘 안 되네요. 그래서 내가 별미 하나를 준비했어요. '거렁뱅이 닭'이라는 거예요. 거렁뱅이가 돼 본 적이 없는 여러분들은 아마 누구도 먹어보지 못했을 겁니다. 닭 다 익었는가?"

"거렁뱅이 닭?"

좌중의 사람들은 다시 어안이 벙벙해 서로를 번갈아 쳐다봤다. 그때 주방장이 거무튀튀한 목판에 시커먼 덩어리 하나를 받쳐 들고 들어왔다. 근시가 심한 범시첩이 다가가 손으로 만져보고는 흠칫 손을 움츠렸다.

"이게 무슨 닭입니까? 불이 붙은 흙덩어리구만!"

"흙덩어리 속에 닭이 들어 있다는 것 아닙니까!"

이위가 말을 마치자마자 나무망치로 가볍게 흙덩어리를 두들겼다. 그러자 오랫동안 익은 누런 흙이 허물을 벗듯 닭털과 함께 몇 조각으로 갈라졌다. 곧이어 연신 코를 벌름거리게 만들 정도로 향긋한 고기 냄새와 함께 하얗고 반지르르한 닭이 몸통을 드러냈다. 오사도를 비롯한 좌중의 사람들은 저마다 좋아라 박수를 쳤다.

얼마 후 이위가 젓가락으로 닭을 집어 접시에 올려놓으면서 말했다.

"돼지 잡을 때 엉덩이부터 칼을 대는 사람도 있습니다. 먹는 방법도 다양하다는 얘기겠죠. 계선 대인은 뼈대 있는 가문에서 험한 꼴 보지 않고 자랐으니 이걸 어떻게 먹나 할지도 몰라요. 그러나 남의 닭을 훔쳐다가 끓여 먹을 솥도 변변히 없는 사람들은 다르죠. 그저 흔하디흔한 흙을 이겨 둘둘 말아 불에 익혀 먹는 수밖에 없죠. 닭털 뽑는 번거로움도 덜고. 맛도 둘이 먹다 하나가 죽어도 모를 지경이라면 더 이상 설명은 필요 없죠!"

이위가 침을 꿀꺽 삼키더니 다시 덧붙였다.

"세 살 버릇 여든까지 간다고 하지 않았나요? 나 역시 아직도 거지 시절에 맛있게 먹었던 그 기억을 잊을 수가 없어요. 다만 그때보다는 좀 더 신경을 썼죠. 우선 항문을 통해 내장을 빼냈어요. 그런 다음 그 속에 파, 마늘, 생강, 소금 따위를 조금씩 넣었죠. 엄청나게 맛있을 거예요. 어때요, 향이 끝내주지 않습니까?"

좌중의 사람들은 호기심이 동하는지 너도나도 젓가락으로 닭고기를 집었다. 과연 입안에서 사르르 녹아내리는 맛이 일품이었다. 고기를 넘기고 난 다음의 여운이 다시 목젖을 오르내리게 만들 정도였다.

"너무 맛있군요! 그런데 간장을 좀 찍어먹으면 금상첨화일 텐요."

범시첩이 엄지손가락을 내둘렀다. 윤계선은 그러거나 말거나 맛을 계속 음미했다. 그러다 한참 후에 감탄을 했다.

"이렇게 맛있는 음식을 먹으면서 아무런 평가도 하지 않으면 안 되죠. 음…… 내가 한마디 할까요?"

윤계선이 잠시 생각하더니 느릿느릿 입을 열었다.

살아서는 우는 게 일이더니, 죽어서는 묻힐 데도 없다니 이 웬 말인가?

그러자 오사도가 싱긋 웃으면서 말을 받았다.

걱정은 하지 마시오. 내 뱃속이 널찍한 관이 되리니……

"좋았어요!"
범시첩이 큰소리로 웃으면서 말했다. 이어 자신도 한마디 덧붙였다.

아이고 불쌍한 것……, 어서 간장이나 가져 오너라!

좌중의 사람들은 평소에 농담과는 전혀 거리가 먼 뻣뻣한 범시첩의 입에서 뜻하지 않게 우스갯소리가 튀어나오자 모두들 흐느적거리면서 웃었다. 기분이 더욱 좋아진 이위가 범시첩을 향해 엄지손가락을 내두르면서 뭔가를 말하려 할 때였다. 하인 한 명이 명함을 들고 들어와 건네면서 아뢰었다.
"어르신, 악이태 대인께서 내방하셨습니다."
"보지 않겠다고 그래. 바빠서 만날 시간이 없다고 전하라고!"
흥이 도도해 있던 이위가 갑자기 얼굴을 길게 늘어뜨리면서 퉁명스럽게 내뱉었다. 하인은 바로 알겠다고 하면서 물러가려고 했다. 그때 오사도가 그를 불러 세웠다.
"잠깐만!"
하인이 주춤했다. 오사도가 이위를 향해 말했다.
"그렇게 속 좁게 굴 일은 아니지! 내가 몽둥이를 휘두르면 상대는 나에게 총부리를 겨누게 돼 있어. 이럴 때일수록 대인의 풍모를 갖춰

야지. 대신大臣으로서의 체통에 어긋나는 판단을 해서는 안 되지 않 겠는가?"

자상한 권유이기도 하면서 동시에 따끔한 충고였다. 순간 윤계선 은 이위의 자존심이 폭발하는 것은 아닐까 하고 은근히 걱정이 되 었다. 그러나 이위는 일부러 어릿광대짓을 해보이면서 아무 일 없는 듯 말했다.

"밉다면 업어달라고 한다더니, 자식이 술판까지 깨고 지랄이야! 어 쩔 수 없죠. 그러면 계선 대인하고 시첩이 다 같이 만나보자고요. 뭐 라고 지껄이나 들어보고 눈치껏 처리하면 되지 않겠어요? 그런데 오 선생님은 혼자 심심해서 어떡하죠?"

오사도 역시 자신의 말투가 너무 딱딱하지 않았나 하는 걱정을 하 고 있던 참이었다. 그러나 의외로 이위의 반응은 소탈했다. 그제야 그 가 마음을 놓으면서 대답했다.

"공무公務가 있어 다들 바쁜 것을 어떻게 하겠는가? 자네 안식구가 우리 식구들을 데리러 사람을 보냈다고 하더군. 나는 기다리는 맛을 즐길 테니 걱정하지 말고 일이나 봐!"

"중문中門을 열고 예포를 울려 영접하도록 하라! 또 의사청의 관리 들을 원문轅門 밖으로 내보내 영접하도록 하라!"

오사도의 말이 끝나자 이위가 곧바로 큰소리로 명령했다. 이어 바 로 관복을 갈아입고는 눈부신 산호 관모를 썼다. 또 그 위에는 쌍안 공작화령을 달았다. 거기다 금계 보복을 입은 다음 또다시 노란 마고 자까지 껴입었다. 그러자 실실 웃어대면서 세월아, 네월아 하는 표정 으로 시간을 죽이고 있던 조금 전과는 생판 딴 사람이 됐다.

그는 윤계선과 범시첩을 내보내고 오사도를 향해 읍을 했다. 이어 가슴을 펴고 고개를 쳐들고는 당방堂房을 나섰다. 먼저 물러나와 처마 밑에서 대기 중이던 범시첩과 윤계선이 그를 따라나섰다.

원문 양 옆으로는 100여 명의 관리들이 대기하고 있었다. 그러나 그들은 두 손을 공손히 모으고 서 있을 뿐 감히 이위를 쳐다볼 엄두도 내지 못했다. 범시첩 등 일행의 눈에 들어온 원문 밖 악이태의 기세도 만만치는 않았다. 우선 커다란 녹색 담요가 덮인 커다란 관교 앞에 수십 명의 교위校尉들이 장검에 손을 얹은 채 그를 둘러싸고 시립해 있었다. 한눈에 봐도 흠차의 행렬이 분명했다. 그 모습을 본 윤계선이 이위에게 다가가더니 귀엣말로 속삭였다.

"이 대인, 흠차를 맞이하는데 노란 마고자를 입는 것은 어째 좀 불경스러운 것 같네요."

그러나 이위는 아무런 대답도 하지 않은 채 시계를 꺼내봤다. 미시未時를 막 넘긴 시각이었다. 그래서일까, 약간 서쪽으로 기울기 시작한 태양이 마치 작열하는 불덩어리처럼 대지와 가옥들을 온통 백랍처럼 보이도록 하얗게 비추고 있었다. 후끈거리는 바람까지 더해 찜통이 따로 없었다. 한마디로 숨이 턱턱 막히는 날씨였다. 얼음물 대야가 방 안을 시원하게 식혀주던 당방과는 완전히 다른 곳이라는 사실을 말해주는 더위였다. 이위는 잠시 걸음을 멈칫하기는 했으나 그에 아랑곳하지 않고 다시 씩씩하게 걸어 나갔다.

둥! 둥! 둥!

세 발의 예포소리가 등 뒤에서 울려 퍼졌다. 그러자 녹음이 깃든 나뭇가지에서 이름 모를 온갖 잡새들이 부산스럽게 푸드득대면서 멀어져가고 있었다. 주변 관리들은 총독의 차림새에 기가 질렸는지 하나같이 한쪽 소매를 휘저어 땅에 꽂으면서 무릎을 꿇었다.

장내에는 잠시 정적이 감돌았다. 이위는 습관처럼 옷섶을 잡아당기고 태연자약하게 팔자걸음을 옮겼다. 곧 대문을 나선 다음에는 역시 마고자를 입고 있는 악이태에게 다가가 대여섯 걸음 앞에서 멈춰 섰다. 이어 읍을 해보이면서 미소를 지었다.

"오시느라 수고 많았습니다. 관아로 들어가 얘기를 나누는 것이 좋겠습니다."

한껏 예의를 차린 이위의 말에도 불구하고 악이태의 수척해 보이는 얼굴에는 아무런 표정 변화가 없었다. 칼로 새긴 듯 주름 가득한 얼굴은 미동도 하지 않았다. 그저 빗자루를 거꾸로 매달아 놓은 것 같은 진한 눈썹 밑에 독수리의 그것을 방불케 하는 매서운 눈매만 날카롭게 빛날 뿐이었다. 그는 그 상태 그대로 이위를 오래도록 바라봤다. 곧 치미는 화를 애써 억누르는 듯 하얀 수염을 매만지는 악이태의 얼굴이 미세하게 떨리기 시작했다. 그러던 그가 숨을 길게 내쉬더니 이빨 사이로 짜내듯 말했다.

"성명聖命을 받고 지의를 전하러 왔습니다!"

악이태의 목소리는 그다지 크지 않았다. 그러나 워낙 장내가 조용한 탓에 은은한 금속의 여운까지 내면서 주변 사람들의 귀에 거슬릴 만큼 똑똑하고 딱딱하게 울려 퍼졌다. 이위의 좌측에 서 있던 윤계선은 자신도 모르게 속이 뜨끔해졌다. 관리들 역시 모두 귀를 쫑긋 세운 채 이위의 대답을 기다렸다.

"알고 있습니다. 그러나 나에게도 지의가 있습니다. 역시 성명을 받들었고요. 같은 자격이어서 평례로 대하니 악이태 대인께서는 개의치 말았으면 합니다."

이위가 조용히 입을 열었다. 이어 손을 내밀어 안내를 했다.

"이제…… 풍악을 울려라!"

이위의 말이 떨어지기 무섭게 바로 북소리와 나팔소리 등이 울려 퍼지기 시작했다. 팽팽하게 긴장됐던 분위기는 삽시간에 느슨해졌다.

이위와 악이태는 어깨를 나란히 하고 앞장서 걸어갔다. 윤계선은 옆에서 수행을 하고 있었다. 범시첩은 그 뒤를 바싹 따랐다. 안찰사와 순천부 부윤을 비롯한 크고 작은 관리들 역시 땀에 흥건히 젖은 채로 심기가 불편해 있는 두 흠차대신의 뒤를 따라 의사청으로 들어갔다.

"폐하께서는 나를 학정學政으로 지명하시어 남경의 공시貢試를 주재하도록 하셨습니다. 그런 내용의 정기廷寄를 이 대인께서는 이미 받아보셨을 것이라고 믿습니다. 지난번 이 대인이 내방했을 때는 공교롭게도 건강이 안 좋아 본의 아니게 홀대를 한 것 같아서 미안하게 생각합니다."

악이태가 손님과 주인의 예를 갖춰 자리에 앉자마자 찻잔을 받고는 상체를 숙이면서 사과를 했다. 이어 바로 자리에서 일어나 이위를 향해 읍을 했다. 이위가 대청 가득 엄숙한 표정을 한 채 서 있는 관리들을 웃는 얼굴로 둘러보면서 입을 열었다.

"남경은 워낙 살인적인 더위가 기승을 부리는 곳입니다. 막 북방에서 내려오신 대인 같은 경우에는 건강에 이상이 올 수도 있습니다. 우리 모두는 폐하를 위해 '왕왕' 짖으면서 집 지키는 개에 불과합니다. 그러니 뭐 미안하고 자시고 할 것도 없다고 생각합니다. 정기는 잘 받아봤습니다. 내가 악이태 대인을 찾아뵈러 갔던 것은 그저 성안聖安을 올리는 것이 급했고, 폐하의 지의가 궁금했기 때문입니다. 티끌만치도 아부 같은 것을 하려는 생각은 없었습니다. 오늘은 악이태 대인이 폐하의 지의를 가지고 내방했다니, 먼저 내용을 들어보는 것이 좋겠습니다."

이위의 말은 차갑지도, 그렇다고 따뜻하지도 않았다. 농담 속에는 약간의 비난의 말도 섞여 있었다. 악이태는 교묘하게 자신을 싸잡아 '개'라고 노골적으로 비난하는 이위의 말에 심기가 불편하지 않을 수 없었다.

그러나 곰곰이 생각해보니 자신이 평소에 주장을 올리면서 '견마지로'犬馬之勞를 다하겠다는 말을 심심찮게 써온 것도 사실이었으니 달리 반박할 수가 없었다. 그럼에도 그는 마음 한구석이 불쾌하기 그지없었다. 그가 여전히 굳은 얼굴을 하고 한참을 생각하더니 가벼운 기침을 내뱉으면서 입을 열었다.

"벌써 지의를 알고 있다니, 입 아프게 반복하지는 않겠습니다. 나는 국채 환수 작업의 진행 상황을 재조사하러 왔습니다. 이 대인한테 사적으로 원한이 있는 것은 절대 아닙니다. 그저 폐하께서 몇몇 성의 거짓 보고에 크게 불쾌해 하시면서 재조사하라는 지령을 내리신 만큼 이 대인께서도 많이 협조해 주셨으면 합니다. 일에 착수하기에 앞서 한마디 해두고 싶은 말이 있습니다. 지금이라도 늦지 않았으니 사실을 말했으면 한다는 것입니다. 그대도 알다시피 나라는 사람은 활처럼 휘어지는 유연성이 없습니다. 그저 툭툭 꺾이는 재주밖에는 없는 사람이에요. 미리 고백하지 않고 내 손으로 비리를 밝혀내는 날에는 '옥석 구별 없이 한꺼번에 소각당하는'玉石俱焚(옥과 돌이 모두 불에 탄다는 의미로 선악의 구분 없이 모두 망한다는 말) 우려도 없지는 않을 것이라는 말이 되겠습니다."

악이태가 말을 마치고는 턱을 쳐들었다. 이어 이위를 뚫어지게 쳐다봤다. 이위가 순간적으로 놀란 표정을 한 채 말했다.

"밑에서 보고 올라온 바에 의하면 우리 성에는 확실히 국고의 빚이 없습니다. 우리 성의 현령 등은 내가 손수 키워온 누렁이들이라 믿어 의심치 않습니다. 다만 대인께서 그렇게 말씀하시니 나로서도 한번쯤은 되물어보지 않을 수는 없겠습니다."

이위가 말을 마치기 무섭게 자리에서 일어섰다. 이어 부채를 부치면서 실내를 한 바퀴 돌더니 갑자기 목청을 높였다.

"다들 들었는가? 이 자리에서 감히 공을 탐내 거짓을 보고한 자가 있는가, 없는가?"

좌중의 관리들은 서로를 번갈아 쳐다봤다. 그러나 아무도 대답하는 사람은 없었다.

"그러면 그렇지! 내가 감히 군주를 기만하지 못하듯 자네들도 감히 나를 속일 수는 없겠지!"

이위가 특유의 낄낄거리는 웃음을 터트렸다. 그리고는 주인의 자리에 돌아가 앉고는 말을 이었다.

"악이태 대인, 우리 강남은 부유하기로 천하에 명성이 자자한 곳입니다. 알겠지만 나 이위 역시 귀신도 시끄러워 비켜가는 인물이라 저 사람들이⋯⋯."

이위가 잠시 뜸을 들이더니 부채 끝으로 좌중의 사람들을 다시 가리키면서 말을 이었다.

"저 사람들이 감히 나를 가지고 장난치지는 못한다 이 말입니다!"

이위는 유유자적한 모습을 보이고 있었다. 돌부처처럼 냉엄하게 자세를 흐트러뜨리지 않는 악이태와는 다분히 대조적이라고 할 수 있었다. 그 때문인지 언제 봐도 거무튀튀한 얼굴에 웃음기 하나 없는 악이태의 도학道學적인 얼굴만을 보면서 살아온 그의 부하들은 애써 웃음을 참는 눈치였다. 털털하기 이를 데 없는 봉강대리 이위의 모습에서 오랜만에 마음이 편안해지는 즐거움을 느끼는 듯했다. 반면 평소부터 욕을 밥 먹듯 들어온 이위 휘하의 강남 관리들은 거리낌 없이 실실 웃고 있었다.

"이 대인이 폐하를 기만하지 않는다는 것만은 나도 믿어 의심치 않습니다. 그러나 부하들이 이 대인을 기만했는지 여부는 조사가 끝난 후에 결론을 내리도록 하는 것이 좋겠습니다.”

악이태가 차갑게 말했다. 이위의 건달기 다분한 안하무인에 속으로는 치를 떨면서도 속수무책인 것이 무척이나 속상한 눈치였다.

“그러죠. 흔쾌히 조사에 응하겠습니다. 어떤 식으로 조사할 겁니까?”

“내가 호부에서 계산에 뛰어난 이들을 특별히 선발해 데려왔습니다. 성도省都인 남경南京에서부터 시작해 차근차근 조사해가는 방법으로 각 주와 현을 깡그리 훑어나갈 겁니다. 우선은 가까운 곳부터 시작해야겠죠.”

이위가 악이태의 말에 코웃음을 쳤다.

“보아 하니 대인께서는 나를 끼워주지 않고 단독으로 조사할 생각인가 보군요. 내가 알기로는 지의에 이런 내용도 있었습니다. ‘이위와 회동해 재수사를 하되, 추호도 사적인 감정이 작용해서는 곤란하겠다’라는 내용 말입니다. 그런 뜻에서 보면 나도 엄연한 흠차라고 할 수 있어요!”

이위가 악이태를 힐끔 쳐다보면서 다시 천천히 말을 이었다.

“구태여 명분이라든가 도리 같은 것은 시시콜콜 따질 생각은 없어요. 생각해보세요. 그대의 주된 직책은 학정이에요. 이제 추위秋闈시험까지 기껏 해봤자 몇 개월밖에 남지 않았어요. 그런데 대인께서 방금 얘기하듯이 모든 주와 현을 깡그리 훑고 지나가려면 조사가 언제 끝나게 될지 장담할 수 없는 일 아니겠습니까?”

악이태는 이위의 말에 속으로 깜짝 놀랐다. 변변히 읽을 줄 아는 글자가 몇 개 없다던 무식한 총독이 지의 중에 ‘회동’會同이라는 두 글자를 끄집어냈으니 그럴 만도 했다. 더구나 그는 그 글자를 부각시켜 자신을 '흠차' 신분으로까지 끌어올리지 않는가! 그건 생각조차 하지 못한 일이었다.

악이태는 마땅히 반박할 말을 찾지 못하자 안 되겠다고 생각한 듯 소리 없이 마른침을 꿀꺽 삼키면서 물었다.

"그렇다면 이 대인 생각에는 어떻게 했으면 좋겠습니까?"

"우리 둘 다 흠차가 아니겠습니까? 그러니 혼자서 무리하게 다 끌어안고 골머리 썩일 것이 뭐 있겠어요. 반씩 나눠서 속전속결하는 것이 좋겠습니다. 우리 성은 총 백이십사 개의 주현州縣이 있어요. 각자 육십이 개씩 맡아서 하면 되겠군요. 범시첩의 번사藩司아문에도 계산 잘하는 친구들은 많거든요. 결코 대인이 데려온 계산꾼들보다 못하지는 않을 것이니 걱정하지 말아요."

이위가 말을 마치더니 마치 미리 생각을 한 것처럼 범시첩을 손짓해 불렀다.

"공문결재처에 가서 백이십사 개의 주현을 종이에 하나씩 적어요. 그리고는 제비뽑기 하듯 해서 육십이 개씩 나눠 가져와 봐요."

범시첩은 순간적으로 문제가 있다고 생각되는 현의 이름을 따로 적어놓으라던 이위의 말을 떠올렸다. 동시에 이위의 의도를 알아차렸다. 이어 고소한 표정을 지으면서 물러갔다. 그러자 악이태가 미간을 찌푸리면서 물었다.

"대체 그게 무슨……?"

이위가 악이태의 말이 끝나기 무섭게 한 손을 공중으로 뻗었다. 이어 뭔가를 잡는 시늉을 해보이면서 히히 하고 웃었다.

"거지 시절에 그랬어요. 사람은 많고 동냥해 온 먹거리는 적을 때 이런 식으로 내던져 받아먹기를 했거든요. 점잖은 사람들은 눈을 감을 일이겠지만 공평하기는 해요. 우리도 제비뽑기 놀이를 한번 해보는 것이 좋을 것 같아서 그럽니다. 자기가 뽑은 주현만을 조사하도록 하는 것이죠."

"애들 장난도 아니고 그게 뭡니까?"

악이태가 의자 등받이에 벌렁 기댄 채 볼 부은 소리를 했다. 이위가 순간 악이태에게 다가앉으면서 되물었다.

"애들 장난이라고 했습니까? 양심에 거리낌이 없고 폐하를 기만하지 않는 이상 애들 장난이면 또 뭐가 어때요? 대인이 제시한 방법대로 하면 애들 장난은 아니겠으나 주어진 시간 내에 일을 마무리 짓지를 못해요. 또 나라는 흠차를 꿔다 놓은 보릿자루로 만들게 됩니다. 그래도 괜찮다는 겁니까?"

이위와 악이태의 얼굴이 서서히 붉어지기 시작했다. 언성이 점점 높아졌다. 그러자 순무인 윤계선이 '더는 못 봐주겠다는 태도로 끼어들었다.

"제가 보기에도 좋은 방법인 것 같은데요? 그러나 악이태 대인께 더 좋은 방법이 있으시면 말씀해보세요. 다 조정을 위해 일하려고 모인 사자使者들인 만큼 그렇게 얼굴을 붉힐 것까지는 없을 것 같네요."

이위가 윤계선의 말을 듣더니 슬며시 찻잔 뚜껑을 닫았다. 악이태가 그 모습을 보고는 잠시 동요하는 기색을 보였다. 더 이상 의기투합이 되지 않으면 그대로 찻잔을 들어 손님을 보내겠다는 생각인 듯했다. 그는 기가 막혔다. 그러나 이위의 오만불손함을 눌러 뭉개버릴 수 있는 다른 뾰족한 수가 있는 것도 아니라는 것이 문제였다. 그는 속으로 이를 갈았다. 숨결도 거칠어지고 있었다.

'내 손에 한번 걸리기만 해봐라. 거렁뱅이 자식, 오줌 질질 싸게 혼내줄 테니까!'

악이태는 뿌드득 이를 갈았다. 마침 그때 범시첩이 쟁반에 각각 62 개의 주현의 이름이 적힌 종이 두 장을 받쳐 들고 다가왔다.

악이태와 이위는 거의 동시에 마치 덮치기라도 하듯 하나씩을 잡았다. 그리고는 악의에 찬 시선으로 마주보면서 약속이라도 하듯 찻잔을 들었다. 이어 한 모금씩을 마셨다. 둘 다 더 이상 얼굴 보고 앉아있기 싫다는 뜻이었다.

그때 이위의 수행원 한 명이 마치 노래를 부르듯 소리 높여 외쳤다.

"손님 나가신다!"

악이태를 보내며 이위가 속으로 이를 갈았다.

'네가 아무리 귀신처럼 간사해 봐라. 결국에는 내가 발을 씻은 물을 먹게 돼 있어!'

이위는 주위를 물리치고 서재로 돌아왔다. 이어 모자를 벗어 내동댕이치고는 잡아채듯 관복도 벗어던졌다. 그리고는 오사도를 마주한 채 털썩 주저앉았다. 얼마 후 그가 부채를 부치면서 말했다.

"고약 들러붙는 느낌이 생각보다 더 좋지 않군요!"

오사도가 이위가 읽어야 할 책 목록을 만들고 있다가 고개를 들고는 웃으면서 말을 받았다.

"공사公事가 이제야 끝났는가?"

이위가 즉각 방금 있었던 자초지종을 들려준 다음 덧붙였다.

"폐하께서 그러시더군요. 악이태 그자는 다 좋은데 책벌레가 아니면 사람취급을 하지 않는다고요. 아주 고약한 인간이죠. 그러나 이번에 제가 아주 작심하고 괴롭혀 줄 겁니다. 대나무 바구니로 물을 뜨는 허망한 기분을 맛보게 해야죠."

오사도가 이위의 말에 시무룩한 표정을 지었다.

"그렇기는 해. 그러나 자네가 책을 읽지 않아 관아에서나 집에서나 할 것 없이 늘 입 안 가득 거친 말 일색인 것은 아무래도 큰 유감이 아닐 수 없네. 여러 면에서 재주가 뛰어난 사람이니 만큼 책을 가까이 해야 하네. 그러다 나중에 상서방에 들어가 한 세대를 주름잡는 훌륭한 재상이 된다면 금상첨화가 아니겠는가?"

이위가 찻잔을 내려놓으면서 입을 열었다.

"사람이 먹물을 많이 먹으면 너무 심오하고 심기가 지나치게 깊습니다. 그러다 보면 그에 상응한 큰 화를 자초하게 되죠. 사실 저도 책을 전혀 읽지 않는 것은 아닙니다. 다만 겉보기에 책과는 인연이 없는 척할 뿐이죠. 제가 사람들 앞에서 골빈 놈이나 설익은 감처럼 구는 것도 모두 필요에 의한 연출이라고 보면 됩니다. 글이나 줄줄 외우고 닭살 돋게 우아하고 고상한 말만 하고 다닌다면 거지 출신으로서의 저만의 독특한 색깔은 없어질 것 아닙니까?"

이위는 관리 생활 초창기에는 허우적거리면서 땅 짚고 헤엄치던 새내기에 지나지 않았다. 그러나 십 수 년 동안의 경험은 어느새 그를 노련한 관리로 만들어놓았다. 오사도는 그 사실을 새삼 느꼈는지 감격했다.

"강산은 여전한데 사람은 어제의 그 사람이 아니로군! 거지 출신인 자네가 제왕의 의중을 읽을 줄 아니 말이야. 그건 그렇고 다들 전문경은 취렴지신聚斂之臣(세금을 마구 부과해 백성을 괴롭히는 관리)이라고 하는데, 그러면 자네는 어느 쪽인가?"

오사도의 눈빛이 마치 이위라는 인물을 확실하게 평가하겠다는 듯 그의 얼굴에 잠깐 머물렀다. 그리고는 곧 땅바닥으로 떨어졌다. 이위가 오사도의 생각을 읽은 듯 즉각 대답했다.

"오 선생님, 선생님은 저 이위라는 사람을 잘못 보셨어요."

"오, 진짜 그런가?"

"심지어는 폐하의 의중도 잘못 헤아리고 있다고 할 수 있어요!"

"설마……, 그럴 리가?"

이위가 말없이 천천히 발걸음을 옮겼다. 그리고는 창가로 다가갔다. 순간 그의 눈빛이 햇빛에 반짝이는 나뭇잎처럼 빛났다. 잠시 무거운 침묵이 흘렀다. 뜰 안의 나무 위에서 지칠 줄 모르고 울어대는 매미 소리만 방 안 가득 터질 듯 밀려들었다.

시간이 얼마나 흘렀을까, 이위가 마침내 몸을 돌려 천천히 오사도에게로 시선을 옮겼다. 이어 약간 쉰 목소리로 말했다.

"전문경은 폐하의 환심을 사기 위해 성총을 의식하고 있습니다. 일도 요모조모 따져보거나 견줘본 다음에 할 것입니다. 하지만 저는 그런 깜찍한 짓은 못하는 사람입니다. 오늘 있었던 일에 대해서는 당연히 악이태가 폐하께 밀주를 올려 고자질할 겁니다. 하지만 우리도 만만치는 않습니다. 윤계선과 범시첩 등이 사실대로 가감 없이 상주를 할 겁니다. 그러나 저는 그에 앞서 이미 우리 강남의 국채 환수 작업의 실태를 있는 그대로 폐하께 직주했습니다. 그에 따른 폐하의 주비도 받아놓은 상태이기도 합니다. 이 사실은 아무도 모릅니다. 보고 싶으세요?"

이위가 말을 마치고는 경악에 가까운 표정을 짓고 있는 오사도를 힐끗 일별하면서 책장 쪽으로 걸어갔다. 이어 노란 함에서 새하얀 종이를 꺼낸 다음 두 손으로 받쳐 든 채 오사도에게 건네줬다. 이위의 말대로 진짜 옹정에게 올렸다는 백화白話로 된 직주문이었다.

폐하께 아뢰옵니다:

남의 떡이 더 커 보인다는 옛말이 있사옵니다. 그렇듯 관직에 오르지 않았을 때는 미관말직에라도 앉아 있는 사람이 그렇게 멋져 보일 수가 없었사옵니다. 그러나 소신은 수년이 흐른 오늘에야 비로소 훌륭한 관리가 된다는 것은 하늘에 오르는 것보다 어렵다는 사실을 깨닫게 됐사옵니다. 천하에서 가장 부유하다는 강남에서 호부에 보고올린 바에 따르면 나라 빚은한 푼도 없사옵니다. 그러나 소신이 조사해본 바로는 무려 20~30개 주현에서 아직 국채 환수 작업이 제대로 이뤄지지 않고 있사옵니다. 아랫것들이 신을 속였다고 할 수 있겠습니다. 하지만 신은 감히 주군을 추호도 속일 수가 없사옵니다. 소위 부자 마을이라는 강남이 이런데 다른 성省은 어떠할지 걱정이옵니다. 물론 소신은 인정사정없이 빚 독촉을 해서 빚을 모조리 받아낼 수는 있사옵니다. 그러나 헐벗고 굶주린 이들이 찾아와 살려달라고 아우성을 치면 그 대가는 고스란히 신에게 돌아올 것이옵니다. 어찌하면 좋겠사옵니까? 소신의 녹봉은 턱없이 낮은데 할 일은 많사옵니다. 움직이기만 하면 돈을 써야 하옵니다. 2품의 대단한 관리라고는 하나 연 160냥의 녹봉으로는 처자식도 배추와 콩나물만 먹는 신세를 면치 못하옵니다. 그래도 취아는 밖에 나가 절대 궁상을 떨지 말라고 신신당부하옵니다. 지난번에 취아가 황후마마께 신발을 만들어드린 적이 있사옵니다. 그랬더니 황후마마께서 취아에게 금 20냥을 하사하셨다 하옵니다. 그 돈으로 모처럼만에 아들놈에게 고기를 사줬사옵니다. 마구 입에 움켜 넣더군요. 그 모습이 지금도 눈앞에 선하옵니다. 가슴이 아프옵니다. 관리들이 먹고 사는데 어려움만 없다면 결코 겁 없이 나랏돈에 손을 뻗치지는 않을 것이라고 생각하옵니다. 그러나 현실은 다르옵니다. 동쪽 벽을 허물어 서쪽을 땜질하는 격이 되고 있사옵니다. 주린 배를 안고 관아로 나오는 관리들도 있사옵니다. 이들의 어려운 처지를 하루 빨리 해결해줘야 할 줄로 생각하옵니다……. 폐하께서 어찌 생각하실지는 모르겠사옵니다. 소신은 그저 생각나는 대로 적었을 따름이옵니다.

오사도가 계속 상주문을 읽어 내려갔다. 밑에는 옹정의 주비도 이어지고 있었다. 언제 봐도 친숙하게 다가오는 단정하고 깨알 같은 옹정의 해서체 친필이었다.

16일에 보낸 상주문은 잘 받아봤네. 읽고 나니 실로 감개가 무량하네. 진실로 짐을 깊이 알고 짐의 의중을 헤아리는 사람이 아니고서는 감히 이런 지심지언知心之言을 올릴 수는 없다고 생각하네.

호광湖廣 순무의 밀주문에 따르면 오 선생은 벌써 배를 타고 동쪽으로 내려갔다고 하네. 고향 무석無錫으로 돌아가려면 반드시 남경을 통과할 테니 자네가 찾아가 보는 것도 좋겠네. 이 상주문과 주비를 보여주고 오 선생의 생각이 어떤지를 잘 파악해 짐에게 소상히 아뢰도록 하게. 관리들의 녹봉을 올려주는 일은 짐도 심사숙고하고 있는 중이네. 다만 돈만 더 올려주면 되는 간단한 일은 아니라는 데 문제가 있네. 일단 녹봉을 올려주면 지금까지 조상대대로 내려온 성법成法에 저촉이 되네. 또 원님 덕에 나팔 분다거나 '물이 불으면 배가 높아지듯' 엉뚱한 만주족 기인旗人들만 수혜를 보게 되지 말라는 법이 없어. 짐은 그것이 못마땅하네. 호랑이를 그렸으면 호랑이 같아야지 개 같으면 안 되잖은가. 시간을 가지고 더 고민해보도록 하지. 그리고 오 선생에게 전하게. 윤상이 많이 그리워하고 있다고. 짐 역시 자문을 구할 일이 있다고 전해주게. 가능하면 고향으로 돌아가게 하지 말고 자네가 책임지고 무사히 북경으로 돌려보내주게. 북경으로 와서는 이 친왕부에 있으면 될 것이네.

글을 다 읽고 난 오사도의 이마에는 어느덧 좁쌀 같은 땀방울이 송골송골 맺혔다. 안색도 창백해졌다. 이제는 초야로 돌아가 낙향은자樂鄕隱者가 되겠노라고 선언하고는 정처 없이 떠돈 나그네의 행적을 옹정이 손금 보듯 알고 있었으니 그럴 만도 했다.

　오사도가 자신의 일거수일투족이 옹정의 엄밀한 감시하에 있었다는 생각에 크게 놀랐는지 넋 나간 표정을 한 채 중얼거리듯 말했다.

"폐하께서 무슨 일로 자문을 구하신다는 거지?"

"그건 저도 모르죠. 그런 것까지 여쭤볼 자격은 없으니 말입니다."

이위가 상주문과 주비를 다시 노란 함 속에 넣고는 말을 이었다.

"이 밖에도 폐하의 주비는 또 있습니다. 폐하께서는 오 선생님이 오월 십오일 전에 반드시 북경에 도착하도록 하라고 말씀하셨습니다. 그러니 남경에 오래 머무르실 시간이 없어요. 두 마님은 잠시 우리 아문에 남겨두십시오. 취아가 잘 보살펴 드릴 겁니다. 걱정하지 말고 떠나십시오."

　오사도는 이위의 말을 묵묵히 들었다. 그러고도 뭔가 깊은 생각을 더 했다. 이어 천천히 입을 열었다.

"그러면 그 주비도 잠깐 보여줄 수 있겠는가?"

이위가 즉각 대답했다.

"그건 제 마음대로 할 수가 없습니다. 양해를 구하고 싶습니다. 제가 연회석상에서 감봉지甘鳳池 등 범인들을 붙잡은 구구절절한 경위와 우리 이곳의 세무細務를 아뢴 것에 대한 폐하의 간단한 주비일 뿐입니다. 더구나 폐하께서는 그저 오 선생님을 보내라고만 하셨지 주비를 보여줘도 괜찮다는 말씀은 하지 않으셨습니다. 제 마음대로 할 수 없는 관리의 신분임을 오 선생님께서 양해해 주시기 바랍니다. 하지만 다른 것은 몰라도 오 선생님의 안전은 제가 보장할 수 있으니 걱정하지 마시고 다녀오십시오."

　오사도가 이위의 말을 듣고는 비로소 일말의 안도감을 느낀 듯 숨을 길게 내쉬었다. 이어 입을 열었다.

"자네는 관리의 몸이어서 자유스럽지 못하다고 했어. 하지만 일거수일투족을 감시당하는 나 같은 일반 백성도 자유스럽지 못하기는 마찬가지 아닐까? 사실 이 밀주문 제도는 내가 제안해 폐하의 공감을 이끌어낸 것이야. 이제 와서 이게 내 발목을 붙들어 매는 동아줄이 될 줄 누가 알았겠나."

이위가 마치 기다렸다는 듯 말을 받았다.

"저는 이 방법이 좋다고 생각합니다. 과거에는 일부 몰지각한 봉강대리들이 작은 황제 노릇을 하면서 자신을 따르지 않는 부하들을 쥐도 새도 모르게 없애버리는 경우가 허다했어요. 폐하께서는 그걸 지켜보다 못해 밀주문 제도를 만들었고요. 그렇게 해서 사람들이 억울함을 폐하께 직접 하소연하거나 결백을 주장하는 길이 열렸다고 볼수 있죠. 완전히 밑동까지 썩어빠진 이치를 정돈하려면 이 제도가 꼭필요한 것 아닌가 생각합니다. 그건 그렇고 폐하께서 이치에 관한 오선생님의 견해를 물어오셨는데, 은근히 묘책이 기대되는군요."

오사도가 이위의 말에 잠시 고개를 숙이고 생각한 다음 말했다.

"자네의 생각을 먼저 들어볼 수 없겠는가?"

"다른 것은 몰라도 저는 전문경을 따라 하지는 않을 겁니다."

이위가 입술을 빨면서 말했다. 이어 미리 준비라도 한 듯 빠르게 자신의 생각을 토로했다.

"그 사람은 인정사정없는 마구잡이식의 강경일변도 원칙을 고수해요. 그렇게 무작정 짓뭉개버리고 숨통을 죄어버리니까 부하들이 겁에 질려 끽소리 못하고 있어요. 절대로 그 사람이 펼치려는 정책에 찬성하거나 그 합리성을 인정하기 때문에 무릎을 꿇은 것은 아니라는 말입니다. 순무는 세습직이 아닙니다. 전문경 역시 언제인가는 저 세상사람이 될 수밖에 없습니다. 전문경이 자리를 비우면 관리들은 또다시 비리를 저지르거나 조정의 돈을 횡령할 겁니다. 땅을 마구잡이로 독점하는 행태가 재발할 것이 틀림없습니다. 그러나 저는 제가 떠나더라도 우리 강남에서는 그런 일이 일어나지 않도록 하려고 합니다. 일단 관리들의 주머니부터 두둑하게 만들어줄 겁니다. 먹고 살만하게 지원해주겠다는 겁니다. 그렇게 아무런 뒷걱정 없이 만들어주는데도 부정을 저지른다? 그러면 그때 가서는 가차 없이 중벌을 내리겠습니다. 그게 바로 이치를 쇄신하는 첫걸음이자 제 나름대로의 원칙입니다. 무슨 수로 관리들의 주머니를 채워주느냐고요? 그동안 수익에 비해 세금이 낮았던 소금장수들에게 주사바늘을 꽂을 겁니다. 강제로라도 헌혈을 시킬 겁니다. 그리고 경관이 수려한 소주, 항주 지역에 술집과 찻집, 기원妓院이 들어서도록 적극 지원하고 장려할 생각입니다. 가진 돈 다 못 쓰고 죽을까 봐 전전긍긍하는 자들을 끌어들여 지방 재정을 확보하려는 겁니다. 한마디로 많이 가진 자들의 것을 빼앗아 이 나라를 위해 일하는 가난한 관리들의 배를 조금 채워주고 싶은 마음입니다. 그 외에 해관海關의 재정에서도 제가 어느 정도는 한몫 받을 수 있게 돼 있기 때문에 걱정할 것 없습니다. 비록 그리 떳떳하지는 못하나 제 바짓가랑이가 젖지 않고 깨끗하다면 폐하께서는 죄를 묻지 않으실 것이라고 믿습니다."

오사도가 이위의 말을 조용히 들으면서 가끔씩 옅은 웃음을 지어 보였다. 때로는 머리를 끄덕이기도 했다. 그러다 드디어 정색을 하면서 말했다.

"지금 얘기한 것은 '방법'이라고는 할 수 있으나 '제도'는 아니지 않는가. 제도라고 하는 것은 사해四海 그 어디에 가져다 놓아도 정확하고 당당해야 하니까. 자네가 말한 방법들은 갑부들의 고장으로 일컬어지는 이곳 강남에서나 가능한 일이야. 다른 성들에서는 설사 그런 생각을 품었다 치더라도 따라할 수 있겠어?"

이위가 즉각 뒤통수를 긁적였다.

"안 되겠죠."

"전문경은 하남성에서 관리와 토호들도 다 같이 세금을 내게 하는 제도를 시행하고 있어. 자네도 한번 시도해 보지 그러나?"

"그 방법……, 아니 제도는 제가 사천성에서 현령으로 있을 때 벌써 선보였던 것입니다. 그걸 전문경이 흉내를 내서 하는 모양인데……, 저처럼 자그마한 현에서 시행하는 것이 아니라 전 성省으로 밀고 나가다 보니 아무래도 눈에 보이는 효과가 더 클 수밖에요. 지금 폐하께서는 제게 한 수 위의 묘책을 내놓으라고 하시는 중이에요. 그런데 그 사람을 쫓아가면 저는 이위가 아니죠."

오사도는 오기와 자존감으로 충만해 있는 젊은 총독을 흡족하게 바라봤다. 이어 지팡이를 짚고 일어섰다. 그런 다음 지팡이 소리를 내면서 천천히 창가로 다가가서는 한동안 깊은 생각에 잠겼다. 그러다 갑자기 날렵하게 몸을 돌리면서 말했다.

"나에게 두 가지 생각이 있네. 일단 내 뜻을 받아들이겠다는 대답을 해야만 말해줄 수 있네."

그러자 이위가 추호의 주저함도 없이 대답했다.

"말씀해보시죠!"

"군자일언중천금이라 했으니, 내 자네를 믿겠네!"

오사도의 눈빛이 더욱 반짝거렸다. 말을 하는 입 모양도 단호했다.

"하나는 '탄정입무'攤丁入畝(인두세를 지세에 고루 적용해 통일적인 세금인 지정은地丁銀을 징수하는 것)를 시행하는 것이야. 다른 하나는 '화모귀공'火耗歸公(지방세의 공용화를 의미)이야. 폐하께는 내가 얘기한 주장이라고 하지 말게. 그저 우리 두 사람이 상의하에 고안해 낸 방안이라고 아뢰기를 바라네."

"그러죠!"

"먼저 '탄정입무'는 일종의 균부법均賦法(세금을 균등하게 하는 법)이네."

오사도가 미소를 지으면서 다시 입을 열었다. 이어 천천히 자신의 방안에 대해 설명을 하기 시작했다.

"성조聖祖께서는 영구적으로 세금을 올리지 않는 정책을 시행하셨어. 그런데 이제는 세월이 한참 지났어. 세상도 많이 변했지. 백성들도 그래. 대부분은 가족의 수는 많은데 땅이 없어. 반면 어떤 지주들은 땅은 엄청나게 많은데 가족은 별로 없지. 지금은 완전히 그런 불균형이 고질병이 되어버렸어. 인두세를 전부 취소해 토지세에 포함시키면 없는 사람들은 세금을 적게 내거나 아예 안 낼 수 있어. 그러나 가진 사람들은 전부 다 납부하지 않으면 안 돼. 나라에서 고정된 세수를 확보하는 데 큰 도움을 받을 수 있어. 전에는 머리만 달고 다니는 사람이라면 거지든 갓난아이든 모두 인두세를 냈어. 멀리 갈 것도 없어. 자네가 밥을 동냥하던 시절에도 인두세를 내라는 독촉은 받았을 것 아닌가? 입에 풀칠도 못할 지경인데, 그게 어디 가당키나 한 소리였던가? 당연히 돈 없는 백성들은 배째라는 식으로 나올 수밖에 없지. 그러니 조정에서는 세수를 제대로 거둬들이지 못할 것이 아닌가?"

이위는 오사도의 말에 귀를 기울이면서 조용히 눈빛을 반짝였다. 이어 적극 찬성한다는 표정을 지었다.

"한족漢族 동포들의 입장을 대변하기 위해서라도 폐하께 그런 내용으로 상주문을 올려야겠어요. 그러면 '화모귀공'은 어떻게 이뤄지는 거죠?"

"그것은 청렴을 권장하는 방법이라고 할 수 있지. 이치吏治와 직접

적인 관련도 있어."

오사도가 고개를 들어 천장을 바라봤다. 그리고는 다시 천천히 설명을 하기 시작했다.

"흔히 하는 말 중에 '지부知府가 은 십만 냥만 있으면 삼 년 동안 청렴해질 수 있다'고 했어. 그렇다면 은 십만 냥은 어디에서 왔겠나? 바로 화모火耗에서 일부를 떼어낸 것이지! 그러니 각 주현州縣에 명령을 내려 사사롭게 화모를 감추고 있지 말라는 명령을 내리라고. 전부 지부에게 납부해 순무가 일괄 관리하도록 하라는 거지. 그리고 재정 상황에 따라 전 성의 주현을 몇 등급으로 분류하라고. 유난히 힘들어하는 곳에는 재정 지원도 아끼지 말아야 하겠지. 또 관리들도 먹고 살만하게는 해줘야 하지 않을까? 그러면 적어도 그것이 범법인 줄을 뻔히 알면서도 생활고에 등 떠밀려 나쁜 짓을 하는 관리들은 더 이상 양산되지 않을 거야. 그렇게 되어서도 안 되고. 한마디로 '양렴은' 養廉銀(부정을 저지르지 않도록 하는 돈)이라는 것을 정기적으로 제공해서 순수한 생계형 범법자를 줄여야 한다는 거야. 그렇게 관리들의 사기를 북돋우면 일의 능률이 올라가게 돼. 솔직히 나중에는 그게 몇 배로 커져서 자네에게 환원될지도 몰라. 물론 양렴은을 받아먹으면서도 여전히 남의 밥그릇을 엿보는 자들은 있을 거야. 그런 자는 크게 벌을 내려야 해. 그때 가서 자네가 일벌백계 차원에서 몇몇의 목을 치거나 파면을 시키더라도 누가 뭐라고 하는 사람이 없을 거야. 그런 식으로 추진하면 이치가 쇄신되지 않을 이유가 어디 있겠는가? 내가 말한 두 가지 방법 외에도 처음에 말한 관리와 토호들에게도 세금을 받는 조치까지 취하면 어떻게 되겠어? 내가 장담하는데 강남, 절강 두 성에서만 해마다 삼백만 냥의 국고재정은 더 확보할 수 있네. 나라 체통에 손상이 될 것도 없고 말이야. 어디 그뿐인가? 일단 빈민들에게 도움이 돼. 또 쌀밥에 벼 알갱이 골라내듯 탐관오리들만 손 봐줄 수 있게 되지. 그야말로 일석 몇 조인지 몰라. 자네 생각은 어떤가?"

"대찬성입니다! 덕분에 이제 저도 주머니 사정 때문에 술집에 앉아 손님 눈치나 힐끗힐끗 살펴야하는 비참한 처지는 면하게 됐네요. 바로 그겁니다. 조금 있다 막료들을 시켜 그런 내용을 분명하게 아뢰는 상주문을 쓰라고 하겠습니다."

이위가 계속 말을 이어가려고 할 때였다. 때마침 하인 한 명이 들어서고 있었다. 이위가 그전에 무슨 일을 시켰는지 하인에게 바로 물었다.

"알아봤는가?"

"예, 알아봤습니다. 이번 새신회賽神會(부처나 신들에게 올리는 굿이나 공연 따위의 행사)에서 공원 측에서는 공자孔子를 내세운 것 같습니다. 어린 수재秀才를 공자로 분장시켜 앞세운 다음 남경의 학궁學宮 아문을 지나고 있더군요. 또 효렴孝廉들에게는 삼천제자 역할을 맡겨 공자의 위패를 받쳐 들도록 하고 있네요."

하인이 소매로 땀을 훔치면서 아뢰었다. 이위가 그의 말을 듣고 난 다음 고개를 갸웃거렸다. 이어 잠시 생각하더니 입을 열었다.

"윤계선 순무에게 우리 총독아문에서는 옥황대제로 맞붙으라고 전하게. 누가 누구에게 길을 비켜주게 될지 지켜보자고!"

오사도가 이위의 말에 무슨 영문인지 몰라 어리둥절한 표정으로 물었다.

"무슨 소린지 나는 하나도 못 알아듣겠군!"

이위가 웃으면서 대답했다.

"연갱요가 곧 북경으로 개선한다잖아요. 그걸 기념하기 위해 거국적인 경축행사를 벌인데요. 우리 이곳도 예외는 아니죠. 새신회를 열기로 했거든요. 오 선생님도 구경하고 북경으로 떠나시죠."

오사도가 이위의 말에 갑자기 푸우! 하고 웃음을 터트렸다. 이어 장난기 다분한 어조로 말했다.

"그래서 옥황대제로 공자를 눌러보겠다 이 말인가? 이 사람이 망신살이 끼었나? 나라에서는 지금 유학을 숭상하라고 독려하고 있어. 공자를 만세사표萬世師表로 추대하기도 했지. 어디 그뿐인가? 선제께서도 공자의 위패 앞에서는 항상 삼궤구고의 대례를 올리고는 했어. 그 사실을 설마 모르지는 않겠지? 옥황대제가 아니라 여래불이나 손오공을 다 모셔와도 공자에게 길을 비켜주지 않을 수는 없을 거야. 악이태가 당당하게 자네를 이겨보려고 작심을 했나보군!"

"빌어먹을! 그러면 진짜 공자보다 대단한 사람은 없는 건가요?"

"그렇지."

오사도가 고개를 저었다. 그러자 이위가 머리를 긁적이면서 고심을 했다. 오사도가 그걸 보고는 웃으면서 덧붙였다.

"아무리 오만상을 찌푸려 봤자 허사야. 또 그냥 놀이에 불과한 것에 너무 신경을 쓰지 않는 것이 좋겠어. 정무도 아닌 것에 그리 기운을 뺄 것이 뭐 있나? 설사 이긴들 또 무슨 의미가 있냐고!"

그러나 이위는 오사도의 말에 수긍하지 않았다. 계속 전의를 불태웠다.

"보시다시피 악이태가 정면으로 도전장을 내민 거잖아요. 저하고 한판 붙어보겠다고 시위를 하려는 것인데, 제가 어찌 나 죽었소 하고 가만히 있을 수 있겠냐고요."

이위가 말을 마치자마자 갑자기 얼굴에 옅은 미소를 머금었다. 순간적으로 묘안이 떠오른 듯했다. 이어 바로 하인을 불러 지시했다.

"자네, 가서 한 장 두 척짜리 팻말을 만들어. 그리고는 그 위에 최

대한 크게 이렇게만 적어. '공자 아버지'라고 말이야!"

오사도는 이위의 억지에 그만 박장대소를 터트리고 말았다. 이어 졌다는 듯 고개를 끄덕였다.

"이위, 자네한테는 귀신도 시끄러워 도망간다더니, 과연 그럴 법 하군! 공자의 아버지께서는 이름이 '숙량흘'叔梁紇이니 기왕이면 그 함자를 적게. 공자가 어디에서 만나든 세 번 절을 하면서 길을 비켜가지 않을 수 없게 말이야!"

34장
다시 북경으로 잠입하는 옹정

　옹정은 개봉 밖 황하 치수 현장에서 전문경을 접견한 당일 저녁에 배를 타고 동쪽으로 내려갔다. 원래 일정은 간단했다. 일단 뱃길을 따라 내려가면서 황하 연안의 하방河防을 시찰한다는 것이 계획이었다. 이어 황하黃河와 운하運河가 만나는 청강淸江에 들른 다음 다시 북경으로 돌아오도록 돼 있었다.

　그러나 일정은 계획대로 순탄하게 돌아가지 않았다. 배가 하남성 난고蘭考 지역에 이르자 물살이 너무 거세진 탓이었다. 그 때문에 배는 좀처럼 앞으로 나아가지 못하고 그 자리에서 뱅그르르 돌기가 일쑤였다. 수행 중이던 병사들과 숙위들이 밧줄을 당기면서 전진해도 겨우 하루에 십리 정도만 나아갈 수 있을 뿐이었다.

　장정옥은 다급해지지 않을 수 없었다. 급기야 하공의 일꾼들까지 찾아 이유를 물었다. 그들로부터 들은 대답은 대단히 충격적이었다.

그곳에서부터 안휘성 서쪽까지 300여 리에 이르는 뱃길이 강희 56년의 홍수로 인해 없어졌다는 것이었다.

순간 장정옥은 위기를 느꼈다. 급기야 추호도 머뭇거릴 시간이 없었기에 황급히 옹정에게 뵙기를 청했다.

"형신, 오늘의 관보와 주사절략奏事節略(상주문을 요약한 내용)을 가져왔는가? 격식 차릴 것 없이 편하게 앉게."

옹정이 고개도 들지 않은 채 물었다. 그러면서도 내창內艙의 마루 위에 좌정한 채 손에 주필朱筆을 잡고 상주문에 비어批語를 계속 달았다. 장정옥은 옹정의 말에 묵묵히 인사를 하고는 선창의 창문 밑 낮은 걸상에 엉덩이를 살짝 붙이고 앉았다. 이어 옹정이 주비를 다 쓸 때까지 기다렸다가 비로소 입을 열었다.

"폐하, 황하 치수 시찰은 이만하면 된 것 같사옵니다. 육로로 올라가셔서 귀경길에 오르셨으면 하옵니다."

옹정은 뭔가 골똘히 생각하다가 장정옥의 말을 듣는 순간 바로 고개를 들었다. 이어 그를 똑바로 주시했다.

"자네, 안색이 아주 좋지 않은 것 같군. 어디 불편하기라도 한 것인가? 갑자기 육로로 돌아가자니, 그게 무슨 말인가?"

장정옥이 애써 웃음을 지으면서 즉각 대답했다.

"신은 뱃멀미가 조금 느껴질 뿐 별 문제는 없사옵니다. 오히려 폐하의 안색이 염려스럽사옵니다. 조금 쉬시는 것이 좋겠사옵니다. 사실은 폐하께 아뢸 말씀도 있사옵니다. 방금 치수에 나서고 있는 이들에게 물어보니, 앞으로 수백 리 뱃길은 더없이 위태롭고 험난하다 하옵니다. 연안에 인적도 거의 없어 일체의 생필품 공급도 불가능하다고 했사옵니다. 이런 식으로 가다보면 앞으로 한 달이 걸려도 북경에 도착하지 못할 것이옵니다. 아무래도 길에서 시간을 너무 많이 허비

하는 것 같사옵니다⋯⋯."

"기록에 따르면 이전에 공자가 바로 이곳에서 된통 욕을 봤다고 해. 그러니 우리 군신君臣이 위기를 무사히 탈출하신 성현聖賢(공자를 의미)의 지혜를 몸소 체험해보는 것도 나쁠 것은 없지 않은가? 북경에 조금 늦게 도착한다고 뭐 큰일 날 일이 있겠어? 다만 연갱요가 먼저 도착하면 조금 복잡해지겠지. 그러나 일단 북경 근교에 주둔하라고 공문을 보내고 짐이 북경에 들어간 후에 성대한 입성식入城式을 가지면 되지 않겠나? 백문이 불여일견이라고, 직접 확실하게 둘러봐야 관리들이 술직을 할 때 따끔하게 꼬집을 수 있는 거야. 엉뚱한 소리로 자신의 치적만 내세울 때는 꼭 필요한 거라고."

장정옥이 옹정의 말이 끝나자마자 바로 상체를 숙였다.

"정말 지당하신 말씀이옵니다. 그러나 한 번만 재고해주시기 바라옵니다. 이제 조금 더 가면 관보와 상주문도 건네받을 수 없는 상황에 이르게 되옵니다. 그렇게 되면 북경을 비롯한 전국 각 지역의 상황을 폐하나 신이 모두 전혀 모르는 깜깜한 지경에 이르게 되옵니다. 그렇게 해서 만에 하나 추호의 차질이라도 빚어지는 날에는 신의 책임은 그야말로 막중하기 이를 데 없게 되옵니다. 그밖에 이친왕의 병세도 심히 우려스럽사옵니다. 치수 현장을 시찰하는 것은 말할 것도 없이 중요하옵니다. 하지만 호부 상서 한 사람을 흠차로 남겨 놓으면 되지 않을까 싶사옵니다. 폐하께서 치수 현장에 대한 시찰을 중도에 포기하고는 도저히 귀경길에 오르실 수 없다고 생각하신다거나 다른 누구에게 맡겨도 석연치가 않다고 염려하신다면 방법이 있사옵니다. 신이 폐하를 북경에 모셔다 드리고 나서 다시 내려오겠사옵니다."

장정옥의 말이 끝나기도 전에 옹정이 갑자기 자리에서 벌떡 일어섰다. 그리고는 옆에 시립해 있던 장오가와 덕릉태를 향해 말했다.

"너무 갑갑해 숨이 막히는군. 선창 밖으로 나가 보세!"

옹정은 말을 마치기 무섭게 바로 주렴을 걷고 밖으로 나갔다. 순간 자주색 비단 홑옷 속에 얇은 장포를 입은 옹정의 허리띠와 장포 자락이 맹렬하게 불어 닥치는 바람에 깃발처럼 높이 말려 올라갔다.

하지만 옹정은 그에 아랑곳하지 않은 채 멀리 동쪽을 바라봤다. 창백한 한여름의 태양 아래에 끝 간 데 없이 펼쳐진 누런 흙탕물과 강가의 하얀 모래에 눈이 부셨다. 또 마지막 흔적조차 맥없이 사라져 간 그 옛날의 제방 양 옆으로는 온갖 잡초와 갈대만이 무성한 모습을 한 채 처량하게 서 있었다.

옹정은 눈 두는 곳마다 서글픈 경관을 바라보면서 천천히 장정옥의 말뜻을 음미했다. 원래 장정옥은 부원部院의 말단 관리로부터 시작해 강희의 눈에 들었다. 최종적으로는 재상의 자리까지 올랐다. 그러나 오사도나 이위처럼 옹정의 문인門人 출신은 아니었다. 그 차이는 엄청나다고 할 수 있었다.

장정옥 역시 그 사실을 모르지 않았다. 때문에 간언을 할 때도 오사도나 이위처럼 직설적인 말은 가능하면 피했다. 물론 두루뭉술해 보여도 뜻은 확실하게 전달되도록 했다.

장정옥의 말뜻은 분명했다. 이제 더 앞으로 나아가면 망망대해가 가로막혀 옹정이 바로 '조정'과 격리되는 사태가 올 수 있다는 것이었다. 무난하게 연갱요를 맞이해야 하는 군국의 대사에 차질이 우려된다는 식으로 말하기는 했으나 사실은 상상하기조차 두려운 후폭풍을 염려한 것이 분명했다.

순간 옹정의 눈 주위 잔주름이 부르르 떨렸다. 한참 후 옹정이 천천히 입을 열었다.

"자네들은 홍수와 싸워본 경험이 없어서 그래. 이 정도는 아무것도 아니네. 그까지 삼백 리 길이 뭐가 무섭다고 그래? 더구나 이렇게 많은 군함이 호송하는데, 두려울 것이 뭐 있다고? 걱정 붙들어 매게. 이 위험 지역을 무사히 통과하고 나면 낙양洛陽의 수사水師제독에게 공로가 있는 병사들의 명단을 작성해 올리도록 하게!"

옹정은 말을 마치자마자 바로 선실 안으로 다시 발길을 돌렸다.

"폐하……!"

장정옥이 안색이 하얗게 질리더니 다시 간권諫勸(윗사람에게 잘못을 말하여 고치도록 권함)을 하려는 자세를 보였다. 그러자 바로 옹정이 손사래를 쳤다.

"형신, 알았네. 짐이 자네 의사에 따르도록 하겠네. 이 배는 이덕전, 형년 등이 남아서 타고 가라고 하게. 자네와 장오가 그리고 덕릉태는 짐을 따라 오늘 저녁 육로를 통해 귀경길에 오르자고!"

장정옥의 눈에 순간 경이로운 희열이 번뜩였다. 좋아서 어쩔 줄 몰라 하며 연신 굽실거렸다

"성명하시옵니다, 폐하! 신이 곧 전문경에게 문서를 보내 개봉의 녹영병을 대기시키라고 하겠사옵니다."

옹정의 장정옥의 말에 잠시 뭔가를 생각하더니 입을 열었다.

"그럴 필요는 없네. 무슨 큰일이라도 날 것처럼 그렇게 수선을 떨 것이 뭐가 있나? 장오가와 덕릉태, 백 명의 적이 두렵지 않는 두 용감무쌍한 사내들의 호위를 받으면서 태평성대의 번화한 거리들을 지나가는데 그렇게 걱정할 것이 뭐가 있겠어."

장정옥이 고개를 숙인 채 곰곰이 생각을 하는 듯했다. 이어 수긍한다는 눈치를 보였다. 짧은 순간임에도 옹정보다 한층 더 깊은 생각을 한 것 같았다. 사실 옹정의 정치적인 적은 민간에 있는 것이 아니었다. 그보다는 조정이나 황실 내부에 있다고 해야 옳았다.

장정옥은 그 생각이 들자 소리 소문 없이 몰래 북경으로 잠입하는 것도 나름 상당히 무난한 방법이라는 판단을 내렸다. 곧바로 장오가와 덕릉태, 배에 남을 이덕전을 필두로 하는 태감들을 자신의 배로 불러 주도면밀한 계획을 짰다. 그는 주의사항을 몇 번이나 반복해 당부하고는 비로소 안도의 숨을 내쉬었다.

옹정은 그날 저녁 이경二更이 지난 시각 객상客商으로 가장한 채 장정옥과 덕릉태, 장오가 그리고 태감 고무용을 데리고 그야말로 쥐도 새도 모르게 배에서 내렸다. 그리고는 바로 육로로 이동하기 시작했다. 길은 원래 오던 길이 아닌 다른 길을 택했다. 그래도 주야로 강행군을 한 덕에 얼마 후에는 하북성 보정保定에 이르게 됐다. 마침 일이 되려고 그랬는지 보정의 지부는 장정옥의 문생이었다. 30명의 친병을 빌리는 것은 그래서 별 어려움이 없었다. 이렇게 해서 옹정 일행은 30명 친병들의 보호까지 받으면서 무사히 북경 근처인 풍대豊臺 땅을 밟을 수가 있었다.

그제야 장정옥은 불안함과 긴장의 연속이었던 일상에서 벗어나 다소 안정을 취할 수 있게 됐다. 타교駄轎(말이나 노새 등이 끄는 가마)에서 뛰어내려 마비되기 일보 직전인 팔다리를 부지런히 놀리면서 손짓으로 고무용을 부르는 여유도 보였다. 그가 말했다.

"이 편지를 보정에서부터 따라온 친병들에게 주고 이제 그만 돌아가도 괜찮다고 전해주게. 편지를 가져가면 그쪽에서 은 삼천 냥을 상으로 내릴 거라고 하게."

장정옥이 말을 마치고는 편지 한 통을 건넸다. 그때 맨 앞의 타교에서 장오가의 부축을 받으면서 내려선 옹정이 장정옥에게 다가가며 물었다.

"서화문까지는 아직 삼십 리 길이 남았어. 서두르면 오늘 밤 내로 도착할 수 있을 거야. 그런데 어찌하여 여기서 멈춘 것인가?"

"폐하! 날이 어두워졌사옵니다. 여기서 하룻밤 묵어가는 것이 좋겠사옵니다. 이곳에서 서쪽 방향으로는 창춘원이 있사옵니다. 또 동북쪽에 높이 솟아 있는 저 전루^{箭樓}가 바로 서편문^{西便門}이옵니다. 정북쪽으로는 백운관이 있사옵니다. 신이 주군의 안전을 책임지는 한 오늘 저녁 숙박은 신의 결정에 따르셔야 하겠사옵니다."

장정옥이 숨을 길게 내쉬더니 손가락으로 주변을 가리키면서 단호하게 말했다. 언제나 그렇듯이 예의는 깍듯하게 갖추었으나 어딘지 조금은 다른 태도였다. 평소 과묵하고 근엄해 사람들이 쉽게 다가설 수 있는 사람은 아니었음에도 선제인 강희나 옹정에게는 더 없이 공경한 태도를 보이던 그였다. 그런데 지금의 행동은……?

장오가와 덕릉태는 그가 황제에게 명령에 가까운 언동을 하는 것에 적응이 되지 않는지 굉장히 놀라는 반응을 보였다. 서로 얼굴을 바라보면서 당황한 표정을 감추지 못했다.

반면에 옹정은 전혀 화가 난 기색이 아니었다. 그저 뒷짐을 지고는 느릿느릿 발걸음을 옮겼다. 얼마 후 그가 웃음 띤 얼굴로 말했다.

"그거야 당연하지. 자네 의사에 따라야지."

장정옥이 잠시 주위를 자세히 둘러봤다. 저 멀리 갈 길이 급한 저녁노을이 산등성이에 잠시 엉덩이를 걸치고 앉은 채 쉬는 모습이 보였다. 마치 선지 같은 붉은 노을빛은 산봉우리를 완전히 장밋빛으로 물들이고 있었다.

그래서일까, 오색찬란한 저녁노을 속에 살포시 안겨 있는 대지의 나무들은 필설로 다할 수 없을 정도의 아름다웠다. 지친 새들은 보금자리를 찾아 숲속으로 돌아간 뒤였고, 때가 때라서 그런지 저녁밥 짓는 연기가 실구름처럼 하얗게 하늘을 향하고 있었다. 그 속으로 여러 무리의 까마귀들이 떼를 지은 채 오르내리며 집을 찾아가는 중이었다. 평화로운 고요 속에 일말의 불안을 안겨주는 모습이었다.

한참 후 장정옥이 모닥불이 여기저기 피어오르기 시작한 대영을 가리키면서 입을 열었다.

"폐하, 오늘 저녁은 풍대 대영에 머무르는 것이 좋겠사옵니다. 필력탑에게 하룻밤 시중을 들게 하고 내일 창춘원으로 들어가는 것이 좋겠사옵니다."

옹정의 눈빛이 잠깐 빛나는가 싶더니 다시 살짝 어두워졌다. 이어 실소하듯 웃음을 터트렸다.

"그렇게 하지! 자네 의사에 따른다고 하지 않았는가."

옹정이 말을 마치고는 장정옥을 따라 대채문大寨門을 향해 걸어가기 시작했다. 그러나 얼마 가지 않아 느닷없이 앞에서 고함소리가 들려왔다.

"뭐 하는 사람들인가? 거기 서지 못해?"

장교 한 명이 큰소리와 함께 험악한 얼굴을 한 채 달려왔다. 이어 옹정 일행 네 사람을 아래위로 훑어봤다. 그리고는 장정옥을 향해 물었다.

"어디에서 누구를 찾아 왔소? 감합勘合(통행증의 일종)이라도 있는 거요?"

장정옥이 다그치듯 묻는 군교의 말에 미소를 지은 채 말했다.

"필력탑의 문턱이 꽤 높네? 들어가서 장정옥이라는 사람이 찾아왔다고 전하게. 이걸 가져다주면 알 거야."

장정옥이 말을 마치고는 뭔가를 내밀었다. 평소 공문을 결재할 때 사용하는 휴대용 도장이었다. 장교는 심드렁한 표정으로 도장을 받아들고 이리저리 뒤집어가면서 한참을 들여다봤다. 그러더니 도장을 내던지듯 장정옥에게 돌려주면서 얼굴을 늘어뜨렸다.

"우리 군문께서는 지금 대영에 없소이다. 점심 때 성 안으로 들어 갔소. 나는 이 따위 물건에는 관심 없고, 병부의 감합이 없으면 들여 보낼 수가 없소!"

장교는 퉁명스럽게 내뱉은 다음 두 팔이 떨어져 나가라 흔들면서 횡하니 돌아섰다. 장정옥은 화가 나면서도 동시에 가소로운 생각이 들었다. 그가 막 뒤쫓아 가려던 찰나였다. 장오가 한 무리의 병사들 틈에 둘러싸여 순찰을 돌고 있던 군관 한 사람을 발견하고는 다 급히 고함을 질렀다.

"장우張雨, 자네 이리로 와봐!"

장우라고 불린 군관이 웬일인가 하는 표정으로 주변을 두리번거렸다. 어둠이 깔려 앞이 잘 보이지 않는 모양이었다. 그러나 그는 부하들을 데리고 다가오다 가마꾼 차림의 장오가를 발견하고는 깜짝 놀랐다. 급기야 호탕하게 웃으면서 인사를 올렸다.

"나는 또 누구시라고? 장오가 군문이시네요. 그런데 옷차림이 왜 그래요? 그나저나 어서 들어오세요. 이분들은……?"

장오가가 옹정의 눈치를 살피면서 웃는 얼굴로 장우의 질문에 대답했다.

"장상張相께서 미복 차림으로 하남성 시찰을 다녀오시는 길이야. 폐하께서 나와 덕릉태더러 장상의 신변을 보호해 주라는 지의를 내리셨지. 왜? 자네, 덕릉태를 모르는가?"

장우가 장오가의 말을 듣더니 한 발 다가섰다. 이어 덕릉태를 뻔히 쳐다보고는 이마를 치면서 웃었다.

"이제 보니 그러네요! 지난번에 씨름 시합도 같이 했었는데……."

덕릉태가 옹정의 곁을 바싹 따라가면서 웃으면서 화답했다.

"씨름은 자네 한족들이 우리 발뒤꿈치도 못 따라 오지."

덕릉태는 몽고에서 제일가는 씨름 영웅으로 명성이 자자했다. 덕분에 하루가 멀다 하고 힘에 관한 한 지지 않는다는 자존심을 가진 장사들이 겨루기를 요청해왔다. 그러다 보니 처음에는 반도 맞지 않던한어도 차츰차츰 익힐 수 있었고, 이제는 곧잘 말하게 되었다. 하지만 그는 너무 많은 장사들을 상대한 탓에 장우를 똑똑히 기억하지는 못하는 눈치였다.

반면 장오가는 지의를 전달하기 위해 풍대 대영을 자주 들락거린관계로 필력탑 군영의 고급 장교들을 많이 아는 듯했다. 개중에서도장우와는 상당히 친한 사이인 듯했다. 장오가가 그런 사실을 증명이라도 하듯 장우를 따라 움직이면서 물었다.

"자네 대장은 정말 대영에 없는가? 문지기 자식들이 우리 행색이초라한 것을 보고는 죽어도 들여보내지 못한다고 하더라고! 나, 참!상서방 재상의 도장이 병부의 감합보다 못하다는 말은 지나가던 개도 실소를 할 해괴한 말이 아니고 뭔가!"

그러나 장우는 장오가의 말에 대꾸를 하지 않았다. 그저 말없이 고개를 숙인 채 장오가를 따라 걷고 있는 옹정을 일별하면서 말했다.

"저희 군문께서는 정말 안 계십니다. 어제 융과다 대인에게 불려갔다 오더니 안색이 영 신통치가 않아 보이더라고요. 오늘 다시 건너오라는 전갈을 받고 나가셨어요. 가시면서 공사를 막론하고 병부의 감합이 없으면 절대 들여보내서는 안 된다고 못을 단단히 박으셨어요."

"그렇다면 진짜 필력탑이 대영에 없다는 얘기 아닌가? 일 때문에융과다한테 갔다고? 열셋째마마와 융과다, 둘 중 누가 회의를 진행한다는 말은 못 들었는가?"

장정옥이 의외라는 듯 갸웃거리면서 발걸음을 멈췄다. 장우가 생각할 것도 없다는 듯 즉각 대답했다.

"아룁니다, 장상! 열셋째마마께서는 건강이 여의치 않아 청범사淸
梵寺에서 요양을 하고 계십니다. 필력탑 군문께서는 보군통령아문에
갔다가 오신다고 하셨으니 당연히 융과다 대인께서 회의를 진행하
실 줄로 압니다."

"회의 내용이 뭔지는 모르는가?"

"아룁니다, 장상! 소인은 거기까지는 모르겠습니다."

장정옥이 알겠다는 듯 고개를 끄덕였다. 그리고는 옹정과 시선을
맞춘 다음 천천히 발걸음을 옮겨 앞으로 나아갔다. 저 멀리 중군中
軍 의사청에 불빛이 환하게 빛나고 있었다. 열 몇 명쯤 돼 보이는 대
영의 참모들이 머리를 맞댄 채 뭔가를 논의하는 모습도 보였다. 장정
옥은 잠시 주춤거렸다.

'저 속에는 내가 알아볼 만한 사람도 있기는 할 거야. 하지만 얼굴
과 이름을 제대로 맞추지 못할 사람들이 더 많겠지? 지금 별다른 용
무가 있는 것도 아니고 말이야. 또 이 시간에 예고도 없이 불쑥 쳐들
어간다는 것은 저 친구들의 의심을 사기에 충분해.'

장정옥은 그렇게 잠시 생각하고는 바로 입을 열었다.

"의사청으로는 가지 말자고. 필력탑의 서재로 가서 기다리는 것이
낫겠어. 하루 종일 가마를 타고 왔더니 머리가 무거워. 사람 만나는
것도 귀찮고 말이야. 거기 가서 따뜻한 물에 발이나 담그고 늘어져
있는 것이 좋겠어. 군것질 할 것 있으면 조금 들여보내주게."

장우가 장정옥의 부탁에 공손히 대답하면서 일행을 데리고 갔다.
이어 의사청에서 지척의 거리에 있는 세 칸 건물을 가리키면서 말
했다.

"여기가 필력탑 군문의 서재입니다. 그 옆은 공문결재처이고요. 평

소에는 유劉 참장이 쓰고 있는 방입니다. 그 다음은 제 방입니다. 큰 회의가 없는 평소엔 각자 서재에서 일을 보거나 사람을 만나고 합니다."

옹정은 중군 대영을 올려다봤다. 척 보기에도 대단히 조용하다는 느낌이 들었다. 무엇보다 사방을 견고하게 두른 높다란 철벽이 우선 그런 느낌을 주기에 부족함이 없었다. 먼 곳의 전망을 살피기 위한 탑루塔樓가 세워져 있는 대채大寨의 네 모퉁이 역시 비슷한 분위기를 풍겼다. 그 사이로는 촘촘한 간격으로 둥근 등불이 걸려 있었다.

담벼락 아래에서 못 박힌 듯 지키고 서 있는 병사들 역시 절도가 있었다. 저마다 패도佩刀와 창으로 무장한 채 감시를 게을리 하지 않았다. 또 넓은 연병장에는 두 줄로 늘어선 병사들이 등불을 들고 순찰을 돌고 있었다. 창춘원의 경계와 비교해서도 전혀 손색없는 광경이었다. 그야말로 철통수비가 따로 없었다.

옹정은 흡족한 표정을 지은 채 머리를 끄덕였다. 그리고는 장정옥은 내버려둔 채 태감 고무용만을 거느리고 서재로 들어섰다. 덕릉태와 장오가는 양 옆의 문가에 시립하고 섰다.

장우가 뭔가 심상찮은 기미를 눈치 챘는지 의혹 어린 시선으로 장정옥을 힐끔 쳐다봤다. 그러나 속에 있는 말을 꺼내지는 못했다. 그저 장정옥을 향해 허리를 굽히면서 입을 열었다.

"잠깐 이곳에서 쉬고 계십시오, 장상. 비직卑職이 곧 다녀오겠습니다."

장정옥이 미처 뭐라고 입을 열기도 전에 갑자기 안에서 옹정의 목소리가 들려왔다.

"장우를 불러들이게. 짐이 좀 보자고 한다고 하게."

"자네는 복도 많네. 어서 들어가지 않고 뭘 하는가? 폐하께서 자네를 부르시지 않는가!"

장정옥이 옹정의 입에서 "짐"이라는 말이 떨어지자마자 놀라서 눈을 휘둥그렇게 뜨고 있는 장우를 재촉했다. 순간 장우가 목석처럼 굳어지더니 퀭한 눈을 들어 장정옥을 바라봤다. 이어 한참 후에야 확인하듯 조심스럽게 입을 열었다.

"폐하께서……? 그러면 방금 들어가신 분이 폐하라는 말씀입니까? 이게 도대체 어찌된 일입니까? 장상께서는 그러면……?"

장정옥이 즉각 미소를 지으면서 대답했다.

"폐하께서 행차하셨으니 수행한 거지. 그렇지 않다면 내가 이곳에 도대체 무슨 볼일이 있겠나? 어서 들어가게."

장우가 얼굴 가득 식은땀을 흘리면서 차마 떨어지지 않는 발걸음을 조심스럽게 옮겼다. 그는 장정옥을 따라 엉거주춤한 자세로 서재로 들어갔다. 옹정은 고무용이 가까이 시립하고 있는 가운데 필력탑의 호피虎皮 의자에 똑바로 앉아 있었다. 약간 둥글고 혈색이 좋아 보이는 얼굴이 대단히 편안해 보였다. 짧은 반달눈썹과 그 밑의 새카만 세모눈이 촛불에 반사돼 유유한 빛을 발하는 것 역시 보기 나쁘지 않았다. 하지만 팔자수염으로 덮인 약간 치켜 올라간 입 끝은 언제나 보는 이로 하여금 냉혹한 위엄을 풍겼다. 웃는 듯 마는 듯 하는 표정이 더욱 긴장감을 불러일으켰다.

"짐을 처음 보나? 왜 그렇게 쳐다보지? 자네는 전에 열셋째를 따라 호부에서 일했던 것으로 아는데? 짐이 호부에서 자네를 본 기억이 있어! 자네는 무장武將답게 술도 대접째 냉수처럼 마시고 고기도 덩어리째 먹는 걸로 유명하다고 들었네. 명성에 걸맞게 대범한 모습을 보여야 하지 않겠나!"

옹정이 지나치게 긴장한 탓에 자신의 얼굴에서 넋 나간 시선을 뗄 줄 모르는 장우를 보고는 피식 웃었다. 장우가 그제야 비로소 제정신이 돌아왔는지 황급히 패도를 풀어 한쪽에 내려놓은 채 삼궤구고의 대례를 올렸다. 그런 다음 다시 경황없이 입을 열었다.

"죽을죄를 지었사옵니다, 폐하! 호부에서뿐만 아니라 폐하께서 작년에 풍대 대영을 열병하실 때도 멀리서나마 용안을 뵌 적이 있사옵니다. 그럼에도 폐하를 몰라보다니 눈이 멀었었나 보옵니다. 소인은 강희 사십오 년에 고북구에서 열셋째마마의 친병으로 입대했사옵니다. 호부의 국채 환수 작업이 지지부진해지자 열셋째마마께서 이곳 풍대 대영으로 보내주셨사옵니다. 내내 천총千總으로 있다 작년에 참장參將으로 승진했사옵니다."

옹정이 장우의 말을 다 들은 다음 머리를 끄덕였다.

"역시 오랫동안 군대에 복무한 경륜은 무시하지 못하겠군. 이곳에 열셋째 문하의 군관들이 적지 않은 걸로 알고 있는데?"

장우는 몇 마디 말이 오고가자 비로소 약간의 여유를 찾은 듯했다. 황급히 머리를 조아리면서 별 부담 없이 입을 열었다.

"아뢰옵니다, 폐하! 풍대 대영의 유격遊擊 이상 군관들은 대부분 열셋째마마께서 배치하신 사람들이옵니다. 작년에 새로이 필력탑 군문께서 부임하는 것과 동시에 열셋째마마께서 지시를 하셨사옵니다. 나무는 옮겨 놓으면 죽으나 사람은 움직여야 산다고 하시면서 진급시킬 만한 사람은 다 진급시켰사옵니다. 또 더러는 무관 자리를 찾아 지방으로 내려 보냈사옵니다. 그래도 아직 스물 몇 명은 남아 있사옵니다. 이제는 친왕이 되신 열셋째마마의 모습을 회의 때를 제외하고는 거의 뵐 수가 없어 유감이옵니다."

장우가 말을 마치자 옹정이 고개를 돌려 장정옥을 향해 말했다.

"역시 이친왕이야! 짐은 신경도 못 쓴 사안들을 이친왕은 짐을 대신해 꼼꼼히 챙기고 있었군. 이 나라에 윤상 같은 현왕賢王이 몇 명만 더 있어도 짐은 훨씬 걱정을 덜 텐데 말이야."

장정옥 역시 속으로 옹정과 같은 생각을 하고 있었다. 또 원래부터 윤상의 명민함과 총명함, 그리고 가슴속에 칼을 품고 드러내지 않는 고도의 전략을 높이 평가하고 있었다. 그러나 그는 겉으로는 다소 다르게 대답했다.

"신은 전에 열셋째마마에게서 직접 이 일에 대해 들은 적이 있사옵니다. 다만 신은 늘 군사 문제는 조정과 종묘사직의 운명을 좌지우지할 만큼의 위력을 가지고 있다고 생각해왔사옵니다. 그런 만큼 왕공대신 그 누구를 막론하고 병력은 사사롭게 움직일 수가 없다고 생각하옵니다. 이는 규칙일 뿐만 아니라 후세를 위한 제도라고도 생각하옵니다. 신은 이에 대한 어리석은 의견도 여러 차례 폐하께 상주했사옵니다. 비단 풍대의 대영뿐만이 아니옵니다. 외성外省의 군영에서도 군관들을 마음대로 배치 전환하는 경우가 비일비재하옵니다. 무과 응시생들 중에서도 군관을 따로 선발했다고 하옵니다. 이에 대한 주장奏章이 올라가자 폐하께서는 주비朱批를 내리시어 치하하셨던 것으로 알고 있사옵니다……."

"됐네! 누가 자네하고 정치를 논하자고 했나?"

옹정이 갑자기 퉁명스럽게 장정옥을 윽박질렀다. 이어 웃음을 머금은 채 말을 이었다.

"짐이 보기에 장우 이 친구는 사리에도 밝아 보이네. 짐을 이렇게 우연히 만난 것도 이 친구 복이라고 할 수 있어. 그러니 이 자리에서 이등시위의 직함을 하사하겠네. 내일 자네가 문첩文牒을 내리도록 하게."

장정옥이 황급히 허리를 굽히면서 알겠노라고 대답했다. 이어 장우를 향해 나무라듯 말했다.

"어서 폐하의 은혜에 감사를 표하지 않고 뭘 하는가?"

장우는 잇따른 충격에 계속 멍한 표정을 지었다. 그러나 곧 분위기를 파악하고는 황급히 머리를 쿵! 쿵! 쿵! 세 번 찧으면서 떨리는 목소리로 입을 열었다.

"망극하옵니다, 폐하……."

"오늘 저녁 자네가 폐하의 안전을 책임져야겠네. 그리고 믿을 만한 사람을 시켜 몰래 이친왕을 모셔오도록 하게. 또 서둘러 선식膳食을 준비하도록 하고. 알겠는가?"

장정옥이 장우가 인사를 마치자 바로 영시위내대신의 신분으로 준엄하게 지시를 내렸다. 장우가 미처 대답하기도 전에 옹정이 웃으면서 말했다.

"이제 곧 필력탑이 올 것 아닌가. 굳이 아픈 사람까지 부를 것은 없네. 대충 하룻밤만 무사히 지내면 되지 않겠는가?"

"아니 되옵니다, 폐하!"

장정옥은 적당히 하자는 옹정의 말에 단호하게 나왔다. 목소리에 추호의 여지도 없었다. 오늘 저녁 장정옥은 평소의 그와는 조금 달랐다. 긴 여정이 끝나가는데 마지막에 와서 추호의 실수도 용납하지 않으려는 듯했다. 그가 내친김이라는 듯 다시 장우를 향해 명령을 내렸다.

"지금 이곳은 바로 행궁行宮이야. 조금이라도 일에 차질이 생기면 전적으로 당신 책임이라는 것을 명심하게. 어서 가서 이친왕을 모셔오도록 해. 일어나 걸을 수만 있다면 반드시 오실 거야. 그 밖에 다른 사람한테는 알릴 필요가 없어. 필력탑 역시 여기에서 함께 폐하의 신변을 보호하면 별다른 걱정은 하지 않아도 되겠어. 어서 가보게!"

장우는 장정옥의 명령이 떨어지기 무섭게 바로 물러갔다. 방 안에는 자연스럽게 옹정과 장정옥만 남게 됐다. 두 사람은 그대로 한동안 약속이나 한 듯 아무 말도 하지 않았다.

얼마 후, 의자 등받이에 기댄 채 눈을 지그시 감고 있던 옹정이 먼저 침묵을 깼다.

"형신, 짐을 수행하면서 수고가 많네. 그런데 어딘가 너무 소심한 것이 아닌가 싶네. 짐이 보기에는 별 이상이 없어 보이는데 말이야."

장정옥은 옹정의 말에 서둘러 대답하지 않았다. 대신 뭔가를 한참 생각하더니 하인이 올려온 간식을 하나 집어 들고 가볍게 맛을 봤다. 그런 다음 두 손으로 공손히 접시를 받쳐 들어 옹정의 앞에 내려놓고는 말했다.

"지금 이 상황에서는 아무리 지나치게 조심해도 나쁠 것은 없다고 생각하옵니다. 신은 어쩐지 무슨 일이 생길 것만 같은 불안한 예감을 떨칠 수가 없사옵니다."

옹정이 장정옥의 조심성이 우스운지 껄껄 웃었다. 그리고는 손가락으로 장정옥을 가리키면서 말했다.

"아무튼 자네도 참 대단해."

옹정은 뭔가 더 입을 열려다 말고 도로 말을 삼켰다. 그때 마침 윤상을 부르러 갔던 장우가 돌아왔다. 그는 오자마자 바쁘게 움직였다. 하인들을 시켜 식탁을 서재로 옮기도록 한 다음 서둘러 옹정이 용선用膳을 하도록 했다. 그리고는 서재에서 물러나 덕릉태와 함께 밖에서 시립을 했다. 태감 고무용도 조심스럽기는 마찬가지였다. 음식을 일일이 먹어보고 나더니 천천히 고개를 끄덕였다. 그제야 옹정은 장정옥을 불러 함께 수저를 들었다.

옹정이 식사를 마친 다음 막 청염靑鹽으로 이까지 다 닦았을 때였다. 갑자기 뜰에서 다급한 말발굽 소리가 들려왔다. 이어 서재 앞에서 멈춰 섰다. 장정옥은 본능적으로 튕기듯 일어나 창문을 통해 밖을 내다봤다. 그리고는 웃으면서 옹정을 향해 말했다.

"이친왕께서 행차……."

장정옥의 말이 채 끝나기도 전에 윤상의 카랑카랑한 목소리가 들려왔다.

"신 윤상이 머리 조아려 폐하께 문안을 올리옵니다!"

옹정은 귀에 익은 반가운 목소리에 의자 손잡이를 잡고 벌떡 일어서려고 했다. 그러나 곧 다시 늘어지듯 제자리에 앉으면서 느릿느릿 입을 열었다.

"열셋째인가? 어서 들게!"

"예, 폐하!"

윤상이 대답과 함께 주렴을 걷고 안으로 들어섰다. 그의 모습은 한결 같았다. 자줏빛 단을 댄 두 층으로 된 조관朝冠 위에 달린 열 개의 동주東珠가 여느 때처럼 미세하게 떨리면서 반짝거렸다. 검은 자줏빛 용무늬 보복 위에 껴입은 황금색 조복朝服 역시 마찬가지였다. 불빛을 받아서인지 유난히 화사해 보였다. 머리에서 발끝까지 눈부시게 빛나는 모습이었다. 첫눈에 봐도 기개가 대단하고 활력도 넘쳤다. 다만 약간 창백한 얼굴에 발그레한 홍조는 아직 병이 완전히 다 낫지 않은 것 같았다.

윤상은 옹정을 잠시 쳐다본 다음 바로 삼궤구고의 대례를 올린 다음 입을 열었다.

"용안이 생각보다 좋아 보여서 천만 다행이옵니다. 그동안 북경에는 폐하께서 하남성에서 시기時氣(계절성 유행병)에 감염됐다는 해괴한 소문이 돌았사옵니다. 설상가상으로 수일 동안 연락마저 두절돼

신은 불안하기 짝이 없었사옵니다!"

"일어나게."

옹정이 떨리는 목소리로 말했다. 약간 쉰 목소리에 울먹울먹한 모습을 보이는 윤상의 말에 일순 가슴이 뭉클해진 모양이었다. 그러나 곧 감정을 가라앉히고 담담하게 말했다.

"이 더운 날씨에 옷을 너무 숨 막히게 입은 것은 아닌가? 아직도 매일 기침을 하는가? 짐이 하사한 빙편氷片과 은이銀耳, 천궁川芎 등등의 약들을 먹어 보니 어떻던가?"

윤상은 옹정의 말이 끝나자마자 바로 일어서서 상체를 깊숙이 숙인 채 고마움을 표했다. 이어 보복을 벗어 고무용에게 건네주고는 장정옥을 비스듬히 마주보고 자리를 잡았다. 얼마 후 그가 가벼운 기침과 함께 입을 열었다.

"아무것도 아닌 신의 견마지질犬馬之疾 때문에 폐하께 심려를 끼쳐 드려서 황송하옵니다. 태의들도 증상을 놓고 의견이 분분하니 당최 믿을 수가 없사옵니다. 그러나 그리 위중한 편은 아니옵니다. 다만 좋았다 나빴다 변덕을 부리면서 좀처럼 완쾌되지가 않아 문제이기는 하옵니다. 다행히 폐하께서 하사하신 약으로 어려운 고비를 많이 넘겼사옵니다. 아마도 폐하와 연락이 두절되면서 초조하고 불안해 갖가지 잡생각이 다 들다보니 병세가 더 악화됐던 것 같사옵니다. 그래서 어쩔 수 없이 청범사로 가서 며칠 요양을 했사옵니다. 폐하의 무사귀환을 빌고 아침 종소리와 저녁 북소리로 마음을 잠재우면서 그렇게 버텨 왔사옵니다……."

윤상이 말을 마치고는 눈가로 흘러내리는 눈물을 닦으면서 슬쩍 웃음을 지어보였다. 그동안 쌓이고 쌓였던 극도의 불안 때문에 흘리는 눈물과 안도의 웃음인 듯했다. 옹정은 진심이 느껴지는 윤상의 그런 충성스런 모습에 감동을 받지 않을 수 없었다. 그러나 일부러 대수롭지 않은 듯 미소를 지으면서 말했다.

"몸이 아프니 그저 못된 생각만 들었나 보군? 영웅이 어찌 그리 눈물을 헤프게 흘리는가? 사실 자네의 병세에 대해서는 태의원에서 이미 짐에게 상세히 보고했네. 경락經絡이 시원스럽게 통하지 못하고 비위가 약하다는 거야. 또 폐에 열이 좀 많다고 하더군. 그러나 그것 외에 다른 위험한 증상은 없다고 했어. 짐이 지의를 내려 오 선생을 북경으로 불렀어. 그 양반이 의도醫道에 일가견이 있으니 진단을 받고 천천히 조리하면 나아질 거야."

옹정이 다시 수저를 들었다. 그러자 장정옥이 행여 그 틈을 놓칠세라 황급히 읍을 하면서 말했다.

"열셋째마마, 그동안 북경의 정세는 어떠했습니까? 별다른 이상은 없었습니까? 폐하께서 하남성에서 시기에 감염되었다는 소문은 진원지가 민간입니까, 아니면 관가官街입니까? 그게 무척이나 궁금하군요."

장정옥은 질문이 끝나기 무섭게 윤상의 모습을 자세히 살폈다. 확실히 가까이에서 본 그는 상태가 좋지 않았다. 무엇보다 눈자위가 검붉은 색을 띠고 있었다. 안색도 더욱 파리해진 것 같았다. 그래서일까, 윤상이 한결 병자 같은 모습을 한 채 손수건으로 입을 막고 크게 기침을 하더니 입을 열었다.

"열흘 전 신은 청범사로 들어갔사옵니다. 그런데 바로 다음날 그 소문을 들었사옵니다. 이미 상서방과 육부에서도 다 알고 있사옵니다. 한림원에서도 시강侍講들이 심심했는지 여러 경로를 통해 검증되지도 않은 소문을 퍼뜨리고 있사옵니다. 그래서 제가 즉시 염친왕에게 글을 올렸사옵니다. 융과다에게는 소문의 진상을 철저히 규명하라고 지시하기도 했사옵니다. 그러나 아직 이렇다 할 답변이 없는 상태이옵니다. 또 북경에 별다른 이상은 없었던 것 같사옵니다."

"예부에서 연갱요를 환영하기 위해 작성해 올려 보낸 의주儀注(의식의 절차)를 짐이 봤어. 일상적인 예에서 벗어난다고 할 만큼 다소 과분한 것 같았어. 그래서 다시 검토해 올리라고 돌려보냈네."

"어제 염친왕과 융과다, 마제가 청범사로 왔었사옵니다. 폐하께서 안휘성을 경유, 수로를 이용해 귀경길에 오르셨다고 하였사옵니다. 그래서 마음이 한결 편했사옵니다. 그런데 조금 전 느닷없이 폐하께서 이미 풍대 대영에 와 계신다는 소식을 들었사옵니다. 신은 얼마나 놀랐는지 모르옵니다. 그런데 창춘원을 지척에 두고 왜 여기에서 머물기로 결정하셨사옵니까, 폐하?"

"우리 군신이 백룡어복白龍魚服(용이 물고기가 됐다는 의미)을 자처해 몰래 귀경길에 올랐으니 당연히 조심해야지. 또 그 소문은 자네가 병이 들어 있으니 아마도 누군가 의도적으로 퍼뜨렸을 거야. 자네를 불안에 떨게 하려고 말이야. 그렇게 생각하지 않는가?"

옹정이 의미심장한 미소를 지었다. 윤상은 도무지 갈피를 잡을 수 없는 옹정의 말에 어리둥절할 수밖에 없었다. 아무 대답도 하지 못했다. 그러자 장정옥이 윤상을 똑바로 쳐다보면서 반문했다.

"방금 창춘원을 지척에 두고 왜 여기를 택했느냐고 하셨습니다. 창춘원이 여기보다 더 안전하다는 보장이라도 있습니까?"

윤상이 서릿발이 내리는 듯한 장정옥의 한마디에 흠칫 놀랐다. 이어 마치 낯선 사람을 보듯 장정옥에게 눈길을 줬다. 그런 다음 천천히 입을 열었다.

"당연히 여기가 창춘원보다 안전하지! 그런데 방금 폐하께서는 누군가 일부러 괴소문을 퍼뜨려 신을 괴롭힌다고 하셨습니다. 그자가 도대체 누구입니까?!"

"그건 짐도 모르지."

옹정이 짧게 대답하고는 바로 머리를 절레절레 저었다. 장정옥은 고개를 갸웃거리다 말고 바로 입을 열었다.

"사실 염친왕마마나 융과다, 마제 모두 폐하와 연락이 두절되기는 마찬가지였습니다. 열셋째마마와 하등 다를 바가 없었죠. 그럼에도 북경 일대의 안전을 책임지고 있는 마마에게 찾아가 머리를 맞대고 우리 군신의 위치를 파악하려 하고, 오히려 엉뚱한 거짓말을 했습니다. 도대체 저의가 뭔지 심히 궁금합니다. 안 그렇습니까, 열셋째마마? 안휘성을 경유해 수로로 귀경길에 올랐다고요? 흥! 그렇다면 병문안을 간 자리라고는 하나 그쪽 길에 대한 경비에 대해서도 보다 적극적인 논의가 있어야 했던 것 아닙니까?"

장정옥이 너무 흥분한 모습을 보이자 옹정이 은근히 말리고 나섰다.

"형신, 아무리 봐도 자네는 너무 민감한 것 같네. 아픈 사람에게 부담을 줄까봐 염려했기 때문에 그러지 않았겠어?"

그러나 윤상은 옹정과는 생각이 다른 듯했다. 묵묵히 촛불을 응시하는 눈빛이 순간 무섭게 번뜩였다. 이어 불덩어리처럼 이글거리는 눈을 점점 가늘게 감는가 싶더니 입을 열었다.

"조정에 분명히 간신이 있사옵니다. 폐하께서도 거울을 들여다보듯 알고 계실 줄로 믿사옵니다."

윤상의 목소리는 높지 않았으나 쇳소리가 났다. 그가 다시 미간을 좁히면서 말을 이었다.

"마제와 융과다는 나에게 진실을 말했어야 하는데……"

윤상의 말이 채 끝나기도 전이었다. 갑자기 장우가 들어와 아뢰었다.

"필력탑 군문께서 돌아오셨사옵니다. 폐하께서 계신다는 말은 감히 못하고 열셋째마마와 장 중당께서 말씀 중이라고 했사옵니다. 접견하시겠사옵니까, 폐하?"

옹정이 입을 열기도 전에 윤상이 자리에서 벌떡 일어났다. 그리고는 온몸의 기운을 다 끌어 모으는 듯 주먹을 불끈 쥐었다. 전혀 환자답지 않은 모습에 위엄도 서려 있었다. 그가 곧이어 성큼성큼 문전으로 다가가더니 한쪽 발을 문지방에 올려놓고는 소리쳤다.

"필력탑, 어디 있는가? 이리 와 보게!"

"대령했습니다, 열셋째마마!"

필력탑이 마치 기다렸다는 듯 빠른 걸음으로 다가왔다. 이어 한쪽 무릎을 꿇고 덧붙였다.

"신이 열셋째마마께 문안을 올립니다!"

"목소리를 낮춰! 자네 주인의 주군이 안에 계시네. 자네들, 오늘 무슨 회의가 있었는가?"

윤상이 이를 악문 채 물었다. 순간 필력탑이 깜짝 놀란 눈빛으로 윤상을 바라봤다.

'내 주인의 주군이라면 황제 말고 또 누가 있다는 말인가? 그런데 오늘 회의를 하면서 융과다 대인은 황제가 현재 산동성에 체류 중이라고 하지 않았던가? 그런데 돌연 우리 대영에 나타났다고? 아닌 밤중에 봉창을 두드려도 유분수지, 이게 도대체 웬일인가?'

필력탑은 그런 생각을 하면서 잠시 멍청한 표정을 지었다. 그러다 자신의 실수를 깨달은 듯 황급히 아뢰었다.

"그렇지 않아도 열셋째마마를 찾아뵙고 하소연을 하려던 참이었습니다. 풍대 제독, 이제 더 이상은 못해 먹겠습니다. 사실 오늘 융과다 대인과 대판 싸웠습니다. 융과다 대인이 저를 보고 권력에 편승하는 사람이라고 하더군요. 윗사람도 몰라본다면서 오늘 저녁에 주장을 올려 저의 정자를 떼어버리겠노라고 으름장을 놓지 않겠습니까? 그래서 제가 그랬습니다. 그런 심려 끼쳐드리지 않겠다고요. 종일 이리 치고 저리 차이며 진을 빼느니 차라리 제가 먼저 사표를 내겠노라고 했습니다."

윤상이 화들짝 놀라며 자초지종을 물으려 할 때였다. 옹정이 안에서 윤상과 필력탑의 대화를 똑똑히 들었는지 조용히 명령했다.

"열셋째, 필력탑을 들어오라고 해!"

필력탑은 옹정의 명령을 듣자마자 황급히 패도를 풀고 계단 위에 던져놓았다. 그리고는 고무용이 주렴을 걷어 올리기를 기다렸다가 허리를 굽힌 채 안으로 들어갔다. 곧 납작 엎드리면서 머리를 조아렸다.

"감투를 벗어던지려는 심산인가? 자네는 짐이 특별히 선발한 제독이야. 직예를 비롯한 북경 일원 지역의 칠만 병마를 거느리고 있는 몸이라고! 도대체 무슨 억울한 사연이 있기에 그런 생각까지 하게 됐나? 명색이 선제를 따라 서정 길에 올라 공훈을 세웠다는 사람이 그릇이 그렇게 작아서야 어디에 쓰겠나?"

옹정이 차를 마시면서 느릿느릿 입을 열었다. 필력탑이 옹정의 따끔한 일침에 당황했는지 마른 침을 꿀꺽 삼키고는 머리를 조아렸다.

"아뢰옵니다, 폐하. 신이 그릇이 작아서가 아니옵니다. 솔직히 융과다 대인은 너무 하셨사옵니다. 회의를 연이어 사흘째 하더라고요. 내용도 그렇사옵니다. 우선 연갱요 대장군의 개선을 대대적으로 환영하는 차원에서 신에게 삼천 명이 머무를 수 있도록 방을 비워달라고 했사옵니다. 그것은 사실 군국의 요무라고 할 수 있사옵니다. 그래서

신은 흔쾌히 수락했사옵니다. 그런데 어제는 다시 제독의 중군 행원을 연 대장군에게 비워주라고 했사옵니다. 신은 그 조치는 순순히 들어줄 수 없었사옵니다. 주지하다시피 풍대 대영은 창춘원과 북경의 안보를 책임지고 있는 중요한 병영이옵니다. 어떻게 연 대장군을 맞이한다고 폐하의 지시도 망각하고 본분을 저버릴 수가 있겠사옵니까? 때문에 신은 그것은 성지聖旨가 없으면 불가능하다면서 동의하지 않았사옵니다. 어제는 그렇게 불쾌하게 헤어졌사옵니다. 그러다 오늘 또다시 불려갔사옵니다. 그랬더니 이미 염친왕과 상의가 끝난 일이라면서 제독의 행원을 안정문安定門 북쪽 너머로 옮겨가라고 일방적인 통보를 했사옵니다. 그뿐인 줄 아시옵니까? 이번에는 한술 더 떠서 보군통령아문의 이만 병마가 어가御駕를 호위하지 못하겠느냐고 하더군요. 폐하의 관방關防과 관련한 일에서도 손을 떼라는 얘기였사옵니다. 참는 것도 한계가 있지 않사옵니까? 너무 화가 치밀다 보니 신이 좀 듣기 거북한 소리를 하고 말았사옵니다. 연갱요도 두 허벅지 사이에 중간 다리 끼고 사는 인간에 다름 아니니 너무 그렇게 신격화하지 말라고 말이옵니다. 폐하께서 떠나시면서 북경의 경비 업무는 열셋째마마께 맡기셨으니, 저를 다른 곳에 옮겨 심으려면 마마를 통해 병부의 감합을 가져오라고 고래고래 호통도 쳤사옵니다. 그뿐이 아니옵니다. 신의 요구를 거절하고 마구 밀어붙이는 날에는 연갱요를 아예 북경에 들어오지도 못하게 하겠노라고 큰소리를 쳤사옵니다. 그러자 융과다가 악에 받쳐 게거품을 물더군요. 그러나 신은 그 사이 먼저 찻잔을 엎어버리고 나와버렸사옵니다…… 폐하, 태후마마께서 돌아가신 이후부터 웬일인지 융과다 대인은 부쩍 신을 괴롭히고는 했사옵니다. 병사들끼리 순시 중 벌어지는 사소한 말싸움 같은 별것 아닌 일에도 신을 불러들여 부하들 앞에서 체면을 마구 짓밟고는 했사옵니다. 그러니 울화통이 터져 어디 살겠사옵니까?"

옹정의 표정이 서서히 굳어져갔다. 내내 미간을 찌푸린 채 귀를 기울이고 있던 장정옥의 얼굴에도 먹장구름이 무겁게 드리워지기 시작했다. 풍대 대영은 원래부터 군마와 보병들을 두루 다 갖추고 있었다. 게다가 수군 부대 하나도 수중에 관장하고 있었다. 한마디로 북경의 안보를 통괄하는 지주支柱라고 할 수 있었다.

'윤상이 지척에 있었음에도 그렇게 중대한 사안을 여덟째와 쑥덕거리면서 결정하고 일방적으로 통보해? 그런 오만방자한 행동을 저지르는 융과다의 행동을 어떻게 해석해야 할 것인가? 윤상의 존재를 깜빡해서 그런 것인가? 아니면 말 못할 꿍꿍이속이 있어서? 이건 결코 가볍게 넘길 문제는 아니야.'

옹정과 장정옥은 순간적으로 그렇게 완벽하게 일치하는 생각을 하고 있었다. 사실 옹정이 장정옥에게 보여준 감섬甘陝(감숙성과 섬서성) 순무장군의 밀주문에 의하면 행적이 의심스러운 어중이떠중이들이 연갱요의 군중軍中에서 활동하고 있다고 했다. 만약 그것이 사실이라면 연갱요의 3000 병마가 북경에 들어올 경우 상황이 엉뚱하게 전개되지 말라는 법이 없다. 전혀 예상 못한 사건이 터질 수도 있었다.

'만약 그렇게 되면 그 엄청난 사건을 어떻게 수습할 수 있겠는가?'

장정옥은 자꾸만 불길한 생각이 몰려왔다. 순간적으로 좌중에 긴장이 고조되고 있었다. 그때였다. 윤상이 가벼운 기침소리와 함께 입을 열었다.

"각자 나름대로의 위치와 맡은 바 일이 있사옵니다. 그런 만큼 그 질서를 무너뜨려서는 안 됩니다. 절대 혼란을 초래해서는 안 됩니다. 연 대장군은 서부 정벌에 기여한 유공자입니다. 하지만 이번에 돌아오는 것은 폐하께 인사를 드리고 치하를 받기 위함이 아닙니까? 환영 행사에 따른 모든 준비는 당연히 예부의 계획에 따라야 합니다. 그러나 환영식이 끝나면 그가 데려온 삼천 군마는 성 밖으로 나가야 합니다. 그곳에서 주둔하면서 명령을 대기하도록 해야 합니다. 풍대 대영의 중군이 다른 곳으로 옮겨가고 말고 하는 것과는 전혀 관계가 없습니다. 이럴 때일수록 지휘상의 혼란이 있어서는 안 됩니다. 필력 탑, 당신은 내 밑에서 잔뼈가 굵은 사람이야. 내가 병들어 있든 멀쩡하든 그런 일이 있었으면 제일 먼저 내게 달려와서 아뢰었어야지. 쇠망치에 맞더라도 내가 나서서 막아야 하지 않겠나? 자네가 뭔데 나서서 중뿔나게 굴어? 안 그런가?"

옹정은 윤상의 말이 끝남과 동시에 희미한 냉소를 입가에 흘렸다. 그러면서 시선은 계속 창밖을 응시하고 있었다. 이어 필력탑을 향해 천천히 돌아서며 입을 열었다.

"그러네. 이친왕의 말이 맞네. 자네는 두 가지 잘못을 범했네. 연갱요를 그런 식으로 모독해서는 안 됐고, 그렇게도 큰일을 열셋째에게 아뢰지 않았어. 하지만 이 자리에서 다행히 이실직고했으니 짐이 이번만은 용서하겠네. 자신의 발밑을 다시 한 번 내려다보고 위치를 확인하도록 하게. 풍대 대영은 무슨 일이 있어도 한 발자국도 옮겨갈수가 없다는 것을 명심하게! 그런데 마제 이 사람은 어디 가서 뭘 하고 있는 건가? 이처럼 중요한 일이 자기하고는 전혀 상관없는 일이라는 말인가?"

결국에는 화살이 마제에게까지 날아갔다. 그러자 다급해진 윤상이 황급히 웃음을 지어보이면서 사정하듯 말했다.

"폐하, 마제는 정무를 보느라 경황이 없사옵니다. 하루에 무려 칠팔만 글자에 달하는 상주문을 읽고 내용을 요약해 폐하께서 머무시는 곳으로 보내느라 정신이 없사옵니다. 또 외관들을 접견하는 일도 보통이 아니옵니다. 잠잘 시간도 없이 다람쥐 쳇바퀴 도는 일상이 따로 없다고 해도 과언이 아니옵니다. 지난번에 보니 얼굴이 반쪽이었사옵니다."

"알았네. 이제 그만 물러들 가게."

윤상의 말이 끝남과 동시에 옹정이 무표정한 얼굴을 한 채 말했다. 그리고는 피곤한 듯 좌중의 사람들을 물리쳤다.

35장
위기일발의 금원禁苑

　과민한 듯 보였던 장정옥의 신중함은 결코 지나친 것이 아니었다. 옹정이 개봉을 떠난 이후의 상황을 돌아볼 때 더욱 그랬다. 당시 안휘성 순무는 옹정이 타고 있던 배가 동순東巡길에 올랐다는 소식을 접하지 못했다. 그래서 만에 하나 책임을 떠안게 될 것이 두려운 나머지 서둘러 상서방으로 "폐하의 행적이 모호하다"라는 내용의 밀주문을 올렸다.

　염친왕은 이 소식을 접하자마자 바로 모든 정무를 상서방대신 마제에게 미뤄버렸다. 그리고는 병을 핑계로 왕부에서 두문불출했다. 동시에 밀주문을 접하지 못한 마제와 윤상에게는 관련 사실을 알리지 말라는 엄명을 내렸다.

　그러한 그의 처사에 사실 크게 무리는 없었다. 무엇보다 마제는 '그렇지 않아도 너무 바쁜 사람'이었다. 또 윤상은 건강이 악화될 수가 있었다. 어떻게 보면 상당히 배려를 한 것으로 포장될 수 있었다. 염친왕 본인 역시 이때 공교롭게도 '병이 들어' 자리에 누웠고, 당연히 군국 요무를 볼 수 없는 상황이 되었다. 그는 융과다를 내세워 옹정이 조정과 연락이 두절된 상황을 셋째황자 홍시에게 알리도록 했다. 홍시는 허울만 황자이지 병권을 비롯한 실권이 하나도 없는 빈 껍데기였으니까.

홍시는 옹정이 연락두절 상태라는 소식을 접하자 바로 무릎을 쳤다. 속으로는 옹정이 황하에서 불귀의 객이 됐으면 하는 불충불효한 생각도 했다. 하기야 그럴 만도 했다. 무엇보다 가장 강력한 후임 황제 후보인 보친왕 홍력이 북경 아닌 외부에 있었다. 또 그 자신은 명실 공히 장자가 아니던가! '나라에는 하루라도 군주가 없으면 안 된다'國不可一日無君는 지극히 당연한 사실에 비춰 보면 그 자신이 대권을 장악하는 것은 너무나도 당연한 일일 수 있었던 것이다.

그는 권력의 중앙에 있는 자신이 부업父業을 승계 받는 것은 물이 높은 곳에서 낮은 곳으로 흐르는 것처럼 자연스러운 일이라고 생각했다.

'내가 옥새를 손에 거머쥐고 천헌天憲을 입에 물고 있으면 제아무리 풍대 대영이라도 꼼짝 못해. 서산의 예건영도 그래. 내 발밑에 볏짚이 쓰러지듯 엎드리고 신하라는 사실을 흔쾌히 인정하지 않을 수 없지.'

홍시는 혼자만의 망상에 부풀어 있었다. 그렇게 한 줄기 바람만 불면 농익은 감이 톡하고 입 안에 떨어져 단물이 입 안 가득 번질 것을 생각하자 전율이 느껴지기까지 했다.

서둘러 병권을 발동하려고도 하지 않았다. 대신 그는 사람을 준화遵化로 파견해 수릉守陵하고 있는 열넷째의 손발부터 꽁꽁 묶어두도록 조치를 취했다. 이어 '성가聖駕가 귀경하려면 멀었으니 천천히 움직여라. 성가와 보조를 맞추도록 하라'는 요지의 공문을 연갱요에게 떠웠다. 그것은 연갱요를 데리러 간 보친왕 홍력이 빨리 북경에 들어오지 못하게 하려는 의도였다.

그뿐이 아니었다. 그는 또 전문경에게 600리 긴급서찰을 보내 '용주龍舟의 정확한 위치를 파악하라'는 지시도 내렸다. 전문경의 급보는 곧바로 날아들었다. 그런데 내용은 그가 기대하고 있던 것이 아니었다. 갑자기 맥이 쑥 빠졌다. 옹정의 배는 뒤집혀 행방이 묘연한 것이 아니었다. 단지 항로가 막혀 하루에 20리도 이동하지 못할 정도로 움직임이 더뎌졌을 뿐이라는 사실을 알게 됐다······.

홍시는 긴장과 흥분 속에 들떠 있다 갑자기 가슴 한구석이 서늘해지는 기분을 느꼈다. 동시에 이름 모를 공포가 엄습해 왔다.

그는 순간 과거의 일들을 떠올렸다. 우선 고북구古北口에서 열병식을 할 때였다. 당시 옹정을 대신해 순행에 나선 것은 홍력이었다. 산동성 이재민들에게 구제양곡을 전달할 때도 마찬가지였다. 역시 홍력이 옹정의 역할을 대신했다. 연갱요를 데리러 간 것은 더 말할 필요가 없었다. 처음부터 홍력으로 정해져 있었다. 강희의 영구靈柩를 준화로 옮길 때도 홍시는 제외됐다. 역시 홍력이 옹정을 대신해 영구를 지키고 준화까지 따라갔다. 한마디로 모든 큰일은 항상 홍력이 앞장서서 했다고 할 수 있었다.

'평소 홍력은 '공부'를 한답시고 상서방을 들락거렸어. 그 녀석은 도대체 나라를 통치하는 방법을 책 말고 어디서 배웠을까?'

홍시는 생각을 하면 할수록 홍력이라는 존재가 커다란 산처럼 숨막히게 다가오는 것을 느끼지 않을 수 없었다. 그러자 조금 전까지 용광로처럼 들끓던 마음이 어느새 싸늘하게 식어가기 시작했다.

그는 다시 한 번 앞서 생각했던 큰일에서부터 제사상에 올랐던 고기를 나눠줄 때의 소소한 일들까지 돌이켜봤다. 그리고는 자신과 홍력을 향한 옹정의 마음을 저울질해 봤다.

결론은 대단히 간단했다. 또 냉혹했다. 장자로서의 소외감을 느꼈던 것이 괜한 게 아니었다. 덕을 비롯해 재능, 식견은 말할 것도 없고 옹정의 총애 등 그 어느 것 하나 자신이 홍력보다 나은 것이 없었다. 아무리 좋게 생각해도 자신이 홍력을 물리치고 용좌에 오를 가능성은 전무했다.

'그러나, 어떻게 가든 목적지에 먼저 도착하기만 하면 되지 않은가! 지금 홍력은 북경에 없어. 폐하는 드넓은 황하에서 허우적대고 있고……. 이 천재일우의 기회를 놓친다면 쇠꼬챙이 같은 사관들의 붓은 분명히 나를 황제 자리를 손에 쥐어줘도 놓쳐버린 바보, 멍청이로 평가할 거야.'

홍시의 생각은 갈수록 엉뚱하게 흘러갔다. 그러나 그는 재빨리 손을 쓰지도 못했다. 여덟째 황숙인 윤사가 불난 집에 들어가 도둑질을 하듯 자신의 제위를 박탈할 것이 두려웠던 것이다. 더구나 만에 하나 계획에 차질을 빚을 경우도 생각을 해야 했다. 옹정이 무사히 북경으로 돌아오는 것을 막지 못하는 날에는 그야말로 뼈도 추리지 못할 것이 불을 보듯 훤했다. 그는 생각과는 달리 주춤거리지 않을 수 없었다.

홍시는 그렇게 며칠 밤을 꼬박 지새우면서 고민하다 드디어 융과다를 떠올렸다.

'그 사람은 할아버지인 강희가 탁고託孤한 유신遺臣이야. 상서방대신들 중에서 가장 막강한 병권도 장악하고 있어. 염친왕 숙부와도 대놓고 왕래를 하는 사이가 아닌가. 밑져야 본전이야. 이 기회에 한번 이용해 볼 가치는 있지 않을까?'

홍시는 그런 생각이 들자 바로 융과다를 불러들였다. 융과다는 즉각 동화문에서 물러나와 홍시의 집인 삼패륵부로 향했다. 문 앞에 등불이 내걸릴 무렵이었다.

원래 그를 비롯한 홍력과 홍주 삼형제는 모두 옹화궁에서 함께 살았다. 그러나 셋은 옹정이 즉위하면서부터 각자 패륵이 되어 건아개부建牙開府하게 됐다. 동화문에서 멀지 않은 조양문에 나이 순서대로 나란히 패륵부도 지었다. 당연히 규모나 장식은 모두 대대로 내려온 패륵부의 규격에 맞춰 통일했다. 새의 깃을 방불케 하는 멋있게 뻗은 처마나 조각품들은 특히 장관이었다. 물론 일부 방들의 공사가 끝나지 않아 세 패륵부 모두 화원은 아직 만들지 못했다.

삼패륵부의 문지기는 융과다의 가마가 땅에 닿자마자 날아갈 듯 달려가 아뢰었다. 그러자 곧 편안한 차림의 홍시가 가벼운 걸음으로 마중을 나왔다. 이어 융과다를 향해 읍을 하면서 말했다.

"외할아버지, 노고가 많으시오. 지금 하조下朝하시는 길이오?"

"군이 '하조'라고 말할 필요도 없습니다. 요즘은 별로 바쁜 일이 없습니다. 최근 조인曹寅의 아들이 북경에 왔다고 하더군요. 여덟째마마를 뵙고는 창춘원에 가서 마제를 만났다고도 하고요. 그런데 마제가 무슨 일이 있더라도 열셋째마마의 병세가 호전되는 것을 보고 다시 얘기하자면서 돌려보냈다고 하더군요. 저한테도 찾아왔기에 밥 한 끼 먹이고 얘기 좀 나누느라 늦었습니다."

융과다가 홍시를 따라 들어가면서 말했다. 그러면서 평소 버릇대로 팔자수염을 치켜 올리는 것은 잊지 않았다. 그러자 홍시가 고갯짓으로 긴 머리채를 뒤로 넘기면서 주렴을 걷어 올렸다.

"조인의 아들은 아마도 먹고 살게 해달라고 조르려고 그런 것이 아니겠소? 집도 압수당하고 직무도 박탈당한 상태라 형편이 어려울 거요. 지난번에도 거지 행색을 하고 와서는 울고불고 하기에 이백 냥을 줘서 보냈소."

홍시가 말을 마치고는 융과다에게 자리를 권했다. 이어 큰소리로 명령을 내렸다.

"차를 올리거라!"

융과다가 주위를 잠깐 둘러보고는 천천히 자리에 앉았다. 그리고는 차를 한모금 마신 다음 말했다.

"얼마 전 다섯째 패륵부(홍주의 집)에 가보니 서재가 있긴 한데 구석구석에 전부 새 조롱이지 뭡니까. 반면 넷째 패륵부(홍력의 집) 서재에는 책꽂이가 무게를 이기지 못해 내려앉을 정도로 책이 많았습니다. 책상 위와 의자 위까지 온통 책이더군요. 솔직히 들어가 앉을 곳도 변변찮았어요. 제가 보기에는 그래도 셋째패륵부의 서재가 제격인 것 같습니다. 금기서화琴棋書畵를 두루 갖춰놓은 것이 깔끔하고 품위 있어 보입니다. 그건 그렇고 감히 여쭙고 싶은 것이 있습니다. 도대체 오늘 무슨 바람이 불어 이렇게 늙은 외할아버지를 초대해주셨는지요?"

융과다가 전에 없이 스스럼없이 농담을 했다. 홍시는 그가 그렇게 나오는 것을 본 적이 없었기에 순간적으로 경계하는 눈빛으로 그를 힐끗 쳐다보았다.

'저 양반은 처음부터 웃는 얼굴이더니, 여유 있게 농담까지 던지고…… 무슨 생각을 하고 있는 거지?'

홍시가 잠시 생각을 한 다음 가벼운 미소를 지으면서 두루마기 자락을 멋들어지게 들었다 놓으며 다리를 꼬았다. 그리고는 상비죽선湘妃竹扇을 천천히 흔들면서 황실 자손다운 자세를 보였다.

"당연히 공사公事 때문이라고 해야 하지 않겠소? 지금 여덟째, 열셋째 황숙 모두 건강이 좋지 않으시오. 마제가 그 몫까지 떠안느라 경황이 없는 실정인 것도 같고. 하지만 다섯째 홍주는 아시다시피 비실비실하지 않소. 누구를 도와주기는커녕 시중들 사람이 필요하지나 않으면 다행이오. 그러니 명색이 폐하의 빈자리를 대신하는 장황자라는 내가 정국에 관심을 보여야 하지 않겠소? 또 공적으로는 말할 것도 없고 사적으로도 오랫동안 밖에 나가 고생하시는 아바마마가 많이 그립소. 그래서 얘기인데, 폐하께서는 지금 도대체 어디쯤 와 계시는 거요? 북경에는 언제 돌아오시는 거요? 어가御駕를 맞을 준비와 돌아오는 길의 경계를 어떻게 하려고 하는지도 궁금하오. 상서방에서는 구체적인 방안이 있을 것 아니오. 화가 나면 육친六親(부모형제와 처자)도 몰라보는 폐하의 성격을 잘 아시잖소. 집안 살림을 다 맡겼는데, 와서 물어봤을 때 아무 대답도 하지 못한다고 생각해보오. 폐하께서 나를 가만 놔두시겠소?"

융과다는 단도직입적으로 당당하게 물어오는 홍시의 말에 '황자는 정무에 간섭해서는 안 된다'는 국법의 규정으로 맞받아치려고 했다. 하지만 순간적으로 말문이 막히고 말았다. 홍시의 입에서 나온 말들이 상당히 의외인 탓이었다. 그가 전혀 뜻밖이라는 표정을 잠깐 지어 보이고는 통쾌하게 웃음을 터트렸다.

"셋째마마, 그날그날의 관보는 보시는 줄로 압니다. 주지하다시피 폐하의 어가는 이미 산동성 태안을 출발했다고 합니다. 염친왕과 제가 날짜를 꼽아보니 며칠 내로 오실 것 같습니다. 그런데 요 며칠 동안은 주비朱批와 유지諭旨가 없습니다. 혹 폐하의 건강이 좋지 않아서 그럴 수도 있습니다. 그도 아니라면 성가聖駕가 북경 경내에 들어서서 그렇지 않을까 싶기도 합니다. 사실 오늘 셋째마마께서 부르지 않으셨다고 해도 저는 조만간 들어와 아뢰려고 했습니다. 창춘원에 주둔

하고 있는 선박영 군사들은 삼 개월에 한 번씩 전원을 교체합니다. 그건 누구도 부인 못할 규정이지 않습니까? 이제 교체해야 할 날짜가 다가오는데, 어떻게 해야 할까요? 선박영의 대장은 저와 같은 소속이 아니기 때문에 간섭할 수도 없습니다. 그렇다고 믿고 맡기자니 어쩐지 불안하네요. 그리고 이제 곧 연갱요가 삼천 병마를 거느리고 입경합니다. 어디에 머무르게 할지에 대해서도 미리 확정을 하는 것이 좋겠습니다. 비 오기 전에 우산을 준비해야 하지 않겠습니까? 혁혁한 전공을 세운 야전의 영웅들에게 천막생활을 강요하는 것은 조금 곤란하지 않을까요? 성대한 환영식을 위해 북경에 들어오는 건데 말입니다."

융과다가 말을 마치자마자 의자 등받이에 기대며 벌렁 드러누웠다. 이어 눈을 가느다랗게 좁히면서 젖비린내가 물씬 풍기는 황자를 뚫어지게 바라봤다.

"그러면 어떻게 하는 것이 최선이겠소?"

홍시는 진지한 표정으로 목전의 '황제의 외삼촌'을 바라봤다. 이어 찻잔을 들어 입으로 가져갔다. 그러면서도 찻잔 너머로 융과다를 슬쩍 훔쳐보았다. 얼마 후 그가 다시 말을 이었다.

"외할아버지, 나는 아직 이런 일에 대해서는 뭐가 뭔지 통 감을 잡을 수가 없소. 여덟째 황숙과 외할아버지는 산전수전 다 겪은 노련한 분들이니만큼 뭔가 대책이 있을 것 아니오?"

홍시가 말을 마치고는 자리에서 일어섰다. 이어 부채를 부치면서 느릿느릿 걸음을 옮겼다. 순간 무거운 침묵이 방 안을 감싸기 시작했다.

홍시와 융과다는 계속 서로의 속셈을 저울질하기에 여념이 없었다. 사실 대화를 시작할 때는 융과다가 홍시의 의중을 점치기 위해 공을 슬쩍 던졌던 것인데 홍시는 그 공을 융과다에게 되넘겼다. 융과다로서는 애송이라고만 생각했던 홍시의 태도에 놀라지 않을 수 없었다.

'염친왕은 대놓고 자신을 '삼패륵당'이라고 했어. 그렇지만 숙질叔姪간에 손을 잡았을 경우 상황은 뒤집어질 수 있어. 깊은 골이 생기지 말라는 법도 없지. 그럼에도 염친왕은 앞으로 어떤 갈등이 초래될 것인가에 대해서는 일언반구도 하지 않았어. 나도 감히 물을 수가 없었지. 그러나 오늘 저녁 저 친구의 언행을 보면 마냥 어리다고 무시해서는 안 될 것 같아. 영악함이 오히려 염친왕을 능가할지도 몰라. 여차하면 방심하고 있는 염친왕을 물먹일 수도 있을 거야!'

융과다가 그렇게 생각을 하고 있을 때였다. 칠흑 같은 창밖에 시선을 두고 있던 홍시가 고개도 돌리지 않은 채 입을 열었다.

"외할아버지, 더 이상 골치 아프게 머리 쓰지 않는 것이 좋겠소. 이렇게 말하면 너무 지나친 말일지 모르나 솔직히 여덟째 황숙은 이미 물 건너 간 분이오. 무뎌진 보도寶刀로 더 이상 전쟁터에 나가는 것은 무리라고 해도 좋을 것 같소. 그 옛날 아바마마와 태자, 큰황숙과의 사이에 있었던 일들은 이제 역사 속으로 흘러가버렸소."

홍시가 말을 마치더니 갑자기 홱 돌아섰다. 이어 눈에 힘을 주며 융과다를 노려보았다. 순간 그의 눈에서 번갯불이 번쩍하는 듯했다.

"그렇지 않소? 외할아버지는 그렇게 생각하지 않으시오?"

융과다는 서슬 퍼런 홍시의 눈빛에 잠시 긴장했다. 그러나 그가 누구던가. 언제 어디서든 속마음을 감추고 표정관리를 하는 것쯤은 손바닥 뒤집는 것처럼 쉽게 할 수 있는 사람이 아닌가. 아니나 다를까, 그가 재빨리 진정을 취하고 고개를 저었다.

"무슨 말씀인지 통 말귀를 알아듣지 못하겠네요. 이제 갈 때가 된 모양입니다."

홍시가 즉각 가소롭다는 듯 입을 열었다.

"말귀를 알아듣고 말고 할 것이 어디 있다는 말이오? 우리의 뜻은 하나요. 어떻게든 폐하께서 '무사히' 돌아오시기를 소망하는 마음뿐이지 않소. 지금은 창춘원의 경비병들을 전원 교체해야 하는 시점이오. 일단 원래의 주둔군들을 전부 철수시켜야겠소. 대신 경비를 설 병력은 보군통령아문 휘하의 병사들로 해야겠소. 또 연갱요의 병사들에게도 야외에서 천막생활을 하게 할 수는 없으니 풍대 제독의 행원을 비우게 하는 수밖에 없을 것 같소. 그런데 이 두 가지는 모두 여덟째 황숙과 외할아버지 두 분께서 이미 상의를 끝낸 일 아니오? 어찌 해서 나한테 묻는 거요?"

"그건······."

융과다는 순간적으로 경악을 금치 못했다. 어제 저녁에 염친왕부에서 윤사, 왕홍서, 아령아 등과 함께 비밀리에 반란 계획을 상의한 것을 홍시가 어떻게 알고 있는지 놀라울 따름이었다.

그들은 난상토론 끝에 일단 창춘원을 순식간에 장악하기로 계획을 세웠다. 또 풍대 대영의 지휘 체계를 마비시켜 옹정의 귀로를 차단하기로 했다. 염친왕은 절대 이 사실을 밖으로 알려서는 안 된다는 엄명을 내렸다. 특히 홍시와 홍주에게 유출시켜서는 더욱 안 된다고 강조했다. 그런데, 불과 6시간 만에 홍시는 논의됐던 모든 내용들을 토씨 하나 틀리지 않고 줄줄 외워대고 있지 않은가!

융과다로서는 실로 살이 덜덜 떨리는 두려움에 사로잡히지 않을 수가 없었다. 급기야 그의 안색은 순식간에 주체할 수 없을 정도로 창백해졌다.

"별다른 뜻은 없소!"

홍시는 속내를 들킨 것이 얼굴에 다 나타나면서 당황해하는 융과다를 음흉한 눈빛으로 노려보더니 자리에 앉았다. 이어 아무 일도 없었던 듯 찻잔을 들어 한 모금을 마셨다.

"다시 말하지만 이 모든 것이 아바마마의 안전을 위해서인 만큼 계획대로 추진했으면 하오. 머리가 잘 돌아가면 절에 가서도 고기 얻어먹는다고 했듯 내가 지금 서 있는 이 자리가 내 자리가 맞는지도 잘 생각해 가면서 말이오."

홍시가 잠시 말을 끊었다. 이어 갑자기 말투를 부드럽고 경쾌하게 바꾸면서 한마디를 덧붙였다.

"나는 누가 뭐래도 폐하의 빈자리를 대신해 집을 지키는 황자요. 그런 만큼 폐하의 안전을 책임져야 할 뿐만 아니라 종묘사직에도 충성해야 할 의무가 있소. 나 자신은 그 다음이오. 제갈량의 〈출사표〉 한 구절을 빌린다면 '일의 성패와 유불리는 신이 예측할 수가 없는 것입니다!'라는 말을 명심해야 하겠소. 결국 신하의 운명은 주군의 일언지하에 달려 있다 이런 말이 아니겠소?"

홍시는 의미심장한 말을 마치자마자 바로 소름이 오싹 끼치도록 웃음을 터트렸다. 이어 밖을 향해 소리를 내질렀다.

"여봐라! 폐하께서 나에게 하사하신 여의如意를 가져오너라. 외할아버지에게 선물로 드려야겠다!"

옹정이 풍대 대영에 도착한 이튿날 이른 아침이었다. 커다란 관교官轎 하나가 창춘원暢春園 갑문閘門 앞에 멈춰 섰다. 곧이어 마제가 상체를 숙이고 수레에서 내렸다. 그리고는 쌓이고 쌓인 피곤의 무게에 짓눌려 잔뜩 오그라든 몸을 쭉 뻗어 기지개라도 켜고 싶었는지 허리를 곧게 폈다.

그러나 다음 동작은 이어지지 않았다. 아무리 신분이 고귀한 상서방의 재보대신宰輔大臣이라고는 하나 신성하고 장엄한 그곳에서 감히 팔다리를 마음대로 휘저을 수는 없었던 것이다. 터져 나오는 하품도 그 앞에서는 참아야 했으니 마제의 행동은 너무나도 당연했다.

마제는 곧 고개를 젖혀 하늘을 향해 깊은 심호흡을 하는 것으로 만족해야 하는 신세를 한탄하기라도 하듯 벌써부터 의문儀文 옆에 길게 늘어서서 자신의 접견을 기다리는 10여 명의 관리들을 힐끗 일별했다. 소리 없이 한숨도 내쉬었다. 이어 의문 안으로 들어가서는 당직을 서고 있는 악륜대를 손짓으로 불렀다.

"여덟째마마와 융과다 중당이 보내온 노란 상자는 없었나?"

"예, 아직은 없습니다. 여덟째마마의 건강은 호전될 기미를 보이지 않고 있다고 합니다. 융과다 중당께서는 오전 중에 창춘원으로 건너오실 것이라고 하셨습니다. 어가를 맞는 일 때문에 마 중당과 상의할 게 있다고 하시더군요."

악륜대가 황급히 손을 앞으로 모은 채 대답했다. 잠을 제대로 자지 못한 듯 안색이 그다지 좋지 않았다. 하지만 큰 걱정거리가 있는 것 같지는 않았다. 마제는 별일이 없을 것이라는 생각으로 발걸음을 옮기려고 했다. 그러나 어가를 맞을 준비를 한다는 말을 듣고는 다시 멈춰 섰다.

"그래, 다른 얘기는 없었는가? 어가가 어디까지 도착했다는 말은 없었나?"

악륜대가 즉각 몸을 숙이면서 대답했다.

"그런 얘기는 없었습니다. 저도 감히 물어볼 엄두를 못 냈습니다. 다만 창춘원의 호위護衛들을 교체할 때가 됐다고만 했습니다."

마제가 고개를 옆으로 갸웃했다.

"그거야 사나흘 미룬다고 해서 큰일이 나겠어? 가서 전하게. 밖에 있는 사람들에게 노화루露華樓로 가서 기다리고 있으라고 말이네."

마제는 말을 마치자마자 바로 장미꽃이 만발한 통로를 거쳐 서쪽으로 향했다. 곧 18개 성省의 관리들이 술직을 위해 북경에 왔을 때 임시로 머무는 관공처가 즐비한 낭방廊房이 나타났다. 이어 옹정이 정무를 보는 담녕거澹寧居도 모습을 보였다. 순간 마제는 걸음을 멈춘 채 담녕거를 향해 공손히 읍을 했다.

얼마 후 그는 담녕거에서 북으로 조금 떨어진 호숫가에 도착했다. 촘촘한 연꽃이 주단같이 펼쳐진 곳이었다. 그 호수 위 언덕에는 한 아름은 족히 될 것 같은 튼실한 버드나무들이 노란 기와를 얹은 다섯 기둥짜리 이층 건물을 살포시 껴안고 있었다. 그가 말한 '노화루'였다.

미리 와서 대기 중이던 유철성은 마제가 다가오는 모습을 보고는 태감들에게 주렴을 걷고 서 있도록 했다. 창춘원에서 지세가 가장 높은 장소에 자리 잡은 노화루는 원래 인공적으로 흙을 쌓아 높인 곳이었다. 강희가 더위를 피하기 좋도록 지은 서루書樓이기도 했다. 때문에 주위에는 강희의 손때가 묻은 곳이 많았다. 이를테면 북쪽으로 조금 더 가면 보이는 궁려窮廬가 대표적이었다. 바로 강희가 침궁으로 쓰던 곳이었다.

노화루의 바로 앞뜰은 무척이나 넓었다. 하지만 주변에 그다지 크지 않은 초가집들이 많이 있었다. 또 더 뒤로 가면 궁을 에워싸고 있는 담벼락이 있었다. 그 담벼락 밖으로는 몇 백 무畝는 족히 될 커다란 호수도 시원스레 펼쳐져 있었다. 첫눈에 봐도 한여름에 피서가기에 안성맞춤인 곳이었다. 아마도 습기를 다분히 머금은 시원한 바람이 땀을 식혀주기 때문이 아닌가 싶었다. 유철성이 마제를 따라 들어가면서 물었다

"그동안은 운송헌에서 일을 보시지 않았습니까. 비록 여기보다 밝

고 넓지는 않아도 방 안에 얼음대야를 여러 개 비치해두면 이곳보다 훨씬 더 시원할 텐데 굳이 이리로 옮기신 겁니까? 그것도 갑자기 말입니다. 태감들이 어젯밤 문서들을 나르느라 낑낑대더니 다 날랐는지 모르겠네요."

마제가 자리를 잡더니 바로 모든 창문을 다 열어젖히라는 명령을 내렸다. 이어 천천히 말했다.

"내, 자네니까 믿고 하소연하겠네. 요즘 들어서는 정말 잠이 모자라. 눈꺼풀이 천근만근이야. 죽을 맛이 따로 없네. 찬바람이 이마를 때리는 곳에 앉으면 덜 졸릴까 해서 여기로 온 거야. 지난번 채정蔡珽이 왔을 때인가? 내가 한참 졸고 있었어. 솔직히 그 사람들이 그 모습을 보고 내가 몇 날 며칠을 밤새워가면서 일했다고 생각을 했겠어, 아니면 그저 재상입네 하고 마음대로 망가진 모습을 보인다고 수군거렸겠어? 또 그럴까 봐 걱정이네. 그리고 성가聖駕도 이제 곧 도착할 텐데, 보친왕이 사무를 보는 운송헌韻松軒을 떡하니 점령하고 있으면 보기에도 좋지 않을 것 아닌가. 보친왕이 돌아온 뒤에야 방을 비워준다는 것도 예의가 아닌 것 같아 미리 서둘렀네."

마제가 말을 마치고는 서둘러 서류를 정리하기 시작했다. 그리고는 뭔가 생각이 난 듯 유철성에게 덧붙여 지시를 내렸다.

"접견을 요청한 관리들이 다 왔는지 보게. 아까 보니까 하남성의 통정사 차명車銘이 보이는 것 같더군. 그 사람은 먼저 들여보내게. 자네는 내 수행원이 아닌 시위이니 만큼 여기에서 시중들 필요 없어. 그저 구석구석 돌아다니면서 살펴보도록 하게. 청소할 곳이 있으면 태감들을 시켜 비질이나 시키게. 올 때 보니까 이 주변의 매미소리가 장난이 아니더군. 귀청이 찢어질 것 같아. 담넝거 주변의 나무들을 샅샅이 뒤져 다 잡아버리도록 하게. 폐하께서는 적막하다시피 조용한 것을 좋아하신다고."

마제는 유철성이 나가자 기다렸다는 듯 곰방대를 꺼내 불을 붙였다. 얼마 후 가볍게 계단 밟는 소리가 들렸다. 동시에 50세 가량 되어 보이는 희고 통통한 얼굴의 사내가 안으로 들어섰다.

어느 한 구석 작은 흐트러짐도 없이 세밀하게 그린 듯한 팔자형의 콧수염이 인상적인 사내였다. 그 수염은 마치 어깨를 으쓱하듯 양 옆으로 비죽이 치켜 올라가 있었다. 공작새 무늬의 겹옷을 입고 푸른 보석 정자를 단 사내는 몸집에 비해 발걸음이 무척이나 가벼웠다. 마제 앞으로 다가와서는 소매 스치는 소리와 함께 한쪽 무릎을 꿇은 채 인사를 올렸다. 이어 입을 열었다.

"비직卑職(낮은 관직)이 마 중당께 청안을 올립니다!"

"오, 차 대인. 일어나 편히 앉으시오. 격식 차릴 것 없소. 내가 하루에 백여 명이 넘는 관리들을 접견하고 있는데, 저마다 그렇게 있는 격식 없는 격식 다 차리다 보면 내가 일할 시간이 없소. 그건 그렇고 북경에는 언제 도착했소?"

마제가 손바닥을 위로 해 들어 올리면서 미소 띤 얼굴로 말했다. 차명이 마제의 말대로 일어나 자리에 앉더니 몸을 살짝 숙여 보이면서 침착하게 입을 열었다.

"사흘 전에 도착했습니다. 일단 하남성의 번고藩庫에 있는 은을 북경 금고로 보내라는 호부의 독촉을 받았습니다. 먼젓번에 전문경 중승이 백만 냥을 빌려간 사실을 말씀드렸더니, 맹孟 상서께서 북경에 와서 상세히 보고하라는 글을 보냈습니다. 그래서 오게 됐습니다. 맹상서는 제가 어제 만나 뵈었습니다. 그런데 마 중당께서는 무슨 일로 저를 부르셨습니까? 명령을 내리실 일이 있으면 따르도록 하겠습니다."

마제는 연신 코를 벌름거리면서 담배를 피워댔다. 몇 차례 바꿔가며 거듭 불을 붙이는 동안에도 별다른 말이 없었다. 담배를 다 피우고 난 그가 드디어 입을 열었다.

"전문경이 번고의 은을 가져간 것은 이유가 있소. 황하의 치수 공사에 썼을 것이오. 때문에 공금을 가져가서 공적인 일을 했다고 볼 수 있소. 다만 전문경이 호부에 충분한 설명을 하지 않아서 빚어진 오해이니만큼 폐하께서 도착하시는 대로 내가 직접 해명을 할 것이오. 그대는 하남성 통정사아문의 일인자로서 조정의 고위 관리요. 그런 만큼 큰 틀을 보고 대세를 읽을 줄 아는 능력과 배포가 있어야 하오. 그런 일 때문에 전문경과 사이가 멀어지는 일은 없었으면 하오. 그렇지 않소?"

차명은 타이르듯 협박하듯 하는 마제의 말에 할 말을 잃은 듯했다. 뱃속 가득 차 있는 전문경에 대한 불만을 감히 토해내지 못했다. 그는 곧 고개를 숙이는 외에는 방법이 없다는 듯 입을 열었다.

"예, 지당하신 말씀입니다. 명심하겠습니다."

"내가 자네를 부른 것은 그 일 때문만이 아니네. 조류晁劉씨의 사건이 궁금해서 불렀네. 전문경이 상주문을 올려서 안찰사 호기항을 탄핵했네. 그가 마구 불법을 저지르고 사람 목숨을 파리처럼 여긴다고 했네. 그뿐만이 아니야. 하남성 얼사아문의 사십사 명에 이르는 칠품 이상 관리들은 장구張球 한 사람만 빼놓고는 전부 면직시키는 것이 마땅하다고 했어. 또 백의암白衣庵의 스물 몇 명에 이르는 비구니들과 호로사葫蘆寺의 스님 일곱 명도 거명했다고. 심지어 자네 통정사아문의 관리들 열 몇 명도 거론됐어. 과연 그렇다면 개봉부는 쓸 만한 관리는 하나도 없는 시궁창이라는 얘기가 아니겠어? 이 정도면 조금 심각하지 않은가? 물론 이 사건은 자네가 직접 조사에 착수한 것은 아니야. 때문에 자네도 자세한 내막은 모를 수 있네. 내가 궁금한 것은 호기항, 이 사람에 대한 관리로서의 평가가 어떤가 하는 것이야."

마제가 상주문에 시선을 꽂은 채 말했다. 차명은 슬며시 시선을 들어 마제를 힐끔 쳐다봤다. 그러나 백발이 성성한 대재상의 얼굴에서는 아무것도 읽을 수가 없었다. 순간 그는 어떻게 말을 꺼내야 할지 망설였다. 물론 마제가 언급한 사건의 내막에 대해서 비록 법 집행의 책임을 맡고 있지는 않았지만 누구보다 잘 알고 있었다. 하지만 섣불리 말할 수 없는 것이, 다른 게 문제가 아니라 고구마가 줄줄이 엮여 나오듯 사건에 연루된 관리들이 워낙 많다는 것이었다.

더구나 그중에는 자신의 친인척과 손수 키워온 측근들도 없지 않았다. 자신이 입만 열면 모든 이들이 두름처럼 엮일 판국이었다. 게다가 악바리 순무에 의해 사건은 이미 세상에 까발려졌다. 의혹이 있으면 잔인하리만치 철저히 파헤치고야 마는 옹정의 성격상 이번 일도 대충 넘어갈 리 만무했다.

급기야 차명은 한 이불 속에 들어가 숨이 막혀 죽느니 각자의 옷 안으로 들어간 벌을 지혜롭게 털어내도록 하는 것이 더 나을 것이라는 판단을 내렸다. 일단은 진실을 말하는 수밖에 없다고 결론을 내렸다.

"마 중당, 이 사건은 삼 년을 끌어왔습니다. 그러다 보니 하남성에서는 모르는 사람이 거의 없습니다. 저는 비록 형벌 담당 부처인 얼사아문을 책임지고 있지는 않으나 자초지종에 대해서는 어느 정도 알고 있습니다. 결론적으로 말하면 석연치 않은 검은 내막이 겉으로 드러난 것보다 훨씬 심각한 것으로 알고 있습니다!"

사실 사건과 관련해서는 마제도 떳떳한 입장은 아니었다. 사건에 연루된 관리들 중에 자신의 문생들도 몇몇 들어 있었던 것이다. 그로서는 차명이 은근히 자신까지 물고 늘어지려 한다고 생각하지 않을 수 없었다. 속으로 화가 불끈 치솟았다. 그러나 애써 불쾌함을 누른 채 말했다.

"알고 있다니, 어서 말해보게."

차명이 가볍게 기침을 했다. 이어 목소리를 가다듬었다.

"조류씨의 남편이 죽은 것은 단지 이 사건의 도화선일 뿐입니다. 그 사람의 죽음만 가지고 본다면 이미 사건의 결말은 나고도 남았을 겁니다. 삼 년 전 첫눈 내리는 어느 날이었습니다. 제법 많은 눈이 내린 날이었죠. 당시 조류씨의 남편 조명룡明은 시를 쓰는 수재秀才답게 혼자 백의암에 설경을 감상하러 갔습니다. 그러다 기가 막히게도 한 무리의 비구니들에게 걸려들었다고 합니다. 잘 생기고 풍류가 넘치는 남자를 만나자 비구니들은 그냥 보내주지 않으려 했습니다. 그녀들은 그를 절에 불러들여 밥을 먹이고 온갖 정성을 다 기울였습니다. 급기야 그곳에 머물게 했습니다. 문제는 그녀들이 번갈아가면서 그를 밤새도록 못 살게 굴었다는 겁니다. 그러기를 며칠이나 했는지……. 신수가 훤하던 젊은이는 비구니들에게 시달리다 못해 완전히 피골이 상접하게 됐다지 뭡니까. 알고 보니 그 비구니들뿐 아니라 호로사의 중놈들 일곱 명 역시 집단 윤간을 했다고 하더군요. 그래놓고는 조명을 그대로 집에 돌려보낸다면 그에 따를 후환이 두려웠던 모양입니다. 결국 조명을 사찰 부근으로 유인해 목을 졸라 죽였습니다. 그리고는 마른 우물에 던져버렸죠. 그 당시 개봉의 지부로 있던 소성蕭誠은 자신의 임무를 게을리 하지 않았습니다. 당장 수사에 착수했고 불과 이레 만에 주범인 법원法園, 법통法通, 법명法明 등의 중들을 대옥에 잡아넣었죠. 사실 그것으로 사건은 마무리되는 줄 알았습니다. 그런데 조사 결과 그들 흉승凶僧들 입에서 자신들의 사부인 각공覺空, 그리고 법정法淨, 법적法寂, 법혜法惠 등 공범들이 하나씩 터져 나왔습니다. 게

다가 그런 살인사건도 그때가 처음이 아니었다고 합니다. 소성은 그 자백을 듣자마자 즉각 조명의 사체가 발견된 사찰 뒤의 땅을 삼 척 정도 파헤쳤습니다. 그러자 여덟 구의 머리 없는 시체가 나왔습니다. 거의 대부분이 북경으로 과거를 보러 떠났다던 효렴들이었습니다. 또 일부는 향시鄕試를 보러 가던 생원生員들이었습니다. 그러나 그 중놈들은 자신들이 죽인 사람들의 이름이 무엇이었는지도 전혀 기억하지 못했습니다. 어떻게 죽였는지도 확실하게 모른다고 했습니다. 소성은 그렇게 엄청난 살인 사건을 결코 태만하게 다룰 수 없다고 생각한 모양이었습니다. 즉각 백의암에 들이닥쳐 문제의 비구니들을 전부 개봉부로 연행했습니다. 놀랍게도 그 와중에 도망을 간 늙은 비구니가 있었다고 하더군요. 법명이 정자淨慈로, 별칭이 '진묘상'陳妙常이라는 비구니였습니다. 중당께서도 아시다시피 지금의 관리 가족들 중에는 불교를 믿지 않는 이가 거의 없다고 해도 과언이 아닙니다. 또 백의암은 개봉에서 제일 큰 비구니 암자입니다. 그랬으니 그 비구니들은 평소에 순무아문에서부터 주, 현의 관리들에 이르기까지 모든 자들의 신원과 재산 명세까지 손금 보듯 파악하고 있었습니다. 아문을 제 집 드나들 듯하면서 관리들의 혼을 쏙 빼놓는 것은 일도 아니었죠. 심지어 어떤 비구니들은 아예 자식 없는 관리들을 찾아다니기까지 했다고 합니다. 아들을 낳아주고 신분 상승을 노리는 대리모 역할도 마다하지 않았다는 겁니다. 실제로 나중에 보니 적지 않은 관리들이 비구니들과 대단히 뜨거운 사이인 것으로 밝혀졌습니다. 중당 대인, 전문경 대인은 그들 사이를 '칸막이가 너무 얇다'라고 표현했습니다. 실로 신사다운 표현이 아닐 수 없습니다. 아나나 다를까, 도망을 갔던 진묘상이라는 늙다리 비구니는 나중에 어느 아문의 누군가를 구워삶았던 모양입니다. 며칠 만에 모든 비구니들을 무죄 석방한다는 헌패憲牌가 내려졌으니까요. 비구니들이 풀려나고 며칠이 지났을 때였습니다. 이번에는 일곱 명의 중들에게도 '옥중에서 심사를 대기하라'는 느슨한 판결을 내리더군요. 물론 조류씨에게도 약간의 문제는 있었습니다. 자신의 남편이 분명히 그자들 손에 죽었다는 충분한 증거를 대지 못했죠. 더구나 사건에 대해 의문을 제기하는 또 다른 피해자도 없었습니다. 그러니 증거가 불충분하다고 할 수밖에 없었죠. 그러자 소성은 '일단 무고한 사람을 석방하라'는 윗선의 압력과 '반드시 흉악범을 엄벌에 처해야 한다'는 여론의 압박에 시달리게 됐습니다. 완전히 진퇴양난이었죠. 결국 그는 모친의 병을 핑계로 자리에서 물러나고 말았습니다. 전문경 중승은 '낙민 사건'을 통해 수면 위로 떠올랐습니다. 세상 모든 사람들이 알아보는 인물도 됐습니다. 그러던 차에 하남성으로 전근을 오게 됐습니다. 그러자 거의 포기상태에 있던 조류씨는 일말의 기대를 안고 다시 소송을 준비했습니다. 그런데 그 소문이 어떻게 퍼졌는지 조류씨가 미처 준비를 하기도 전에 누군가 그 아들을 납치해 가버렸습니다. 전문경 중승은 사태의 심각성을 깨닫고 병사들을 조류씨의 집 근처에 매복시켰습니다. 이어 심야에 조류씨까지 잡으러 집에 들이닥친 얼사아문의 아역들을 전부 체포했습니다. 그로 인해 사태는 더 크게 번지게 된 겁니다."

마제는 엄청나게 장황한 차명의 설명에 귀를 기울이면서 연신 머리를 끄덕였다. 그리고는 중간 중간 짤막하게 대답했다. 어떤 내용은 전문경의 상주문에서도 언급되기도 했으나 차명의 말처럼 그렇게 상세하지는 않았다.

사실 마제가 중점을 두고 걱정하는 부분은 따로 있었다. 옹정의 조정이 출범한 이래 이치의 환부를 도려내는 사건은 몇 건이 있었다. 이를테면 낙민 사건이 대표적으로 그랬다. 당연히 이들 사건에 연루된 관리들은 부정을 저지른 자에 대해서는 인정사정 보지 않는 옹정의 원리 원칙에 따라 면직을 당했다. 심할 경우 대옥에 갇히기도 했다. 이렇게 횡액을 당한 관리들이 무려 200여 명에 달했다. 하남성에서 발생한 조류씨 사건의 경우에도 차명이 말한 것처럼 '스님-비구니-관리의 가족-관리'의 연결고리로 얽히고설켜있다면 문제가 될 수 있었다. 옹정의 쾌도快刀에 무사할 사람이 거의 없을 터였다.

더구나 사건의 내용이 그렇게 지저분할 수 없었다. 음란하고 퇴폐적이기 짝이 없었다. 더욱 기가 막히는 사실은 그 사건의 정중앙에 적지 않은 관리들이 더러운 거지발싸개처럼 구역질나는 행각을 벌이고 다녔다는 사실이었다. 만약 그 사실이 온 천하에 공개되면 조정의 체통은 큰 손상을 입게 될 것이 너무나도 분명했다. 따라서 그로 인한 파장을 고려한다면 적당히 넘어가는 것도 그다지 나쁘지 않을 수 있었다.

그러나 전문경이 누구인가? 한번 물었다 하면 절대 놓지 않는 지독한 사람이 아닌가. 그의 성격상 중도하차라든가 대충 덮는다는 것은 있을 수 없는 것이었다. 더구나 그는 이미 부정의 온상이 돼 있는 얼사아문의 관리들을 30여 명이나 면직시키거나 탄핵했다고 했다. 끝까지 추적해 진상을 밝히겠다는 의지가 분명했다.

'도대체 이 일을 어떻게 하면 좋다는 말인가?'

마제는 심각한 고민에 빠질 수밖에 없었다. 그러나 고민은 그다지 길지 않았다. 차명의 말이 끝나자 기다렸다는 듯 말했다.

"속속들이 자세히도 알고 있군! 오늘은 자초지종을 듣는 걸로 만족하겠어. 구체적인 것은 폐하께 상주하고 폐하의 결정에 따라야겠네. 전문경이 백만 냥을 빌려가서 번고가 채워지지 않은 부분에 대해서는 너무 신경 쓰지 말게. 역시 폐하께 상주한 다음 결과를 기다려 보세."

마제가 할 말을 끝냈다는 느낌을 받은 차명이 막 일어나 물러가려고 할 때였다. 급작스런 발소리와 함께 안색이 파랗게 질린 유철성이 달려 들어왔다. 분명 무슨 급한 일이 있는 것이 분명했다. 하지만 그는 차명을 의식한 듯 엉거주춤 서 있기만 했다. 그러자 차명은 눈치껏 서둘러 물러갔다. 그제야 유철성이 입을 열었다.

"마 중당!"

유철성의 목에는 시퍼런 핏줄이 터질 듯 부풀어 올라 있었다. 또 검붉은 얼굴은 볼썽사납게 일그러져 있었다. 눈썹 위의 칼자국 역시 유난히 무섭게 꿈틀대고 있었다. 유철성이 눈에서 흉흉한 빛을 내뿜으면서 멍하니 서 있는 마제를 노려보는가 싶더니 천천히 입을 열었다.

"구문제독이 창춘원을 넘겨받으러 군사를 데리고 왔다고 합니다. 미리 알고 계셨습니까?"

"누가 그래?"

마제가 책상을 힘껏 내리치면서 대로했다.

"보십시오!"

유철성이 목소리를 낮춰 고함지르듯 하더니 창가로 가서는 휘장을 확 걷어 젖혔다. 그리고는 손가락으로 아래를 가리켰다.

"다 들어왔습니다! 궁전과 전각 할 것 없이 마구 헤집고 다니고 있습니다. 개새끼들이 수색을 하는 것인지 반란을 일으키려는 것인지 모르겠습니다."

마제는 황급히 창가로 다가가 아래를 내려다봤다. 과연 한 무리씩 떼를 지은 병사들이 담녕거와 운송헌, 순약당純約堂, 이성각怡性閣 등을 향해 몰려가고 있었다. 순간 마제는 가슴이 오그라들고 온몸의 피가 거꾸로 치솟는 충격에 사로잡혔다. 얼굴도 곧 시뻘겋게 달아올랐다. 이어 추호의 머뭇거림도 없이 유철성을 향해 고함지르듯 명령을 내렸다.

"방포 대인이 청범사 열셋째마마한테 가 있어. 얼른 친병을 파견해 방 대인을 모셔오도록 하게. 열셋째마마도 동행할 수 있으면 더 좋고. 어서! 가서 악륜대를 나에게 보내도록 하게."

유철성은 곧바로 물러갔다. 기둥 다섯 개짜리 커다란 건물은 순간적으로 텅 빈 정적에 사로잡혔다. 마제의 필묵을 챙겨주던 태감들도 느닷없는 상황에 깜짝 놀란 듯 그대로 얼어붙어 있었다. 훈풍이 제멋대로 드나드는 소리와 병풍 밑에 매단 철마鐵馬 소리 역시 예외는 아니었다. 불안과 긴장을 극대화시키면서 바람에 떨고 있었다.

마제는 관복을 정갈하게 차려 입고 밖으로 나가기 위해 서류를 정리하려고 했다. 그러다 갑자기 무슨 생각이 들었는지 마음의 안정을 되찾은 표정을 지었다. 이어 관복을 벗어버리고는 고개를 돌려 태감들을 향해 말했다.

"다들 왜 그렇게 심각한 표정을 짓고 그러나? 반란이 아니야. 융과다 중당이 창춘원의 관방關防에 나설 병력을 교체시키는 중이니 걱정하지 말게. 피곤하군! 걸상을 가져다주게, 발을 올려놓은 채 눈 좀 붙이게."

태감들은 마제가 안정을 찾는 모습을 보이자 비로소 안도의 한숨을 내쉬었다. 몇몇 태감들은 일상을 되찾은 것처럼 서둘러 움직이기도 했다.

마제는 걸상에 발을 올려놓은 채 의자에 기대 눈을 지그시 감았다. 자신의 말대로 잠을 청하는 듯했다. 그러나 그것은 주변사람들을 안심시키려는 연극이었다. 사실 그의 마음속은 여전히 거칠게 요동치고 있었고, 그는 눈을 감은 채 대책 마련에 부심하고 있었다.

그때 장검을 빼든 악륜대가 헐레벌떡 들어서더니 한쪽 무릎을 꿇었다.

"마 중당, 부르셨습니까?"

"음! 방금 유철성이 그러더군. 보군통령아문의 병사들이 창춘원에 들어왔다고 말이야. 오늘 당직 시위인 자네는 그 사실을 통보 받았나?"

"……제게는 그런 사실을 통보하지 않았습니다. 방금 구문제독아문의 이춘풍李春風이 사람을 데리고 왔습니다. 그리고는 영시위내대신인 융과다 중당의 친필 서찰을 내보였습니다. 어가를 영접하기 위한 차원에서 대내와 창춘원 두 금지禁地를 깨끗이 청소할 것이라는 내용이었습니다. 창춘원의 경계는 잠시 구문……."

"그건 알고 있네. 얼마나 온 것 같은가?"

"중당 대인, 이춘풍의 말대로라면 천이백 명입니다."

"가서 이춘풍을 불러오게. 그리고 창춘원에 들어온 천총 이상의 군관들을 집결시키게. 나의 훈화가 있을 거라고 하게."

악륜대는 사실 눈앞에 벌어진 광경이 어떤 상황인지 전혀 모르는 것이 아니었다. 아니 이번 사건이 한 차례 병변兵變을 예고하는 전초전일 것이라는 사실에 대해 어느 정도 감을 잡고 있었다. 자신의 역할이 중대하다는 사실 역시 모르지 않았다.

때문에 그는 마제가 깜짝 놀라 어찌할 바를 모를 줄 알았다. 그러나 아니었다. 마제는 아무 일도 없다는 듯 대수롭지 않은 모습을 보였다. 그로서는 오히려 그 모습이 더 당황스러웠다. 하지만 그 역시 시치미를 뚝 떼고는 행여 속내를 들킬세라 종종걸음으로 물러갔다.

마제가 그제야 자리에서 일어나더니 빙그레 웃었다. 그리고는 관복을 다시 입었다. 이어 공작새 쌍안 화령까지 달고는 책상 앞에 똑바로 앉았다. 때를 맞춰 악률대도 참장參將 차림을 한 두 명의 군관을 데리고 들어섰다. 그 뒤로는 10여 명의 유격, 천총들도 따라 들어왔다.

그들은 들어오자마자 일제히 무릎을 꿇은 채 마제에게 문안을 올렸다. 패도佩刀 부딪치는 소리가 쟁쟁거리면서 주위에 울려 퍼졌다. 마제가 가장 앞에 선 군관을 오래도록 눈여겨보다가 갑자기 물었다.

"자네 두 사람이 대장인가? 이름이 뭔가?"

"마 중당께 아룁니다. 저는 이의합李義合이라고 하고, 이 사람은 이춘풍이라고 합니다. 저희 둘 다 구문제독아문에 적을 두고 있습니다."

"이춘풍! 강희 오십일 년에 내가 무위武闈(무과 과거시험)를 주재한 적이 있었네. 내 기억으로는 그때 이춘풍이라는 응시생이 있었어. 혹시 자네가 그 사람이 아닌가?"

마제가 고개를 들고 잠시 생각을 더듬다가 입을 열었다. 그러자 이춘풍이 황급히 무릎걸음으로 마제에게 다가가 두 손을 맞잡고는 가슴께에 대면서 대답했다.

"맞습니다, 선생님! 저는 그 당시 사십일 등으로 무진사武進士에 합격했습니다. 내내 운귀 총독인 채정 장군 밑에 있다가 올해 봄에야 올라왔습니다. 선생님을 찾아뵙지 못해 죄송합니다. 부디 학생의 죄를 용서해주십시오."

"폐하께서는 문생을 둬서 무리를 만드는 풍조를 타파하기 위해 노력하고 계셔. 때문에 스승과 제자 사이일지라도 잦은 왕래를 금지하는 지의를 내리셨지. 그러니 자네에게 무슨 죄가 있다고 그러나!"

마제가 빙그레 웃더니 고개를 돌려 다시 물었다.

"이의합, 자네는 어느 과科 출신인가?"

이의합은 이춘풍에 비해 그다지 공손하지 않은 태도를 보였다. 그저 두 손으로 읍을 하면서 대답했다.

"마 중당, 저는 강희 오십칠 년의 무진사입니다."

마제가 이의합의 대답에 푸우! 하고 웃음을 터뜨렸다. 이어 부채 끝으로 가리키면서 말했다.

"다들 일어나게. 강희 오십칠 년에 무위를 주재한 사람은 바로 나의 문생인 후화홍侯華興이었어. 그러고 보니 나는 자네의 할아버지뻘이네그려!"

마제의 말은 틀리지 않았다. 마제는 강희 때의 명신이니, 이광지를 제외하고는 그 경륜과 자격 면에서 그를 능가할 사람이 옹정의 조정에는 없다고 해도 좋았다. 이춘풍과 이의합은 그저 잠자코 마제의 말을 듣고 있는 수밖에 없었다. 그러자 마제가 어느새 자리에서 일어나 껄껄 웃으면서 말했다.

"자네 둘 다 내 문하이니 스승으로서 제자들이 잘 되라는 뜻에서 가르침을 줄까 하네. 이 북경은 대청의 심장부야. 또 창춘원과 대내는 엄연히 금원禁苑이지. 금원의 규칙은 추호도 어겨서는 안 돼. 그에 따르면 보군통령아문은 구문九門만 관장하면 돼. 자금성과 창춘원은 대대로 상서방의 영시위내대신이 책임지고 호위하도록 돼 있네. 성지聖旨가 없는 한 단 한 명의 병사라도 사사롭게 진입할 수 없어. 그런 사실을 자네들은 몰랐는가?"

"저희들은 융과다 중당의 명령을 받고 왔을 뿐입니다. 결코 마 중당께서 말씀하신 것처럼 '사사로운 진입'이 아닙니다. 융 중당에게서 사전에 통보를 받지 못하셨습니까?"

마제는 이춘풍의 말에는 대꾸도 하지 않은 채 책상 앞으로 다가갔다. 이어 붓을 날려 몇 줄을 적었다. 그리고는 도장함에서 상서방 관방關防을 꺼내 조심스럽게 눌렀다. 그리고는 곧바로 악륜대에게 건네줬다.

"전속력으로 말을 달려 성으로 들어가 내 명령을 전하게. 누구의 지시를 받았든 간에 대내로 들어온 병마는 즉각 전부 밖으로 나가도록 하게. 오문午門 밖에서 명령을 기다리라고 말이야."

악륜대는 바늘구멍도 들어가지 않을 것 같은 단호한 마제의 말에 잠시 주춤거렸다. 그러나 마제의 명령을 적은 종이를 받아들고는 중얼거리듯 말했다.

"마 중당께서 융과다 중당과 협의를 하시는 것이……."

악륜대는 채 말을 마치지 못했다. 마제가 사정없이 그의 말허리를 뭉텅 잘라버린 것이다.

"협의는 당연히 할 거야. 그러나 그게 자네가 왈가왈부할 일인가? 먼저 병사들을 물러가게 한 후에 다시 보자고! 이친왕과 방 대인이 이제 곧 이리로 올 거야. 그러니 융과다 중당도 즉각 다녀가라고 전하게."

악륜대는 마제의 말이 끝나고도 한참이나 멍하니 서 있었다. 그러나 곧 기어들어가는 목소리로 대답하고는 내키지 않은 걸음걸이를 옮겼다. 마제는 기다렸다는 듯 바로 이춘풍과 이의합을 향해 나지막하고 무게 있는 목소리로 입을 열었다.

"방금 '사사로운 진입'은 아니라고 했어. 그러면 '사사로운 진입'은 어떤 것을 뜻하는가? 지금처럼 월권을 해서 무리하게 들이닥치는 자네들의 행위야말로 너무나 완벽한 '사사로운 진입'이야. 그러나 지금 알았더라도 늦지는 않네. 창춘원에 있는 선박영 군사와 태감들을 합치면 사천 명은 넘어. 서로 간에 오해로 충돌을 빚는 날에는 상황이 복잡해져. 그 후폭풍은 융과다 중당이 백 번 죽었다 살아나도 감당할 수 없어! 그러니 일단 물러가서 내 명령을 기다리도록 하게. 내 말을 무시하고 계속 이러고 있으면 왕명기패王命旗牌를 통해 자네들의 목을 쳐버릴 거야. 똑똑한 사람들이니 내 말을 이해하지 못하지는 않겠지?"

마제의 말은 단호했다. 찬바람이 쌩쌩 돌았다. 그제야 곁에서 지켜보고 있던 10여 명의 군관들은 사태가 심각하다는 사실을 눈치챈 듯했다. 곧 어쩔 줄을 몰라 고민에 빠졌다. 그들로서는 단순히 융과다의 명을 받고 진입한 것뿐인데 전혀 예상치 못한 장벽에 부딪쳤다고 생각하는 듯했다.

순간 재빨리 시선을 교환한 이춘풍과 이의합이 약속이나 한 듯 대답했다.

"마 중당, 마 중당과 융과다 중당 모두 상서방의 영시위내대신이니 저희들로서는 난감하기 그지없습니다. 정 그러시다면 저희들은 잠시 물러가겠습니다. 다만 마 중당께서 몇 글자 적어주십시오. 그래도 상부에 보고는 올려야 하니까요."

"알았네! 이제야 나 마제의 학생답군!"

마제가 비로소 얼굴에 웃음을 흘렸다. 이어 이춘풍과 이의합의 부탁대로 몇 글자를 적어주면서 말했다.

"우리가 상의한 결과 역시 보군통령아문에서 창춘원을 넘겨받아야 한다는 결론이 나오면 따로 명령을 내릴 것이네. 자네들은 무인이기에 앞서 조정의 명령을 받아야 하는 관리이기도 해. 그런 만큼 우선 조정의 명령에 따라야 하네. 그리 알고 가보게!"

이춘풍은 곧 휘하의 병사들을 데리고 물러갔다. 그때 태감 진구가 들어왔다. 마제가 기다렸다는 듯 물었다.

"이친왕은 만나 뵈었나?"

"중당 대인께 아룁니다. 열셋째마마께서는 어제저녁에 이미 풍대대영에 오셨다고 합니다. 나중에는 방 대인도 모셔갔다고 합니다. 이곳 사정에 대해서는 청범사에 있는 열셋째마마의 수행원이 다녀가시라는 말씀을 아뢰었다고 합니다."

진구가 공손하게 대답했다. 마제는 진구의 말을 듣고서야 비로소 크게 안도한 듯 긴 한숨을 토해냈다. 이어 허물어지듯 의자에 쓰러졌다. 속옷이 땀에 흥건하게 젖을 만큼 긴장했던 것이다. 그는 곧 담배에 불을 붙이고는 양 볼이 홀쭉하도록 빨아들였다 길게 내뱉으면서 지시했다.

"융과다 중당이 오는 대로 즉각 나에게 알리도록 하게!"

36장
본색을 드러내는 염친왕

그 시각 융과다는 이미 창춘원의 쌍갑문雙閘門 앞에 와 있었다. 가마를 버드나무 밑에 세워두고 뒷짐을 진 채 부지런히 서성대면서 대책마련에 부심하고 있었다. 창춘원의 분위기가 예상과는 많이 달랐다. 자금성은 기본적으로 보군통령아문의 관할권 안에 들어 있었다. 그 때문에 상서방에서는 그의 말이 잘 먹혀들었다. 또 육궁六宮의 비빈들이 있는 궁전을 제외하면 삼대전三大殿까지 수색하는 것도 무리가 없었다.

그러나 그런 융과다가 간과한 것이 하나 있었다. 그것은 바로 군무軍務에는 문외한일 것이라고 만만하게 생각한 대신 마제의 활약이었다. 설마 창춘원을 들어가고 나가는 주둔 병력까지 직접 챙길까 하고 걱정조차 하지 않았던 그가 상서방 관인官印이 박힌 수유를 보냈으니 완전히 계산 착오였다. 그는 비로소 '이 영감탱이가 그렇게 호락

호락하지만은 않구나!' 하고 느낄 수밖에 없었다. 내심 당황한 그는 곧 가마를 타고 창춘원으로 서둘러 향했다. 동시에 그는 모든 사실을 염친왕에게 알리도록 서준徐駿에게 지시했다.

아무려나 융과다는 창춘원 입구에서 염친왕의 지시를 기다리고 있었다. 그로서는 초조한 마음에 일각이 여삼추라고 할 수 있었다.

그의 심사를 반영하고 있어서였을까, 날씨도 바람 한 점 없이 숨이 막힐 듯 뜨거웠다. 5월의 불덩이 같은 태양이 맑게 갠 하늘 위에서 세월아 네월아 하고 천천히 움직이면서 시뻘겋게 달아오른 솥뚜껑 같은 대지를 쩍쩍 갈라 터지게 하고 있었다.

하지만 융과다는 더위도 느끼지 못한 듯했다. 그저 엉킨 실타래 같은 마음을 정리하느라 여념이 없어 보였다. 실마리가 쉽게 찾아지지 않는 모양이었다. 그는 그 답답한 마음을 억누르느라 다시 한 번 상황을 반추했다.

'북경의 방위를 총괄하는 이친왕 윤상은 몸져누웠어. 당연히 지금은 나에게 북경을 비롯한 경기 지역의 병마를 마음대로 움직일 수 있는 전권이 있어. 순유巡遊를 떠났다 돌아오는 황제를 맞이하기 위해 대내와 행궁의 관방을 점검한 것이나 안전을 보다 확실히 도모하는 차원에서 창춘원의 주둔 병력을 교체하는 것도 잘못은 아니야. 설령 이 과정에서 무슨 차질이 빚어지더라도 나는 직분에 충실하고 책임을 다하느라 일어난 일이야. 용기를 내야 해.'

융과다는 아무리 그렇게 마음을 다잡으려 해도 불안한 마음을 완전히 떨치지는 못했다. 이번 거사는 염친왕이 혼자 주물러 빚어낸 계획적인 반란인 데다 자신은 그저 꼭두각시 노릇을 하는 것에 불과하다고 생각하자 마음이 불편했던 것이다.

그는 잠시 그 불편한 심정을 누르고 가만히 이틀 전 저녁의 일을 떠올렸다. 그때 윤사는 분명히 자신은 '홍시당'弘時黨 사람이라고 자처했다. 그러나 홍시는 전혀 그렇게 생각하는 것 같지 않았다. 홍시의 종잡을 수 없는 말을 들어보면 분명히 그랬다.

결국 융과다는 단도직입적으로 묻지 않을 수 없었다. 윤사와 홍시의 관계가 정확히 과연 어떤 것인지 운무雲霧가 걷힐 때까지 기다릴 수 없었던 것이다.

"도대체 여덟째마마께서는 어떻게 하실 작정입니까?"

윤사가 융과다의 질문에 웃음을 흘리면서 대답했다.

"사람은 코앞의 일도 예측하지 못할 때가 많소. 그때그때 돌아가는 상황에 맞춰 처리하는 수밖에. 외삼촌은 그저 폐하를 위해 일한다고만 생각하면 마음이 편할 거요."

융과다는 윤사의 말을 듣고 이런저런 생각을 하면서 갑자기 상실감과 후회가 뒤섞여 몰려오는 것을 어쩌지 못했다. 윤사의 말과 홍시의 말을 아무리 분석해 봐도 두 사람이 무슨 꿍꿍이를 하고 있는지 도대체 알 수가 없었던 것이다.

사실 융과다는 옹정의 두터운 신임을 받으면서 여생을 멋지게 보낼 수 있는 탁고중신託孤重臣이었다. 그런데 이제 순간적인 상황 판단을 제대로 못한 죄로 이쪽저쪽으로 끌려 다니고 있었다. 그는 자기 스스로 함정을 팠다는 서글픔을 느꼈다. 비로소 '해적선에 오르기는 쉬워도 내리는 것은 어렵다'는 말뜻을 실감하고 있었다. 그는 되새길수록 입 안 가득 번지는 쌉쌀한 맛을 억지로 참아야 했다…….

그가 그렇게 생각하고 있을 때였다. 저 멀리서 강렬한 햇빛을 가르면서 검은 점박이 백마가 누런 황토먼지를 일으키면서 달려오는 모습이 보였다. 그는 말 위에 탄 사람이 윤사에게 보낸 서준인 줄 알았다. 하지만 눈앞에 나타난 사람은 염친왕부의 총관태감인 하주아였다.

"중당 대인! 어서 들어가시지 않고 땡볕에서 무슨 생각을 그렇게 골똘하게 하십니까? 더위라도 드시면 큰일 납니다!"

하주아가 땀이 번질거리는 얼굴에 웃음을 지은 채 말에서 미끄러지듯 내리면서 말했다.

"어? 오!"

융과다는 그제야 제정신이 돌아온 듯했다. 그러나 여전히 멍한 시선으로 하주아를 보면서 얼버무렸다. 지나치게 긴장한 것 같았다. 그는 한 발 뒤로 물러서면서 자조하는 듯한 웃음을 띠고 말했다.

"휘파람새 두 마리가 재잘대는 것에 정신이 팔렸던 것 같네. 왕부에서 오는 길이라면 서준을 못 보았는가?"

하주아가 융과다의 물음에 대답하려고 할 때였다. 이춘풍과 이의합이 병력을 거느린 채 의문을 통해 창춘원 밖으로 나오는 모습이 보였다. 대오를 정렬하는 듯했다. 어리둥절해진 하주아가 고개를 갸우뚱하며 물었다.

"왜 다들 나오는 겁니까?"

융과다는 순간 자신의 두 부하가 마제에게 쫓겨 나오는 것을 직감했다. 그리고는 주변에 다른 사람이 없는 것을 확인하고는 아름드리 나무 옆에 바싹 붙은 채 서슬 퍼런 눈빛으로 하주아를 노려봤다. 이어 목소리를 한껏 낮춰서는 이빨 사이로 내뱉듯 말했다.

"도대체 여덟째마마의 속셈은 뭔가? 설마 이런 일로 사람을 가지고 노는 것은 아니겠지? 자네는 어떤 왕명을 받고 온 건가?"

융과다의 표정은 금세라도 눈앞의 사람을 집어삼킬 것만 같았다. 하주아가 그 모습에 놀랐는지 볼 살을 덜덜 떨었다.

"고정하십시오, 중당 대인! 여덟째마마께서는 이미 이곳 사정을 알고 계십니다. 이제 곧 오셔서 뒷수습을 하실 거라고 하셨습니다. 그러면서 중당 대인께 마음을 굳게 다잡으라고 하셨습니다. 이 일은 누가 뭐래도 정대正大하고 광명光明한 일입니다. 때문에 지레 겁먹고 백기를 들 일이 아니라고도 하셨습니다. 이춘풍과 이의합이 이쪽으로 오고 있습니다. 저들에게는 명령을 내려 그 자리에서 대기하도록 하는 게 좋겠다고 하셨습니다. 중당 대인께서는 들어가셔서 마 중당과 교섭을 하시라고 하셨고요. 여덟째마마가 도착하실 때까지 어떻게든 시간을 벌어야 합니다. 이 대 일로 붙으면 마 중당이 수적인 열세를 이기지 못할 겁니다. 여덟째마마께서는 그러면 마 중당이 우리 뜻에 복종하지 않을 수 없다고 하셨습니다."

융과다의 눈빛이 순간 심지를 돋운 등잔불처럼 반짝 빛났다. 윤사의 진의眞意를 알 것 같은 모양이었다. 덤불 같은 마음이 세차게 뛰는 것을 어쩌지 못하는 듯도 했다. 곧이어 이춘풍과 이의합이 가까이 다가오자 혼신의 힘을 다 끌어 모아 가까스로 마음을 다잡고는 평소의 근엄함도 회복했다.

"어째 일이 제대로 안 돼 가나? 우리 애들이 다 나오네?"

"중당 대인, 임무를 제대로 수행하지 못했습니다."

이춘풍이 하주아를 힐끗 쳐다보면서 마제가 했던 말을 자세히 들려줬다. 그리고는 마제가 보낸 서찰을 넘겨주고는 조심스럽게 뒷걸음쳐 물러났다.

"빈 궁전만 몇 곳 들어갔다 나왔을 뿐입니다. 정작 중요한 곳은 시위들이 지키고 있어서 얼씬도 못했습니다. 중당 대인의 명령 없이는 손을 쓸 수가 없었습니다. 결국에는 결사적으로 저지하는 마 중당의 의사에 따르는 수밖에 없었습니다."

"아무짝에도 쓸모없는 물건들 같으니라고! 그렇다고 그냥 쫓겨 나와? 선박영의 병사들은 일 대 일의 단독겨루기에 강하기는 해. 그러나 자네들도 야전野戰에 능한 마보병馬步兵들이지 않은가! 한 방 때려 주지 그랬어?"

융과다가 입가에 흰 거품까지 문 채 고래고래 고함을 내질렀다. 그러나 곧 이춘풍과 이의합은 자신이 화를 낼 상대가 아니라는 사실을 깨달은 듯했다. 급기야 한숨을 내쉬면서 음성을 누그러뜨렸다.

"자네들이 잘못한 것은 없네. 우리 상서방 대신들끼리 의사 타진이 제대로 이뤄지지 않아서 그런 것이야. 내가 들어가 마제 대인을 만나고 나올게. 멀리 가지 말고 내 군명軍命을 기다리도록 하게!"

융과다는 말을 마치자마자 바로 창춘원 안으로 발을 들여 놓았다. 성큼성큼 내딛는 발에 힘이 느껴지고 있었다. 아마도 자신의 행동이 정당하고 합리적이라는 자신감이 붙은 모양이었다. 하기야 그의 생각도 크게 틀리지는 않았다. 군정軍政을 주관하는 재상으로서 어가御駕를 영접하기에 앞서 궁중과 행궁을 정리, 정돈하겠다는데 마제가 굳이 저지할 이유는 없는 것 아닌가?

그가 그런 생각으로 긴장과 불안에 떨던 조금 전과는 판이하게 다른 모습으로 창춘원으로 들어설 때였다. 악륜대가 맞은편에서 걸어 나오는 것이 보였다.

"내가 마 중당을 좀 만나려고 하는데?"

융과다가 말했다.

"마 중당께서는 노화루에 계십니다. 그렇지 않아도 중당 대인을 뵙고 싶어 하십니다!"

"유철성은 어디 있는가? 창춘원 시위들에게도 전부 노화루로 모이라고 하게!"

"제가 나올 때 노화루로 간다고 하면서 떠났습니다. 아직 그곳에 있는지 모르겠네요."

융과다가 알겠다는 듯 손사래를 치고 걸어갔다. 그리고는 담녕거를 빠른 속도로 지나쳤다. 놀랍게도 그곳에서는 유철성이 창춘원의 2등, 3등 시위와 수백여 명에 이르는 선박영 군교들을 집결시켜 놓은 채 훈화를 하고 있었다.

유철성劉鐵成은 원래 남순길에 올랐던 강희가 낙마호駱馬湖에서 직접 데려온 수적水賊의 두목이었다. 무차별적인 살인을 밥 먹듯 일삼던 포악하기 이를 데 없는 강도이자 맹수 같은 용사였다. 당연히 무술실력 역시 막강했다. 한마디로 범접하기가 쉽지 않을 뿐만 아니라 절대 길들여지지 않을 것 같은 인물이었다.

그러나 그에게도 인간적인 매력은 있었다. 자신을 알아보고 인정해준 강희에게 맹종에 가까운 충성을 바쳤던 것이다. 그랬으니 그의 마음속에는 오로지 강희 한 사람만 있었다. 그처럼 목숨을 바쳐 주인을 지킨다는 그의 근성은 자신을 믿고 선박영을 통째로 맡긴 옹정에게도 어김없이 이어졌다.

통이 넓은 검정바지를 입고 맨살에 노란 마고자만 입은 그의 팔뚝은 마치 기둥 같았다. 허리춤에 푸줏간에서나 볼 수 있을 법한 날이 넓은 대도大刀를 꽂은 채 나룻배 같은 장화 한쪽을 돌계단 위에 척 걸친 그의 모습은 존재 자체만으로 위압감을 느끼게 했다.

그는 융과다가 다가오거나 말거나 시선 한 번 주지 않은 채 깨진 징소리 같은 목소리로 군교들을 훈계했다.

"다 들어다 바다에 처넣어도 시원찮을 바보, 멍청이, 얼간이 같은 새끼들이 감히 이곳이 어디라고 허락도 없이 들이닥쳤는데, 여태 나한테 보고도 하지 않고 뭘 했어? 전에 무단 군문이 있을 때도 이런 식으로 일했어? 내가 일곱 살 때부터 보고 배운 것이 뭐라고 했어? 그래, 맞아! 사람 죽이는 것이 내 유일한 취미야, 알았어? 앞으로 내

코털을 건드리는 날에는 알아서들 하라고. 그 사람이 누구라도 뼈도 못 추릴 줄 알아!"

융과다는 살기등등한 유철성의 말을 들으면서 급한 발걸음으로 그 옆을 지나갔다. 자연스럽게 기가 죽을 수밖에 없었다. 가슴이 무말랭이처럼 오그라드는지 일부러 고개를 돌려 다른 곳을 쳐다보기도 했다. 그렇게 부지런히 발걸음을 옮기는 융과다의 등 뒤에서 유철성의 찢어지는 듯한 고함소리가 다시 이어졌다.

"……무슨 수를 써서라도 창춘원을 지켜야 해. 융과다 중당中堂이고 후당後堂이고 간에 단칼에 죽고 싶으면 까불라고 해! 내 명령이 없는 한 쥐새끼 한 마리라도 들여보내서는 안 돼!"

융과다는 도저히 더 이상 듣고 있을 수가 없었다. 몸을 진저리치듯 떨면서 걸음을 재촉했다. 그러나 다리에 힘이 쭉 빠져서 마치 허공을 밟고 지나가는 느낌이었다.

그는 천천히 계단을 올라가서는 의자에 스르르 무너지듯 앉아 등을 기댔다. 마제는 여전히 잠든 척하고 있었다. 그 모습을 본 융과다가 퉁명스레 말했다.

"대인, 팔자 한번 끝내주는구려! 밖에는 기름가마가 따로 없는 상황인데, 여기는 청량세계淸凉世界이니 말이오. 지방에서 올라온 관리들이 다 물러가는 것 같던데, 오늘은 접견을 안 하려나 보오?"

"청풍이 누각에 그득하니 당연히 별천지 아니겠소?"

드디어 마제가 천천히 눈을 뜨며 일어나 앉았다. 그리고는 부은 눈을 껌벅이면서 피곤한 기색이 역력한 얼굴을 들었다. 이어 가벼운 한숨을 내쉬고는 다시 입을 열었다.

"대인, 송옥宋玉이 쓴《풍부》風賦라는 글을 읽어봤소? 송옥은 대왕의 바람과 일반 서민의 바람은 다르다고 했소. 음…… 뭐랄까, '청량한 웅풍雄風은 고성高城의 심궁深宮에 시원한 기운을 선사하는구나. 그리고도 낮은 오두막에도 임하는구나. 화려한 이파리에 힘찬 입김을 불어넣으니, 계수나무 사이를 배회한다네. 급물살 위에 힘찬 몸짓으로 선회하니, 부용芙蓉의 정화精華를 재촉하는구나. 난초를 어루만지고 파릇파릇한 새싹으로 대지를 감싸는…… 때로는 섬뜩한 찬 기운에 술이 깨고 병이 낫는구나……'라고 하는 내용은 대왕의 바람을 노래한 것이오. 그런데 서민의 바람은 어떤 속성을 지녔는지 아오? '땅이 파이도록 흙먼지를 일으키니, 사람을 우울하고 짜증스럽게 한다네. 틈새를 습격해 모래를 날아오게 하고 어린 나무들은 숨이 막혀 죽게 만드는구나. 그러고도 갖가지 썩은 냄새를 풍기고 다닌다네'라는 내용을 들어보면 잘 알 수 있지 않겠소? 어떠시오? 내 총기가 아직은 쓸 만하지 않소?"

융과다도 마제가 거침없이 줄줄 외워대는 글을 어렴풋이 읽어본 기억이 있었다. 그러나 주눅이 들어 감히 읽었다고 말할 엄두를 내지 못했다. 그래도 고개를 끄덕거리는 것이 시사하는 바가 많다고 느끼는 듯했다. 그가 못내 무거운 마음으로 마제를 마주한 채 앉았다.

"이봐요, 마 대인! 악륜대에게서 마 대인이 나를 보자고 한다는 말은 들었소. 혹시 글공부를 시키려고 부른 것이오?"

"학문은 원래 책을 근본으로 하는 것이지 않소. 물론 고담준론을 펴려고 중당 대인을 보자고 한 것은 아니오. 느닷없이 병사들을 들여보내니 놀라서 그랬소. 창춘원 안팎에 부는 바람의 성격이 다른 것이……, 도대체 왜 그런지 궁금해서 불렀소."

마제가 짙은 담배 연기를 내뿜으면서 담담한 어조로 말했다. 융과다는 그의 말에 짐짓 대수롭지 않다는 듯 웃음을 지어보였다. 그리고는 모자를 벗어 내려놓은 다음 땀을 닦으면서 말했다.

"그래서 대왕의 바람이 어쩌고 서민의 바람이 어쩌고 하면서 배운 것도 별로 없는 사람의 땀을 빼게 만든 거요? 나는 또 내가 모반을 꾀했다고 오해라도 받은 줄 알았소. 부하들은 쫓겨나오고 나는 급히 보자고 하니 그렇게 생각할 수밖에 없었소. 며칠 전에 산동성 태안泰安에서 날아온 소식에 의하면 성가聖駕가 태안을 떠나 북경으로 출발했다고 하더군요. 그런데 폐하께서 자리를 비우신 동안 동화문, 서화문의 경비가 허술해지고 질서가 많이 어지러워졌소. 어떤 몰지각한 태감들은 가족들을 여장女裝시켜 버젓이 육궁을 제집 안방 드나들 듯 하지를 않나……. 하여튼 문제가 많았소. 대인도 알다시피 북경은 명실 공히 와호장룡臥虎藏龍의 요지要地라고 할 수 있소. 더구나 요즘 윤잉은 해금解禁된 이후 출궁을 자주 하오. 산책하는 모습도 자주 보인다고 하오. 정신질환을 앓는 장황자 윤제 역시 언제 무슨 일을 저지를지 모르는 터요. 한마디로 작은 움직임에도 촉각을 곤두세우지 않을 수 없는 실정이오. 게다가 여덟째마마는 건강상 이유를 들어 두문불출하고 있소. 그 속셈을 대인이나 나나 어찌 알겠소이까! 또 열셋째마마도 병이 가볍지 않은 탓에 맥을 놓고 있는 형편이오. 만에 하나 무슨 차질이라도 생기는 날에는 모든 책임이 고스란히 내게로 돌아오게 생겼다 이 말이오. 그래서 내가 어가 영접을 앞두고 금궁禁宮과 이쪽의 경계를 강화하려고 하는 거요. 그런데 대인이 이다지도 석연치 않게 생각할 줄은 정말 몰랐소."

융과다의 얼굴이 빨갛게 달아올랐다. 꽤나 흥분한 듯했다. 그가 손가락으로 창밖을 가리키면서 다시 말을 이었다.

"마 대인, 우리는 둘 다 대청의 신하요. 하지만 나는 늘 대인을 하늘같은 선배로 받들고 공경해 왔소. 그런데 오늘 마 중당께서는 사람들 앞에서 내 뺨을 때린 것과 다를 바 없는 행동을 하셨소. 우리 애들을 내쫓은 것이 무엇보다 그렇소. 게다가 유철성이 저기에서 지껄이고 있는 말도 그렇소. 뭐라고 지껄이는지 들어보셨소? 저자가 도대체 뭘 믿고 나를 모독하는 발언을 서슴지 않는지 모르겠소. 흥, 웃기고 자빠졌네! 내가 정말 딴마음을 품고 창춘원을 점령하려고 들었다면 선박영 따위의 작자들이 나를 저지할 수 있겠소? 또 그대 마 대인도 유유자적 차를 홀짝이고 담배연기나 내뿜으면서 나와 《풍부》 따위를 논할 여유가 있었겠소? 이 일은 이대로 끝내지 않겠소. 폐하께서 돌아오시는 대로 어떤 식으로든 결판을 내야겠소. 나는 저자를 가만두지 않을 거요. 한창 때 같았으면 벌써 반은 죽여 버렸을 거요! 두고 보오, 내가 할 수 있나 없나!"

마제가 융과다의 말이 재미있는 듯 껄껄 웃으면서 일어섰다. 이어 천천히 창가로 다가가 아래를 굽어보다가 몸을 홱 돌리면서 말했다.

"이번 일에는 유철성도, 이춘풍도 잘못이 없소. 사실 우리 상서방은 전 왕조인 명나라의 내각과 같소. 재상이라면 어깨와 가슴 모두 넓어야 하오. 결판을 내든 어떻게 하든 그것은 대인의 마음에 달렸으니 알아서 하시오. 나는 평생을 엉덩방아를 찧으면서 살아온 사람이오. 한두 번 더 넘어진다고 해서 두려울 것은 없소. 대인 말처럼 어가의 귀환을 앞둔 상태에서 금궁의 안보를 철저히 점검하는 것은 나도 쌍수를 들어 환영하오. 다만 미리 통보를 해오지 않은 것이 아쉬웠소. 또 격식과 순서를 지켰어야 했소. 내 생각에 자금성은 내무부와 종인부에서 경계를 강화하면 될 것 같소. 또 창춘원은 선박영의 유철성만 있으면 만사 문제될 것이 없소. 대인의 구문제독부에서는 말 그대로 구문九門만 제대로 지키면 되겠소!"

마제는 언성도 높이지 않았다. 또 자극적인 말도 하지 않았다. 그러나 융과다의 자존심은 여지없이 구겨졌다. 순간적으로 살의를 느낀 그는 자신도 모르게 허리춤에 손을 가져갔다. 행인지 불행인지 패도는 없었다. 그가 속으로 한숨을 내쉬면서 차갑게 내뱉었다.

"죄 지은 것이 없으니 나도 겁나는 구석은 없소. 아무려나 우리 두 사람만으로는 '합의'合議를 했다고 할 수 없을 것 같소. 그래서 들어오기 전에 사람을 보내 염친왕에게 와주십사 했소."

"잘했소. 방포 대인도 이친왕도 상서방의 식구들이니 모이는 김에 다 같이 보는 것이 어떻소?"

"열셋째마마께서는 건강이 너무 좋지 않으시다고 들었소. 다음 기회로 하는 것이 낫지 않겠소?"

"건강이 좋지 않기는 여덟째마마도 마찬가지 아니오? 열셋째마마는 어제 풍대 대영까지 다녀왔다고 하오. 그 정도라면 여기 잠깐 들르는 것도 무리는 아닐 거요. 두 친왕이 논의에 참여해 주신다면 우리는 한결 어깨가 가벼워지지 않겠소? 두 분이야 고달프겠지만."

"역시 마 중당은 주도면밀하오. 그렇다면 그동안 폐하의 부재를 메워온 셋째 패륵도 모셔야 하지 않겠소. 우리가 의논하고 그분들이 결정을 하면 박자가 맞을 거요."

각각 만주족과 한족을 대표하는 두 재상은 기본적으로 속내가 깊은 사람들이었다. 때문에 주위에서 얼굴 표정만으로는 둘의 감정 변화를 좀체 읽어내지 못했다. 이번에도 그랬다. 속으로는 칼을 갈면서도 입가에는 미소가 걸려 있었다. 또 팽팽하게 활시위를 당겼으면서도 겉으로 보기에는 머리를 맞대고 합심하여 의논하는 것 같은 모습을 보이고 있었다. 하지만 사실 두 사람은 일촉즉발의 위기에 처해있었다.

얼마 후 마제가 마치 시선 끝으로 비질을 하듯 융과다를 쓸어봤다. 순간 두 사람의 눈빛이 부딪쳤다. 불꽃이 사방으로 튕겨나갔다.

마제가 그런 분위기를 어물쩍 넘겨보기 위해 뭐라고 입을 열려고 할 때였다. 윤상이 풍대 대영의 참장인 장우를 데리고 들어섰다. 마제는 속으로 안도의 한숨을 길게 내쉬었다.

"보시오, 열셋째마마께서는 멀쩡하지 않소? 여전히 보무당당하시고. 선견지명이 있으셔서 모시러 가기도 전에 도착하셨군요!"

마제가 말을 마치고는 바로 일어섰다. 융과다 역시 엉거주춤 따라 일어나면서 미소를 머금으면서 입을 열었다.

"역시 이친왕께서는 혈기가 왕성하시고 젊음의 패기가 넘치신 분이라 다르십니다. 얼마 전 신이 병문안을 갔을 때만 해도 병상에 누워 계셨는데 말입니다. 그런데 안색은 아직 좀 좋지 않은 것 같습니다?"

윤상은 마제와 융과다와 문안인사에 달리 대꾸를 하지 않았다. 그저 손짓으로 장우에게 왼쪽에 시립하게만 했다. 이어 상석으로 걸어가더니 남쪽을 향해 똑바로 섰다. 그리고는 가벼운 기침을 한 다음입을 열었다.

"지의가 있네. 마제, 융과다는 지의 선독宣讀을 경청하라!"

마제와 융과다는 지의가 있다는 말에 깜짝 놀랐다. 자기도 모르게 벌어진 입을 다물 줄을 몰랐다. 느닷없이 지의가 전달될 줄은 꿈에도 몰랐던 것이다. 물론 둘의 속마음은 완전히 달랐다. 마제는 그것을 어가가 도착했다는 뜻으로 받아들이고 적이 안도를 했다. 반면 융과다는 심장이 목구멍까지 딸려 올라온 듯한 긴장감에 숨이 막히는 것 같았다. 식은땀이 이마와 콧등에도 송골송골 맺혔다.

두 사람은 황급히 장포 자락을 거머쥐고 무릎을 꿇은 채 머리를 조아렸다.

"만세! 폐하께 성안聖安을 올리옵니다."

"폐하께서는 편안하시다!"

무표정한 얼굴의 윤상이 아득한 시선을 한 채 두 사람을 번갈아 바라봤다. 이어 지의를 선독했다.

"성가聖駕는 어제 술시戌時에 이미 북경으로 귀환했다. 지금 현재는 풍대 대영에 머무르고 있는 바 마제와 융과다는 속히 짐을 만나러 오도록 하라!"

마제와 융과다는 연신 머리를 조아리면서 지의를 받았다. 그리고는 일어서서 잠깐 서로 마주봤다. 그러나 아무 말도 하지 않았다. 당연히 속으로 상대에 대해 똑같은 생각을 하고 있었다.

'폐하께서 이미 도착하셨다는 사실을 미리 알고 있었군. 그런데도 함정을 파놓고 내가 뛰어들기를 기다렸구나. 고얀 녀석!'

지의를 전달한 윤상은 마제와 융과다의 그런 생각을 아는지 모르는지 방금 전과는 달리 편안한 웃음을 지어보였다. 이어 둘을 바라보며 입을 열었다.

"두 사람은 혹시 의견이 맞지 않아 티격태격하고 있었던 것이오?"

윤상은 아직도 몸이 좋지 않은 듯 말을 마치자마자 바로 연신 기침을 터뜨렸다. 마제가 그의 기침이 멎기를 기다렸다가 입을 열었다.

"열셋째마마께서도 보셨겠지만 창춘원 정문 밖에 융과다 중당이 데려온 병사들이 있습니다. 창춘원 주둔 병력을 교체하기 위해서라고 하나 저는 납득이 되지 않아 저지하고 있는 중이었습니다."

"우리 머리 위에는 태양이 하나밖에 없소. 일을 하다 보면 서로의 의견이 상충되는 경우도 비일비재할 수 있는 거요. 그런데 그게 무슨 대수요? 염친왕, 나, 그리고 두 황세자 모두 북경에 있소. 그러니까 찾아와서 의견절충을 해보면 되는 것 아니겠소? 방금 유철성이 시위와 친병들을 한데 집결해 놓고 있더이다. 그래서 한바탕 혼을 내고 해산시켰소. 그러나 다시 안 볼 사람들처럼 얼굴 붉히는 것만이 능사는 아니지 않소! 일이 있으면 천천히 상의해 합의를 이끌어내고 가장 가까운 공통분모를 찾아내는 것이 목표인 만큼 합심해서 일하도록 하시오. 외삼촌, 안 그렇소?"

윤상이 앞장서서 계단을 내려가면서 마제의 걱정 같은 것은 전혀 마음에 두지 않는다는 듯 말했다. 이어 갑자기 걸음을 뚝 멈추고는 몸을 돌려 융과다를 바라보면서 웃었다.

순간 옹정을 만나면 이번 행동의 당위성을 어떻게 강조할 것인가, 또 마제는 어떤 식으로 탄핵할 것인가에 대해 머리가 빠개질 정도로 골몰하던 융과다가 난감한 표정을 지었다. 갑작스런 윤상의 질문에 어떻게 답해야 할지를 모르는 듯했다. 얼마 후 그가 어정쩡하게 말했다.

"정말 지당하신 말씀입니다."

윤상과 마제, 융과다 세 사람은 곧 한 무리의 태감을 데리고 창춘원을 나섰다. 그때 마침 윤사가 수레에서 내리고 있었다. 셋은 바로 걸음을 멈췄다. 윤사는 마제를 제압하기 위해 두 주먹 불끈 쥔 채 달려온 듯했으나 같이 있는 윤상을 발견하고는 깜짝 놀랐다. 의외라는 표정이 얼굴에 가득 어려 있었다.

"자네는 몸이 좋지 않다더니, 여긴 웬일인가? 어제도 누군가 자네가 아직 침상 신세를 지고 있는 것 같다고 하더군. 이제 괜찮나 보네? 그래도 그렇지 이 땡볕에 더위라도 먹으면 어떻게 하려고?"

윤상은 대답을 하기에 앞서 창춘원 입구의 공터에 장방형 모양으로 줄을 서 있는 보군통령아문의 1000여 명쯤 되는 병사들의 모습에 먼저 시선을 줬다. 이어 손짓으로 이춘풍을 부르면서 윤사의 말에 대답했다.

"그렇지 않아도 걱정입니다. 오늘은 여덟째 형님에게 문안 올리지 않더라도 봐주실 거죠? 지난번 보내주신 인삼과 은이銀耳(흰 참나무 버섯)는 잘 받았습니다. 여덟째 형님도 필요하실 텐데 저한테까지 신경을 쓰시고……. 저는 지의를 전하러 왔습니다. 폐하께서 형신을 데리고 풍대 대영에 머무르고 계시면서 이 두 사람을 부르셨습니다. 의정왕인 여덟째 형님도 몸에 무리가 없으면 같이 가서 폐하께 문안을 올리는 것이 좋을 것 같네요."

윤사가 옹정이 이미 풍대에 와 있다는 말을 듣더니 기절초풍할 듯 놀란 표정을 지었다. 그러나 거짓말처럼 순식간에 마음을 다스렸다.

"아이고, 깜짝이야! 폐하께서 풍대 대영에 계시다니, 그게 정말이야? 나는 어가가 아직 산동성에 체류 중인 걸로 알고 있었는데! 그게 사실이라면 당연히 고견하러 가야지."

그때 이춘풍이 어느새 윤사와 윤상 앞으로 다가와 있었다. 이어 겨우 대화의 틈새를 발견하고는 한 걸음 다가가더니 윤상에게 깍듯하게 인사를 올렸다.

"열셋째마마, 부르셨습니까?"

"신수가 훤해 보이는데, 이춘풍? 자네 서산 예건영에서 언제 구문제독아문으로 발령이 났지? 자네가 모시는 열일곱째마마가 고북구로 가버렸다고 이 열셋째마마따위는 무시하는 거야? 병중인데 코빼기도 보이지 않고? 이래도 되는 거야? 하기야 자기 주인도 아닌데 졸졸 따라다닐 필요는 없겠지?"

윤상이 웃으면서 농담을 건넸다. 그러자 이춘풍이 황급히 대답했다.

"소인은 작년 오월에 이곳 통령아문으로 발령받았습니다. 그 당시 열셋째마마께서 결재를 받지 않으셨습니까? 저도 몇 번씩 이친왕부를 찾아갔으나 번번이 계시지 않았습니다. 건강이 좋지 않으시다는 소문을 듣고 문안 갔을 때는 문지기들한테 문전박대를 받고 말았습니다. 열셋째마마께서는 혈색이⋯⋯."

"오, 혈색 말인가? 보다시피 건강해 보이지 않나?"

윤상이 자신의 비위를 맞추려 드는 이춘풍의 말을 여지없이 잘랐다. 이어 시커멓다고 해도 좋을 정도의 진영을 이룬 보군통령아문의 병사들을 턱짓으로 가리키면서 물었다.

"자네 휘하의 부하들인가?"

"예, 그렇습니다!"

"얼마나 되는가?"

"천이백 명입니다!"

"음. 부하들이 예의가 바른 것을 보니 대장 노릇 제대로 하는 것 같군!"

윤상이 고개를 끄덕였다.

"모두 열일곱째마마께서 가르침을 주시고 열셋째마마께서 이끌어 주신 덕분입니다."

이춘풍은 황송한 표정을 한 채 몸 둘 바를 몰라 했다. 그러면서도 한 마디를 덧붙이는 것을 잊지 않았다.

"정말입니다. 소인이야 무슨 재주가 있겠습니까?"

윤상이 그러자 푸우! 하고 웃음을 터트렸다.

"그런 말은 또 언제 배웠어? 날씨도 더운데 더위 먹을지 모르니까 어서 가보게. 병사들을 지휘해 나가는 데 있어서는 '엄'嚴과 '애'愛를 결부시키는 것만이 왕도라고 할 수 있네. 저 사람들을 땡볕에 저렇게 두지 말고 해산시키라고. 각자 나무그늘 밑으로 들어가 쉬면서 명령을 기다리라고 하게."

"예, 알겠습니다!"

이춘풍은 한쪽 무릎을 꿇은 채 군례를 올리고는 물러갔다. 잠시 후 병사들의 떠나갈 듯한 환호성이 하늘땅을 울렸다. 그들은 저마다 좋아하면서 삼삼오오 어깨동무를 하고는 여기저기 그늘 밑으로 찾아들었다. 그런 그들의 모습에서는 방금 전의 살기등등한 긴장감은 도무지 찾아볼 길이 없었다.

융과다는 직속상관인 자신에게는 한마디 물어보지도 않은 채 바로 윤상의 명령을 집행해버린 이춘풍의 행동에 화가 치밀었다. 순간적으로 얼굴이 하얗게 질렸다. 그러나 그는 윤상이 갈길을 재촉하면서 가마에 오를 것을 명령하자 이내 어쩔 수 없다는 표정을 지었다. 옹정을 만나러 간다고 생각하자 가슴이 심하게 뛰었다. 얼마 후 윤사와 윤상의 노란 가마가 천천히 동남쪽을 향해 움직이기 시작했다. 풍대 대영이 있는 쪽이었다.

윤사와 윤상 일행의 관교는 곧 풍대 대영의 행원 입구에 잇따라 멈춰 섰다. 그러자 필력탑이 반색을 하면서 달려오더니 두 친왕을 향해 인사를 올렸다.

"폐하께서는 저의 중군 대영에서 방 선생과 장 중당(장정옥)을 접견하고 계십니다. 친왕과 여러 대인들께서 도착하시는 대로 따로 대령할 필요 없이 들라 하셨습니다."

필력탑은 말을 마침과 동시에 마제와 융과다에게 잠시 시선을 줬다. 그리고는 예의를 표했다. 마제는 그러나 그에 아랑곳 하지 않은 채 돌아서서 안으로 들어갔다. 하지만 융과다는 달랐다. 어딘지 가슴이 서늘해지는 것 같은 표정을 지었다. 얼굴에 앞으로 큰일이 닥칠 것만 같은 불안한 예감을 느끼는 게 표정에 고스란히 나타났다.

하기야 그럴 수밖에 없었다. 무엇보다 방포, 윤상, 장정옥은 옹정에 대한 충성파로 정평이 나 있지 않는가! 게다가 지금 마제는 그와는 입장 차이가 극과 극인 원수 아닌 원수라고 해도 좋았다.

어디 그뿐인가. 그는 필력탑에게도 미운 털이 단단히 박혀 있었다. 또 셋째 패륵 홍시가 설상가상으로 자라목처럼 움츠러든 채 아직 얼굴을 내밀지 않고 있는 것 역시 그에게는 자신감을 잃게 만드는 원인이었다. 그의 수중에는 써먹을 만한 방패가 하나도 없었다. 그야말로 허공에 붕 떠있는 기분이었다. 그러고 보면 같은 배에 타려는 분위기를 만들어 가던 염친왕도 믿을 사람은 못 되었다.

'때가 되면 자신의 기득권을 포기하면서까지 내 편을 든다든가 하는 일은 기대하기 어려워. 자칫 다른 사람들과 합세해 나를 죽음의 늪으로 떠밀려고 하지만 않아도 다행이야.'

융과다는 불안감이 독사처럼 고개를 빳빳하게 쳐드는 것을 어찌할 수 없었다. 급기야 스스로에게 용기를 북돋워주면서 '정대광명'을 외치던 그의 배짱은 썰물처럼 빠르게 빠져나가기 시작했다. 더구나 그의 눈에 들어온 풍대 대영은 그의 기를 죽이기에 충분했다. 눈을 두는 곳마다 초소가 있었다. 거의 몇 발자국 간격이라고 해도 과언이 아니었다.

그는 급기야 평소 같으면 범상하게 넘겼을 법한 시설들을 모두 자신을 향한 호랑이의 아가리처럼 섬뜩하게 느끼지 않을 수가 없었다. 그러자 토끼를 품어 안은 듯 가슴이 뛰기 시작했다. 식은땀이 볼을 타고 흘러내리더니 찝찔하게 입안에 스며들었다.

그때 풍대 대영 입구에서 윤상이 필력탑에게 명령하는 소리가 들려왔다.

"녹두탕을 몇 가마 끓이게. 이춘풍 휘하 병사들의 갈증을 해소해 줘야겠네. 저러다 다들 더위 먹고 쓰러지겠어."

융과다는 완전히 기가 죽을 수밖에 없었다. 그래서일까, 마치 꿔다 놓은 보릿자루처럼 맨 뒤에서 두어 발 떨어져 걸었다. 그러다 나중에는 속내를 들켜버릴 것 같은 두려움이 들었는지 부랴부랴 사람들 뒤를 바짝 쫓아 군영으로 들어갔다.

윤상은 윤사와 함께 대군의 중당中堂에 오르더니 바로 처마 밑에서 허리를 꺾었다. 그가 이름을 말하고 들어가려 할 때였다. 안에서 옹정의 웃음소리가 들려왔다.

"날씨도 더운데 격식 차리지 말고 어서 들게!"

윤상 일행은 안으로 발을 들여놓았다. 그러자 완전히 별천지에 온 것 같은 청량감이 그들의 온몸을 전율하게 만들었다. 방안 네 구석에는 커다란 얼음덩어리가 대야에 담겨 있었다. 순간 아직 병색이 남아 있는 윤상이 몸을 부르르 떨었다.

그러나 앞장을 선 윤사는 그에 아랑곳하지 않은 채 무릎을 꿇고는 머리를 조아렸다. 일행은 그와 동시에 격식 차리지 말라는 옹정의 명령이 있었다는 사실을 감안한 듯 머리를 세 번 조아리는 것으로 대례를 마치고 물러나 한쪽 구석에 무릎을 꿇은 채 앉았다.

마제는 햇빛이 쨍쨍한 밖에서 방 안으로 들어오자 처음에는 앞이 캄캄해 아무것도 보지 못했다. 그러다 한참 후에야 천천히 옹정을 뜯어볼 수 있었다. 옹정은 흰 비단의 생사生絲 영관纓冠을 쓰고 있었다. 또 푸른색 두루마기를 입고는 보석이 박힌 금띠를 허리에 두르고 있었다. 평소처럼 책상 앞에 정좌하고 있었다. 그 옆으로는 방포와 장정옥이 시립하고 있었다.

마제가 융과다와의 의견충돌에 대해 어떤 식으로 아뢸 것인가를 고민하고 있을 때였다. 윤사가 먼저 운을 뗐다.

"처음 들어왔을 때는 실내가 너무 어두워 몰랐는데, 지금 뵈오니 용안이 대단히 좋아 보이시옵니다. 조금 수척하고 햇볕에 그을린 탓에 피부가 조금 검게 보이긴 하나 도리어 더 건강해 보이시옵니다. 요즘 하루에 한 번씩 쾌마快馬편으로 보내오는 소식이 있었사옵니다. 그에 따르면 폐하께서는 아직 산동성에 체류 중이라고 했사옵니다. 때문에 신은 적어도 닷새는 더 걸릴 것이라고 생각한 끝에 긴장을 늦추고 있었사옵니다. 이제 보니 폐하께서는 편복 차림으로 미행微行을 하셨군요. 백성들에게 다가서는 그런 친민親民의 자세는 대단히 바람직하옵니다. 하오나 만승지군萬乘之君인 폐하께서 만에 하나 신변이 위험하기라도 하셨으면 어쩌려고 그러셨사옵니까?"

윤사는 눈물이 그렁그렁한 얼굴로 말을 했다. 나중에는 흐느끼면서 울음소리까지 냈다. 장정옥의 그 감정의 진위 여부를 따지기에 앞서 자괴감을 느꼈다. 자신은 과연 저렇게 옹정에 대한 마음이 절실한가 하는 생각이 든 것이다.

그러나 그를 너무나도 잘 아는 융과다는 전혀 그렇게 생각하지 않았다. 겨우 진정된 마음이 또다시 얼음물을 끼얹듯 오싹해졌다. 사람이 아무리 간사하고 교활하다 해도 이 정도일 줄은 진짜 몰랐던 것이다.

'이런 사람이라면 힘껏 밀어 옥좌에 앉힌다고 해도 고생문이 훤할 것은 자명해. 내가 잘못 생각했군.'

융과다는 당연히 그런 생각을 얼굴에 나타내지는 않았다. 하지만 속은 분노로 부글부글 끓고 있었다.

"생각해줘서 고맙군. 그저 수레에 앉거나 말을 타고 꽃구경 하듯 왔지. 그러니 미행을 했다고는 하나 뭘 제대로 보기나 했겠어? 게다가 연갱요가 입성하는 날에 제대로 맞춰 오지 못할 것 같아 객상客商 차림으로 부랴부랴 들어왔잖아. 그러다 하마터면 풍대 대영에도 못 들어올 뻔했네!"

옹정이 미소를 머금은 채 그만 일어나라는 손짓을 했다. 이어 다시 싱긋 웃고는 가만히 한숨을 내쉬었다.

"이번 순유를 통해 얻은 것이 꽤 많네. 작은 식당에서 밥을 먹어보니 옹정전雍正錢이 아직 제대로 유통되지 않고 있다는 사실을 알게 됐어. 은 한 냥에 옹정전 팔백 전錢밖에 환전할 수 없어서 어디나 할 것 없이 새로 주조한 옹정전이 먼지를 뒤집어쓰고 있다는 사실도 알게 됐네. 또 지주들이 탈세를 꾀한다는 충격적인 사실 역시 짐의 두 눈으로 똑똑히 확인했네. 땅을 토호들의 이름으로 등록해 놓고는 조정의 세수 정책을 마비시키고 있더군. 짐이 만약 존귀한 군주입네 하고 구중궁궐에만 앉아 있었더라면 어떻게 됐겠나? 어느 세월에 그런 병폐를 제대로 알 수 있었겠나? 마제, 황상皇商들의 거래 때는 말할 것도 없고 염세鹽稅를 비롯한 각종 세금을 징수할 때도 이제부터는 백은白銀 대신 옹정전을 받아야 해. 그런 정령政令을 내려 보냈나?"

마제는 옹정의 말에 조심스럽게 웃음을 지었다. 점점 분위기가 편안해지고 있었던 것이다. 심지어 그는 융과다를 지나치게 의심한 것이 아닌가 하는 죄책감마저 들려고 했다. 곧 그가 황급히 아뢰었다.

"정기廷寄는 신과 융과다 중당이 열흘 전 동시에 각 지방으로 내려 보냈사옵니다. 지리적으로 먼 광동성이나 운남성, 귀주성 등은 아직 못 받았을 수도 있사옵니다. 관리와 토호들도 모두 세금을 내야 한다는 원칙은 전문경이 이미 시행에 들어갔사옵니다. 앞으로 지의에 따라 처리하도록 하겠사옵니다."

"그래, 잘했군."

옹정이 차를 한 모금 마시고 고개를 끄덕였다. 이어 윤사를 향해 물었다.

"여덟째, 몸이 안 좋다더니 좀 어떤가?"

"폐하의 관심과 사랑 덕분에 많이 좋아졌사옵니다. 열이 나고 머리가 좀 어지러운 증상을 보였사온데 오늘부터 털고 일어나게 되더군요. 그래서 코에 바람도 넣을 겸 나왔사옵니다. 그런데 때마침 폐하를 뵙게 되다니 정말 기쁘옵니다."

윤사가 몸을 숙인 채 황급히 아뢰었다. 그러자 옹정이 웃는 듯 마는 듯한 표정을 지으면서 다시 담담하게 입을 열었다.

"그게 바로 연분이라는 것이네. 좋아졌다니 다행이네. 자네가 맡아서 해줘야 할 일들이 있는데, 마침 잘 됐어. 며칠 내로 연갱요가 돌아올 거야. 병사들을 위로하는 문제에 대해서는 자네가 수고해줘야겠어. 기인旗人들에게 땅을 분배하는 일도 벽이 높아. 윤아와 윤제가 빚을 진 관리들과 관계가 복잡한 것도 문제가 되네. 자네 말은 잘 들을 것 같으니 힘닿는 데까지 설득해 보게!"

옹정이 말을 마치고는 눈꺼풀을 착 내리 깔면서 차를 마셨다. 그리고는 입을 닫았다. 얼굴에서는 실낱같은 웃음기마저도 사라지고 보이지 않았다. 윤사는 보군통령아문의 군사들이 창춘원으로 들이닥친 사건을 어떻게 정당화시킬까 고심하고 있었으나 옹정의 말에 대답부터 해야 했다. 당연히 간단한 문제부터 입에 올렸다.

"병사들을 위로하는 문제에 대해서는 신이 마제, 융과다 두 중당과 열셋째 아우와 함께 수차례나 머리를 맞대고 지혜를 모았사옵니다. 때문에 절대 차질을 빚는 일은 없을 것이오니 안심하시옵소서. 이제 남은 일은 연갱요의 병사들이 북경에 도착했을 때 묵을 곳을 정해주는 것이옵니다. 푹푹 찌는 날씨에 일반 백성들의 방에 재울 수도 없는데, 솔직히 마땅한 곳이 떠오르지 않았사옵니다. 게다가 열셋째 아우가 병상에 누워 있어 어쩔 수 없이 신이 외삼촌과 상의했사옵니다. 역시 풍대 대영에 유숙하게 하는 것이 무난할 것 같사옵니다. 겨우 고안해 낸 방법이온데 병사들이 삼천 명밖에 되지 않는 만큼 괜찮을 듯하옵니다.”

“음……”

“그리고 기인旗人들에게 둔전屯田(주둔하면서 경작을 통해 군량미를 조달하는 것)하게 하는 일도 거의 처리가 되어가고 있사옵니다. 현재 북경에 마땅한 직업이 없는 기인은 삼만 칠천 명이 넘사옵니다. 이들에게 일인당 사십 무씩 제공해 농사를 짓도록 할 것이옵니다. 모두 순의, 밀운 등 북경 일대에 있는 최고로 비옥한 땅이옵니다. 그들의 집과도 가까워 별 어려움은 없을 것으로 예상하고 있사옵니다.”

“음……”

“윤아와 윤제도 나름대로 어려움이 있다고 생각하옵니다.”

윤사는 솔직히 어떻게 하든 윤아와 윤제 문제에 대해서는 언급하고 싶지 않았다. 팔기병 자녀들이 둔전을 피하기 위해 친왕에게까지 선을 대려고 버둥대는 현실을 꼬집은 것도 그 때문이었다. 옹정의 주의력을 팔기인들에게 집중시켜보고자 했던 것이다.

그러나 옹정은 그런 윤사의 속내를 마치 들춰보기라도 한 듯 연신 “음! 음!”하는 소리만을 반복했다. 그로서도 옹정이 그처럼 말을 아끼면서 자신의 다음 말을 기다리는데 어떻게 할 도리가 없었다. 결국 마른 침을 꿀꺽 삼키면서 덧붙였다.

“윤아는 그곳의 물과 땅이 몸에 맞지 않아 설사가 멈추지 않는다고 하옵니다. 그 때문에 장작개비처럼 몸이 말랐다고 하옵니다. 오죽했으면 열셋째 아우에게 편지를 보냈겠사옵니까. 북경에 몸조리를 하러 오고 싶다고 폐하께 상주를 해달라는 부탁을 했다는군요. 열넷째는 폐하께서도 아시다시피 성격이 좀 강하옵니다. 그래도 뭔가 심기가 불편한 것은 사실인 것 같사옵니다. 하지만 결코 조정에 대한 원망은 하지 않는 듯하옵니다. 신을 봐서라도 폐하께서 일단 널리 용서를 해주시옵소서. 북경에 돌아온 뒤에 엄격히 다스려도 늦지 않을 것 같사옵니다."

윤사가 말을 마치자마자 바로 옹정에게 시선을 고정시켰다. 옹정은 한참 동안 이렇다 할 반응을 보이지 않았다. 그러다 오랜 침묵 끝에 냉소를 흘리면서 말했다.

"짐은 밖에서 비바람 세례를 받으면서 고생을 하고 돌아왔어. 그런데 자네들은 한다는 짓이 짐을 놀려 먹는 것이 전부인가? 듣기에는 제법 그럴싸해 보이는데, 과연 모든 것이 사실인가? 비옥한 땅을 집 앞에 마련해주겠다고 했는데도 아직까지 농사를 지으러 간 기인은 하나도 없어. 오히려 배분받은 땅을 다른 사람을 시켜 농사짓게 한다는군. 심지어 한술 더 뜨는 자들은 팔아먹기까지 하고 있다는데…… 그게 현실이야! 어떻게든 인간들을 구제해 보려고 했더니, 도리어 몰락을 부추기는 격이 되고 말았어. 열째, 열넷째 둘 다 병을 안고 있는 것은 짐도 아네. 그러나 그들의 병은 단순한 것이 아니야. 결코 약물이나 침으로 쾌유될 수 없는 마음의 병이지. 마음의 병이 나으면 몸은 저절로 좋아지게 마련이야. 짐은 등극 이래 모두 백사십여 명에 이르는 관리들의 집을 압수수색했네. 또 짐이 떠나기 사흘 전에는 이희李熙 등의 집을 비롯한 스물네 집을 압수수색하라는 주비朱批도 내린 적이 있어. 그런데 어떻게 그것이 아직도 시행되지 않고 있다는 말인가? 응?"

옹정은 심한 말로 문책하지는 않았다. 그러나 느릿느릿한 말 속에는 서리가 끼어 있었다. 구구절절 칼끝 같은 예리함이 듣는 이로 하여금 섬뜩하도록 만들기도 했다. 윤상마저도 옹정이 이러다가 홧김에 윤사를 죽여 버리는 것이 아닌가 하는 불안감에 휩싸일 정도였다.

"아뢰옵니다, 폐하!"

윤사가 가장 두려워하는 것은 당연히 융과다의 창춘원 진입 사건을 옹정이 철저히 추궁하는 것이었다. 다행히 옹정은 아직까지 구체적으로 창춘원 사건을 언급하지는 않았다. 그러나 그의 태도는 분명한 사실을 하나 말해주고 있었다. 윤사에게 결코 우호적이지 않다는 사실이었다.

윤사는 불안하기 그지없었다. 하지만 그럴수록 갈 데까지 가보자는 오기도 생기는 모양이었다. 한참 후 그가 드디어 용기를 내서 큰소리로 아뢰었다.

"사실 신이 구태여 아뢰지 않더라도 폐하께서는 다 알고 계실 것이옵니다. 방금 지적하신 모든 일들이 말은 쉽지만 처리하기가 얼마나 힘이 드는지를 말이옵니다. 선제께서는 얼마나 영명하셨사옵니까? 또 지금 폐하께서는 얼마나 굳세고 의연하시옵니까? 시세륜은 어떻고요? 청렴하고 강직하지 않사옵니까? 강희 사십육 년부터 두 분 폐하와 시세륜은 국채 환수 작업에 매달려 왔사옵니다. 설마 십팔 년 동안 거둬온 가시적인 성과가 하루아침에 흙더미 무너지듯 하겠사옵니까? 하지만 지금 관리들은 불안해서 마음 둘 곳을 모르고 있사옵니다. 그런 마당에 칠십 고령의 이희를 그 옛날의 하늘을 찌르는 공적과는 무관하게 재산을 깡그리 빼앗으시면, 그렇게 해서 집도 절도 없이 고쟁이바람으로 거리를 떠돌게 만든다면 신하들의 마음은 얼음구멍에 빠져 버릴 것이옵니다. 신은 별 재주가 없사옵니다. 힘도 미약하옵니다. 도저히 이 일을 잘 해낼 자신이 없사옵니다. 차라리 누구처럼 수릉守陵을 가는 것이 더 낫겠사옵니다. 아뢰옵기 황송하오나 이 방면의 유능한 인재를 기용해 신을 대체하는 것이 어떨까 하옵니다. 아무쪼록 신이 어영부영한 자세로 나라의 대사를 그르치는 큰 죄를 범하지 않도록 배려해 주시옵소서!"

윤사는 평소에 그 누구한테도 귀에 거슬리는 말은 잘 안 하는 사람이었다. 그래서 겉으로는 무척이나 온유해 보였다. 그가 '여덟째 부처'라든가 '팔현왕'이라는 별명을 가지게 된 것은 다 그 때문이라고 해도 좋았다. 하지만 지금 옹정 앞에서는 돌변했다고 해도 좋을 만큼 면전에서 음성을 높였다. 좌중의 사람들은 그야말로 경악했다. 하나같이 잔뜩 숨을 죽였다. 실내에는 삽시간에 쥐죽은 듯한 정적이 감돌았다.

37장
당당한 개선장군

옹정도 흠칫 놀라기는 마찬가지였다. 그러나 이내 마음을 가라앉힌 다음 윤사를 뚫어지게 바라보면서 말했다.

"여보게, 여덟째! 자네 왜 이러나? 이건 성질을 부릴 일이 아니야! 짐이 인정사정없는 '압수수색 황제'로 악명이 높다는 사실은 잘 알고 있네. 물론 적당히 은혜를 베풀기는 해야 해. 그러나 자네 방식은 취할 바가 못 되네. 짐은 이치吏治를 정돈하고 나면 이 악명이 스스로 떨어져 나가도록 할 자신이 있네. 지난번 유묵림이 풍자 섞인 간언을 올린 적이 있어. 바로 시 한 수였지. 그중 집을 압수수색 당한 사람들의 고충을 일컫는 대목에서는 '인사人事는 마치 연회 뒤끝 같으니, 배반杯盤이 낭자狼藉한 가운데 만취한 군노群奴들의 신세타령만 가득하구나'라고 했지. 짐이 말하고 싶은 것은 다른 것이 아니야. 먼저 달콤한 맛에 길들어 있는 자는 뒤에 반드시 씁쓸함을 맛볼 것이라는 거지. 또 쓴 맛을 두려워하지 않는 자에게는 반드시 달콤한 행운이 찾아들 것이라는 사실도 말하고 싶네. 자네 말대로 시궁창처럼 더러운 탐관오리들이 흡혈귀처럼 빨아들인 검은 돈으로 고무풍선처럼 비대해진다고 생각해봐. 또 자손 대대로 떵떵거리면서 살도록 방치해 둔다면 어떻게 되겠어? 어떻게 국법을 지키고 살라고 할 수 있겠는가? 그에 따른 민심 이반은 어떻게 막을 것인가? 부정과 비리는 바로 국적國賊이네. 짐은 탐관오리들이 은닉한 재산을 빼앗아 짐의 내고內庫를 채우려는 것이 아니야. 짐의 안주머니를 충족시키려는 것도 아니란 말일세. 짐에게 무슨 잘못이 있다고 큰 소리야, 큰 소리는! 말해봐, 여덟째!"

옹정이 흥분했는지 말하는 도중에 갑자기 벌떡 자리에서 일어났다. 그러나 행동은 느렸다. 천천히 방 안을 거닐었다.

"지금 관리들은 저마다 자라를 보고 놀란 가슴을 부둥켜안고 있사옵니다. 꿈속에서조차도 보따리를 둘러멘 채 도망을 다니기 일쑤라고 하옵니다. 관리들이라면 명색이 사대부 아니옵니까? 어느 정도의 체통은 살려줘야 하지 않겠사옵니까? 누가 뭐래도 그들은 조정의 일꾼들이옵니다."

윤사는 자신의 뜻을 전혀 굽히려 하지 않았다. 아니 좀체 느슨해질 기미조차 보이지 않은 채 마구 들이댔다고 해도 좋았다. 마치 국채 환수를 비롯해 해도 해도 끝이 없는 골칫덩어리인 국가적 정책을 두고 옹정과 한판 입씨름을 벌이려는 듯했다.

곧 옹정의 얼굴에 먹구름이 무겁게 드리워졌다. 언제 폭발할지 몰랐다. 장정옥이 그 모습에 위기감을 느꼈는지 슬그머니 방포에게 눈짓을 보냈다. 방포가 이야기를 마무리 지어야겠다는 듯 웃음을 머금은 채 말했다.

"여덟째마마, 폐하께서는 말을 달려오시느라 여독이 만만치 않으십니다. 그러니 하실 말씀이 있으시면 나중에 천천히 의논하는 것이 좋겠사옵니다."

"이 일에 있어서는 자네의 의사에 휘둘릴 짐이 아니네. 푸줏간 장씨가 없다고 설마 산 돼지를 털째로 먹겠어?"

옹정의 말 속에는 독기가 다분히 서려 있었다. 곧 미간을 좁혀가면서 윤사를 노려보았다.

"자네는 참 좋은 사람이네. 늘 자기보다 다른 사람의 안위를 먼저 염려하니 말일세. 짐과 같은 평범한 군주가 어떻게 부담스럽게 자네 같이 출중한 현자賢者를 부릴 수가 있겠나? 몸도 성치 않은 것 같은데, 당분간 집에 있으면서 몸조리나 잘하게. 짐이 따로 지의를 내릴 것이니."

옹정의 비아냥거리는 소리는 이를 가는 듯 날카롭게 들렸다. 좌중의 사람들은 순간적으로 가슴이 철렁 내려앉았다. 그러나 윤사는 조금도 주눅 든 기색을 보이지 않았다.

"신은 폐하와 정견이 일치하지 않을 뿐이옵니다. 폐하를 무시하거나 욕되게 하려는 마음은 전혀 없사옵니다. 폐하의 뜻이 그러시다면 신은 당연히 어명을 받들어 집에서 몸조리하면서 조용히 책 읽는 시간을 가질 것이옵니다."

윤사가 몸을 일으켜 다시 한쪽 무릎을 꿇었다. 이어 인사를 올리고는 바로 물러가려고 했다. 그때 거친 숨을 몰아쉬느라 가슴이 오르락내리락하던 옹정이 갑자기 힘차게 손을 쭉 뻗었다.

"잠깐만!"

윤사는 막 출입구 쪽으로 발걸음을 떼다 말고 갑작스런 옹정의 고함소리에 흠칫하면서 멈춰 섰다. 곧 몸을 돌려 상체를 깊숙이 숙인 채 절하면서 공손히 여쭈었다.

"지의가 계십니까, 폐하?"

"자네가 읽고자 하는 책들은 모두 관리로서의 도리와 자질을 논하는 것들일 테지?"

옹정은 어느새 평상심을 회복한 듯했다. 그러나 입가에는 여전히 경멸 어린 냉소를 걸고 있었다. 곧이어 서류더미 속에서 뭔가를 꺼내 융과다에게 건네주었다.

"외삼촌, 이위가 올려 보낸 상주문이야. 가난 때문에 자식을 팔아야만 하는 여인의 피맺힌 한을 담은 〈매자시〉賣子詩라는 시가 들어 있어. 염친왕에게 가지고 가라고 하게. 따뜻한 아랫목에 배 깔고 누워 한 글자 한 글자 되새김질 하면서 곱씹어 보라고도 하게. 백성들은 나라의 근본이야. 염친왕이 부디 '염'廉자의 의미를 바로 알고 백성들을 진심으로 위하는 계기가 됐으면 해. 환골탈태하라는 거지."

융과다가 땀이 흥건한 두 손을 덜덜 떨면서 이위의 상주문을 조심스럽게 받았다. 이어 윤사에게 다가가 건네줬다.

"지의에 따르겠사옵니다."

윤사가 길게 엎드린 다음 머리를 조아리고 일어서더니 상주문을 옷소매에 집어넣었다. 이어 횡하니 밖으로 나갔다.

옹정이 대나무같이 꼿꼿하게 멀어져가는 윤사의 뒷모습을 노려보더니 소리 없이 긴 한숨을 토해냈다. 이어 마제와 융과다를 향해 물었다.

"그대 둘은 무슨 일인가? 도대체 창춘원에서 무슨 일이 있었기에 두 부대가 저토록 살벌하게 대치하고 있는 것인가?"

융과다는 옹정의 말을 듣자마자 바로 눈, 코, 입이 갈 곳을 잃은 마제의 신통치 않은 표정을 훔쳐봤다. 순간 그 입이 먼저 터지는 날에 자신은 그대로 생매장당하고 말 것 같은 두려움이 그의 뇌리를 가득 채우기 시작했다.

급기야 그는 황급히 손짓발짓까지 해가면서 나름대로의 변명에 나섰다. 선박영을 관장하고 있는 열일곱째 황자 윤례가 고북구로 가고 없는 틈을 타 사악한 무리들이 활개를 칠 것이 우려됐다고, 그래서 셋째 패륵 홍시에게 보고를 올리고 윤사와 상의하에 어찌어찌 작전을 짰노라고……. 융과다는 완전히 입에 거품이 일도록 구구절절이 아뢰었다.

그러고도 마음이 놓이지 않는지 다시 마제의 눈치를 힐끔 살피면서 몇 마디를 덧붙였다.

"어가의 귀환을 앞두고 창춘원을 정돈한다고 해서 정무에 방해가 되는 것도 아니옵니다. 또 군정軍政을 책임진 대신도 아닌 마 중당이 갑자기 개입했사옵니다. 그 바람에 오히려 사달을 일으키고 말았사옵니다. 더구나 유철성은 창춘원에서 시위들을 모아 놓고 신을 모독했사옵니다. 그 굴욕을 겨우 참았사옵니다. 황친이자 대신의 체면이 휴지처럼 마구 구겨져 진흙탕에 내던져진 기분이옵니다."

융과다는 이제는 자신의 억울함까지 극력 주장했다. 그래서일까, 그의 눈언저리는 바로 빨개지기 시작했다.

"나도 엄연히 영시위내대신이오. 폐하의 안전은 그대 한 사람의 책임인 것만은 아니란 말이오. 궁을 뒤집어도 좋고, 창춘원을 정돈하는 것도 좋소. 그러나 사전에 폐하께 보고를 올리고 지의에 따라 움직였어야 했소. 그것은 설사 우리가 같이 의논하여 결정한 일이었을지라도 예의에 어긋나는 일이오. 더구나 방 선생과 열셋째마마, 나 모두들 그 사실을 전혀 모르고 있었소!"

마제가 오기 어린 턱짓을 하면서 융과다를 향해 말했다. 그때 윤상이 짧게 한숨을 내쉬었다. 자신이 거론된 이상 침묵할 수 없다고 생각한 모양이었다.

"이 일의 주된 책임은 나에게 있소. 몸뚱아리가 말을 듣지 않아 직접 챙기지 못해 이렇게 된 것 같소. 그러니 두 사람이 서로 싸울 것은 없소."

윤상이 다시 몸이 좋지 않은지 말을 마침과 동시에 연신 기침을 해 댔다. 순간 목구멍이 비릿한 느낌을 받았다. 아마도 피가 고인 듯했다. 그러나 그는 그 사실을 직감하기 무섭게 그대로 삼켜버리고 말았다. 감히 옹정 앞에서 피를 뱉어낼 수는 없다고 생각한 것 같았다.

방포는 마제와 융과다가 설전을 벌이고 있는 동안 내내 미간을 찌푸리고 생각에 잠겨 있었다. 상서방의 유일한 포의 대신인 그는 정치적 사안에 대한 결정권은 없었으나 참여할 권한은 있었다. 하지만 융과다가 사전에 자신을 찾아 상의를 하지 않은 것에 대해서 뭐라고 질책할 수는 없다고 생각했다.

그럼에도 불안감을 떨치지는 못했다. 사적史籍을 통달한 그의 입장에서 볼 때 신하가 주군의 허락도 없이 사사롭게 금원禁苑을 수색하는 방종을 저지른 행위는 조조曹操, 사마司馬씨, 동혼후東昏侯 등 난국亂國의 간신들의 그것을 제외하고는 당나라 이후로는 없었다. 더구나 사건이 몰고 온 공포는 단순히 융과다의 방종 때문이 아니었다. 그 배후에 엄청난 세력이 뒷받침돼 있을지도 모른다는 것이 더 중요했다. 그러나 워낙 북경의 인사人事라는 것은 소털같이 복잡하고 다사多事하지 않은가. 그는 결국 마땅히 이거다 하고 짚이는 곳을 찾지 못했다.

그가 잠시 후 입을 열었다.

"아무리 국사國事를 위해서라고는 하나 국구國舅(황제의 외삼촌)께서는 다른 이들과 상의를 했어야 했소. 우리가 선례를 중시하는 것은 후세에 미칠 영향을 고려하기 때문이 아니오."

융과다는 방포의 말에 일굴이 순간적으로 벌겋게 달아올랐다. 곧이어 반박에 열을 올렸다.

"나는 방 선생을 몇 번씩이나 찾았소. 그러나 어디에도 없었소. 오늘에야 방 선생이 열셋째마마한테 가 있었다는 것을 알았소."

그러자 마제가 갑자기 대화에 끼어들었다.

"보군통령아문의 천이백 명 군사들은 내가 쫓아냈소. 그런데 대인은 어찌해서 유철성을 물고 늘어지는 거요. 뻔뻔스럽기가 쇠가죽 같은 사람이군. 이번 사건은 내가 소상히 주명奏明해 그대를 탄핵하고 말거요!"

"마제 대인, 진정하시게. 국구께서도 좋은 뜻에서 그랬을 것이오. 선제께서 열하熱河를 순시하실 때도 피서산장을 미리 정돈하고는 했지 않소."

윤상이 애써 웃음을 지으면서 말했다.

"그것과는 다릅니다. 그때는 폐하의 윤허를 받고 지의에 따라 움직였습니다. 언제였던가요. 간 큰 능보라는 자가 제멋대로 군사를 데리고 피서산장에 진입했던 적이 있었죠. 그때 아마 정법正法에 따라 처리됐던 것으로 알고 있습니다."

마제가 화가 나는지 목소리를 다소 높였다. 목의 핏줄도 불끈거리고 있었다.

"무슨 말이 그래! 내가 역모라도 일으키려 했다는 거요?"

융과다의 눈에서도 불기둥이 뿜어 나왔다. 마제 역시 무섭게 받아쳤다.

"나는 그대가 역모를 하려고 했다고 말하지는 않았소. 나는 지금 능보에 대해 말하는 중이오!"

옹정은 좌중의 대화를 내내 조용히 듣기만 했다. 사람들이 그의 존재를 깜빡할 정도였다. 옹정은 급기야 대신들이 얼굴을 붉히고 고성이 오가는 것을 보더니 갑자기 푸우! 웃음을 터트렸다.

"다들 왜 이렇게 화를 내고 이러나? 군주 앞에서 실례를 해서는 안 된다는 예의도 잊었나? 국구께서 이 일에 있어서는 소홀한 면이 없잖아 있었어. 그러나 짐은 세상사람 모두가 짐을 배신한다고 해도 국구만은 역모를 꾀하지 않을 것이라 믿네. 마제, 그대도 의심이 지나쳐. 다시는 안 볼 사이도 아니고. 이러지들 말게. 시간이 흐르면 진실은 저절로 밝혀지게 돼 있어. 천천히, 우리 시간을 가지고 천천히 지켜보자고. 이 일에 대해서는 어느 누구도 더 이상 추궁하지 말도록. 알겠는가?"

좌중의 사람들은 의외로 담담한 반응을 보이는 옹정의 태도에 적이 놀라는 눈치였다. 옹정의 반응은 큰일은 가능하면 작게, 작은 일은 아예 없애버리려고 나서는 태도였던 것이다. 그것은 옹정이 결코 이번 사건을 가볍게 넘겨버리지 않을 것이라고 생각한 그들의 예상을 뒤집는 것이었다. 더불어 마제와 융과다 두 사람 중 누군가는 벼락을 맞을 것이라는 생각도 여지없이 깨뜨려버리는 반응이기도 했다.

간이 콩알만 해져서 두려움에 떨고 있던 융과다를 비롯해 현장을 지켜보던 좌중 사람들의 표정은 순간 편안해지기 시작했다. 그러나 마제는 여전히 심기가 불편한 듯 머리를 조아렸다.

"신은 국구 융과다 중당과 사적인 원한은 없사옵니다. 보군통령아문의 병사들이 대규모로 창춘원 밖에 집결하고 있는 모습은 보기에도 거슬렸사옵니다. 소문이 나면 파장이 클 것으로 예상되옵니다. 신은 폐하께 주청을 드리옵니다. 융과다 중당에게 명령해 병사들을 귀대시키도록 하시옵소서!"

옹정은 웃으면서 좌중을 둘러볼 뿐 말이 없었다. 그러자 장정옥이 안 되겠다고 생각한 듯 바로 나섰다.

"신도 마제 대인의 의견에 공감하옵니다."

"이미 왔으니 모든 것을 편안하게 순리대로 결정하는 것이 좋겠사옵니다."

방포 역시 한 마디 하지 않을 수 없었다. 그러나 의견은 정반대였다.

"국구의 체면을 너무 고려하지 않는 것도 아니 될 말일세. 그들을 돌려보내는 것이나 창춘원으로 들여보내는 것이나 모두 타당하지 않네. 이춘풍이 거느리고 있는 천여 명의 병사들을 선박영 밑으로 편입시키게. 또 명의상으로는 선박영이 창춘원을 경비하는 것으로 하되 국구가 총괄 지휘하는 것이 좋겠네. 열셋째 아우, 그렇게 알고 장우에게 지의대로 처리하라고 하게."

옹정이 드디어 자신이 결론을 내려야겠다고 생각한 듯 마디마디에 힘을 주면서 말했다. 곧이어 윤상과 융과다가 물러갔다. 옹정은 그제야 장정옥을 향해 미소를 지어보였다.

"형신, 북경에 돌아오자마자 한 차례의 용쟁호투龍爭虎鬪를 구경하게 될 줄은 몰랐네!"

마제가 옹정의 말에 기분이 상한 듯 갑자기 씨근덕거렸다. 화를 주체하지 못하는 것 같았다. 그러자 장정옥이 은근히 달랬다.

"마 중당! 길게 내다보시오."

좌중의 대신들은 양심전 총관태감인 이덕전이 수십여 명의 태감들을 데리고 문안을 올리기 위해 들어서자 물러났다. 그리고 그 날 저녁 옹정의 어가는 창춘원으로 돌아왔다. 이어 덕릉태를 비롯해 악륜대, 유철성, 장오가 등의 시위들은 원래 창춘원을 경비하고 있던 호위와 친병들을 거느리고 새로 편입돼 온 이춘풍과 함께 창춘원을 철통처럼 둘러싸기 시작했다. 그렇게 철저하게 대비를 해서였을까, 순간적으로 바람도 잦고 파도도 잠든 듯 의외의 일도 발생하지 않았다.

　윤사는 뱃속 가득 터질 듯한 화를 담고 집에 돌아왔다. 그리고는 다시 '몸조리'에 들어갔다. 그러나 그는 고작 열두 시간 만에 창춘원에서 날아든 지의를 받들어야 했다. 지의의 핵심은 '연갱요가 입성한 뒤 포로 헌납식과 열병 행사는 염친왕이 관장한다'는 것이었다. 지의는 또 '염친왕을 능가할 적임자는 없다'는 말과 '이 나라와 더불어 숨쉬는 친왕으로서 나 몰라라 한 채 짐을 실망시키는 일은 용서하지 못한다. 병이 들었다면 누워서 업무를 보는 한이 있더라도 일에 나서야 한다!'고 쐐기를 박았다. 미리 염친왕이 거절하지 못하도록 단단히 조치해 놓은 것이었다. 윤사는 달리 방법이 없었다. 옹정의 뜻은 자명했다. 병이 든 몸을 이끌고서라도 일을 하라는 것이었다.

　'귀싸대기를 때려 내쫓을 때는 언제고……. '몸조리'를 한 지 열두 시간 만에 이건 또 뭔가?'

　윤사는 생각을 하면 할수록 괴로웠다. 쓴맛, 매운맛, 신맛이 모두 어우러져 뭐라고 형언할 수도 없었다. 그제야 그는 "남의 집 처마 밑에 가면 저절로 고개가 숙여진다"라는 말의 참뜻을 이해할 수 있을 것 같았다. 얼마 후 그는 겨우 정신을 수습한 다음 머리를 조아려 지의를 받았다. 이어 가까스로 마음을 다잡고는 상서방으로 나갔다.

　그는 예부, 병부, 호부의 사관들을 일일이 접견한 후 곧바로 연갱요 부대를 맞을 준비에 착수했다. 우선 어디에 채방彩坊(색종이를 비롯한 능직비단, 나뭇가지 등으로 장식한 가건물)을 설치하고 어디에 노붕蘆棚(갈대로 엮은 천막)을 만들 것인지를 일일이 상의했다. 또 백관들은 어디까지 영접을 나갈 것인가 하는 문제도 상의해 결정했다. 그밖에 관리들의 도열 순서도 정했을 뿐만 아니라 북경 근교와 연갱요가 경유

할 경기 지역의 백성들에게 집집마다 책상을 마련하고 가가호호 폭죽을 터트리라는 명령도 내리도록 했다. 향차香茶와 미주美酒를 내오라는 명령을 내리는 것은 기본 중에 기본이었다. 그날을 축제의 분위기로 만들어 온 백성들로 하여금 즐겁게 먹고 마시고 놀게 하면서 대장군의 개선을 마음껏 환영하는 명절로 만들겠다는 얘기였다. 다행스러운 것은 데리고 일할 부원 대신과 관리들이 모두 그의 손이 많이 간 옛 부하들이었기에 일은 척척 손발이 맞아 돌아갔다. 그러자 터질 것만 같던 윤사의 기분도 차츰 안정돼 갔다.

드디어 음력 5월 8일, 연갱요의 병마가 장신점長辛店에 도착했다는 소식이 날아들었다. 그 속도대로라면 9일에는 무난히 풍대에 도착할 수 있을 터였다. 잠시 숨을 돌릴 시간을 넉넉히 계산하더라도 10일에는 입성해 열병을 받을 수 있을 것으로 예상됐다.

준비는 다 돼 가고 있었으나 윤사는 손가락으로 먼지까지 확인할 정도로 깐깐한 옹정에게 혹시라도 한소리 들을 꼬투리라도 잡히지 않을까 걱정한 나머지 더위를 무릅쓰고 직접 현장에도 나가봤다. 그러고 나자 비로소 마음이 놓이는지 창춘원으로 가서는 패찰을 건넸다.

때는 단오절이 막 지난 시기였다. 창춘원에는 석류꽃이 지고 월계화가 만개해 있었다. 또 피를 토하는 듯한 붉은 꽃송이는 녹수綠水가 떨어질 것 같은 싱그러운 잎에 살포시 안긴 채 화사하게 웃고 있었다. 그 주변의 금항아리에는 찰랑찰랑 소리를 내는 장춘수長春水라는 물이 담겨 있었다. 기가 막힌 풍경은 그뿐이 아니었다. 주문朱門에는 푸른 쑥이 특유의 향내를 발산하면서 꽂혀 있었고, 자갈길 옆으로는 꽃담도 보였다.

그 위로는 갖가지 정자를 번쩍이는 관리들이 두세 명씩 짝을 맞춰

오가고 있었다. 그중에는 상서방 대신들의 접견을 기다리는 이들도 있었으나 접견을 마치고 물러나오는 사람들도 상당수 있었다. 그들은 한결같이 연갱요 대장군의 개선을 화제로 올리느라 흥분에 들떠 있었다. 그러다 윤사를 발견하고는 잠시 호들갑을 멈췄다.

그때 담녕거 쪽에서 융과다가 깊은 생각에 잠긴 듯 고개를 절레절레 저으면서 걸어오는 모습이 보였다. 윤사는 그와 잠깐 시선이 마주쳤으나 일부러 고개를 돌리고는 못 본 척했다. 이어 커다란 금항아리 옆에서 한림들과 함께 서 있는 서준을 소리쳐 불렀다.

"서준, 이리 와 보게."

"부르셨습니까, 여덟째마마."

서준은 날듯이 다가와 미끄러지듯 한쪽 무릎을 꿇었다. 이어 천천히 입을 열었다.

"방금 폐하를 배알하고 나오는 길입니다. 연 대장군 환영식에 앞서 오문午門에서 포상을 할 모양입니다. 그에 따른 조유詔諭를 작성하는데 다른 사람들의 문장이 시원치 않았습니다. 당연히 장 중당의 높은 벽을 하나도 넘지 못했다고 합니다. 그래서였는지 조금 전에 폐하께서 저를 부르시더니 그 자리에서 글을 써보라고 하셨습니다. 그래 몇 글자 적어 올렸더니 의외로 칭찬을 받았지 뭡니까?"

윤사가 서준의 말에 흐뭇한 미소를 지어보였다. 그때 마침 융과다가 지나가는 모습이 보였다. 그러자 윤사가 목청을 한껏 높여 서준에게 물었다.

"폐하께서 다른 지의는 계시지 않았는가? 자네만 부르신 거야?"

서준이 황급히 몸을 일으키면서 대답했다.

"한림원에서 올려 보낸 글은 너무 딱딱하다고 하셨습니다. 황제를 칭송하거나 공훈을 구가할 때, 또 덕망을 치하할 때는 품위 있고 우아하면서도 화려한 미문美文을 써야 한다고 하셨습니다. 팔고문八股文의 냄새를 풍겨서는 안 된다고 하신 것이죠. 사실 제 글은 좀 지나치게 화려하다 싶은데 폐하께서 좋아해 주시니 참 다행입니다. 아, 그리고 말입니다. 방금 그 자리에는 장 중당도 계셨습니다. 제가 얼핏 들으니 융과다 중당께서 구문제독 자리에서 물러나시겠다며 사표를 제출했다는 것 같았습니다."

순간 윤사의 머릿속은 벌집을 쑤셔놓은 것처럼 윙윙거렸다. 눈앞도 어질어질해졌다.

'걱정했던 대로구나. 융과다는 진짜 손 씻고 나앉으려는 모양이네. 이걸 어떻게 한다?'

윤사는 잠시 생각에 잠긴 채 멍하니 서 있었다. 사탕 한 알 얻어먹고는 그 단맛에 취해 아무것도 모르는 서준에게 속마음을 털어놓아 봤자 허사라는 생각이 든 모양이었다. 급기야 그가 심드렁한 말투로 비아냥거리듯 말했다.

"손바닥만 한 글 한번 써먹게 된 것이 그렇게 좋은가? 아무튼 축하하네! 나는 또 하도 싱글벙글하기에 조정에서 빼앗아간 자네 아버지의 재산이라도 돌려준다고 한 줄 알았네. 정신 차려, 이 사람아! 팽붕彭朋과 손가감이 연합으로 자네에 대한 탄핵의 글을 상주했다고해. 폐하께서 삼복 날씨처럼 변덕이 심하신 것은 모두들 아는 바 아닌가. 악담을 하는 것이 아니라 오늘은 사탕 한 알 주고 내일은 승장繩匠골목(감옥이 있는 곳)에 처넣을지도 모르니까!"

"그것들이……, 그것들이 무슨 일로 나를 탄핵한다는 겁니까?"

서준은 가슴이 터질 듯한 흥분에 겨워 있다가 마치 몽둥이에 뒤통수를 얻어맞은 듯 얼떨떨해하면서 물었다.

"소순경인가 뭔가 하는 계집애 때문에 자네와 유묵림의 사이가 좋지 않다면서? 유묵림이 보친왕과 함께 서부에 나간 병사들을 위로하기 위해 떠난 사이에 자네가 술에 약을 타 먹이고 그 계집을 겁탈했다면서? 그런 일이 있었는가, 없었는가? 더 자세하게 말해줘?"

윤사가 단도직입적으로 말했다. 그래서일까? 그의 말은 끓였다 식힌 물처럼 미지근했다. 서준은 윤사의 질책에 순간 눈이 휘둥그레지더니 얼빠진 사람처럼 그를 바라봤다. 그러자 윤사가 냉소를 퍼붓듯 말했다.

"자네는 재주가 좀 있어. 그러나 보다시피 대단히 못 돼 먹었지. 전에도 국물에 약을 타 스승인 당경唐敬을 죽이지 않았나? 그걸 보면 그다지 놀랄 일도 아니지만 말이야. 그 당시에는 융과다가 나하고 호흡이 맞았으니 자네를 적극 보호해줬어. 그러나 앞으로 나도 융과다도 망하게 되면 어떻게 하려고 그래? 종이로 불을 덮을 수 있어? 언젠가는 들통이 날 텐데 어떻게 하나 보겠어!"

윤사는 말을 마치자마자 서준의 반응 따위는 아랑곳하지 않고 횡하니 가버렸다.

서준은 온몸이 식은땀으로 후줄근해지는 것을 어쩌지 못했다. 사실 그가 소순경을 겁탈한 것은 부인하기 어려웠다. 때는 유묵림이 북경을 떠난 지 사흘째 되던 날이었다. 그는 소순경을 불렀다. 웬만한 자리에는 나타나기를 꺼리는 소순경이었기 때문에 왕홍서와 왕문소도 함께 불렀다. 얼마 후 그는 노래 몇 곡을 듣고 술상을 물렸다. 그리고는 차에 약을 타 소순경에게 마시도록 했다…….

서준은 그제야 소순경이 처녀가 아니라는 사실을 알게 됐다. 결국 아무것도 모르고 실오라기 하나 걸치지 않은 알몸으로 잠들어 있는 소순경을 발로 걷어차면서 마구 욕을 퍼부었다.

"왕홍서와 왕문소는 그날 일찍 가지 않았는가! 다른 사람들은 전혀 모르는 일이야. 그런데 어디서 소문이 새어 나간 것일까?"

서준은 생각을 하면 할수록 당황하지 않을 수 없었다. 당장 소순경을 죽여 인증과 물증을 동시에 없애는 것이 상책이 아닐까 하는 생각도 들었다. 유묵림이 너무나도 두려웠던 것이다. 급기야 그는 다른 동년배들이 다가와 술 한잔 사라고 조르는 것도 애써 설득해 다음으로 미루고는 서둘러 창춘원을 나왔다. 이어 대기 중이던 하인에게 명령했다.

"가마를 대기시켜! 가흥루로 가서 소순경을 몰래 우리 집에 데려다 놓아야겠어!"

그러나 소순경은 가흥루 그 어디에도 없었다. 그 일이 있은 다음 그녀는 죽을 결심을 하고 전문前門 밖에 있는 기반가棋盤街로 몰래 숨어들었다. 정조를 잃은 것에 대한 상심과 절망이 그녀를 죽음을 생각할 지경으로까지 몰아넣었던 것이다. 그녀는 내리 사흘 동안 먹지도 마시지도 않았다. 또 자지도 않은 채 눈물에 절어 살았다.

그녀는 장원급제한 왕문소의 체면만 생각해주지 않았더라도 서준을 만나지 않았을 터였다. 그러나 이미 엎질러진 물이었다. 생각할수록 분하고 억울하고 후회막급이었다.

'내가 유묵림의 여자라는 사실을 뻔히 알면서도 감히 그런 짓을 해? 인간은 과연 어디까지 악랄해질 수 있는가, 어디까지……'

그녀는 눈물마저 말라버린 나날을 보내면서 맑고 초롱초롱하던 눈망울을 잃어버렸다. 마치 흐리멍덩한 희뿌연 하늘이 그럴까 싶었다.

기생어멈은 기방妓房을 차린 이후 별의별 꼴을 다 보고 살아온 여자였다. 당연히 소순경 같은 경우도 비일비재하게 목격했다. 때문에 저렇게 며칠 누워 있다가 분해서라도 떨치고 일어나겠거니 생각하면서 걱정도 하지 않았다. 그러나 소순경은 그렇지 않았다. 연 며칠 동안 물 한 방울 넘기지 않고 서서히 말라 죽어가고 있었다. 기생어멈은 소순경을 더 이상 지켜볼 수 없었다. 급기야 크게 당황한 나머지 침대맡에 앉아 이것저것 위로의 말을 건넸다.

"그래도 살아야 해, 이것아! 이것보다 더한 경우를 당하고도 씩씩하게 사는 사람도 많아. 그런데 왜 이래? 우리 이 바닥 여자들은 결코 얼음조각 같은 순결함을 지킬 수가 없어. 그것은 하늘의 별 따기인 거야. 그럼에도 지금껏 내가 너를 빼내주고 감춰주고 했던 것은 다른 이유 때문이 아니야. 네가 하도 발버둥치면서 정조를 지키려는 모습을 보여서 내가 감동한 거지. 아니면 너는 그 유 뭔가 하는 탐화探花한테 정조를 주기 전에 벌써 다른 남자한테 빼앗기고도 남았어. 한번 기생은 영원한 기생인 거야. 네가 아무리 고상하게 논다고 해도 누가 죽은 뒤에 열녀비라도 세워 줄 줄 아냐? 지난번 아는 언니가 꽤쓸 만한 계집애들 몇 명 데려온 것 봤지? 하남성 개봉에서 전문경이라는 사람이 모든 기방을 폐쇄하라는 명령을 내렸다지 뭐야. 천민賤民을 해방시켜 주라는 폐하의 지의에 따라 그 애들을 풀어줘 '종량從良(새 삶을 시작함)하도록 한 것이지. 하지만 그 애들은 밥줄을 잃었다면서 되레 원망한대잖아. 나팔수도 그렇고 기생도 그렇잖아. 몇 백 년을 대대로 대물림 받은 직업 아니냐. 그런데 이제 와서 농사를 배우겠어, 공부를 하겠어? 너나 나나 운명이 기구한 것은 마찬가지야. 괜히 기운 빼지 말고 팔자려니 하고 살자꾸나!"

"……"

"그 유 탐화도 그저 하룻밤 남자쯤으로 생각하는 것이 좋다니까!"

소순경은 기생어멈의 말에 신경질적으로 돌아누웠다. 그러자 기생어멈이 그 어깨를 쓰다듬으면서 덧붙였다.

"남자 자식들 쓸 만한 것이 몇이나 되겠냐? 나는 평생을 살아오면서 하나도 보지 못했다. 술 처먹기 전에는 하나같이 점잖은 척하지. 그러다가도 탐욕스런 맹수로 돌변하는 것은 순간이잖아.”

기생어멈이 신세타령하듯 중얼거렸다. 그때 잠자코 있던 소순경이 갑자기 벌떡 일어나 앉으면서 악에 받친 표정을 지었다. 이어 그녀를 무섭게 쏘아봤다.

“엄마는 엄마고, 나는 나예요. 그리고 그 사람은 그 사람이고! 나는 그 사람에게 다 줬어요. 흔쾌히 말이죠. 그래서 죽어도 여한이 없어요. 그 사람에 대해 나쁜 소리 할 거라면 나가줘요.”

“다 너를 위해서 그러는 거잖아!”

기생어멈이 소순경을 향해 얄미운 눈길을 주다 말고 고개를 떨어뜨렸다. 이어 씁쓸한 표정을 하고는 한숨을 내쉬었다.

“……물론 나 자신을 위해서이기도 하지. 서준 대인은 뼈대 있는 가문의 자손이잖아. 게다가 여덟째마마의 심복이기도 하고. 또 유 탐화는 어떤 사람이냐고? 폐하의 성총을 한 몸에 받고 있는 실력자잖아. 나는 어느 누구 손에 죽어도 뼈도 못 추릴 것이 뻔해. 유 대인이 이제 곧 돌아올 텐데, 네가 잘못되기라도 하면 나는 어떻게 하니? 유 대인이 사람 내놓으라면서 나를 닦달할 텐데……. 얘야, 기생어멈이 됐든 뭐가 됐든 그래도 한때는 네가 ‘엄마’라고 불렀던 내 말을 좀 들어다오. 침 질질 흘리면서 달려드는 남자들을 피할 수 있도록 너를 빼돌려 준 정을 생각해서라도 말이야…….”

기생어멈은 정말 간절하게 애원했다. 볼에는 어느새 두 줄기의 눈물도 흘러내리고 있었다. 그녀는 결국 손수건을 꺼내 눈물을 닦다 말고 북받치는 감정을 억제하지 못한 듯 엉엉 소리 내어 울기 시작했다.

코를 벌름거리던 소순경의 눈에서도 굵직한 눈물이 하염없이 흘러내렸다. 곧 그녀가 두 손으로 얼굴을 가리고 그대로 무너져 내리면서 넋두리하듯 말했다.

"저는 이제 다시는 그이를 볼 낯이 없어요. 그렇지만 마지막으로 한 번쯤은 보고 싶어요. 괴로워하지 마세요, 엄마. 저…… 밥 먹을게 요……."

소순경은 약속대로 차츰 밥을 먹기 시작했다. 며칠 뒤에는 일어나 걸을 수 있을 정도로 빠른 속도로 원기를 회복했다. 다만 얼굴의 그늘은 걷힐 줄 몰랐다. 퀭한 눈은 그대로였다. 사람을 싫어하게 돼서 그런지 나중에는 평소 왕래가 잦던 언니들이 찾아가도 얼빠진 사람처럼 생각에 잠겨 있기 일쑤였다. 그녀는 오로지 유묵림만을 손꼽아 기다리고 있는 듯했다.

드디어 음력 5월 10일이 돌아왔다. 대장군 연갱요가 입성하는 날이 다가온 것이다. 그녀는 북경성 안은 틀림없이 인산인해를 이룰 것이라는 생각을 하고는 일찌감치 향과 술, 음식을 간단히 챙겨들고 가마에 앉았다. 이어 서직문을 조용히 나섰다. 사람들과 부딪치는 것이 싫은 모양이었다.

그녀의 예상대로 길가에는 이미 성 안에서 구경나온 사람들로 발디딜 틈이 없었다. 만사를 제쳐놓고 먼 길도 마다하지 않은 채 연도를 가득 채운 그들의 목적은 사실 연갱요를 환영하는 것에만 있지 않았다. 오히려 옹정 황제가 어떻게 생겼는지 보고 싶어 하는 사람들이 더 많았다. 하기야 그럴 수밖에 없었다. 옹정은 즉위한 이래 단한 번도 북경의 백성들 앞에 공개적으로 모습을 드러낸 적이 없었기때문이었다.

사람들이 모이는 곳이면 장사꾼들이 으레 들끓기 마련이다. 아니나 다를까, 그 좋은 기회를 놓칠세라 갖가지 먹거리를 파는 장사꾼들이 시합이라도 하듯 목청을 높여가면서 손님을 부르고 있었다. 역도驛道 양 옆은 그야말로 순식간에 복잡하기 이를 데 없는 장소로 변해버렸다.

그러나 성을 벗어날수록 사람은 드물었다. 십 리쯤 지나면서부터는 인적이 거의 없었다. 소순경은 나무그늘을 찾아 향을 사를 책상을 설치하고 조용히 앉아 기다렸다. 그녀는 그렇게 먼발치에서나마 유묵림을 한 번이라도 보고 싶었던 것이다.

새벽 5시 정각이 됐다. 풍대 대영에서 세 발의 대포소리가 울려 퍼졌다. 그러자 칼로 자른 듯 정렬한 병사들이 창을 치켜든 채 출영을 나섰다. 들리는 소문에 의하면 그들은 역도를 따라 매 20장丈 거리에 채방彩坊을 만들었다고 했다. 또 중간 중간에는 초소를 설치했다고 했다. 채방 옆에는 장검을 불끈 쥔 군관도 한 명씩 배치되어 있었다. 병사들은 전부 새 군복으로 단장해 한결 위엄이 느껴졌다. 경계역시 더없이 삼엄해 보였다.

소순경은 그 모습을 멍하니 바라보면서 때가 오기만을 기다렸다. 요란한 말발굽 소리가 점점 가까워졌다. 곧이어 병사 몇 명이 서북쪽에서 말을 달려 입성을 했다. 연갱요가 입성에 앞서 파견한 연락병인 듯했다.

얼마 후 북경성 안에 있는 공진대拱辰臺에서 대포소리가 세 번 울려 퍼졌다. 때맞춰 종루鐘樓와 고루鼓樓에서도 북소리, 종소리가 진동을 했다. 그것들을 신호로 각 사찰에서도 대종大鐘 소리가 여기저기에서 화답을 했다. 거의 동시에 노하역潞河驛 쪽에서 화각畵角이 긴 여운을 일으키면서 일제히 울렸다. 이어 군악軍樂이 하늘과 땅을 진동시키는 가운데 패도佩刀를 찬 500여 명의 교위들이 뽀얗게 모래먼지를 일으키면서 절도 있게 걸어오는 모습이 보였다. 그 뒤로는 180마리의 건장한 노새들이 10문의 홍의대포紅衣大砲를 싣고 모습을 드러냈다. 신기하게도 노새들은 그렇게 무거운 짐을 싣고도 음악소리에 맞춰 발걸음을 옮기는 고난도의 묘기를 부리고 있었다. 사람들은 연이은 굉장한 볼거리에 어디다 눈을 두어야 할지 모르고 두리번거렸다.

이윽고 의장대가 보이기 시작했다. 80명의 건장한 사내들이 저마다 용기龍旗 하나씩을 치켜든 채 보무도 당당하게 지나갔다. 그 뒤로는 54대의 수레 행렬이 이어졌다. 노란 뚜껑 일색인 수레였으나 맨 끝의 두 대는 초록색과 자주색이었다. 이른바 '취화자개상승'翠華紫盖相承(초록색과 자주색이 뒤덮으면서 잇따름)을 뜻하는 것이었다. 또 그 뒤를 이어 120명의 군사들이 금월金鉞과 와과臥瓜, 입과立瓜, 대도大刀, 홍등紅燈, 황등黃燈을 들고 위엄 있게 따라가고 있었다. 소순경은 잠시도 시선을 떼지 못하고 그 광경을 눈여겨봤다. 그러나 아직 연갱요의 모습은 보이지 않았다.

몰려든 구경꾼들이 슬슬 조급증을 느낄 때쯤이었다. 드디어 64명의 병사들이 거대하다는 표현이 딱 어울리는 큰 장갑차를 호위하고 오는 모습이 사람들의 시야에 들어왔다. 장갑차의 네 모퉁이에는 2품의 관복을 입은 네 명의 장군이 가슴을 내밀고 있었다. 하나같이 장검에 손을 얹은 채 위엄 있게 앞을 주시하고 있었다. 그들의 무표정한 구릿빛 얼굴은 마치 악묘岳廟(남송 시대의 명장 악비岳飛의 사당)에 있는 4대 금강역사를 방불케 했다.

얼마 후 무려 두 장丈 높이는 될 것 같은 깃대도 나타났다. 그 위에는 붉은 술을 달고 노란 띠를 두른 파란색 깃발이 팔랑거리고 있었다. 주먹만 한 황금색 글자도 선명하게 박혀 있었다.

흠명欽命정서대장군征西大將軍연年

장갑차 뒤로는 연갱요의 중군 의장이 이어졌다. 노란 마고자를 입은 채 말을 타고 있는 10명의 어전시위들이 앞장을 서고 있었다. 또 수십여 명의 중군 호위들은 천자天子의 상방보검上方寶劍을 받쳐 들고 햇빛을 받아 유난히 반짝이는 노란색 절월節鉞을 높이 치켜들고 있었다. 그러나 위풍당당한 대장군 연갱요를 둘러싼 그들 외의 다른 사람은 보이지 않았다. 중군 의장은 의외로 간단했던 것이다.

소순경은 세상 돌아가는 물정에는 그리 밝지 않았다. 하지만 아홉째 황자 윤당이 연갱요의 등 뒤에 바싹 붙어서 따라올 수 없다는 것쯤은 알고 있었다. 윤당은 황제에게 벌을 받아 그곳으로 보내졌으니까 말이다. 그러나 보친왕과 유묵림은 황제의 명령을 받고 연갱요를 북경으로 안내하기 위해 파견된 사자使者 아닌가. 그런데 왜 연갱요의 주변에 그림자조차 비치지 않는다는 말인가?

'대장군의 개선을 환영하는 자리이니 홍력 패륵이 같이 나란히 나타나면 주객이 전도될 수 있어. 천천히 멀리 떨어져 올 수도 있지. 그러나 그이는 아니야. 대장군 옆에 있어야 정상이야. 혹시 병이 들어 자리에 누운 것은 아닐까?'

소순경은 그렇게 자꾸만 재수 없는 생각이 머리를 쳐드는 것을 어쩌지 못했다. 급기야 3000명의 병사들이 다 지나갈 때까지 초조하고 불안한 생각에 잠겨 있었다. 그제야 그녀는 자신이 이제껏 그늘도 없는 땡볕에 서 있었다는 사실을 깨달았다. 맥없이 한숨을 지으면서 일어선 그녀가 입 안에서 우물대듯 가마꾼에게 말했다.

"성으로 돌아가세. 서문으로는 들어갈 수 없을 테니 선무문으로 돌아가야 할 거야."

그녀는 말을 마치고는 기어오르듯 가마에 올라탔다. 그리고는 맥을 놓고 쓰러져버렸다. 정신은 더욱 혼미해지고 있었다.

성대한 환영을 받으면서 북경 땅을 밟은 연갱요는 정말 감개가 무량했다. 하기야 4월 초 청해성을 떠난 이후 받은 최상의 대접까지 생각하면 그럴 수밖에 없었다. 우선 그는 북경으로 오는 도중 줄곧 황토로 새롭게 닦은 길에서 향촉香燭과 선화鮮花의 세례를 받았다. 섬서, 감숙, 하남, 직예 4개 성省을 경유할 때는 총독과 순무가 직접 나와 맞이하고 환송해 줬다. 게다가 무릎을 꿇는 예우도 받았을 뿐만 아니라 황제의 선식膳食을 방불케 하는 식사 대접까지 받았다.

지나는 곳마다 각 지역에서 선물한 '위로' 물품은 더 말할 나위가 없었다. 거의 산처럼 쌓여 처치하기 곤란할 지경이었다. 가격으로 치면 백만 냥은 충분히 될 것 같았다. 나중에는 이 사람 저 사람 눈치도 봐야 했다. 당연히 북경에는 들고 들어갈 수 없는 것들이었다. 그렇다고 방법이 없는 것은 아니었다. 실제로 모두 각 지역의 번고에 잠시 맡겨 두기로 했다. 서부로 다시 돌아갈 때 찾아갈 요량이었던 것이다.

그뿐만이 아니었다. 연갱요는 인산인해를 이룬 연도의 백성들로부터 천승만기千乘萬騎에 둘러싸인 채 미주美酒와 생화生花 세례도 받았다. 가는 곳마다 하나같이 바람에 갈대가 쓰러져 눕듯 일제히 오체투지하는 그들은 감히 그를 바라보지도 못했다. 그랬으니 연갱요는 가슴 터질 것 같은 유아독존의 기분을 만끽할 수 있었다. 자고로 신하된 사람으로서 이런 영광, 이런 행운을 향유한 사람이 나 연갱요 말고 누가 또 있으랴? 그는 그렇게 속으로 자부하고 있었다.

연갱요는 고개를 돌렸다. 전후좌우 어디나 할 것 없이 금빛 찬란한 물결 속에 휩싸여 있었다. 용기龍旗도 하늘을 뒤덮고 있었다.

'혁혁한 공훈을 세운 공신 연갱요 대장군이 개선했다!'

연갱요는 그렇게 속으로 생각하고는 일부러 마른기침을 한 번 했다. 얼굴 근육도 조금 움찔거렸다. 이제부터는 적당히 표정관리를 해야 한다는 사실을 그는 모르지 않았던 것이다. 하지만 마구 치미는 환희를 속으로 누르는 것은 그렇게 쉬운 일이 아니었다. 더구나 그는 푸른색 비단 용포龍袍에 금빛 마고자, 노란 허리띠에 삼안 공작 화령을 하고 있지 않은가. 가만히 있어도 위엄이 저절로 묻어나고 눈이 부실 정도였다. 연갱요의 눈빛은 북경이 점점 가까워질수록 더욱 형형하게 빛났다.

얼마 후 그의 행렬은 잿빛의 거대한 서직문을 향해 나아갔다. 그 앞에서 대기 중이던 300명의 예부 사관들은 멀리서 장군의 깃발을 발견하고는 일제히 무릎을 꿇었다. 이어서 하늘과 땅이 떠나가라 외쳤다.

"연 대장군의 만복과 평안함을 기원합니다!"

함성은 연갱요가 가까이 올 때까지 이어졌다. 그러나 그는 사람들을 향해 짧게 고개를 끄덕여보이고는 시선을 바로 거둬들였다.

그 시간, 북경성 안에서는 폭죽소리가 그야말로 콩 볶듯 했다. 향무香霧 역시 자욱했다. 연도는 더 복잡했다. 구문제독부와 순천부의 병사들이 길을 꽉 메우고 있는 사람들을 밀어내기 위한 고육지책으로 손에 손을 잡고 사람 장벽을 만들 정도였다. 그러면서도 그들은 연갱요의 3000 병사들에게 길을 열어주려는 노력도 게을리 하지 않았다. 완전히 땀범벅이 될 수밖에 없었다. 연 대장군의 풍채를 구경하려는 사람들이 마구 밀려들면서 집집마다 문 앞에 마련한 향안香案이 아수라장이 된 것은 그에 비하면 일도 아니었다.

연갱요가 인파를 뚫고 겨우 오문午門에 도착했을 때는 미시未時가 다 된 시간이었다. 그러나 그곳은 얼마나 철통같이 통제를 했는지 백성들은 단 한명도 보이지 않았다. 그저 술직차 북경에 온 지방관들을 포함해 수천 명에 달하는 관리들과 그들을 인솔하고 나온 간친왕簡

親王과 공친왕恭親王 두 황숙만이 눈에 띨 뿐이었다.

그들은 연갱요를 맞이할 만반의 준비를 다 마친 것 같았다. 연갱요 대장군의 깃발이 보이자 일행의 맨 앞에 선 윤사가 드디어 우렁차게 외쳤다.

"백관들은 무릎을 꿇고 대장군을 영접하라!"

친왕 이하의 관리들은 윤사의 말이 끝나기도 전에 일제히 무릎을 꿇었다. 연갱요는 눈앞의 광경에 놀란 표정을 짓더니 허공을 가르는 채찍소리가 세 번 울리자 비로소 정신을 차리고 황급히 말에서 뛰어내렸다

드디어 오문의 정문正門이 활짝 열렸다. 36명의 태감들이 호위하는 노란 수레에 앉은 옹정 황제도 모습을 드러냈다. 때를 맞춰 음악소리도 진동했다. 좌액문 아래에서는 360명의 창음각 공봉供奉들이 그 음악에 맞춰 입술을 벙긋벙긋 하면서 시를 읊듯 노래하기 시작했다.

온 천하에 상서로운 구름이 드리우고, 경사스러운 기운이 흘러넘치니 강산이 평화롭구나.
원융元戎(다연장 화살)이 혁혁하고, 개선영웅의 기개 저 하늘을 찌르니 한 몸 던져 이 나라 위하는 충성 또한 산천초목을 감동케 하누나.
천추에 길이 빛날 공훈을 이룩해 개선하니 온 누리에 환락의 물결 넘치는구나…….

옹정이 우렁찬 찬가가 이어지는 가운데 미소를 가득 머금은 채 수레에서 내렸다. 그리고는 조용히 서서 노래가 끝나고 악기소리가 멈추기를 기다렸다가 연갱요에게 다가갔다. 친히 연갱요의 전포戰袍도 벗겨줬다. 형식적으로는 갑주甲胄(갑옷)를 벗겨준다는 의미였다. 연갱

요는 황송한 마음에 서둘러 삼궤구고의 대례를 올리면서 크게 외쳤다

"만세, 만만세!"

옹정이 대단히 흡족한 표정으로 연갱요의 일거수일투족을 지켜보다가 친히 연갱요를 일으켜 세우면서 말했다.

"대장군이 직접 말을 달려오느라 수고 많았네!"

옹정이 한 손으로 연갱요의 팔을 잡고 다른 한 손으로 백관들에게 일어나라는 손짓을 했다. 이어 연갱요를 데리고 정문으로 들어갔다. 등 뒤에서 발악에 가까운 윤사의 목소리가 들려왔다.

"백관들은 좌액문을 통해 대내로 입궁해 연회에 참석하라!"

관리들은 기다렸다는 듯 손을 툭툭 털고 일어났다. 그들의 입에서는 저마다 부러움과 놀라움에 가득한 혀 차는 소리가 들려왔다.

하지만 그들 중 그 누구도 '문관은 가마에서 내리고, 무관은 말에서 내려라'文官下轎 武官下馬라는 팻말이 내걸려 있는 곳에 서 있는 오사도를 알아보지 못했다. 그는 막 북경에 도착해 윤상과 함께 연갱요의 개선 행차를 지켜보고 있었던 것이다. 곧이어 쌍지팡이에 몸을 지탱한 그가 내내 미소를 잃지 않고 성대한 환영식을 구경한 윤상과는 달리 깊은 한숨을 내쉬면서 중얼거리듯 말했다.

"큰일 났군. 연갱요의 좋은 날도 얼마 안 남았으니!"

〈8권에 계속〉